本故事人物情节纯属虚构，
如有雷同，欢迎对号入座、自取其辱。

茶羽 叶辛 著

一天世界

中国出版集团
东方出版中心

图书在版编目（CIP）数据

一天世界 / 茶羽, 叶辛著. -- 上海：东方出版中心, 2024. 9. -- ISBN 978-7-5473-2515-5

Ⅰ. I247.5

中国国家版本馆 CIP 数据核字第 2024AJ4282 号

一天世界

著　　者　茶　羽　叶　辛
责任编辑　钱吉苓
封面设计　钟　颖

出 版 人　陈义望
出版发行　东方出版中心
地　　址　上海市仙霞路 345 号
邮政编码　200336
电　　话　021-62417400
印 刷 者　上海盛通时代印刷有限公司

开　　本　890mm×1240mm　1/32
印　　张　14.125
字　　数　300 千字
版　　次　2024 年 10 月第 1 版
印　　次　2024 年 10 月第 1 次印刷
定　　价　69.80 元

版权所有　侵权必究
如图书有印装质量问题，请寄回本社出版部调换或拨打021-62597596联系。

——题记

剧组小世界，世界大舞台。

目 录

第一章 盛宴 …………………………………………… 1

第二章 "蜜月期" ……………………………………… 35

第三章 家长会 ………………………………………… 70

第四章 A面B面 ……………………………………… 106

第五章 岁月静好 ……………………………………… 147

第六章 雾霭弥江 ……………………………………… 185

第七章 深宅大院 ……………………………………… 226

第八章 "好邻居" ……………………………………… 265

第九章 一天世界 ……………………………………… 312

第十章 杂耍蒙太奇 …………………………………… 364

第十一章 金主 ………………………………………… 412

第十二章 尾声 ………………………………………… 440

第一章　盛　　宴

1. 田原"书记"

2月的雾岛,气温3摄氏度,不算低,但湿冷的天气让你即便穿着羽绒服,也依然能感觉到阵阵凉意。

田原挤在人群中,1米65的身高让他并不显眼。

他手心里紧紧攥着一张纸,这是10分钟前剧组的制片助理小宏塞给他的——文化传媒集团党委的任命函。不知是冷还是紧张,田原感觉自己浑身在瑟瑟发抖,台上导演的讲话,他一句没听进去。

丛山导演的背后是块巨大的背景板,"守护"两个大字格外显眼。

这不是田原第一次参加电视剧的开机仪式了,甚至更大的场面他也经历过。不过这次和以前不太一样,这部戏对他有着特殊的意义,他在这个项目里的身份也比较复杂——制作方东灿影业副总、本剧的联合导演、编剧的老公以及临时党支部的支部书记。

他第一次一本正经跟周丛山说起要成立剧组临时党支部时,引来的是对方的一阵讪笑。

"好的呀,田书记! 就照集团的意思办! 哈哈哈——"

丛山导演今年60出头,染着一头棕黄色的头发,那件紫色的真丝衬衣是他的标志性行头。他姓周,"丛山"不是他的本名,是他给自己取的"号",他的本名是什么田原也问过,丛山却总是哈哈一笑不作答,田原也就不再追问了。其实田原知道,丛山根本不会把临时党支部的事放在心上,一来在剧组建党支部,既不影响拍摄进度,也不影响出品方投资;二来剧组平时的运转基本由制片部门负责,再建个"临时党支部"似乎多此一举。也正因为这些原因,建"临时党支部"这件事,近些年越来越不被剧组重视。

"田书记啊,下趟就等侬领导阿拉啦,哈哈哈——"丛山操着一口道地的上海话说。

按田原的说法,临时党支部是上级党委要求成立的,但其实只有他自己心里清楚,这是他悄悄向集团打报告的结果。之所以这么做,完全不是因为他的政治觉悟有多高,更不是报告上说的什么"这是一部红色题材电视剧""献礼建党百年不容有失"又或是"加强基层摄制组党群关系建设",等等等等。

他的目的只有一个,他必须在这个剧组掌握"话语权"。

正想着,田原感觉背脊骨有点发凉,不自觉地扭了扭肩膀,正转头,眼神恰好和另一道目光碰到一起。隔着重重人墙,田原看清了这目光的来处,一顶墨绿色的棒球帽两边,生出一双招风耳朵,压低的帽檐下一双算不上有神的眼睛,正与他四目相接。那双眼睛的主人是这部戏的制片主任——金坤,他有一个更好记的绰号,叫"小金手"。

田原成立党支部,有一多半的原因就是他。

"田导,我和丛山导演商量过了,您这次担任 B 组导演,带一个组拍军统戏。"脱了棒球帽,小金手露出他那颗滚圆的、没有一根毛发的脑袋,脸上的皮肤坑坑洼洼,跷着二郎腿,手里夹着根华子,正操着一口浓重的京腔跟田原说话。

那是田原和他第一次面对面。

"联合导演。"田原说。

"什、什么?"小金手没有听明白。

"我说,我是这部戏的联合导演,不是B组导演。"

"哦,那都一样,怎么叫随您喜欢。"小金手掸了掸烟灰,"统筹老师跟我对过了,这次咱们总周期120天,A组拍90天,你们B组拍30天……"

"主任,你不是在开玩笑吧?"田原有些讶异,却还是控制着情绪,"这部戏可有40集哪,地下党和军统两条线索并行,反一号与男女主对手戏很少,而且反一号的戏份不比男主角少,B组怎么可能只拍30天?再说这部戏动作场面不少,多数的动作戏都是我们B组拍,你确定30天能拍完?"

小金手的脸上闪过一丝尴尬,显然没想到田原对剧本竟然这么熟悉:"这是统筹老师初步算出来的,天数可能还有变化,您别急。哦,对了,导演跟我说,您这次带自己的摄影师是吧?"

"对,摄影指导叫晁正,丛山导演认识他,我们长期合作的。"

小金手:"没问题,摄影您用得习惯就好,灯光组那边导演说了,由他来安排,这样两组出来的风格比较统一。"

田原沉默了片刻,问道:"方便问下灯光组是哪儿来的吗?"

小金手:"A组摄影指导孟凡介绍的,也是长期合作。"

听到这里,田原心里其实已经很明白了。所谓丛山导演安排了灯光组,只是小金手的一句托词而已。进组之前田原就听说,A

组的摄影指导是制片主任带的人,灯光师和他们长期合作,自然也是小金手的人。

  剧组有条不成文的规矩,谁叫来的人就要听谁的,比如制片主任叫了摄影指导,摄影指导就会安排自己人做掌机、助理,跟摄影息息相关的灯光师也由他介绍,灯光师又会安排自己的助理……通过这样的"传帮带",组里会形成一股股势力。往好了说,大家更容易拧成一股绳把事情做好;往坏了说,这帮人要存心跟你过不去,那结果是很可怕的。

  十多年拍戏的职业敏感让田原觉察到,他又再次面临这样的局面了。

  田原是受了丛山的邀请来担任这部戏的联合导演的,除了B组导演组五个人以外,他只带了自己摄影组12个人,在这么个300多人的大剧组里,这点人手实在有些势单力薄。要真有什么状况,可就叫天天不应,叫地地不灵了。更何况小金手一上来就摆出一副"你干完活赶快滚蛋"的架势,更是让田原心里不爽。

  田原是有过被制片主任玩弄在股掌之间的痛苦经历的,那次不但丢掉了执行导演的职位,工作能力也受到严重质疑。所以吃一堑长一智,再遇到这种情况,他的神经会特别敏感。这样一部B组妥妥需要拍摄60天以上的片子,为什么只安排他们拍摄30天?一部投资过亿元的电视剧,A、B组加起来至少应该拍摄150天,这次却仅仅给了120天的周期?

  不仅仅是拍摄周期的问题,更让田原恼火的是关于演员的选择。《守护》是一个发生在老上海的年代故事,剧本字里行间都透着上海风情。筹备之初田原和丛山导演定下的原则,就是尽量选择江浙沪演员来演绎角色。可每次田原去"Casting"(选角)部门了解进展的时候,演员表里总会冷不丁冒出几个北方演员。有一次田原真的被惹火了,剧中一个重要角色,祖辈三代混迹在上海弄堂的"爷叔",备选演员一栏上竟然贴着一个东北演员的照片!田原一问,这个演员既不会说上海话,也没有在上海生活的经历,不知什么原因就被莫名排进了候选名单。要不是田原及时发现跟丛山交换意见,恐怕这个角色就莫名其妙地由一个东北人来演了。这件事之后田原留了个心眼,并且侧面做了些了解,这些个北方演员,大多数是 A 组的执行导演程刚推荐的,而程刚又是制片主任金坤带进组里的……

小金手一系列有悖常理的操作只能说明一个问题——眼前这个主任,有!猫!腻!

田原很明白,制片主任在剧组的权力有时候是难以制约的。他掌控着整个剧的制作预算和制作进度,原则上即便是导演想用的演员,如果在片酬上跟制片主任制定的预算差距较大,主任是可以行使否决权的。剧组每天的花销不菲,拍摄进度快一天或是慢一天,开支往往要相差几十万元之多。控制着拍摄进度的制片主任,也可以说掌握着剧组的命脉。从业经历告诉田原,跟制片主任的博弈与合作,决定着这个项目的质量和成败。

"该有一个对策才行……"

田原这样告诉自己,他的脑子飞快地转动着,戏还没开拍,当然不是跟制片主任公然互撕的时候,而且开机在即,剧组表面的安定团结同样重要。道理田原全都懂,但这远不是自己要被人欺负的理由!

他突然记起一件事。三年前他为集团工会拍摄一部电影时,剧组成立了临时党支部。作为党员,他也顺理成章成了临时党支部的一员。当时田原并没有太在意,但拍摄过程中出现了一个小插曲,灯光部门跟场务部门因为发生口角,继而拳脚相加,差点闹得全组停摆。最后是临时党支部出面调解,在他和一众党员的劝和下,事情不但顺利解决,两帮人后来还好得跟兄弟似的。

这件事给了田原一个小小的启发,他了解到,只要集体里有三名党员,就可以申请成立临时党支部。但田原也只是听说而已,像他这样处于半野生状态的导演,对国企那套规矩没什么概念。不过他也知道,《守护》成立临时党支部,党支部书记大概率就是自己。因为组里的已知党员现在只有三人——剧组生活制片小杰、B组摄影指导晁正,还有田原自己。晁正是自己兄弟,小杰和自己同属文化传媒集团的创作中心,资历还浅。如果自己在剧组顶着"田书记"的名头,别人再想对付他可就要三思了。不仅如此,即使B组拍摄结束,临时党支部也不会就此解散,他依然会在剧组决策问题上保留着"话语权"。

没想到成立临时党支部的事比想象的还要顺利,田原只打了两个电话,写了一份报告,就在开机当天,拿到了集团党委的任命通知。

"下面,请本片的联合导演、临时党支部的支部书记田原导演发言——"

田原还在出神,站在身边的妻子罗茜拽了拽他的衣袖。

"田原,在叫你。"

田原这才回过神,深吸一口气,走上舞台。

丛山导演笑着把麦克风交到他的手里,田原拿起那张已经被他攥得发皱的通知。

纸在风里不住地颤抖。

田原努力让自己的声音显得镇定,一字一句地读着。

"经集团党委批准,同意成立《守护》临时党支部,由田原同志任书记,请你支部以习近平新时代中国特色社会主义思想为指导……"

念着念着,田原也渐渐镇定下来,偷眼看见站在几位主演身后的妻子罗茜,她正用喜悦的目光看着自己。是的,罗茜是应该好好高兴高兴,迄今为止,她和她老师"孤叟",是为这个项目付出最多的人。

田原记得,在他俩结婚以前,罗茜就和她老师一起在撰写《守护》的剧本。刚装修好的新居,书房就堆满了各种描述民国时期人文风物的资料、小说、文献和照片。结婚后,罗茜几乎每天晚上要伏案写作到11点,双休日还雷打不动地去老师家中开会讨论一周的写作情况。

这样的生活差不多持续了两年,终于功夫不负有心人,剧本初稿甫一亮相,就得到各方面的认可和赞赏。连田原看了剧本也意犹未尽,他甚至觉得妻子很快就要在编剧界崭露头角了!但万万没想到,这仅仅是漫长拉锯战的开始。还没等电视剧正式立项,运作项目的影视公司老板就因为金融诈骗锒铛入狱,项目被迫搁置。好不容易又等了两年时间,编剧与这家影视公司的版权合同到期,剧本版权再次回到罗茜和孤叟手里。从山导演和东灿影业就是从这个时候开始接手项目的。没想到立项的材料才递上去,广电局就来了一条意见——涉及谍战类的题材,需要相关部门的协审意见!

而这一审,又是整整两年。

创作两年、停滞两年、审查又是两年,整整六年过去了,才刚刚拿到了广电总局"同意立项"的通知,项目终于进入了第一个实质性的阶段——融资。

整个融资的过程更是一言难尽,田原跟着丛山参与了几次融资谈判后就彻底放弃了。投资方的问题一个比一个多,出资条件也是一个比一个苛刻,什么成本预算、投资回报、用款周期、付款节奏、平台协议、定制预购、版权比例……田原听得头都要炸了。倒是丛山导演一直保持着乐观的心态,几乎每个礼拜,都会给公司带来一两个"好消息"。一会儿是有资方看了项目很感兴趣,已经在拟投资协议了!一会儿又是朋友那边有笔6 000万元的闲散资金,想要投进我们的项目!再不就是某某省的文化基金,项目已经上会了,要不了几天资金就能到位!可惜的是这些好消息往往会在一两个礼拜之后又统统不了了之。

项目就在"好消息"中又过了两年,正当大家对"好消息"都已经疲惫的时候,冷不丁的,一位山东的老板出现了,他叫黄子骏,是一个房地产商人。就当田原以为他又是一个"大忽悠"时,整个项目却迎来了戏剧性的转机。短短三个月时间,投资签约、首款到位、剧组筹备、码演员、置景、服装、道具……马不停蹄、迅雷不及掩耳地就到了开机的日子!一切都是那么不可思议!好像一夜之间"轻舟过万山"了!

开机,意味着项目总算迎来了曙光。田原想起他的导演老师曾经跟他说过的话,"只有开不了的戏,没有关不了的机",一部戏有一部戏的命,也许这部戏就是这么命运多舛、好事多磨吧。"千辛万苦才走到这一步,不能让大家的努力付诸东流,更不能让一颗老鼠屎坏了一锅粥"。田原是这么想的,确保自己的利益还在其次,片子的成功才是最大的成功。因为,他已经很久没有见到罗茜笑得那么开心了。

2. 丛山

看着台前的田原念完任命函上最后一句话,周丛山第一个带头鼓掌。

顿时,开机仪式现场掌声雷动。

丛山导演在主演们和一众工作人员的簇拥下,站到蒙着红布的摄影机前。鞭炮声中,他和投资老板黄子骏一起掀开了罩在摄影机上的红布。几十家媒体的镜头、剧组人员的手机,霎时都对准他们,"历史性的一刻"被现场 300 余个大小镜头记录下来。

丛山被闪光灯晃得有些晕乎。

"这大概就是别人说的高光时刻了吧?……"他这么想着,神情却不由自主地掩饰不住兴奋。毕竟这一刻他等得太久太久了。

丛山拍了一辈子的戏,拉出片目可以打印整整两张 A4 纸。可几乎每一部作品都逃不过成为百度词条的命运……而且仅仅只能成为百度词条……

时常有相熟的同行、朋友和领导对他说:"丛山啊……你就差一部片子。"不知不觉,他的人生就在"差一部片子"中,迈入了耳顺之年,他知道,自己现在的境遇就跟中国男足一样,"留给他的时间不多了"。

他是在四年前接触到《守护》这个项目的。一读剧本他就意识到,人生难得的机会终于来了,这可能就是他一辈子在等的"只差"的那部片子!

立项需要通过相关部委审查?"没关系,我来!"丛山拍着胸脯向公司保证,过审的事交给他了,他有"人脉"!丛山导演爱喝酒,身边的酒友也不少,他的不少人脉关系就是在酒局中积累的,这次也不例外,才喝了三五顿,他就七歪八拐地找到了相关部门的"人脉"。

材料递送的过程倒真的很顺利,才不到一星期,相关部委的专员就打来电话,告知材料收到,不日就发送给专家审查。丛山哈哈大笑,当着田原和东灿影业总经理老闵的面,伸出三个手指:"不出三个礼拜,他们肯定给意见!"

这话一说,大家就愉快地等了五个月。

终于还是田原忍不住了,问起审查的进展情况。丛山当即拿起手机,拨通了"人脉"的号码。

"小方,上次托你的事进展怎么样了?……嗯嗯……噢噢……好的,没问题……好的好的……就这样!哈哈哈哈……"

"啪"丛山把手机往桌子上一放,"搞定!人家说剧本专家已经看完了,没什么问题。只不过领导说了,剧本意见要一批一批地盖章回复,我们项目排在下个月,到时候会不痛不痒地提几条修改意见,最晚下个月头上,我们就能拿到审查意见!"

这话一说又是三个月……

这期间丛山导演飞了趟加拿大,看望了他远在温哥华念书的儿子,顺便和妻儿逛了逛五大湖、芝加哥和纽约。他回公司的第二天,笑眯眯地将相关部门两页纸的修改意见放在了桌上。

"你们看,时间刚刚好,工作生活两不误,哈哈哈——"面对田原和老闵无语的表情,丛山似乎并未察觉。

而主管部门的意见并不像他所说的那样不疼不痒,反而有那么两条尤其伤筋动骨。老编剧孤叟看了,更是拍案而起。

"啥叫'人物不够突出'?啥叫'故事矛盾不够集中'?伊拉到底看得懂迭个剧本哦?侬讲讲看,迭个是'守护'哎,敌人都立到侬面前了,还'守护'个屁啊!"

孤叟的鼻尖几乎要碰到丛山的脸了,他下意识地往后躲了躲。七十多岁的孤叟近两年眼睛黄斑变性,视力越来越模糊,常常要凑得很近才能看清对方的长相。

"孤叟老师侬勿要急呀,有啥意见侬讲,我去跟伊拉沟通!"丛山说。

"看不懂就不要拍!拍出来也是一泡污!"孤叟操起手上的茶杯,所幸最后还是没有砸下来,而是站起身头也不回地走了。

丛山一向拿脾气暴躁的孤叟没有办法,其实也不光是丛山,整个文化传媒集团也没人能压得住老先生这脾气。曾经他在集团总裁办公室,为了一个剧本细节砸热水瓶的故事,一直是本地影视圈的一段"佳话"。

人走之后,丛山只好转而请田原帮忙。因为田原的太太罗茜是孤叟的学生,每次老先生耍脾气、撂挑子的时候,都是靠罗茜帮忙打的圆场。

这次也不例外,丛山约田原和罗茜吃了次茶,又跟田原一起把修改的想法原原本本跟罗茜说了一遍。罗茜也是看在丈夫参与的面子上,又觉得修改量不算太大,才勉强答应下来,临了还千叮咛万嘱咐,自己改剧本的事千万别跟老师提。

说是小修小改,可真一动起手来,那就是牵一发而动全身。罗茜前前后后又折腾了小半年,才把新的一稿剧本拿出来。然后又是递材料、又是看剧本、又是出意见、又是修改……等所有的事情重新循环一遍,丛山在广电总局的官网上终于看见《守护》公示的时候,他差点就没哭出来。掐着手指头算一算,还差16天,又是整整两年时间。

一阵响亮的鞭炮声,重新把丛山从思绪里拉回到开机仪式现场。

"导演你怎么在这儿?愣着干嘛,快去跟主演合个影!"

小金手拉着丛山,站到男女主演中间,又是一阵闪光灯的狂轰滥炸,他身边的人走马灯似的换着。丛山感觉自己就像一个拍照的道具,这批人走了换另一批,三个人拍好了来五个……他也弄不清拍了多久、站到身边的都是些什么人。最后还是小金手一把将他从背景板前拽了下来。

"导演你怎么在这儿?愣着干嘛,开机宴都快开席了!"

没来得及反应,他就又被稀里糊涂地塞进一辆别克商务车。

开机宴被安排在雾岛最大的五星级酒店华贸君临大酒店,这里也是剧组安排章永兴、萧莫等主要演员住宿的地方。酒店的银星厅将近1 000平方米,满满当当摆下了50多个圆桌。每个桌子的中间,红、白、黄三色齐全,八碟冷菜已经整整齐齐摆好。中央大屏幕反复播放着新鲜出炉的开机仪式花絮和海报,一些迫不及待的摄制组成员,已经悄无声息地在底下推杯换盏起来。

丛山被簇拥着走到最前面的主桌前的。他一眼就看见了投资老板黄子骏,他还是一身"厅局风"的穿着,站起身乐呵呵地迎接他。

"丛山导演!"

"子骏!"

两个人眼中闪着泪光、手握得紧紧的,久久没有松开。两人身后是簇拥着鼓掌的人们,这一刻竟让丛山仿佛有胜利会师的错觉。

他拍着黄子骏的肩头,凑到黄子骏耳边:"怎么样?办得还凑合吧?"

黄子骏笑眯眯地竖起大拇指,赞赏道:够热闹,没想到来这么多人!

丛山哈哈大笑,转身朝着大伙,举起酒杯。

"剧组就应该这样!兄弟姐妹们聚在一块儿,大家开心!人开心了,戏也拍得好!你们说是哦?"

"好!——对!——"

大厅爆发出一阵掌声,丛山也把杯中酒一饮而尽。

"子骏你吃好,喝好!跟两位演员老师多多交流,我去照顾照顾其他桌的兄弟。"

丛山安顿好投资人,开始一桌一桌敬酒。他每到一桌,都引起一阵热烈的掌声和欢呼,这场面知道的是在办开机仪式,不知道的还以为是哪个有钱人结婚。

终于走到田原那桌了,丛山看见田原和罗茜正与同桌的一班兄弟说笑。那些人他多数是认识的,都是田原拍戏合作的老班底。丛山还没走到桌前,一桌子的人就齐刷刷站了起来。

"坐呀,兄弟们都坐呀!"丛山招呼着,虽然他知道大家其实都不会坐,"怎么样'田书记'?哟!今天喝白的啦!哈哈哈!"

田原手里拿着一个小小的二钱杯,面色微红,他的杯子跟丛山手里的杯子重重碰了一下。

"导演,您知不知道,我有好多年没参加过这么大场面的开机宴了,还是你牛!你把项目搞起来,还搞出今天这排场,来,我和罗茜一定要敬你一杯!"

说着,田原一仰脖子,把杯中酒一口喝光。

丛山和田原平时在公司里的办公桌就面对面,田原酒量不行、很少喝酒他是知道的,今天一杯酒一饮而尽,那是真心在感恩他。

丛山也喝光了自己的杯中酒。

田原招呼着同桌的人道:"兄弟们都敬丛山导演一杯!"

话音未落,站在田原身后人高马大的摄影师晁正就把酒杯凑了上来。

"丛山导演,我单独敬你一杯!"

"嗨,你啊——是应该单独敬我一杯!"说着,丛山又是一杯白酒下肚,晁正也陪着一饮而尽,"怎么样,我没骗你吧?去年在鄂尔多斯我就说了,一个项目黄了,没什么稀奇的,今年一定给你搞个戏拍拍,老阿哥没食言吧!"

晁正毕恭毕敬地点着头,道:"对!导演靠谱!导演我再敬你一杯!"

丛山哈哈大笑。

是的,连丛山自己也觉得,今天晚上他配得上所有的赞誉,这个项目他花了四年时间,从立项、到融资、再到码齐一众演员和这300来号人的庞大团队,最后走到今天的开机仪式,都是他丛山一个人蹚过来的。个中多少的辛苦,经历过多少次绝望、失落又峰回路转,恐怕只有他一个人知道。

所以不管怎么样,今晚属于他周丛山!

想到这儿,他又将杯中酒一饮而尽。

3. 黄子骏

黄子骏拿到账单的时候,傻眼了。

看着单子上 94 380.00 的数字,他有些生气,当场就叫服务员把值班经理叫来。

值班经理走到他面前,恭恭敬敬地把拉出来的明细账单递到了黄子骏手里。

"黄总,这是明细请您过目。这里每桌 1 650 元,总共 52 桌,加收 10% 的服务费,就是 94 380 元。"

黄子骏突然想到什么,问道:"我记得不是说 870 块钱一桌吗?"

"哦,原先是这么说的,结果昨天晚上金坤金主任亲自过来,说是怕菜不够吃,给我们重新定了菜单。我们当场报了价格,金主任同意了。"经理解释道。

黄子骏听着不由得有些来气,临时变动价格的事根本没跟他通气。他招招手,把自己的助理罗一诺叫到跟前。

"一诺,这事你知道吗?"

"没听说啊——"罗一诺摇摇头。

罗一诺今年才刚二十五岁,是黄子骏妹妹的儿子,妹妹让他带着刚毕业的外甥多锻炼锻炼,增加点社会阅历,黄子骏才把他带到了剧组。

他打量了一下罗一诺,人长得高大帅气,英俊的脸庞上却还带着几分学生的稚气。

黄子骏无奈地摇摇头:"你把丛山导演请过来。"

"导演刚喝醉,被人架走了。"

"那你把金主任给我叫来。"

"就是金主任把他架走的。"

黄子骏要发作,想想又把火憋了下去,毕竟今天是个好日子,不能失态。

他站起身,指了指经理,对罗一诺说:"那你签单吧,过两天上班了,从公司账户支付,记在剧组账上。"

处理好签单的事,罗一诺把黄子骏送回房间。在门口递房卡的时候,罗一诺悄悄跟他说,这是金主任特意安排的套房,女主角萧莫的房间也在这一层,这样便于他们"交流"。

黄子骏哪有这种破心思,把一诺痛骂一顿赶了出去。提起手机就拨了丛山的号码,电话响了十来声却没人接听。

"导演怕是真的喝醉了。"但黄子骏还是不甘心,干脆给一诺发消息直接问来了金主任的手机。

电话响了没两声,金坤很快接听了,说话还是那口浓重的京腔。

听明白黄子骏来电的意思,金坤连忙解释道:"黄总,这事儿您可冤枉我了,没错儿,菜是我定的,但是价格可都是导演亲定的,您可别赖我呀。这么着吧,我把导演叫起来,跟您解释解释?"

"那就不用了,抽空我再和他聊吧。"

黄子骏悻悻地挂了手机,心情却还是难以平复,毕竟这是他第一次投资拍电视剧。

到目前为止，黄老板的人生经过了两个阶段，人生的上半场，22岁大学毕业开始从事银行工作，从一个普普通通的小职员，做到了市里某分行的行长。到了38岁，他从银行辞职下海，开始人生的下半场——房地产。黄子骏是赶上了一个好时候，借着改革的东风，一跃成为当地最大的房地产开发商。市区黄金地段都能看到"欣歆房产"的身影。

楼市火了20年，黄子骏也跟着发达了20年。两年前他跟恒大合作开发东郊的一处别墅群，正当他满怀信心准备再大干一场，却很快发现情况有了变化。楼市徘徊不前，尤其是他身处的这种三四线小城市，房子有价无市，高端别墅更是无人问津。

更让他恼火的是他的手机！每天一打开手机，自动推送的都是连篇累牍的楼市崩盘、某某地产资金链断裂……女儿告诉他，这叫"智能推送"，手机 App 会判断主人的喜好，进而推送他们想知道的内容。可到了他这里，怎么变成了他越不想看什么，越推送什么呢？后来看到黄子骏整天愁眉苦脸，女儿就拉着他看电视剧，说这能够让他散散心。起先他也不以为然，不过看着看着，也有两部片子被他看了进去，什么《大地星火》《热土情》，倒也挺有意思。

也就是在这个时候，他认识了丛山导演。

他们第一次见面是在酒桌上，丛山导演个子不高，人也消瘦，操着一口上海口音的普通话，却说自己父母都是山东人。他的性格倒也特像山东人，声音洪亮，爽朗大方，尤其是酒量了得。三杯酒下肚，两人已经成了朋友，那一晚黄子骏很尽兴，除了些酒话，关于项目的事丛山导演一句也没提。

第二次见面,黄子骏把他约在了自己的办公室。在这里透过落地大玻璃窗,可以看见他绵延两千多亩的别墅群。卖虽卖不动,气势还是有的。说句不好听的,最近黄子骏走进办公室,就是靠着这片别墅的强大气场才能让他鼓起奋斗的勇气。

走进他办公室的客人,无一例外都会走到窗边,俯瞰这片景致。到了这时候,黄子骏就可以开始他的演说了。也确有不少客商、领导会被眼前的景象和黄子骏说服力极强的演讲打动,凭借这个本事,他拿到了不少周转资金和政府红头文件,所以虽然房子没有卖出去多少,公司的运营倒还不难为继。

不过今天来的丛山导演却有些不一样,一进屋,他没拿眼去看那些别墅,反倒是对着黄子骏办公桌后那幅龙飞凤舞的草书端详起来。

"世外人法无定法,然后知非法法也;天下事了犹未了,何妨以不了了之。好——!"

黄子骏一愣,这幅字写的可不就是这个嘛!

字是一个求他帮忙的朋友送的,说是当代名家墨宝。朋友还当场把内容念了一遍,他乍一听根本没听懂,后来朋友走了,他就更看不懂了。今天听丛山这么一念,他顿时对眼前这个干瘦的导演另眼相看。

"导演喜欢书法?"

丛山哈哈大笑,指着落款道:"赵旬阳只戆大,装戆装到山东来了,哈哈哈,等我回去骂他!"

"你认识这个书法家?"黄子骏更加诧异。

"老朋友了,"丛山道,"认识他的时候就是电影厂的一个美工师,画背景板的,不知道怎么的瞎混也混成书协主席了。他和黄总是朋友?改天来上海,我把他叫出来吃饭!"

"等我有空,来上海拜访你们。"黄子骏嘴上不说,心里对丛山又佩服了几分。

他把丛山导演和随行的老雷请到沙发上坐下。

"我听说,丛山导演这次是带着项目来山东的,准备在这里拍戏?"黄子骏试探着问。

"一个电视剧,主旋律。"丛山答得漫不经心,像是在说平时的家常话而已。

"电视剧我有兴趣啊,刚看那个《大地星火》,我就觉得拍得不错。丛山导演的戏,也是这种题材?"

"差不多,比他还好看,我们不但是主旋律,还是谍战剧,叫《守护》。"丛山依然说得不紧不慢。

"导演的项目,我是不是能参与一下?"黄子骏试探着问。

丛山喝了一口茶,放下杯子这才说道:"子骏兄弟——我叫你兄弟了哦,别介意。"

黄子骏点点头,并不介意。

"我呢……想劝你还是别参与了。"

没想到丛山会这么说,黄子骏倒是一愣。

"为什么?"

"我们这行水太深,你不充分了解,贸贸然冲进来,是要吃亏的。"

"那丛山导演……能不能指点一二?"

"黄总有兴趣,我当然知无不言。"

那天,黄子骏问了很多问题,从什么是投资方、出品方、承制方,到演员咖位、档期、片酬、摄制组搭建、制片人、导演、摄影分工,甚至是行业潜规则,丛山确实像他自己说的那样,知无不言。

在丛山这里,黄子骏听说了,他手里这个项目需要1.6亿元制作费,第一轮播出,电视台加上网络就能卖500万元一集,40集就是2个亿,这还不算二轮播出、海外版权、政府资助和补贴……妥妥地稳赚不赔。丛山导演还教了他一个省钱的小诀窍,40集的剧,其实写32集的剧本就够了。每集让编剧写到16 000字,就有了足够的拍摄量,而且集数一少,编剧、主演和幕后主创人员的费用,都会大大降低。丛山导演悄悄告诉他,照他的办法来做,对外1.6亿元的项目,实际花不到1.2亿元就能拍下来。但是对外,你还是可以按1.6亿元出让项目份额,那么……说到这儿黄子骏全懂了,做了这么多年的金融和地产,杠杆和溢价这套东西,对他再熟悉不过了。

两人从下午3点聊到了第二天凌晨4点,直到别墅尽头的地平线上又露出了鱼肚白。

秘书收走了酒具,换上了清茶。

"君山银针,好茶。"丛山呷了一口。

"导演好定力!"聊了一整夜,黄子骏注意到丛山脸上没有一丝倦意。

"今天聊得尽兴,平常我就这个点起床喝茶的哈哈哈——"丛山说着,给黄子骏又斟上了一杯。

丛山导演是早上7点的高铁,两人又寒暄了一会儿,黄子骏让他坐上了自己的迈巴赫,亲自送他去了高铁站。

也就是那一夜的促膝长谈，让黄子骏感觉丛山是个值得深交的朋友，更巧的是，他了解到丛山导演的儿子移民加拿大，定居在多伦多，住的地方竟和自己置业的 House 在一条大街上——莱斯利街 188 号。从他家出发，沿着这条大街走路只需要 20 分钟。这些都是促使黄子骏最终决定合作的原因。

想到今天白天热热闹闹的开机仪式，想到丛山导演帮他把原先 1.6 亿元的预算压低到了 1.2 亿元，想到他在自己面前信誓旦旦的保证。黄子骏的心情又平复下来，是啊，比起节省下来的 4 000 万元，9 万多元的开机宴又算得了什么？自己投资的第一部戏，有个热热闹闹的开场有什么不好？让一众明星记住自己这个投资人有什么不好？没看到现场几个演员殷勤地给自己敬酒，好话在他耳边说尽……丛山导演这是在帮他，帮他在行业里树立起口碑！

想到这儿，黄子骏的心里平复很多。他放下手机，起身走进浴室，舒舒服服洗了个澡，钻进被窝。很快，他就沉沉地坠入了梦乡。

4. 小金手

时间已经是半夜一点半了。

金坤醉醺醺地从助理小宏的房间出来，手里抱着一只小橘猫，临出门还不忘关照小宏，把没喝完的半瓶酒收好。

他迈着蹒跚的步子走在走廊上。走廊纵横交错、犹如迷宫，悠长得好似没有尽头。不熟悉的人进来，要是不仔细看每个拐角的提示牌，恐怕根本找不到自己的房间。而把雾岛公寓作为剧组的驻扎地，是小金手做的决定。

按照惯常的做法,上海题材的谍战剧,大多数剧组会选择上海车墩影视基地作为主场景。但这次,小金手却另辟蹊径,把拍摄地选在了雾岛上的一座石库门影视基地。雾岛是上海周边、地处长江入海口的一座小岛,因为时常浓雾环绕而得名。五六年前,崇明岛通往雾岛的跨海桥竣工,一下子让这里成了开发热点,不少企业争相上岛投资。短短几年,度假村、酒店、购物中心、住宅区就在这弹丸之地快速生长起来。但是没过多久大家发现,雾岛远没有他们想象的那么"美丽",不定期的大雾会让跨海桥经常限行,客运轮渡更是隔三岔五的停航,严重影响了上岛的人流。所以,这股雾岛的投资热潮就迅速褪去。

这座石库门影视基地就是跟风的结果,老板本意是想做成一家老上海风情的奥特莱斯购物村。房子是造好了,却没有商家愿意入驻,冷冷清清关了两年。老板最后只能痛下决心,要把这里转型成影视拍摄基地,可是因为场景单一,鲜有剧组愿意选择这里作为主场景。所以丛山导演和金坤来看景的时候,老板像是见到活菩萨一样,把他们大腿抱得紧紧的,但凡他们提出任何要求,都是满口答应。金坤心里一拨算盘,按照他们跟老板谈的条件,场租费至少要比在车墩节省一半还多,再加上雾岛的住宿费用也是上海的洼地。一进一出妥妥能省下100多万元!他极力说服丛山,车墩那点石库门早就被上百个剧组拍滥了,哪哪的电视剧里都是那几个景。而雾岛的石库门对观众来说有新鲜感,又能够满足绝大部分内外景的拍摄。剧组一扎下来,基本就不用挪窝了。至于老上海的外景,只需要派个小分队前往车墩拍摄个5—6天就足够了,左右都是一笔划得来的生意。丛山很快被他三言两语说动了,两人当场就拍板,把雾岛作为剧组大本营。而雾岛公寓,顺势成了剧组驻地的不二选择。

公寓的位置很特别,开在岛上一座汽车配件城里,公寓的一楼、二楼是修车厂,三楼到五楼都是酒店公寓,每层楼都隔出了上百间房。因为本来就是工厂车间,每层的层高都超过三米,老板很有创意地把房间都做成了挑高的Loft,下面是客厅,上面放置睡觉的床铺,一下子扩展了房间的利用率。这里平时住的人并不多,也就是汽配城里开店和打工的人居多。上个月剧组一来,公寓一下子热闹起来,300多人的剧组,租下了这里212间房,还顺势租下了三楼、四楼的仓库用作服化间和道具间。

丛山导演很满意,因为这里离拍摄主场景石库门影视基地只有五分钟的车程;剧组工作人员很满意,因为这里的房型都是复式小公寓,活动空间比一般的快捷酒店要大很多,洗衣机、电磁炉、独立卫生和Wi-Fi一应俱全;公寓老板也很满意,因为开年就租出去200多间房,他已经很久没做成这么大一笔生意了。当然,金坤自己也很满意,要不别人怎么叫他"小金手"呢,那可不是浪得虚名。点石成金嘛,做制片主任这么多年,有哪件事不能做得让各方都满意?

行业外的人、包括老板黄子骏起先也不知道,制片主任在剧组是个多么举足轻重的人物!别看一部剧在观众面前出尽风头的是演员和导演,在电视台、网络平台面前高谈阔论的是制片人。制片主任在外人面前好像从来就低调无语、不露声色。其实在剧组内部,制片主任才是主心骨。因为每个部门的酬金,都要组长和制片主任商谈确定,剧组的大小事务,包括剧组住在哪、车辆用多少、设备从哪里租借、场景在哪里搭建、每日每人餐费的标准,甚至剧组工作的天数、每天工作量的分配,等等等等,不分巨细,都是制片主任来拍板确定,只要在预算范围内并且不影响艺术质量,导演和制片人是不会来过问这些的。

说白了,要想在剧组的日子过得舒服点,最不能得罪的就是制片主任!要知道,一部剧赚多赚少,除了投资人和制片人,跟剧组工作人员是没半毛钱关系的;一部剧播出口碑,也就导演、主演、摄影和几个部门主创关心。所以对剧组300多号人来说,赚钱养家糊口才是正经道理。能从制片主任那儿多争取到几千块钱的酬金,可比片子卖不卖钱、观众爱不爱看实惠多了!剧组一天三顿的盒饭,能不能经常吃上大排鸡腿、住处能不能每天收工洗上一次舒服的热水澡……这些都成为大家评判一个制片主任是不是优秀的标准。

而从现在的情况来看,小金手无疑是优秀的。不说别的,就说今天的开机宴,这两年拍戏,大小剧组经费紧缩,多少工作人员没经历过这样的开机大场面了?试问除了他小金手,现在还有几个制片主任能够做到?

漫长的走廊似乎没有尽头,小金手感觉自己走了大半天,才看到了三楼电梯口。他走到电梯前,还没来得及按按钮,就听到走廊尽头隐隐传来争吵声。他迷迷糊糊探头看去,服化间内还亮着灯,争吵声就是从那儿传出来的。他正犹豫着要不要去看一眼,手里的橘猫挣脱开他的手臂,跳到地上,径直朝服化间跑去。小金手无奈跟了上去。

小橘猫身子挤进虚掩的门缝,小金手也到了门边,只见偌大的服化间里灯火通明,一排排整齐划一的戏用服装,从门口一直排到20米开外的纵深处。服化间的当中,围着一小撮人,服化组组长景海婷和服装师老余正面对着两个年轻人,老余挥着手臂,情绪很是激动。

　　距离有些远,再加上隔着玻璃门,一撮人七嘴八舌间,也听不清他们说些什么。

　　"没有你们这么做事的,你们是在搞事情!"老余拉开嗓门喊了一句,小金手这算是听清了。

　　只见老余回身就往小金手的方向走来,嘴里嚷嚷着要找丛山导演理论。

　　小金手连忙推门进去,拦在了老余面前。

　　"老余,啥事儿啊搞得大呼小叫的?"

　　老余回过头,用颤抖的手指指着两个年轻人,"不能这么搞事情的,我去跟导演说!"说着又要往门外冲,被小金手一把抱住。

　　"导演睡了,要找也明天吧。"

　　他一边拦着老余,一边斜眼看着两个年轻人。

　　"你们哪个组的!"

　　"B组导演组",其中一个戴眼镜、看着瘦瘦弱弱的回答道。

　　"B组?干什么的?"小金手眼神中透着不屑。

　　"我是现场副导演,叫我培子就行,他是导演助理……"

　　"谁让你们来的?"小金手打断道。

　　"导演让我们来的。"导演助理乔波回答。

　　"哪个导演?"

　　"田、田原导演……"

　　乔波的语气有些发虚。

　　"田原导演让我们来对服装,请服装老师把主演的造型分个阶段出来……"

　　"谁他妈让你开口了!"小金手粗暴地打断了培子的话,"知道我是谁吗?"

培子和乔波相觑了一眼。

"您是主任。"培子道。

"知道就好,服装的事儿要让导演定,丛!山!导!演!明白吗?!"小金手特意把"丛山导演"四个字说得特别重。

"创作上的事儿,丛山导演说了算,别人谁说了也不算!这个组只有一个总导演!"

小金手的语气不容置疑,声音在服化间里回荡。

培子和乔波低头不响。

"今天算了,你们俩——"他用力摆着手,示意两人快滚蛋。

乔波还想理论什么,被培子一把拉住,拽着他朝门外去。

目送着两人消失在门口,小金手回头安慰了老余两句,也让他回去早点休息,服化间只剩下他和景海婷两个。

"呸——"他凭空吐了一口唾沫,"什么狗屁B组,尽惹事儿!"

转而又向景海婷说:"他们要是再搞事,你马上通知我。"

"我打你电话了,你不接!"景海婷不悦道。

小金手拿出手机一看,上面三个未接电话,全是景海婷打的。

"我刚才跟小宏他们聊点事儿,没听见。"

"聊事儿,喝酒了吧!"

小金手尴尬笑笑,没说话。

"B组这个田导到底什么人?第一天定妆的时候就来找麻烦,什么扎辫子的绳子颜色太红了,阿二的额头上要做伤,"她一边说,一边清点着衣架上的戏用服装,"我和他的执行导演吵了两句,他就冲上楼找丛山告状……"

"别理他。剧本儿是他老婆写的,导演拿项目版权的时候帮了点忙,才让他来做B组的。"小金手一边说一边在她身后的椅子上坐下,拧开一瓶农夫山泉,跷起二郎腿。

"肯定是白天的事不爽,晚上派了两个小家伙来找碴,大主任,你可要管一管!"海婷转身,把一件旧衣服甩到小金手身上。

"放心,我已经安排好了,拍上一个月,就让这帮孙子滚蛋!"

小金手从背后看着正踮着脚挂衣服的景海婷,景海婷1米7的高挑身材,腿又特别长,踮起脚来,丰满的臀部在他眼前晃悠。他咽了咽口水,感觉自己的下身已经有了反应,一把丢开衣服,起身走到她身后,巴掌在她屁股上用力一拍,景海婷一声惊叫。他另一只手搂住她的腰,顺势一拽,把她拽到自己怀里,在她脖子上狠狠地亲了一口。

"宝贝儿,今天受委屈了,让主任安慰安慰你——"

"哎呀干嘛!"景海婷压低声音,嗔怪着想要挣脱,"放开我!"

小金手才不肯放手,反而空出来的手不老实地伸进景海婷的衣服里,去拨弄她内衣的搭扣。

"不要……阿坤,不要在这儿……这是服化间!……会被人看见的……"景海婷红着脸、压低声音说。

小金手四下张望,看见了藏在角落里的试衣间。

"咱们换个地儿!"

他一把将景海婷拉进了服化间。

5. 晃正

床边的手机闹铃响起,床上却早已经不见了人。

设闹铃是因为晃正怕开机第一天自己就睡过头,可事实是,他一夜辗转根本没好好睡着,每次临开机的前一天,他几乎都是这种状态。

书桌上堆满了机位图,晁正把他们一张一张拍进自己的 iPad,核对了通告单上第一天的戏量,这才背上背包出门。在电梯口生活制片处接过早饭——一个肉包、一个花卷,还有一个鸡蛋和一袋豆奶,这基本上是摄制组的标配。

晁正抓起肉包刚塞进嘴里,电梯"叮"一声停靠下来。

电梯门打开,里面满满当当塞了七八个人。晁正是特意提前通告单时间 10 分钟出门的,没想到电梯里还是人满为患,看来拍摄第一天,没有人愿意落在后面。

电梯中间站着的正是导演田原。

"导演早!"

"早什么早,快进来!"田原用命令的口吻招呼。

晁正挤进电梯,站在了田原身边。他和田原认识已经有十多年了,两个人以前是"东方影视频道"的同事,那时田原还是个普普通通的栏目编导,而他则是个刚入职的摄像。

因为两人不在一个栏目组的关系,做同事的时候他们其实并没有太多交集。不久之后,田原进了上级集团的创作部门成了专职导演,而晁正也在一年后离开影视频道,开始混迹于剧组和广告圈,两个人分别开始追逐起自己的电影梦。

他们第一次真正的合作,却是在分开的 4 年后。

那天晁正意外接到田原的电话,邀请他拍摄一部网络大电影。那次晁正做足了功课,反反复复研读剧本,使尽浑身解数帮田原拍摄。而他也发现,田原是个对每个细节都特别顶真的人。为了拍摄一场动作戏,他们从天亮拍到天黑再拍到天亮,足足拍了 35 个小时。收工的时候,晁正几乎是累趴在了地上。田原也是瘫倒在导演椅上,动弹不得。

为了节约成本,他们以 10 天拍摄一部的效率,一连拍了三部网络大电影。制片人和制片主任看了样片后乐开了花,拍手称快。谁不想用个省钱又高效的团队呢?田原和晁正也发现了彼此的默契。也就是从那时候他们开始搭档,几年下来,大大小小的片子拍了有十来部。

事后回忆起这段经历,晁正曾问过田原,当时为什么会打电话叫他来做摄影?同事的几年间,他们其实没有真正意义上的合作?田原告诉他,那还是他在做节目编导那年,有一天去后期机房修改播出带,意外看到一台机器正在备份刚刚拍回来的素材。他一下子被素材的画面吸引,拍摄的内容是上海世博会的纪实采访,但是摄影机选择的拍摄角度,每一个镜头都很特别。"摄影师是在用脑子拍片。"这是当时田原的直觉。他在剪辑机前坐下,不知不觉把两个多小时的素材全部看完,还意犹未尽。这才想到问周围的同事是谁拍的这些镜头?当同事告诉他,是新来的摄像,名叫晁正,田原就是在那时记住了他的名字。

调到集团创作部门后,田原一心想打造自己的团队,也打听了晁正的情况,知道他离职、跟剧组、做助理、做掌机……他一直关注着晁正的动向,直到遇到了那次拍摄网络电影的机会,他才会毫不犹豫地给晁正打去了邀约的电话。

当田原告诉他这些的时候,说实话晁正是真的被感动的。这也是他这些年死心塌地跟着田原拍戏的重要原因之一。并不是没有更好的机会,不过但凡田原需要,他还是会第一时间来帮忙。当然田原也没有亏待过他和摄影组的兄弟,大家每次合作都是从愉快的开始,到愉快的结束。

雾岛公寓楼下,原本宽敞的停车大院被剧组车辆塞得满满当当,出发的车辆各种拐弯倒车,第一天开拍求快心切,反而搞得一团混乱,欲速不达。车管小苏看到田原一行从电梯里走出来,连忙拉开瑞风车的车门招呼。

"田导,这边!"

田原径自走到车旁,熟门熟路地一低头钻进车里。

虽然没有任何明文规定,但导演车上座位顺序是"阶级分明"的,导演坐在驾驶座后排靠左的独立座位上,除非导演靠右坐的特别嗜好;执行导演坐在他身边的独立座位上,司机边上的副驾是留给现场副导演的,车子最后一排,则是留给场记和导演助理。

田原一坐下,导演组的人纷纷心照不宣地对号入座。副导演培子刚要拉开副驾驶的门,晁正却挡在了他身前。

"培子,你要不坐我们摄影车去?"

培子立刻明白了晁正的用意,他一定是有什么话想在路上跟田原商量。

"哦,没问题,晁老师你坐。"

培子识趣地转身去找摄影车,晁正则坐上了副驾。

导演车在小苏的指挥下,绕过一辆正在倒车的设备厢车,顺利开了出去。

一开出停车大院,晁正就迫不及待地转过头。

"老大,我昨天问丛山导演了,他说合同发给山东老板了,要我等等。"

"那你先等等呗。"田原头也不抬,拿着剧本和通告单在最后温习今天要拍摄的内容。

"不会有变化吧？我们一般都是不签合同不干活的。"

"放心,这能有什么变化！"田原抬起头,瞥了晁正一眼,见他眼里还有顾虑,接着道,"我们公司的戏,又有集团背书,你和你兄弟这点钱,还怕跑了？"

"是,我也是这么跟兄弟们说的。嘿嘿！"

晁正尴尬地笑笑,田原既然这么说了,他也不好意思再说什么。

"不过……"田原转念想了想,又叮嘱道,"合同你还是盯紧些,丛山又做导演又做制片人,我怕他忙不过来会忘了。"

"是,一定的,我肯定会盯着的。"

"今天要拍的戏,功课做好了吗？"

"这你放心！"晁正拍拍自己手里的iPad,"都在里面了,你要看吗？"

说着,他就点亮自己的iPad,递给田原看自己的劳动成果。

田原翻看iPad里面的照片,内容很详尽,整理了剧里几乎所有主要场景,并根据气氛找好了参考图片。都是晁正从各处扒来的电影参考画面。

田原看着摇摇头,把iPad还给晁正。

"晁老师……"田原开口道。

晁正心里一紧,因为一般田原这么称呼他,就是要开始批评了。

果不其然,田原批评了起来:"我说了多少遍了,我们拍的是'国产电视剧',你找来这些个电影画面,我们执行得了吗？"

"做……做个参考嘛,不用也不要紧。"

"你不用的话花这些功夫干吗?你自己看看,就说这个外景,人物的光感明显是一排24K灯打出来的,我们有这么多灯吗?就是有这么多灯,现场来得及打吗?"

"用大灯效果好,也就多花20分钟,很快的。"

"20分钟?我们今天13场戏呢,兄弟,一场戏多花20分钟就是260分钟,也就是4小时20分,我告诉过你萧莫签的时间是一天工作12小时吧?她化妆就要2个半小时,来回路上半小时,午饭晚饭再去掉一个小时,加起来拍戏时间只有8小时,再去掉你的4小时20分,13场戏你就留给演员3小时40分钟来表演?你是在帮我还是在搞我?"

晁正被说得无言以对,仔细一算,哪还有什么创作时间?他不由得直冒冷汗。

田原拿着通告单在他眼前晃了晃,又问:"今天的戏跟灯光老师沟通过了吗?"

"昨天他才刚到,我们就见了一面,他就清点器材去了。"

"为什么昨天才到?"

"他说制片组是前天才跟他谈定的酬金,他昨天就到了,算很快了。"晁正答得一头汗水,他看见田原嘴角抽动了一下,像是要骂人,但又憋了回去。

"酬金没谈好就不能先来吗……看看我们导演组,来的时候谁谈过酬金了?"

"你不一样,人家是打工的……"

田原瞪了他一眼,晁正闭嘴不响了。

"那你说,等会儿怎么弄?演员就晚我们半小时出发,我可等不起啊。"田原说。

"半小时！就给我半小时！我保证帮你搞得服服帖帖！"晁正拍着胸脯道。

车子开进一家摩托车修理厂，在他们最大的厂房门口停下。

这里晁正和田原筹备时已经来过多次，把军统内景搭在厂房里，主要为了省钱，这是美术指导老袁想的主意。不过田原和晁正对这里也很满意，一是空间足够大，也安静；二是离主场景石库门步行只要五分钟，两组拍摄既不干扰，又能快速协调。

车一停稳，晁正就第一个钻出车厢朝厂房走去，没走两步，迎面匆匆走来两人跟他擦肩而过，拦住了刚下车的田原。那男的晁正认识，是组里的演员统筹涛哥，另一个面容姣好、身材前凸后翘的女人却看着陌生，晁正不禁停下脚步，多看了两眼。

"导演，这位是萧莫姐的助理，扬扬。"

"你好。"田原向对方点了点头。

涛哥欲言又止道："导演，扬扬有点情况和你说……"

扬扬："导演……不好意思，萧莫姐她……"

扬扬凑近田原低声说了几句，田原的脸色顿时变了。

"开机第一天就喝醉？"

"没办法，昨天黄总和丛山导演一直跟她敬酒，萧莫姐酒量又不好……"扬扬委屈道，又硬着头皮继续说，"所以一大早我就来找涛哥，来跟您说一声，萧莫姐……可能要下午才到……"

"下午到！那你让我上午拍什么？今天13场戏每场都有她！全组100多号人就等她一个！我……"

见田原要发作，晁正也连忙窜到跟前和涛哥一起把田原拉到一边安抚。

"导演，您别急别急……开机第一天就甩主演脸色，以后不好合作——"涛哥压低声音劝道。

"开机第一天,她就甩全组脸色,以后就好合作了?"

"嘘——"涛哥做了个嘘的手势,回头看了看扬扬,"说实话这也不能怪她,是黄总和丛山导演……"

田原指着涛哥:"所以你们演员统筹看见了也不管管!"

"我们哪有那个胆子啊!拜托导演,您帮我想想办法……"涛哥双手合十求道。

田原无奈摇摇头,想了片刻,说:"涛子,你从跟组演员里找个身材和萧莫差不多的,让她马上换衣服做头发。然后你去守着萧莫,她什么时候酒醒了,就催她化妆。"

涛哥"哎"了一声,转身去招呼扬扬。

"导演,那我们呢?"晁正问。

田原:"让老张把灯架好,撇开萧莫的镜头,先拍别的演员!"

说着田原气呼呼地要走,突然又回过头,冲着晁正指了指自己手机上的时间。

"你还剩 23 分钟!"

晁正连忙低着头小跑着往片场去。

第二章 "蜜 月 期"

1. 田原

"咔!——"

随着田原的一声令下,现场一片安静,等待着导演的下一步指示。

对讲机里传来田原的声音:"OK,这镜过了,收工!"

"哦!——"现场发出一阵欢呼,继而就是一阵人声鼎沸、叮铃咣当收拾设备的声音,每个人都忙着把自己部门的设备装上车,早早回驻地休息。

屏幕上显示的时间是 22:13,坐在监视器前的田原总算松了一口气。

女主角萧莫是中午到的,一早上的时间,田原已经用替身拍了三四场戏,萧莫一到,他就让晁正三台机器中景、近景、特写同时怼着脸拍。只半个小时工夫,就把三场戏女主说台词的镜头、做反应的镜头全都补完。至于戏怎么样……靠后期能剪出来!

田原这么安慰自己。

一根大拇指伸到跟前,他转头一看,是坐在自己身边的晁正。

"老大,我佩服你,居然把戏拍完了!"

别说晁正,田原自己也蛮佩服自己的。在女主角迟到半天的情况下,还是顺利拍完了 6 页多纸的剧本,完成通告的拍摄任务,而且演员还没有超时,加上化妆时间,正好12个小时。

田原起身走出导演帐篷,迎面遇上穿着长羽绒服,手捧保温杯的萧莫。

"导演——"倒是萧莫主动打的招呼。

"萧姐,辛苦了。"田原脸上堆着笑回应道。

"今天实在是不好意思哈,让你们久等了,昨天晚上开机宴多喝了点,结果今天一早起来就头晕……"萧莫手扶额头,双眉紧蹙,一副我见犹怜的样子。

"没事的萧姐,身体第一,状态好了戏也拍得好。你看今天不是很快拍完了吗。"

"那还不是导演现场把控得好!"萧莫嫣然一笑,显然被田原两句话夸得很开心,"导演,那我先回去卸妆了,改天请你吃饭。"

田原目送着萧莫坐上专车离开,喉咙里不禁轻轻"哼"了两声。拍戏十多年,这种逢场作戏、互相奉承的场面见多了。其实田原早有准备,萧莫拍戏迟到在圈子里不是什么秘密。所以挑选跟组演员的时候,他特意选了两个身材样貌跟萧莫接近的,随时可以作为替身拍个背影或者挂个过肩镜头。所以今天能把戏拍完并不是晁正想象的什么随机应变的结果,而是田原早就做好的预案。

走出厂房,田原不禁打了个寒战,他把羽绒服的衣领往上翻了翻。二月的雾岛温度虽然不像北方那样低到零下,却异常湿冷。

现场制片胖哥一边听着电话一边走到田原跟前。

"导演,丛山导演让你回去以后找他一下。"

"丛山导演?A组收工了?"

"没有,A组还拍着呢,导演今天没去现场。"

"他没去,那谁在拍戏?"

"程刚导演在拍。"

田原眉头微微一皱:"就是他的执行导演?"

"对。"胖哥答道。

"知道了,胖哥你忙去吧。"

B组导演车在田原身边停下,他压抑着心中的不快,钻进车厢。

走过雾岛公寓五楼长长的走廊,还没到丛山导演的房间门口,就听见里面传来一阵男男女女哈哈的大笑声。田原敲了敲房门,不一会儿门打开了,开门的是美术指导老袁。

"哟!田导,不对,田书记来了!快进来坐!哈哈哈——"老袁热情地把田原引进屋子。

丛山导演的房间是整个公寓最大的一间,复式上下两层,上面是睡觉的卧室,下面则是客厅。制片特意在客厅里准备了一张大圆桌,上面一桌子的菜只吃了一半,白酒瓶倒是空了三四瓶。

丛山导演坐在面朝大门最中间的位置,他的身旁是剧里演"江北小媳妇"的女演员赵小娥,目光相接的一瞬间田原注意到,她原本放在丛山导演腿上的手缩了回去。"小金手"金坤抱着他的小橘猫坐在靠楼梯的一侧,美术老袁和他的助手邹津则坐在另一边。坐在下首的还有两人,其中一个田原很熟悉,厂里的老制片卢冈,另一个是这次才认识的统筹老师孙宝国。

"田原,侬快坐、坐!"丛山用上海话招呼着,说话有点大舌头,显然酒有些喝多了。

田原在丛山的对面坐下。

"饭吃……吃了哦?"

"吃了,在现场吃的。"

"那,那就再吃点!"他指着田原面前的菜说。

田原点了点头,却没有动手。

"导演你叫我来是有什么事吗?"

"侬先吃点,马、马上张益就到了,阿、阿拉开只会。"

听丛山导演这么一说,田原似乎猜到了今天会议的主题。张益是田原的大学同学,他负责这个电视剧的宣传和发行工作也是田原力荐的。毕业后,张益就一直在上海一家大型的影视剧发行公司工作,从普通职员做到了部门经理,对电影、电视剧的发行有丰富的经验。他辞职后,第一时间就找到田原,想跟他合作。一个擅长制作、一个擅长发行,正好优势互补。

对张益的提议田原也很是心动,正好丛山邀他拍摄《守护》,田原就将张益介绍进了剧组。张益也没让田原失望,和丛山、黄子骏第一次见面,就拿出了一份60多页的宣传方案,把影片的宣传工作梳理得逻辑清晰、井井有条。不但如此,他还为剧组引入了一家投资方,虽然只有600万元资金,但也算是锦上添花了,这也更让他宣传总监的位置没有了竞争者。

田原剥了一只虾,胡乱吃了几口,11点不到2分钟的时候,张益来了。小金手吩咐手下的现场制片勇诚把桌子收拾干净。

不一会儿桌子收拾完,勇诚关上了房门,一众人围坐在桌前。

"张益,快讲讲什么情况?"丛山迫不及待地问。

张益看看田原,田原没做反应。

"累死我了,谈了一下午。"

"合同签下来了吗?"小金手问。

"没!"张益沮丧道。

"为啥?没事你慢慢说。"丛山说。

"下午黄总把我叫到他住的宾馆,跟他一起的还有两个人,一个律师、一个号称什么中戏美术专业毕业的,三个人围着我谈了一个下午。让我把预算摊开来,一项一项跟他们解释。解释完了,又一项一项问我,为什么是这个价格!比如微博、微信公众号维护,为什么要9万块钱?不就发发文章、发发照片嘛?他找人做做,发个基本工资就够了。我说黄总,人家专业团队不是上传文章、发两张照片这么简单的,微信微博关系到艺人的形象,每篇文章怎么写,每张照片怎么发,都是要跟艺人的经纪公司沟通的。照片把艺人的脸拍暗了,立马会招来粉丝怒骂;文章措辞稍有不慎,就会被'黑粉'抓住把柄。您找的人能为艺人的社会影响负责吗?如果您觉得没问题,那我把这块预算切出来,您去找人干OK吧?说到这儿,他没话了,又开始说海报,问做一张海报为什么要2万块?为什么还要做10张?我说海报的价格跟设计师的身价有关,人家业内的行价就是这样,是公认的价格。至于海报数量,是用途决定的,开机仪式演员还来不及拍艺术照,需要做概念海报,戏拍完了做宣传,就需要主题海报、单人海报、CP海报……人物海报做了萧莫老师的,总不能不做章永兴老师的吧?剧里五六个大腕,都得摆平吧?到了上线的时候,还需要横板海报配合视频平台的版式,这样算下来,可不得十多张?当然,如果预算有限,您也可以缩减,至于缩减几张,您定!他又被我说得无话可说。"

"问题都回答了,为什么还是没签下来?"田原问。

"说到最后,他又开始和我纠缠总价的事,说了半天,就是问我总价能不能再低个五万十万的?我说黄总,您一个亿的项目,跟我纠缠这点钱干吗?我预算都一项一项跟您解释了,如果您真的资金紧张,那您看哪项拿掉,您就拿掉!我这么一说,他又说,'哎!

话不是这么说的,项目做好是第一位的、什么什么的……',然后拿出手机,给我看他老家开发的别墅区,说自己这么大一片地,十个亿的资产,哪里是付不出这一两百万的人?只是第一次合作,大家各退一步,表示表示诚意。我说黄总,诚意我已经表示了,这份报价单,随便您拿给哪个专业人士评估都没关系,让别人来告诉您我有没有诚意。"

马不停蹄说了一大串话,张益拧开一瓶农夫山泉,咕嘟咕嘟地喝了起来。

"就这样了他还是没签?"丛山问。

"没签,"张益说,"他让两个手下留我吃了点宵夜,说自己有事,要赶回山东一趟,就走了。"

"什么?他回山东了!"丛山有些惊讶,田原淡淡地瞥了他一眼。

"是,晚上11点20分的飞机,现在应该飞了吧。"张益说。

"您拨打的电话已关机,请稍后再拨——"小金手拨了黄子骏的电话,果然已经关机。

房间里一阵沉默,大家面面相觑,丛山导演更是深眉紧锁,思考着。

张益给田原使了个眼色,田原知道他有话要和自己说。

"导演,我先回去了,明天7点的通告,我还要回去做点功课。"

"哦,快去吧,辛苦了!张益你也早点休息!"丛山道。

田原和张益一起退出了房间。

天台上,夜色正浓,两人站定在了角落里。

"你判断这个黄老板到底什么情况?他到底有没有钱?"田原问。

张益想了想,摇摇头:"吃不准,实力像是有的,但老是跟你纠结个几万块钱的事,不像是大老板的做派。听说你们合同也都没签?"

"嗯,"田原说,"所以这也是我担心的,按常理,合同没签,不应该开机的。说是说一个多亿的项目,现在看到他真金白银拿出来的也就几百万……"

"那为什么不停?"

"还不是因为丛山导演,请来的演员都是老朋友,订好了开机日期又变……哎,都拉不下面子——"田原叹道,"对了,你想跟我说什么?"

"我觉得黄总不一定回山东……"

"为什么?"

看看四下无人,张益压低了声音:"走的时候我瞄了一眼他手机,正好看到机票信息,飞的是北京。"

田原思考着,一时也没有头绪。

"另外,和黄老板聊天的时候,我感觉他好像对剧组有些想法……"

张益在田原的耳边轻轻耳语了几句。

他的话让田原不由得一愣。

"如果真是这样,事情怕是比想象的复杂多了——"田原心里想着。

2. 丛山

周丛山一夜没睡好,翻来覆去。

凌晨五点，他就从床上爬起来，给自己泡了一壶茶。

平日里丛山的习惯，就是这个点起床，今天虽然一夜都没睡好，但到了这时间，也已经睡意全无。

他顺手给黄子骏拨了一个电话，电话铃一直在响，却无人接听。开机第一天，就连夜离开剧组，绝对事有蹊跷。

还记得开机前黄子骏来雾岛，还是兴高采烈，满面春风，说要在剧组待个十天半月，看看明白拍戏到底是怎么一回事。现在才开机第一天就匆匆离开，也没跟自己打声招呼，留下一堆事情没有处理，特别是剧组工作人员的合同……丛山看着堆在书桌角落里的一叠合同，这些纸可是事关剧组300多名工作人员的切身利益啊！通常情况下，没有合同，剧组是不会开工的，现在大家能太太平平地开始工作，完全是在买他丛山的面子，各部门的老大很多都是自己几十年的朋友，B组的田原，更是自己公司抬头不见低头见的同事，所以大家才会愿意在合同没签的情况下就开始工作。

开机前丛山是催促过黄子骏关于合同的事的，但那时候事务繁忙，各项准备工作根本应接不暇。黄子骏只说了一句，他的法务在审合同，后面就被其他事情打断，谈起了开机仪式的准备工作了。原本想剧组一开拍，创作生产一稳定，就把合同的事情解决，可没承想才第一天，老板就走得无影无踪。

不知为何，丛山的心里总有些隐隐不安，一夜辗转反侧，他一直在复盘着这两天发生的事情，到底是什么促使黄子骏走的呢？

唯一能想起来的，是昨天中午吃饭时的一件小事。

昨天丛山起得晚，还是赵小娥中午要化妆，才把他从美梦中吵醒，起来洗漱一番后，刚走下楼打算去拍摄现场看看，就接到黄子骏的来电,约他午餐。

他拿着瓶茅台兴冲冲地赶到华贸君临大酒店,门口罗一诺早已等候多时,把他引进了包厢。包厢里只坐着黄子骏一人。黄老板很是热情地起身相迎,倒上酒,两人像平常那样推杯换盏起来。

酒过三巡,黄子骏说自己一大早已经去了现场,看了第一天的拍摄,因为没见丛山导演,所以中午就回来了。丛山觉察到黄子骏似乎话里有话,对自己作为总导演为什么不到现场,好像有些看法。

他"呵呵"一笑,问道:"早上现场情况怎么样?"

"很好,我看程刚导演和章永兴老师处得不错,还在讨论角色。B组那里听说萧莫迟到了,不过我去看的时候他们也拍着,用了个替身,我在监视器里看,那个替身的背影还挺像一回事的。"

"就是啊,我这次叫来的兄弟都很靠谱,人家程刚导演是长影厂的国家一级导演,职称比我还高哪,哈哈哈哈——拍戏就是这样,只要事先准备充分了,到了现场,就是执行,我们这些兄弟,一点问题没有!"说着,丛山一杯酒下肚。

黄子骏陪着抿了一口,说:"创作上的事我对丛山兄是一百个放心,全部交给你,我不懂,我也不管。不过另外有件小事我想请你帮我核实一下,看看是怎么回事。"

"什么事你请说。"

黄子骏示意服务员打开门,门外站着恭候多时的罗一诺。他向罗一诺招招手,示意他进来。

"一诺,你跟丛山导演说说今天的事。"

罗一诺:"导演,今天金主任把剧组的租房合同给我了,一共212间房,每间95块一天。"

"没错,我听说了。"丛山点点头。

"可是我在网上查了下,雾岛公寓在网上的房费是这样的。"罗一诺把一张 A4 纸递给丛山,上面是从网上打印下来的雾岛公寓的标价,"它最好的房间,1 500 块一个月,没有窗户的房间 950 块一个月,平均下来就是 30—50 块一天,价格跟合同价差了 2—3 倍……"

"是吗?"丛山凑近 A4 纸仔细浏览着。

"对,看了以后我也觉得奇怪,就冒充普通租户打电话去询问了一下,结果前台报出来的价格,跟网上的一样,也是带窗的 1 200—1 500 块,不带窗的 950 块……"一诺说。

"嗯——"丛山沉默了,看着 A4 纸上的价格,寻思着怎么回答。

"您要是不信,我这里还有我打电话的录音。"

"不用!"丛山说,"合同是谁给你的?"

"是金主任。"

"那你先别签,我现在……我回去问问他!"丛山本想当场打电话问金坤,又想想不妥,说到一半的话缩了回去。

"一间房 95 块,200 多间一天就是将近 2 万块,拍 90 天戏,那就是 180 多万块哪!丛山兄,价格如果差个两三倍,那可就是要花百来万的冤枉钱!"黄子骏拿着小酒盅在桌子上轻敲了几下,以示不满。

"我知道,回去我就跟金坤确认,看到底是怎么回事,你放心好了,没问题的。"

"那就好……导演,你知道我想的是什么吗?"黄子骏说,"我想咱们尽量少花冤枉钱,把真金白银用到戏里面去,用到看得见的地方,是吧?"

"没错,你说得对!"丛山应和着。

"像昨天开机宴,花了9万多块,这些钱我觉得花得都冤枉,剧组的餐食预算就这些,搞这种华而不实的开机宴,倒不如平常给工作人员加加餐,你说是吧?"

丛山一愣,他清楚地记得原本商量好,开机宴的花销并不在剧组的制作经费里,而是由黄老板另外单独支付,现在口风一变,竟变成了要剧组承担!尽管心里不爽,但毕竟房费的事情还没说明白,丛山也不便发作,只能忍着点了点头。

丛山喝着茶细细回想着,昨天这顿饭吃完后,他就返回了剧组驻地,因为多喝了两杯,一到房间就眯了一会儿。等到酒醒,老袁就来找他说合同没签的事。紧接着就是张益的事搞到半夜,一屋子人,他也不方便责问小金手。

他放下茶杯拿起微信,发语音让小金手来自己房间一趟。

不一会儿,门外传来敲门声,丛山起身开门,门外的果然是小金手。他把小金手让进屋内,顺势关上了门。

"阿坤我问你,房费的事怎么回事?"

"哦,这事儿……您把我这么早叫起来?"小金手有些不情愿,发现自己牛仔裤的拉链没拉,他稍微转了转身,侧对丛山把拉链拉了一拉。

"黄总说他问过,这里的房间最贵才1500块每个月。"

"他放屁!那是老董挂在网上吸引客户的,你信不信,一有人问,他就会说这个房型已经没有了。让你另挑贵的。"见丛山还是不放心,小金手安慰道,"这事儿我问过老董,他跟我说,1500块是不含水电、不含被子毛巾、不含每天打扫整理房间。这些加在一起,可不得翻一倍,别忘了这里的电还是工业用电。再说了哥,剧组 95 块一间房,算贵吗？现在横店什么价、车墩什么价？都 130、140 块一间！"

"你抽空给黄总去个电话,把这些情况挑明了说,不要有什么误会。"丛山吩咐道。

"你放心,哥,又不是什么大事儿。"

"你觉得不是大事,人家可当回事,昨天中午盯着我问。"

"那您没有问问他,组里工作人员的合同什么时候签？"金坤问。

"他说让一诺安排去了。"

"最好催催他尽快,组里不少人在问了。"

"你压一压,"丛山说,"跟他们说,就几天时间,该给的工钱一分不会少,让兄弟们放心。"

"得,那我先去,快出工了。"小金手起身出门。

丛山点了支烟,深深吸了一口。

心头的问题还是挥之不去——黄子骏在这么个节骨眼上突然离开？到底为什么？

3. 黄子骏

黄子骏是第一时间看到丛山打来的电话的。他的手指在接听键上停留了许久,终究没有接通。

其实他和丛山一样,一夜未眠。

一下飞机,他就住进了自己以前来北京常住的长城饭店。丢下行李,他瘫坐在沙发上愁容满面,脑子里盘桓的全是这几天发生的事。

他是开机前三天飞到上海的,原本打算在剧组待上十天半个月,把这个行当的门道摸摸透,另外,关于剧组报上来的预算,他也有些问题想和丛山探讨。

他在行李转盘拿好大包小包的行李,推着手推车刚走到出口,就看到出口人群中有人跟他招手。招手的人他认得,在山东时见过一面,是当时陪着丛山来的朋友老雷。

老雷五十岁上下的年纪,长得人高马大,头发已经秃成了地中海,他拨开人群三两步走到黄子骏跟前,抢过他的手推车。

"黄总,我来!"

"老雷,怎么是你来接我?派个司机来不就行了。"

"是导演让我来的,我们见过面,其他人怕不认得您。"老雷说。

"导演这两天很忙吧?"

"他是一刻不停,一会儿服装咯、一会儿演员咯、一会儿场景咯,都要他定。"

"晚上帮我挑个地方,我请他吃饭。"

"不用,导演已经订好地方了,我们这就过去。"

老雷把黄子骏的行李,放上了自己的宝马X5。

车子开上机场高速,没一会儿就到了跨海大桥的收费口,在跨海大桥上开了20多分钟就上了雾岛。在雾岛大道上又开了一会儿,转进一条只能一辆车单面通过的小路,最后停进了一个农家小院。这时候,天色已经暗了。

老雷引着黄子骏穿过院中的一群鸡鸭,走进前面一家挂着红灯笼的农家乐,丛山、小金手、老袁和罗一诺已经在包厢里等候多时,看到他来,纷纷起身迎接。黄子骏被推到了席位正中间,丛山导演不由分说先敬了他三杯。

小金手又给他斟上了一杯酒。

"子骏,"趁着斟酒的工夫,丛山说,"你今天过来,我们这颗心才算是落地了。"

"怎么了?"黄子骏不解道。

"你是不知道,这几天把我们跟一诺累的……"丛山说着摇摇头。

黄子骏见他话里有话,欲言又止,转而问一诺道:"一诺,怎么回事?闯了什么祸惹导演不高兴了?"

正在嚼着白斩鸡的罗一诺一脸茫然,争辩道:"没有啊,我跟导演好好的!"

"不怪他,不怪他,"丛山拍了拍黄子骏,说,"主要是你公司请款的流程,一诺又是第一次做,不熟练。"

"不熟练就多练,耽误事情怎么办!"黄子骏对一诺很是严厉。

"就是怕耽误事儿,才急着跟您汇报,就怕影响拍摄。"一旁的小金手迫不及待开口了。

"金主任,什么情况你直说。"黄子骏道。

小金手看了一眼丛山,丛山点点头。

"主要是摄影灯光器材,请款已经一个多星期了,一诺说公司还没给批。这笔钱不到账,器材公司就不给发车,没有摄影机没法开机啊——"小金手说。

黄子骏这才想起,一周前是有一笔 200 多万元的请款单递到他面前。他对照了一下预算,发现一共 300 万元的器材费,首期支付 210 万元。当场他就犹豫了,这也正好是他这次来想跟丛山商量的内容之一。虽然他以前没接触过影视行业,但首期款支付 70%,总觉得比例有些过高。

还没等黄子骏开口询问,丛山就先开口了:"子骏,这个事情是当务之急,拍戏拍戏,不就是要把戏'拍'下来吗?没有摄影机拿什么拍?全组300多号人就得住在这儿干等,等一天就是一天的钱,损失不起啊!"

"道理我懂,就是这设备要70%的首款,是不是有点高了?"黄子骏问。

"70%不多,很多公司都是要付清全款设备才出库,这家因为是哥们儿才给了这个优惠,"小金手刚说完,丛山又接了上来,"你算算,8辆厢车,从北京开到上海要两天,摄影组、灯光组清点调试设备最起码要一天吧?那勉强赶得上开机。事情十万火急,小金手跟对方好话说尽,他们才答应合同可以暂缓、首款一到,他们立刻发车。"

"今晚发车,还勉强赶得上后天的开机仪式。"小金手补充道。

黄子骏被两人你一言我一语说得也急了,来不及多想,抬头对罗一诺说:"一诺,去另外写一张请款单,我来签字。"

罗一诺答应了一声起身出门,不消片刻就带着请款单回来了。黄子骏粗粗看了一下,就在单子上利落地签下了自己的名字。

"你通知财务,现在打款!"

"好!——"丛山一拍桌子,又哈哈大笑起来,竖起大拇指:"有魄力!子骏,你这么爽气,我也跟你保证,这部片子拍完,稳赚不赔!"

说完举起酒杯,大家又是一阵推杯换盏,高谈阔论。在座的所有人,都跟黄子骏轮番敬酒,他也有些飘飘然了。

黄子骏最后是怎么离开农家乐、怎么坐上车、怎么回到宾馆的,他一概记不起来。只记得自己看手机时,是半夜两点。他支撑着勉强爬起身走进浴室,冲了个热水澡,脑子略微清醒了一点,刚准备躺下休息,门铃却响了。

门外站着金坤,他的身后站着一个女人,经金坤一介绍,黄子骏才知道她是剧组的服化组组长景海婷。金坤跟他说,景老师有急事找他。

一坐下来,景海婷就递上一份单据和一份名单,向黄子骏诉起了苦。

"黄总,我的化妆组1月19日就开始工作了,到现在一个月了,材料费都还没拿到,之前是我们自己贴钱买的化妆品给演员化妆,我垫进去5万多。还有服装,我是在横店靠刷脸才让人把衣服从库里发出来的,600多套衣服,出库费就欠40多万,人家天天打电话催我。听主任说,明天萧莫姐和章永兴老师就要进组,当天就要定妆,可是人家还卡着主演的衣服没发,说是拿到出库费才行……从横店发车到这儿,最快也要五六个小时,两个演员明天下午就到,如果明早不发车的话,是绝对赶不上的,我实在没办法了,才让主任带我来找您,您看能不能解决一下?"景海婷说得都要哭出来了,抹了抹眼角。

黄子骏听着,默默翻看着单据,一份单据上密密麻麻地写着已经购买的化妆品数量和总价,另一份是服化组的名单,有30多人。黄子骏心里算了算,两份单子加起来总费用超过95万。

"黄总,这么晚打扰您休息,这事儿十万火急,那些个演员都是圈儿里有头有脸的,明天第一天到剧组要没给人留下好印象的话,导演脸上挂不住不说,往后合作起来……人家心里也会有想法,"小金手说,"要是再存心给剧组找点儿不痛快,咱也没辙——"

黄子骏一脸疲惫地瞥了金坤一眼,小金手插着双手坐在黄子骏的对面,直直地看着他,他身旁的景海婷则低着头摆弄着手上的圆珠笔,三个人陷入一阵尴尬的沉默。

犹豫半晌,黄子骏还是拿起手机:"一诺,你来我房间一趟。"

没一会儿一诺敲门进来,黄子骏把两张签了字的单子递给他,让他明天一早第一时间处理。

目送一诺拿走单子,小金手一拍大腿站起身,给黄子骏道了个晚安,和景海婷一起走了出去。

房门一关,黄子骏却完全没有了睡意,越想越不是滋味。

这才第一天来剧组,连休息都没休息,就付出去了 300 多万?!自己事先看过预算,准备的一堆问题还来不及跟丛山讨论,钱就像流水一样哗哗地出去了?好歹自己也挂了这个剧的总制片人吧,花钱总该有个明白才是吧?

让他觉得不舒服的还有丛山导演今天的态度。听人说,导演在拍戏前,脑子里已经把片子演过好几十遍了,拍戏就是按着导演脑子里想的,把镜头一个一个拍出来。黄子骏自己把剧本翻来覆去看了好几遍,可除了有助睡眠之外,他丝毫也想象不出拍出来会是啥样?这次过来他还指望丛山好好跟他说说准备把这片拍成什么样子?有没有什么参考影片给他看看,让他心里有个底?可没想到丛山一开口也和小金手一样,跟他要钱,不是这里十万火急、就是那里刻不容缓……他感觉自己成了一个人肉提款机似的,谁都可以来拨弄一下按钮,只要输对密码,就能提出个几十上百万的。

黄子骏越想越不对劲,心里暗暗揣摩着,"明天要是再要我打款,我必须得整个明明白白!"

果然，同样的事很快又发生了。

第二天一大早，制片助理小宏就捧着早饭和一份合同敲开了黄子骏的房门。

"黄总，这是早饭，您慢用。"小宏一边把早饭放在黄子骏房间的书桌上，一边把一份合同推到了他面前，"这是剧组跟雾岛公寓的租房合同，主任说，请您赶快过目一下，今天要签掉。"

小宏一句话让黄子骏很不高兴，从36岁做银行行长开始，就没遇到过下属这么跟他讲话的。

"今天要签掉？你在教我做事？"黄子骏心里想着，毕竟还是没有脱口而出。他上下打量了一下小宏，跟罗一诺相仿的年纪，胖乎乎的脸显得有几分憨厚，丝毫也没有意识到自己说错了话，还在等待着黄子骏的答复。

"知道了，先放放，我吃完早饭处理。"黄子骏压着火，对小宏说。

打发走小宏，黄子骏拿起合同仔细翻看，200多间房，一个月又是60多万⋯⋯

正踌躇着，罗一诺进了房间。

"舅舅，您醒了！"

看到罗一诺，黄子骏突然想到了什么，说："一诺，你给我上网查查，查得到剧组住的雾岛公寓吗？"

一诺答应了一声，拿着手机一搜，很快搜到了信息。

"舅舅，查到了！"他把手机递给黄子骏。

黄子骏接过手机看了看，不由得眉头一皱，又把手机还给罗一诺，道："你打这上面留的电话，就说⋯⋯就说你是打算长租的，问他一个月多少钱？"

一诺答应了一声,拨通了电话……

"丁零零……"

一阵手机铃声,打断了黄子骏的回忆,看到手机上显示"方晶石"的名字,黄子骏立刻接通了电话。

"小方……对,我到北京了,住长城饭店,我托你约的人……晚上 7:30,天之锦,好的,到时见。"

挂了电话,黄子骏的情绪依旧难以平复,对,也许别人看来房费不是一件大事,他也侧面打听过,剧组一间房 120—140 块都是正常的价格区间,更何况制片组报给他的房价才 95 块一间。可他让一诺问到的价钱,雾岛公寓一套长租房最高才 1 500 块一个月!剧组报给他的价格整整虚高了一倍!这已经不是房价的问题,而是如果在房价上剧组对他都有所欺瞒的话,那其他的费用呢?是不是也同样存在着虚高的问题?昨天支付的器材费、服装化妆费,是不是也同样有水分?

另外他从罗一诺那里知道的另两件事,更加深了他的怀疑——第一,剧组租赁摄影器材的公司,有制片主任金坤的股份;第二,服化组组长景海婷,是金坤的情人,这早已经是剧组公开的秘密了!

难怪金坤对支付器材费和服化组的费用这么卖力,甚至不惜大半夜上门要钱!那一大早他的助理小宏送来的租房合同,金坤是不是也有利益在里面呢?

做了半辈子商人,黄子骏最受不了的就是受骗上当!

他匆匆离开剧组来北京,就是有人介绍他会晤一些行业的"关键人物",他想通过他们摸清楚影视行业这背后的门道。

"真金白银投的钱,不能随随便便被人黑进口袋!"黄子骏是这么想的。

4. 小金手

一阵局促的敲门声,把金坤从梦中惊醒。

他迷迷糊糊地走下楼梯开门,门外站着 A 组的现场制片勇诚。

"老大,出事了,你最好到 B 组现场去一趟!"

"什么事?"金坤睡眼惺忪道。

"具体我也不清楚,景老师这边打来的电话。"勇诚说。

"怎么又是 B 组,去他妈的——"他一甩门,抱怨着脱下睡衣开始换衣服。

今天是开机后的第三天,B 组就没少给他添堵。

B 组和 A 组不一样,A 组搭配给丛山导演的人,是他小金手一手安排的,从导演组到摄影灯光,全是自己人,只要自己一声令下,让他们往东绝不会往西。B 组就棘手了,导演、摄影、录音、场务,现场制片,最主要的几个部门,都是田原还有电影厂的那个老制片卢冈带过来的。

这个卢冈在剧组的职务是"总制片"。筹备之初,丛山悄悄告诉他,卢冈是东灿影业总经理老冈的亲戚,老冈七十好几的岁数了,又得了肠癌,不方便经常来剧组。所以派他在剧组做个代表,挂个虚职而已。所以小金手起先并没有在意,但工作了一段时间后,他越来越发现,这个"虚职"其实一点也不"虚"。在用人方面,卢冈一直在往组里塞自己人,A 组塞不进,就把人安排到 B 组;拍摄计划上,经常指手画脚质疑他的安排,想方设法把有利的方面安排给他的自己人。

在小金手眼里,卢冈、田原这拨人几乎每件事情上都在跟自己唱反调。仗着和丛山导演的关系,这帮人没少在丛山面前戳他的"蹩脚"。除了开机前那次 B 组副导演培子找服装组麻烦外,还有酬金这事,也一直被他们诟病。

其实在开机前,小金手是和 B 组谈过酬金问题的。

他最早约的就是晁正,价钱上倒也好说,晁正的开价不高,从他自己到他手下 11 个兄弟,价钱都在合理的区间内。小金手一算,每天的单价比 A 组还便宜了将近 1/3,本来已经准备高高兴兴拟合同了,晁正却忽地拿出一份器材单。

小金手一看,傻眼了。

重轨、伸缩炮、360 云台、变宽镜头、8K 摄影机、各种滤镜 70 多片……一众的电影设备!小金手盘了盘,别说器材的价格高出 A 组一倍多,关键很多设备他的器材库里根本没有!

这怎么行?!

拿到器材单的小金手,只好自己按着 A 组的单子,把他的器材单又改了一遍,没想到晁正又找到他,跟他把清单一项一项地又过了一遍,把自己想要的器材又一项一项加了回来。

小金手无奈,让助理小宏把情况反映给田原,没想到田原的反馈是:"一切按摄影师的要求来,他不干预摄影组的设备使用,也请制片组积极配合!"这下小金手火大了,关起房门一顿骂娘。

接着他谈的人,是录音指导老顾,据说他是总制片卢冈多年的朋友,也是个老江湖。那天小金手约了他一道喝酒,想酒桌上试探试探他的尺寸。没想到老顾来了个先发制人。

"金主任,你别开口,先听我说,"老顾抿了一口酒,悠悠道,"我知道你给 A 组录音开了什么价,我只问你一个问题,你知道我是什么人吗?"

小金手摇摇头,表示不知道。

"啧——"老顾不满意地撇了撇嘴,掏出自己的 OPPO 手机,划拉了半天,找出一张照片,努努嘴道,"你看看。"

小金手看到,照片是手机翻拍的,有些年数。这是张六个人的合影,照片正中那位他一眼就认出来,是圈内数一数二的大导演。站在左右两边的小金手也认识,毕竟他在京圈混的日子也不短。最左边的一位就是当年的老顾,那时的他风华正茂,尽管岁月在他的脸上留下不少风霜,但还是一眼能够认得出。

小金手还想细看,老顾一把将手机拿了回来。

"我不想炫耀什么,我就是想告诉你,我是什么人。"老顾用食指敲打着手机屏幕"哒哒"作响,一脸严肃地说。

小金手有些哭笑不得,跷起大拇指说:"是,顾老师老资格,跟大师合作过,咱自愧不如……得,您说个价,我看看咱们预算能不能承受?"

老顾用手指摆出了一个"八"字。

"8 万……一个月?"

老顾摇摇头:"8 000 块。"

"8 000 块一个月?"小金手有些疑惑。

"8 000 块一天。"老顾说。

小金手不由得倒抽一口冷气。

"8 000 块一天,90 天的拍摄就是 72 万,这个价……比 A、B 两组摄影指导的酬金加起来的还高!"小金手嘴上不说,心里早就一万只"草泥马"奔腾而过了。

"我知道你嫌贵,不过用我就是这个价。你到横店找,1 000块一天也有人愿意做,可他们敢做,你敢用吗?他们录的东西,我只能说也放得出声音!"老顾说得振振有词,倒是小金手无言以对了。

两次碰壁,他干脆把B组的人统统放着不谈。你们不是后台硬吗?不是仗着和丛山那点关系漫天要价吗?那你们自个儿热闹去吧!

没想到他这一躺平,却炸了锅。

先是田原导演以摄制组临时党支部的名义在剧组大群里给他发了一段话。大意就两点,一是要求他保障摄制组"广大"工作人员的利益,尽快和B组商定酬金;二是要求他沟通投资方——潍坊欣歆投资公司,尽快与摄制组各部门签约!

两条意见居然还在剧组群里引起热烈反应,不少人纷纷跟风支持。

趁着这个当口,老制片卢冈也火上浇油,跟着发难。跑到丛山导演跟前补刀,说小金手只顾着个人利益,把自己公司的器材费、自己女朋友服化组的费用拿到手,就再也不管其他人了!整天在房间里喝酒,剧组具体的问题一样也没处理,各部门工作人员来组的车票如何报销?演员定妆时间怎么安排?摄影灯光器材是否需要测试?车辆怎么调度?甚至最起码的连一份完整的剧组通讯录也没有整理出来!以至于剧组精确的人员数量竟没有一个人知道。

在小金手眼里这些问题都不是问题,毕竟谁能有他的本事帮着丛山导演搞定一个亿的投资?谁能有他的本事在戏还没拍之前就拿到播出平台的预购合同?这帮人无非就是看着他眼红、无理取闹罢了。他小金手还没把这些小崽子放在眼里!你们能来做这份工作挣这份酬金,还不是拜他小金手所赐?要不是他点石成金,也许现在丛山还拿着剧本没头苍蝇一样乱转呢!

　　他回想着一堆糟心事,不知不觉车子已经开到了B组现场。
　　一边走进厂房,小金手一边已经在心里面盘算好了,"不管你B组今天整出什么幺蛾子,我一定要你们好看!"
　　足有两千多平方米的厂房内,头顶上密密麻麻像漫天星斗般吊满了场灯,把整个厂房照得犹如室外。厂房被景片隔出了两个区域,从外面看,两个区域就如同被木条和木板包裹着的超级大箱子,真正的场景都裹在"箱子"里面,其中一处是剧里国民党军统的驻地,足有八九间办公室;另一处是石库门内中共地下工作者藏匿文件的三层阁。军统和他们苦苦寻觅的文件藏匿地点,在这里就只有几块木板之隔。两个场景中间也被利用了起来,隔出了一条曲曲折折的窄巷,据说美术老袁是打算把一些在外景操作起来比较困难的动作戏也挪到棚里来拍。
　　沿着窄巷绕到"军统"的正门,小金手看见门口聚着一群人,足有四十来号。外围多数是看热闹的摄影、灯光和场务,小金手拨开人群往里面走。一看是主任来了,不少人识相地让出一条路来。越往里走,中间争执的声音越清晰,小金手一下就听出了争执的其中一方是景海婷。
　　另一方的声音则比较陌生,声音洪亮,甚至带了点话剧腔。
　　"我早就跟你们服装组说过了,这样不行——听不懂吗,你们?"那个洪亮的声音显得趾高气扬。
　　小金手拨开人群,果然,景海婷和服装师老余领着几个现场的工作人员,拿着一件衣服在窃窃私语。他们对面,也就是刚才发话的那位,显然是个演员。他穿着衬衫背带裤,粘着一道上翘的小胡子,手里拿着顶圆礼帽,略显夸张的造型,一看就能让人联想到阿加莎小说中的人物大侦探波罗。

看见小金手挤进人群,"波罗"不由得瞥了他一眼。

"搞什么?什么事儿?"小金手一开口就摆出一副管事的样子,他深知,要压住剧组这帮人,不拿出点气场来是不行的。

景海婷从老余手上拿过衣服,走到小金手跟前,说:"主任,演员说外套不行,但这身衣服是开机前导演亲口确定的……"

"我告诉你,别拿导演来压我!"还不等小金手开口,"波罗"指着景海婷抢先怼了起来,"你想想这场是什么戏?宋查理从重庆乘船回上海,秋冬季节,就穿这么点衣服合理吗?起码要准备一件大衣吧!"

"后面戏我们已经拍过了,没有大衣。"景海婷争辩道。

"后面是场室内戏,而且中间还隔了两场。萧莫姐走进我的侦探社,我在屋里穿着衬衣和背带裤,""波罗"故意扯了扯自己背带裤的带子,不依不饶道,"根本没交代外套和大衣,这场我有外套一点也不影响接戏,昨晚初剪我都看过了!"

说到这里小金手想起来了,眼前这个演员,就是B组的执行导演,大家平时称他叫"川哥",听说他和田原是老搭档了,跟丛山也是同属东灿公司。难怪说到丛山他一点也不怵。

小金手也听丛山说起过这个"川哥",是个富二代,从小不好好念书,倒是有些表演天赋。考进上戏后,又去了新加坡进修表演。可惜演员这个行当,一分靠努力,九分靠天赋,碍于自己的先天条件,川哥专注做演员的那些年也没大红大紫过,不知不觉三十好几了,找他演戏的人也渐渐少了,终于还是决定转向幕后。遇到田原,两个人倒是一拍即合,没两年的工夫就一起合作了好几部戏,这次遇到又是自己公司的戏,自然也就跟着田原又一搭一档了。

小金手最讨厌的就是这些个和丛山有"裙带关系"的人,倒不是怕他们,只是一不小心,免不了又是一番口舌。

"有准备大衣吗?"小金手问景海婷。

"大衣都放在'家'里了,再说,他这个角色没给设计大衣……"景海婷回答。

"哟——这不是金主任吗?"川哥又发话了,"主任可别误会啊,我可不是为难嫂子,大家都是为了戏好,您说是吧——"

川哥的一句话,迎来围观者的一阵讪笑和骚动。

他的话把小金手激怒了,他和景海婷的关系虽然不是什么秘密,但在这样的公开场合对方竟然毫无顾忌地说出来,这分明是有挑衅的味道!剧组最忌讳的就是把这种关系放在明面上,尤其他又是制片主任,往后要是谁再和服化组有矛盾,他就很难再站在景海婷一边帮她说话,原本能倾斜的一碗水,反而没办法再往景海婷身上斜了。

小金手恨得牙齿直痒,他强压着怒火问道:"你们B组导演呢?田原人呢? 他就让你个执行导演冲在前面,自己躲哪儿去了?"

"我在这儿。"人群后传来田原不紧不慢的声音。

人群再次散开,小金手不由得一愣,只见田原跟三四个人一道走了过来,为首的是他和卢冈,他们身后是统筹孙宝国。

而丛山导演,则跟着他们三人,走在最后。

看到剧组最主要的几个领导都到场,周围工作人员"嗡嗡嗡"的议论声更厉害了。

"导演,您也来了?"小金手的目光越过田原,直接看向丛山。

丛山点着头,笑眯眯地走上前,看了看四周,大家都在等他开口。

"都是自己兄弟,遇到问题一起想办法解决,没什么大不了的哈哈哈——"丛山笑着说,挥了挥手,示意边上的现场制片勇诚。

勇诚倒也心领神会,立刻吆喝道:"开工开工!别看了别看了啊——时间紧任务重,今天的戏一半还没拍完呢,早点拍完早点收工!快快快——"

一顿吆喝,边上看热闹的人很快散去。

丛山转向田原道:"田原啊,你和川哥也是,先去拍戏。"

田原还想说些什么,丛山摆摆手阻止道:"你先去忙,这里我来处理,放心好了,去吧!"

看丛山导演这么说了,田原只得招呼上川哥,一起返回拍摄现场。

看到人走得差不多了,丛山才转向景海婷和小金手。

丛山说:"海婷,你回趟驻地,去库房里翻翻,看还有合适的大衣没有,给川哥准备一套。"

景海婷看看小金手,等待他的指示,小金手没说话,只不易察觉地微微点了下头。

"那……我记得还有两套备用的大衣,我回去翻翻看,放心导演。"她不情愿地说,又看了看小金手,小金手依然毫无反应,景海婷只得告辞离开。

"军统"大门外,就剩下丛山、小金手、卢冈和孙宝国四人。

丛山这才转向小金手,依然堆着一脸的笑。

"阿坤,你和卢冈、宝国跟我来一下,我们商量点事……"丛山一边说着，一边转身朝外走去，卢冈和宝国也相继跟着他往外走。

小金手依然待在原地没动，他感觉，丛山今天要跟他说的话，不一般。

5. 晃正

"小金手被解职了?!"

晃正对这种事是有名的后知后觉，他是在好几天之后才听说这个消息的。

除了有些吃惊和意外，他转念一想，又觉得这不是一件坏事。

今天一收工，他又飞快地跑到田原的导演车跟前，对着正在发愣的培子摆了摆手。

"我知道，我去坐摄影车!"培子很识趣地从车上下来，晃正毫不客气地坐在了副驾驶的位置上。

"老大，听说金主任被解职啦?"晃正问。

"这么大事情你怎么才知道?"田原说，"准确点说不是解职，是工作调整，他以后主要负责剧组对外联络。"

"那不就成外联了。"

"哎，主任，人家还叫主任。"

"早上我还发消息问他我们摄影组合同的事，"晃正说，"那现在怎么办?"

"合同的事卢冈和宝国老师管，你找他们聊合同……对了，先不忙找他们，回去后到 DIT 房间来一下，5217，我们看看素材。"田原一边划着手机一边说道。

"哦……好……"晃正答应着，尽管他心里着急合同的事，但田原既然说了,他也不好再说什么。

回到自己房间,晁正飞快地洗完澡换了身衣服,趁着还有点时间,跟家里的老婆孩子视频了10分钟。晁正离过一次婚,跟现在的太太有两个孩子,有了老二之后,太太子函辞掉了工作,一心一意在家带孩子,家里的经济收入全靠晁正一人。这些年和田原一起拍戏,再加上空闲的时候接点广告宣传片,晁正的摄影团队越带越顺,收入也慢慢稳定下来。年初,他换了一辆七座的新能源汽车,这下假日出行,一家四口加上岳父岳母就不愁坐不下了。现在他又在盘算着拍完这部电视剧,赚出一笔首付款,给全家改善一下住房条件。两个孩子慢慢长大了,总要有自己的活动空间,他看中了松江新城一套三居室的房子,120来平方米,地段虽然比现在住的地方偏了些,但是面积要大多了。这次他谈的酬金还算丰厚,再加上前些年的积蓄,付个三成的首付压力不大。

和妻子通完视频电话,晁正就出门去找DIT了。

DIT的学名叫"数字影像工程",听上去很高端,但其实在剧组的工作已经被简化成每天拷贝和备份素材。《守护》剧组跟上海的后期制作公司签了制作合同,公司派来的却是三个东北小伙。第一天收工晁正就去过他们房间,满屋子的电脑设备跟方便面、矿泉水堆在一块儿,地上满是烟头和方便面的残渍,三个小伙子叼着香烟,桌上放着啤酒、烤串,拖鞋蹬在椅子上,用油腻的手指在键盘上操作着备份。

有过这次经历,晁正没再有过去DIT房间的打算。直到今天,他一边做着心理建设,一边往DIT的房间去。平时悠长的走廊,今天却显得特别短,没一会儿,他就到了5217的门口。

5217的房门敞开着,里面传来一阵丛山导演标志性的大笑声。出乎意料,屋子打扫得出奇干净,不但满地的污渍没了踪影。器材箱整齐地罗列在角落里,电脑工作台、磁盘阵列光亮如新,没有一丝油渍。三个东北小伙穿着剧组派发的统一组服坐在电脑前,听候着导演的指示。

看见晁正进来,丛山热情地招呼他坐下。晁正一看,电脑后用折叠椅摆出的一排座位,丛山导演、田原导演、A组摄影指导孟凡,还有A组的执行导演程刚和美术指导老袁,大家已经一并排坐好。制片助理小宏和灯光师老周都只能站在角落里,哪里还有空位。晁正寻摸着,好在挑高的公寓房型,座位后面是通往二楼的楼梯,晁正干脆在楼梯上坐下,这里既躲在大家背后,又居高临下,把屋子里看得一清二楚。

"那我们开始吧!"看看人到齐了,丛山导演让DIT三个小伙开始播放素材。

只看了两段,晁正就有些坐不住了,这是他第一次看A组拍摄的素材,却发现A组拍出来的画面,跟他们之前沟通的完全不是一回事!他转眼看田原,果然田原的脸色铁青,神情中也透露着明显的不悦。

为了拍这部戏,晁正是下了苦功夫的。早在开机前一个月,他就把32集剧本近1 500场戏的气氛做了细致的分类,哪些戏是室内的、哪些戏是室外的、哪些戏是清晨、哪些又是傍晚、哪些是雨戏、哪些又是夜戏……每一种气氛,都对应地找了好几种参考方向。他又和田原一起,从可行的角度把参考方向一个个重新梳理,最终形成上百页的影像参考方案。然后他又针对剧中的三个主要人物,根据他们的人物性格、身份背景,各找了几十幅角度参考,形成了现在的方案。又针对剧中的几个重场戏,着重做了分镜头拍摄方案;再挑出了所有的动作戏,逐一寻找参考视频……

当他把准备好的方案打包发给丛山导演时,对方很快回复了一句"收到"并配上了三个大拇指的标志。就是丛山导演这简简单单的认可,也让晁正倍感欣慰。

A组的摄影指导孟凡,是开机前三天到达剧组的。

当晁正捧着打印出来的、厚厚的参考方案去找他时,孟凡礼貌地收下了方案,却说实在没有时间和晁正开会交流,原因是他们A组的合同还没有跟剧组敲定,开机前他必须找制片主任把这事办了。晁正是理解孟凡的心情的,所以他只简单向孟凡阐述了自己的想法,并说具体的细节已经全部落实在方案中了,孟凡表示自己一定会仔细阅读方案。不过晁正从他的眼神中感觉,他多少有些心不在焉。

果然,没有充分沟通的恶果现在显现出来了。

晁正发现,A组在拍全景的时候,基本是使用16 mm以下的大广角,在拍人物近景的时候,通常也就使用35 mm的镜头。而晁正自己,拍全景才会使用35 mm的焦段,拍人物近景,基本都是在使用85 mm—135 mm的长焦镜头!

选择的镜头不同,拍出来的感觉差异巨大!尤其这种差异在摄影师的眼里被无限放大,晁正看着A组的素材,仿佛是在看另一部片子!

撇开镜头的选择,光影气氛的塑造更成问题!记得开拍前,晁正特意和田原一起走访了几个石库门街道。一进室内,那发霉的味道、潮湿阴暗的气息、蹩仄狭窄的通道和终日不见阳光的楼梯,让晁正终生难忘。确实,也只有在这样的环境下,才藏得住党的秘密！而今天镜头里拍出来的石库门，却是明亮、通畅，本该隐匿于黑暗的地下工作者，却各个靓丽如明星……

晁正实在有些坐不住了，他站起身，像没头苍蝇般在众人身后踱步，寻思着怎么来表达自己的不满。寻思半天，他拿出手机给田原发了条消息。

"老大，我看不下去了，可以说话吗?!"

就在他身前的田原，手机"嗡嗡"震动了两下。田原看了眼手机，又放回衣袋里，回头瞥了晁正一眼。多年的默契让晁正知道，这一眼是在告诉他不要轻举妄动。他只好又坐回到楼梯上。

一周左右的素材并不多，初剪影片一个多小时就浏览完了。

"哪能？大家讲讲觉着哪能？"丛山看看众人问道。

一阵沉默，没有人先开口。

晁正想开口说什么，却发现田原正盯着自己，到嘴边的话又生生地憋回到肚子里。

"呃……那我先来说两句吧。"田原打破了沉默，大家把目光都投向了他。

"我自己就不评价自己了，等下听丛山导演和各位老师批评，我主要说说我看A组创作的一些感受，几个小细节提出来大家探讨一下。"

田原的话说得很当心，晁正心里非常明白，A、B两组才刚开始合作，如果关系弄僵，后续的工作会遇到种种难以预料的问题，这也是田原抢在他之前发言的主要原因。确实，晁正自己也知道，他说话太过于直来直去，在应对不同场合、察言观色、遣词造句这方面，的的确确差田原太多了。

田原继续说道："第一是石库门的拍法，我们都知道，这个石库门的比例,是在真实石库门的基础上做了放大处理的。如果还用广角镜头来表现,是不是会把错误的尺寸放大在观众眼前?对熟悉石库门的观众缺乏说服力……"

"这个我插一句,"没等田原说完,美术指导老袁插话了,"刚才画面我都看了,这里的景确实比一般石库门大,不过是同比例放大的。而且我在加工的时候,细节也是按照同比例放大的,我觉得拍摄还原得很好。程刚,拍得不错!"

老袁拍拍程刚的肩膀以示鼓励。

"不错,景很好!程刚拍得也过得去!田原,你继续说,还有什么问题?"丛山接着老袁的话头,给定了性。

晁正发现田原的嘴角抽搐了一下,把什么话生咽了回去。

见田原在低头思索,晁正忍不住了,说:"我觉得用光上有问题。我们去过真的石库门都知道,客堂间的采光是比较差的,阳光只能从天井这里照到门口,客堂间的内部基本是昏暗的,这样的环境才有利于藏匿……"

"咳……咳……"几声响亮的咳嗽声又一次打断了晁正。

这次是 A 组的执行导演程刚。

"晁正,对灯光有什么疑问可以跟孟老师单独讨论,我们不说这些具体的。"

晁正一愣:"可是……"

程刚继续抢白道:"我们石库门的环境跟 B 组拍的军统不一样,你们是内景,可以做大光比,我们的天井是个半外景,气氛就是这样。"

晁正:"我觉得……"

"我觉得不是每个场景都适合像你们那样做强光的,"程刚没有给晁正说话的机会,"你看我们大门口进光的面积,做强光束好看吗?整个画面会曝光过度。"

晁正:"我不是说一定要强光……"

"好了好了,呵呵呵——"这次是丛山导演摆摆手打断晁正,"我觉得两组拍得都不错,没大问题,就照这么拍!"

"导演,您看看我拍的石库门有上海味道吗?我不是上海人,不太吃得准。"说话的是A组的摄影指导孟凡。

孟凡不像一般人们印象中的摄影师,人高马大,有着强健的体魄。相反他人长得瘦瘦小小,戴了副眼镜,斯斯文文的样子,倒正好和晁正形成鲜明的反差。

"有!挺好的!没有问题!"丛山很快回答,他一拍大腿站起身,"你们这两天辛苦!田原,程刚,早点回去休息。明天一早还要出工,还有晁正,没问题的,都是自己兄弟——"

丛山一边说着,一边自顾着走了出去。

见导演走了,众人也纷纷起身离开。田原也一言不发,起身朝门外走去。

走廊里,晁正跟在田原的身后,两人沉默无语,他看见,田原的拳头攥得紧紧的。

走进田原的房间,晁正一把关上房门,忍无可忍道:"老大,这什么意思?我连发言的权利都没有了!我一开口就打断我!"

田原站在窗口,背对着晁正看着窗外,依然一言不发。

"还有A组拍的,那什么东西!拍偶像剧吗?跟谍战剧有半毛钱关系!他们拍的素材跟我们能剪在一起吗?"晁正一脸的烦恼,一屁股重重坐在楼梯上。"本来觉得丛山导演搞来这么多钱不容易,一个亿啊!大家终于可以好好弄个项目了,结果都是什么鬼?

什么都好的,什么都没问题！都是兄弟姐妹！这么多问题,眼瞎了,一个都看不到!?"

一顿抱怨,晁正也不知道该说些什么,一拳重重锤在墙上。

"晁正,"田原终于开口了,语气一如既往的平静,"你先回去休息吧,有什么话明天再说。"

晁正还想说什么,但看到田原的背影一动不动,丝毫没有回身的意思。他知道,田原心里也不好受,毕竟,这个戏的成败对他来说,要比对晁正自己重要得多。

他默默起身走出房间,轻轻关上房门。

"让他静静吧,今天大家都累了。"晁正想着。

第三章　家　长　会

1. 田原

今天是 3 月 5 日,《守护》开机已经两个礼拜了。

田原怔怔地看着面前的通告单,今天 9 场戏,4.3 页纸,一个早上已经拍掉 5 场了。

这几天 B 组的工作状态已经渐入佳境,无论拍摄质量还是速度都提升不少。今天的戏不是什么重场,本该多排些戏量抢进度的时候,统筹却给出比平时更少的工作量。

"照现在的速度,下午 4 点就该收工了。"田原想着,心里却莫名地有些不安。

"田原？……田原！"

田原从沉思中回过神来,叫他的是川哥。

"怎么了川哥？"

"我算算镜头,这场应该拍完了吧？是换场还是……"

"导演,饭到了。"一旁的 B 组现场制片小胖悄声提醒田原。

"那就吃饭吧……"田原说。

"好——放饭、放饭！"田原话音未落,小胖已经扯着喉咙喊开了。

田原站起身,小胖立刻在边上指路,"导演这边,桌子已经给您摆好了,找了块地方,风不大,还能'孵孵'太阳。"

沿着厂房的外墙,支着长长的一排帐篷,帐篷下是整整齐齐摆放好的折叠桌椅。这里是工作人员用餐的地方。现在是吃饭时间,帐篷底下已经乌泱泱挤满了人。每个部门都会有人早来两步,为一个部门的同伴尤其是组长抢占尽量舒服的位子。因为桌椅有限,往往晚来的人就不得不站在边上等了。相较以前田原刚入行时候,大家坐在马路沿上吃饭的情形,现在的条件无疑已经好了很多。普通的员工,人手一份盒饭,吃不饱的,还能多拿几个馒头,菜虽然有限,主食是管饱的。有经验的人还会自己准备点"老干妈"、拌饭酱什么的,为单调的盒饭增加些滋味。

导演和几个核心主创的桌子,支在不远处的老槐树下,这里环境确实比帐篷区要更好些,田原等人还没到,场务已经摆好一桌子的菜,花花绿绿的,看上去煞是丰盛。

剧组的盒饭是分档次的,剧组会为普通工作人员提供一份盒饭,通常是三个菜,用塑料饭盒装着,想要喝汤的,可以拿着塑料汤碗从不锈钢大桶里盛。而核心主创跟演员们的特餐就不一样了,每个菜都用多层保温饭盒分别装好,层层叠叠足有四五层,三四个特餐的饭菜摊开来,看上去就像有二十来道菜似的,足够把桌子撑得满满当当,豪华丰盛。

不过田原是做过研究的,一份特餐跟一份盒饭比起来,除了分装方式不同,菜色其实没有太大区别,顶多会给你增加一道荤菜,汤里面多几块骨头罢了。吃也就是吃个场面,毕竟,饭盒的高度彰显出了地位的不同。

田原在桌子前坐下,晁正、灯光师老张和川哥也相继落座,桌子前虽然还有空位,但其他人是很识相的、不会来坐的。他扒拉了两口米饭,吃了一块糖醋排骨。排骨烧过头了,肉质有些柴,嚼起来有些吃力。他咽了一半又吐出一半,便放下了筷子。

"川哥,你们合同签了没?"晁正问坐在自己对面的川哥。

"没啊,你们呢?"

"老张,你呢?"晁正又转头问灯光师老张。

"我们……应该是签了吧,那天我问孟凡,他说签了的。"老张一边埋头刨饭,一边说。

虽然田原低着头貌似在捡看着中午的菜色,但他明显感觉到晁正和川哥正盯着他看,他心里很清楚他们的意思,老张是 A 组摄影师孟凡带过来的人,A 组的摄影、灯光、移动组加上 B 组的灯光、移动组,都是由孟凡从北京带过来的。开拍前,田原还担心灯光组和晁正的摄影组在配合上会有问题,没想到拍摄现场却是出乎意料的"和谐"。大家见面一聊才发现,老张和晁正是山东老乡,一个在潍坊、一个在淄博,是背靠背的"邻居",两人的村子又邻得近,连说话口音都没什么差别。老张 40 来岁的年纪,比晁正稍长,也算是同龄人了,说起老家的地名、商场、特产,甚至人名都对得上号。他和晁正一样,家里也是两个男孩,说起孩子的事,更是和晁正有说不完的话。就这么一来二去,两三天的工夫大家已经混熟了。再加上老张业务上也是个熟手,配合度极高,田原和晁正对场景有什么气氛要求,他一点就通,三两下就把灯光布置到他们想要的效果。所以两个礼拜下来,田原和晁正已经把他当自己人看了。从老张那里田原打听到,整个摄影大组 75 人中,除了摄影 B 组的 12 人外,其他都是由孟凡的公司出面跟剧组签合同,起先遇到的情况也和晁正他们一样,合同送上去石沉大海,没有任何音信。开机这两个礼拜里,孟凡每天一收工就去制片主任房间坐着,小金手被解职后,他又开始盯上了孙宝国,有时候见丛山导演在,他也会在他房间坐上个把小时。孟凡说话为人温文尔雅,也不吵也不闹,时不时还会和大家聊聊文学诗歌,所以尽管都知道孟凡的来意,也没人会太反感。田原深知在待人接物这事上晁正的火候差得太远,所以几次晁正说要去找制片主任理论合同的事情,都被田原给叫住了。一方面他怕出事;另一方面他也觉得这么做的效果不大,他知道签合同的权力在黄子骏手里。开机才第一天,黄子骏就不告而别,这背后一定是有原因的。虽然他留了一个自己的助理罗一诺在剧组,说是代他处理剧组事务,但田原心里很清楚,这个乳臭未干的小朋友只能在这里做做摆设,事情想要有结果,还是要看黄子骏的态度。而事实上孟凡每晚的蹲点也确实没起到实质性的作用,无论是小金手、孙宝国还是丛山,都告诉他合同要投资公司盖章才行,也就是必须要黄子骏才能决定。

"你们合同签了,钱付了吗?"晁正在问。

"没呢,还一分钱没付呢。"老张答道。

"老张,你说你们合同签了,是哪天的事情?"田原问。

"好像就是前天。"

老张这么一说,田原想起来了,就在前两天,孟凡终于给剧组下了最后通牒——如果再拿不到合同,摄影组就要集体罢工了。田原是第一时间听说孟凡的行动的,他并没有到处声张,当然也没有去劝孟凡冷静,他也想看看孟凡这么做到底能带来什么结果。

对剧组来说,用罢工的方式争取权利,是个非常冒险的举动。因为这可能导致两种后果:第一,制片方其实早就对你的工作不满意,你威胁要罢工,他们正好顺水推舟炒了你的鱿鱼;第二,罢工取得了效果,制片方为了减少损失,答应了闹事者的条件。但即便如此,也不意味着罢工者的胜利,因为在制片方找到合适的替代人选后,这些闹事者会被第一时间开除,更会在圈子里留下不好合作的名声。

孟凡这么做,恐怕也是被逼急了。

田原选择不动声色,也有他自己的考虑,因为他心中总有一点疑惑始终没有解开——黄子骏到底是因为资金有缺口才拖延签约,还是因为对制片部门不满,而有意为之呢?

如果说是资金问题,田原多少有些不相信,欣歆房产大片的别墅楼盘货真价实地摆在那儿,丛山导演是亲眼见过的。再说1.2亿元的制作预算,黄子骏也是在参与项目前就已经心知肚明的。一个年过半百、事业成功的房地产商人,不可能意识不到资金安全的问题吧?口袋里没有超过一半的自有资金,谁敢轻易启动一个超过1亿元投资的项目?可现在项目才花了多少钱?住宿费、场地费、置景道具费加上演员定金,不过才花了700多万元,投资人没钱的可能性似乎并不大。

而孟凡签掉了合同这件事,恰恰印证了田原的看法,黄子骏不是没钱把戏拍下去,而是另有原因,这个原因恐怕只有一个,就是剧组的管理问题。

相比较投资人的情况不明,制片组的管理混乱却是显而易见的。

田原是在三天前才看到这部电视剧的预算表的,拿到预算的那一刻,他震惊了,一个1.2亿元投资的项目,预算仅仅只有两页A4纸!有些预算项目上,居然还有人工涂改的痕迹!

最让田原觉得不可思议的,是这个剧组居然出现三个制片主任,金坤片酬90万元、卢冈片酬90万元、孙宝国片酬90万元、美术人员加材料总包价1 000万元,且没有一条明细……

田原完全傻眼了,他曾经合作过行业内一位资深的制片主任,那部戏先后分了三个组、六个城市拍摄,70多个主要演员中不乏大牌明星。制片主任独当一面把所有事情安排得妥妥帖帖,还提前计划三天完成拍摄,不仅老板乐坏了,工作人员也人人叫好。关键田原还打听过他的片酬——人民币80万元。

比起那位"80万"的制片主任,这三位倒像是庙里的三尊泥菩萨,从来没见过他们在拍摄现场现过身。小金手被解职以后,每天躲在房间里喝酒,好几天也不露面;孙宝国虽然是名义上的主任,却低调得像个隐形人,只在房间里擀擀饺子皮做做饭;卢冈则每天在剧组微信群里发发雾岛的天气预报,提醒大家穿衣吃饭。其实现在人人都有手机、有网络,卢冈那些所谓的提示,根本就没人在意。

当下面有人问起签合同的事,三个制片主任踢皮球的技术倒比国足要强不少,问小金手,小金手说,他现在已经被解职了,你们去问宝国;问宝国他却说,价钱当初是小金手谈的,他无权确认,让找卢冈来定;再问卢冈,卢冈却说,解铃还须系铃人,你们让小金手确认了再说,再问小金手,小金手说他已经被解职了,没这个权力,还得去问宝国……

皮球踢了一圈又一圈,下面干活的工作人员每天在现场拍摄十三四个小时,实在没精力再和三个制片主任耗,多数人也就不了了之,等着组长想办法解决。

踢皮球的事情不说,最让田原想不明白的是,小金手既然已经被解职了,为什么还拿着90万元的职位酬劳?

制片组的管理问题早就是公开的秘密,黄子骏再是傻子也不可能看不到这些问题。再加上先前住宿费虚高的事,种种迹象让田原觉得，在上述两种可能性中，他更倾向于后者。

"导演……导演？"现场制片小胖的声音把田原从沉思中拉了出来。

"小胖你说？"田原抬起头，勉强挤出点笑容，让自己表现得轻松些。

小胖看了看四周，低下头凑到田原耳边低声道："丛山导演让我通知您，现在马上回一趟东灿公司，山东黄总、闵总和他等着你。"

田原微微一愣。

"黄总？他来上海了？"

小胖神秘兮兮地点点头。

略一沉吟，田原的表情中露出了几分轻松，和之前挤出的笑容不同，这次的"轻松"却是发自内心的。黄子骏能来，恰恰证明他的推测是正确的，如果这个老板口袋空空，他为什么要来？他来，就是要来解决问题，剧组的管理问题一解决，就能顺顺当当拍戏了。田原又记起刚入行时候，自己老师跟他说过的一句话："这世界上只有开不了的机，没有拍不完的戏。"

想到这里，他盖上面前的饭盒，关照道："川哥，下午的戏你来拍，让培子帮你盯现场，我要回趟公司。"

"去！快去快去！"

川哥和晁正都异口同声地催促着，显然他们也意识到黄总过来的重要性，没有落实的合同总算要有眉目了。

田原起身稍稍整理了一下衣服，导演车已经在不远处开好车门等着他了。

2. 丛山

下午两点不到,丛山和老闵就早早坐在公司的会议室里。

丛山是昨天大半夜接到黄子骏的电话,说他今天来上海,并约了下午两点在公司碰头。丛山一大早就把这个消息告诉了老闵,自己则放下手头所有的事情,早早赶来。

"丛山,今天的会议你通知田原了吗?"老闵问。

"他在现场拍戏,我没跟他说。"

老闵沉吟片刻:"通知他一下,让他来吧,一起听听黄总怎么说。"

丛山还想说什么,临到嘴边还是把话咽了回去,他给现场制片小胖发了消息。其实丛山心里觉得,把田原从拍摄现场叫回来开会,实在没有必要,既然黄子骏肯来,就已经说明一切了。

昨晚的那通电话,是黄子骏不辞而别后两人第一次通上话。这十来天里,丛山打了无数次电话、发了无数次消息给黄子骏。消息倒是有来有回,速度有快有慢,有时候隔不了两三分钟就回了,有时候却要间隔两三小时才有回复。而电话,黄子骏是一个也没接。这期间丛山做了一个测试,凡是说到剧组工作安排或者拍摄进度的事,黄子骏回消息的速度都不慢,半小时以内就有回音;凡是问到合同签署或者跟酬金有关的事情时,就没了音信,好一点的情况,也是隔了两三个小时才有简单的回复。

而这十来天时间,只有丛山自己知道是怎么过来的。剧组一开动,处处都是用钱的地方。前三天还算太平,从第四天开始,他就接到各种演员经纪人的信息。

"丛山导演,开机已经三天了,按照合同应该支付我家萧姐第二笔款了,您看什么时候打过来?提前跟我说一声?"

"导演,昨天公司查了账户,章哥的第二笔款还没收到呢,公司让我问问情况……"

"导演,发票我们上周快递给主任了,应该收到了吧?麻烦能不能尽快打款,公司月底要入账……"

"导演……"

经纪公司还算好对付,回复个三言两语也就暂时过去了。拍了这么多年戏,丛山心里清楚,只要拍摄现场跟演员处好关系,出于保护自己的公众形象,演员也不会因为酬金的事轻易不参加拍摄。剧组各部门丛山也不是太担心,虽然这几天来问合同的人越来越多,三个制片主任连轴转地应付。但是他知道,这些部门老大不是自己的朋友,就是金坤或者田原带来的,就算看在他们三人的面子上,一时半会儿也不会闹出什么事来。不过这只是暂时的,时间一长,什么脸面也挡不住大家对酬金的渴望。

眼下最让丛山头疼的还是日常拍摄的开销,每天出工,六十几辆大小车子的油费是立时半刻要支出的,车要是跑不动,还拍什么戏?给剧组供餐的饭店是小本经营,每两天结一次账,吃不上饭,活也是干不下去的;拍摄动用的群众演员,需要每天结账,拍摄使用的场景需要提前置好、拍摄需要的道具得及时采购……光这些零零散散的费用,每天就要小十万元,没几天工夫,留在制片组的几十万元备用金就消耗殆尽了。情急之下还是小金手和老袁出了主意:第一,立刻换一家供餐的饭店,跟新的饭店签个合同,餐费十天一付,这样在吃饭问题上先争取了十天时间;第二,摄制组的大型车辆不回驻地酒店,每天只有接送人员的车辆来回,这样每天又节约了千把块钱的油费;第三,给两个摄制组每天少排些拍摄量,在现有的场景里尽量多拍几天,同时减少群众演员,实在需要的时候,就剧组自己人上!

三条举措一实施,倒确实起到了立竿见影的效果,每天的开支有所减少,这才让剧组撑到现在。丛山心里也很清楚,这些不过是权宜之计,要真正解决问题,还是要靠黄子骏这个投资人!所以他这些天最重要的工作,就是给黄子骏打电话、发消息,不停地催促他打款、签约、来雾岛解决问题。至于田原提出的,什么表演尺度对不对、气氛有没有做到位、AB组在风格上有多大差异,他完全没心思考虑,甚至心底还有些埋怨田原,这都火烧眉毛了,戏拍不拍得下去都不知道,还花时间讨论这些?!当然,这些话他是不能说出口的,因为他还是这部戏的总导演,总导演怎么能只讲钱不讲艺术呢?

所幸昨天晚上黄子骏终于给他打了电话,要飞过来和他们见面。谢天谢地,人能来就好,因为人来了就是一种态度,说明他要解决问题,甚至已经有了解决问题的办法,只要按合同把钱打过来就行了,有什么问题都能商量,有什么事情都能妥协,你不是觉得剧组房价有问题吗?约了公寓董老板一起谈,我丛山帮你黄子骏一起砍价!你不是觉得制片主任酬金高吗?你说个数,他们接受不了,我丛山自己掏腰包贴钱给他们!

"笃、笃——"会议室门外传来敲门声。

"请进!"丛山抢在老闵前叫道。

推门进来的是办公室的行政小严。

"领导,黄总到了。"

"快请他进来!"丛山又抢在了前头,老闵不由得瞥了他一眼。

小严一闪身,让进了黄子骏。

"子骏——"丛山笑着站起身打招呼。

黄子骏向他和老闵点了点头,一脸疲惫地在他们面前坐下,两只手掌在脸上抹了一把,眨巴着眼睛让自己保持清醒,疲惫的身形加上浮肿的眼袋和布满血丝的眼睛,整个人像只"煨灶猫"[1]一般,跟开机仪式时比起来判若两人。

看着他的样子,丛山脸上的笑容凝固了,他和老闵交换了一下眼色,老闵也阴沉着脸,似乎有不祥的预感。

"一大早的飞机是吧,累了,快喝口水。"丛山似乎在为黄子骏的疲惫找补着。

黄子骏点点头拿起杯子,好像花了很大力气才把那口水咽了下去。

"歇口气,我们慢慢聊,不急。"丛山笑着说。

"丛山……闵总,"黄子骏的语速特别慢,话音中还带着几分沙哑,"我急着赶过来,是想跟你们商量个事……最近呢,有些意外情况——"

黄子骏几乎是一字一顿地在说话,坐在他对面的丛山和老闵平静地听着,但丛山的心,却像块石头似的,随着他说出来的每一个字,越来越沉。

"钱……不是没有……是一下子拿不出那么多了。"

会议室的空气凝固了,丛山瞥了瞥身边的老闵,他脸色铁青,右手攥着拳头,大拇指不断摩挲着。

"你们千万不要误会,这戏我是一定要拍的,就是最近资金出

---

[1] 煨灶猫:精神不振,一副倦态,像靠在灶头上的猫一样。

现了一点周转困难……"

"子骏,你别急,慢慢说怎么回事。"丛山嘴上说着让黄子骏别急,其实心里最慌的就是他自己。

"事情说出来……我自己都觉得像演戏一样,丛山你知道我跟恒大有个合作项目去年撤销了,原本上个月就该把那笔 3 000 万元的资金撤回来投资我们的戏,结果他们前两天告诉我,项目审计有问题,那笔钱被冻结了!"

丛山和老闵听着,没响。

"辉扬公司你们是知道的……"

"没错,听你说过他们想投资的。"丛山点点头。

"最早谈好了投资 2 800 万元,结果这个月他们经营班子调整,规定国资不准投资影视剧,这笔钱又打水漂了——"

老闵和丛山听着,皱紧了眉头。

"这还没完,"黄子骏继续说,语气越来越虚弱,"我在银行申请了 2 500 万元贷款,所有手续都已经备齐,刚准备走流程,帮我操作贷款的业务经理突然生病了!说是住院手术,要两周以后才能上班……你说这事凑不凑巧?所有坏事都凑到一块儿了——"

随着黄子骏的一声叹息,会议室又陷入一阵沉默。

会议室的门被推开,田原导演出现在门口。

"抱歉来晚了,片场过来有点路程……"田原说着,发现会议室里沉默的气氛,也是一愣。

"田原来啦,坐,快坐……"丛山招呼田原,在他身边坐下。

丛山三言两语简单跟田原说了一下情况,田原有些坐不住了。

"黄总,咱们签的合同很明白,您是投资人,负责筹集拍摄资金,至于钱哪儿来我们不关心,我们关心的是用钱的时候钱到位了没有？现在开机十几天了，大部分工作人员连合同都没签，要是再这样下去，我们只好停机了。"田原说道。

听到"停机"两个字，所有人的汗毛都竖了起来。

沉默许久的老闵终于开口了："田原提到了'停机'……丛山你是制片人，你看看，'停机'是不是一个选项？"

没想到老闵把皮球踢到自己这里，丛山一时不知道该怎么回答。但是他非常清楚"停机"是个多么危险的决定。一旦停机，不明所以的员工就会意识到剧组出现了问题，很快就会流言四起，他们的反应不是乖乖等着人来解决问题，而是开始讨要工资。如果再没能及时拿到工资，就很可能会酿成各种事端，到时候别说重新开拍，如何收场都将是个未知数。

"停机肯定不是最佳的选择……"丛山悠悠地说，一边思考着。

"刚才我还没把话说完，田导演就进来了，后来大家就开始讨论'停机'的事，越扯越远了……"黄子骏看了田原一眼，语气中带着轻蔑，还带了点嗔怪的意思。

听出了黄子骏的弦外之音，丛山连忙道："哎，对了，你刚才好像说，钱不是没有，只是一下子拿不出那么多？是什么意思？"

"就是字面意思，"黄子骏说，"停机是肯定不能停的，你们只要再给我 10 天，也就是到 3 月 15 日，我就可以先打 500 万元给剧组，3 月 20 日，我能再打 500 万元，月底的时候，再进 1 000 万到 1 500 万元。等过了这个月的坎，下个月我的银行贷款一下来，就再有 3 000 万元！"

黄子骏说得斩钉截铁，说得连他自己都激动起来。

"如果这样的话，那我们就活了！"丛山兴奋得一拍桌子。

老闵抬起脑袋，看着天花板默算着："500、500、1 000 到 1 500、再加 3 000,就是 5 000 到 5 500……跟我们定的预算还是有差距啊——"

田原也点点头,补充说:"加上前期 700 多万的投入,杀青前还有 2 000 万元左右的缺口。"

"这就是我来找大家商量的原因,咱们都是一家人,一家人不说两家话,"黄子骏扳着手指头开始算,"你看,600 万的编剧费、丛山导演你 400 万的导演费、150 万的制片人费,还有田导 130 万的导演费、闵总您 100 万的总制片人费,这些加起来就将近 1 400 万,这些钱咱们晚点拿,先把项目做出来!只要项目做好了,不但酬金一分不少,我还给大家分红,给大家股份!你们看行吗?"

丛山、田原和老闵,三人交换了一下颜色,没有马上回答。

"就算我们一分钱不拿,那剩下 600 多万元的缺口呢?后期制作的费用呢?"田原追问。

"晚上我再和两个演员商量商量,看他们能不能减点费用换成股份,再不行,我就把我的别墅抵给他们,这总放心了吧?现在是非常时期,咱们憋口气,把这两个月的难关渡过去,后面就好了,后期的经费不是问题,而且下半年就能把欠各位的钱给补上,怎么样?"

黄子骏期盼地看着三人的反应。

老闵左右看看,问:"怎么样,你们俩怎么想?"

"我没问题!"丛山第一个表态,"只要项目能做下去,我不拿钱一点问题没有!"

老闵又转头看向田原。

田原沉吟片刻,也点点头:"能拍下去总比不拍好吧,毕竟大家已经投入那么多了。"

"那编剧那边……?"丛山问。

"我试着说说吧,"田原说,"毕竟这个戏也是他们的心血,他们也不想半途而废。"

丛山点点头,信誓旦旦道:"侬叫罗茜和孤叟老师放心,无论项目最后哪能,我丛山以个人名义担保,伊拉的编剧费一分洋钿也勿会少!"

3. 黄子骏

华灯初上,老雷开着宝马 X5,载着黄子骏开在中环路上。

黄子骏的身边放着两瓶茅台,这是下午开完会临走时丛山导演塞给他的,说是公司招待用的"土酒"。丛山被老闵留着脱不开身,要商量"其他"事情。但他觉得今天晚上和两位主演的这顿饭关系重大,要是黄子骏能稳住两个演员,完成拍摄就没问题了,所以他拿出了公司里最后的这点存货。

"黄总,你晚上喝酒可悠着点啊,那个章永兴老师酒量可不一般,上次丛山导演跟他喝,差点也醉过去。"

"老雷,你和丛山导演认识多久了?"

"有五六年吧。"

"看你样子,不像是一直做司机的。"

"嗨,这次是来玩玩的,"老雷说,"我前几年在蒙古那边做些外贸生意,机缘巧合帮他攒了个合拍片的项目,有蒙古文化部背书的,最后黄了。这次他说这个大戏,让我来玩玩,我正好也闲着没事,就来了。"

"所以嘛,我一看你就是个有资源的人,你这样可惜了,等戏拍完,咱们好好聊聊。"

"那我先谢谢黄总了!"老雷被夸了两句,也挺高兴。

和主演吃饭的地方定在了市区一家高档的杭帮菜馆,位于北外滩最中心的位置。黄子骏到包厢的时候,萧莫和章永兴已经在了,美术指导老袁正陪着他俩坐在窗前有说有笑。他们身后,正对着黄浦江璀璨夺目的夜色,对岸的"三件套"更是熠熠生辉。

见黄子骏走进来,老袁连忙起身相迎。

"袁老师,你在这儿?"

黄子骏知道老袁是最早介入项目的主创之一,两人见过多面,已经很熟络了。

"导演打电话给我,说他公司有事跑不开,让我陪陪你们,来来来,落座落座!"

老袁把黄子骏迎到中间主座上坐下,章永兴和萧莫一左一右坐在两边,加上两人的助理和老袁,偌大的包厢也就六个人。

寒暄几句,章永兴拿起杯子道:"黄总,我要好好敬你一杯。你来了我就放心了。"

一口杯在空中轻轻一碰,章永兴一仰脖子先干为敬。

"哦?为什么?"黄子骏举着杯子问。

章永兴微微凑上前:"这段时间剧组里传闻很多,我们也听到一些。说员工合同没有签、定金没有付、说你……说你最近资金有点问题。"

"咻,胡说八道。"黄子骏嗤之以鼻。

"就是嘛,我就跟萧莫说,您能来就说明心里有底,不然哪还用得着回剧组啊,早拍拍屁股跑路了,是吧——"

萧莫也拿起酒杯,敬了黄子骏一杯。

"黄总的眼光真不错,这几天我和永兴天天对戏,渐渐开始吃透人物了,只要好好拍,这绝对是一部好戏!"

章永兴也竖起大拇指:"好戏、好戏。"

黄子骏听了心中也是一喜,痛痛快快地又干了一杯:"我是不懂创作的,你们两位老师能认可,我心里可踏实多了!哈哈哈——"

众人一阵欢笑,气氛也渐渐融洽起来。

酒过三巡,气氛更是进入高潮,大家一圈圈互相敬酒奉承,各个都有些微醺。

见气氛差不多了,黄子骏又提起酒杯:"不瞒两位老师,这个戏我是拼了命也要把它拍好的,不为别的,就为了这是个主旋律正能量的东西,是国家需要的东西!就因为丛山导演是我兄弟!就因为两位老师看得起我们的项目!不信你们去问丛山,他找不到钱的时候,是谁挺身而出在支持他?是谁出钱帮他搞定那个什么、什么艺平台的?都是我!真金白银丢下去在帮他!"

"黄总够义气。"章永兴又竖起大拇指。

老袁也起身敬了一杯,黄子骏一饮而尽。

"大家是一条船上的人,是家人,一家人不说两家话,我也跟两位老师交个底。钱!我不缺!我不是穷人!你们大可以安心好好搞创作!这几个月呢,因特殊原因资金周转是稍许有些滞后,剧组兄弟姐妹们合同没签,有些情绪我完全能理解,我也是心急如焚啊,所以思来想去,还是快马加鞭地赶过来先处理这些。"

"义气!——"章永兴依旧竖着大拇指。

"等这几天把剧组合同的事处理妥当,我再和老师们聊聊后续的事情。"

章永兴和萧莫交换了一个眼色,萧莫嗲声嗲气地说道:"黄总,正好今天时间还早,您先把计划说说嘛,我们也好做个准备,看怎么配合您?"

"确实,后续的推进我和小莫都很关心,看怎么配合把这部戏做好。"章永兴语气诚恳地补充道。

见实在推辞不过,黄子骏斟酌了片刻:"那我就开门见山了,我刚才其实也说了,最近地产行业不景气,资金会受点影响,为了预防万一呢……我是想两位的酬金咱们能不能采取一些变通的办法,帮我们减轻一些前期的压力?"

说到这里,黄子骏顿了顿,察看两人的反应。

章永兴不动声色道:"黄总您继续……"

黄子骏拿出手机,翻出一张别墅的照片推到章永兴面前,说:"这栋别墅是我房产项目里面积最大的,220平方米精装修,拎包入住,市场价1500万元。"

章永兴划了几下屏幕,展示着房子里里外外的情况,环境和装修确实可圈可点。

"你再往后翻……"

章永兴翻出另一套别墅的照片。

"这套就在前一套隔壁,160平方米,市场价1000万元。这两套别墅,您和萧莫老师一人一套,先拿着住。"

"黄总的意思……用这两套房来抵酬金?"章永兴问。

"不是,这哪里的话!"黄子骏连忙否认道,"两套别墅是我的一点诚意,拿出来做个担保,二位的酬金,我在今年10月份一定如数付清!"

"要是付不清……"

"那别墅就归二位了！发生这种情况那是极小极小的概率，你们尽管放心！"黄子骏信誓旦旦道，"不过话说回来，你们要是看得上我的别墅，愿意拿房子也是可以的，呵呵呵——"

章永兴的脸上挂着淡淡的笑，并没有任何表态。

"这就是我的基本想法，听听两位老师的意见。"黄子骏小心翼翼地征询道。

"小莫，你说呢？"章永兴突然看向萧莫问。

"我？"萧莫有些猝不及防，"我……我听你的，你怎么定，我就跟着做呗。"

章永兴似乎预料到萧莫会把皮球踢给自己，淡淡一笑，点了点头。

"李老师慢慢想，不急着决定。"黄子骏嘴上虽然这么说着，心里却直打鼓。

所有人停下了筷子，整个包厢都安静了。

章永兴没有急着回答，而是慢悠悠地给自己倒了一杯茅台，一边倒一边说："我觉得这个事吧——"

他故意顿了顿，拉长"吧"字的读音。

黄子骏的心都被他吊起来了，似乎戏能不能成，全在这一句话上。

"也不是不可以。"

最后的几个字，章永兴说得轻描淡写，黄子骏的内心却是一块巨石落地，顿时感到无限畅快。

"刚才我们表过态，我和小莫都是冲着这是一部好戏来的，酬金不是我们第一位的考虑，"章永兴继续说，"黄总既然郑重其事地找到我们给出这个方案,想必也是深思熟虑后的最佳选项了,既然是这样,我全力配合,我想小莫也是这个意思吧?"

章永兴探头看看萧莫,萧莫依然一脸甜甜的笑意,点了点头。

"那……你们要不要跟公司商量下?"黄子骏压抑着心里的激动,还是谨慎地确认。

"小珠,把手机给我。"章永兴向自己的助理示意了一下,小珠连忙递上他的手机。

"喂,花总,跟你说个事,现在我拍的这部戏,投资人资金周转遇到点困难,他想拿自己的房产做个抵押,我答应了,你过两天把这事处理一下……嗯,对,还有你萧莫姐的也是,就这样。"

章永兴爽气地挂了手机,潇洒地两手一摊:"都说好了。"

"艺术家——真的是艺术家!"黄子骏由衷地竖起了大拇指。这次他是真的被感动到了,原以为抛出方案会经历一段漫长的拉扯,没想到两人这么爽快就答应下来,还帮自己把事情处理得干干净净!

"来,我敬二位艺术家一杯!"

随着一阵杯觥交错,气氛又再一次回到顶点,这顿饭是黄子骏两周来心情最畅快的一餐,这些日子天知道他遇到了多少事情。今天总算有了点好消息,稳住了主演,就是稳住了大局,一部戏其他人换谁都行,就是演员不能换,一换就意味着重拍,就意味着前面所有的劳动成果会白白浪费! 这是他这次上北京跟专业人士学到的。只要稳住了演员,就成功了一半,至于剧组的问题,他会在后面几天里好好处理,课不是白上的,亏也不是白吃的,这次回来,休想有人再把他黄子骏当成外行!

宴席是凌晨一点多才结束的。萧莫多喝了两杯,十点过就说要回去休息了,老袁似乎也不胜酒力,见萧莫要走,他也跟着蹭车回剧组了。剩下黄子骏和章永兴喝到最后,直到两瓶茅台统统见底,还有些意犹未尽。

走出餐厅,黄浦江两岸的景观灯已经熄灭,只留下几盏昏黄的路灯和稀稀落落的几个行人。老雷和章永兴的助理去停车场开车,留下黄子骏和章永兴站在门口。夜风微凉,黄子骏紧了紧自己的大衣。

章永兴的别克商务车先到,停在两人面前。

"永兴,那说好了,事情就这么办。你回去好好休息,明天还要工作。"黄子骏握住他的手。

"没问题黄总,明天他们就会联系你要一下相关文件,还会派人去您老家看一下,完了就跟您把补充协议签了。"章永兴说。

"还要……签协议?不必这么麻烦吧……到时候我把钥匙给你们,你们直接住就是了……"

"没办法呀黄总,"章永兴打断道,"这是公司规定,走个流程而已。"

章永兴坐上车,做了个告别的手势,扬长而去。

看着章永兴的车没入黑暗,黄子骏的心也渐渐沉入谷底。因为他知道,自己的别墅是经不起查的。项目在2016年就已经整体完工,因为这几年的滞销,拖欠的贷款迟迟还不上,别墅的产证全部压在银行手里。单纯安排人住住当然没问题,毕竟房子在那儿,但要是正儿八经地查资质签协议,那根本行不通。黄子骏这才意识到,他把这些"艺术家"想得太简单了。

车灯的光从他身后照亮了面前的路,老雷不知什么时候已经把车开到了身边。

"走一步看一步吧,车到山前必有路。"黄子骏想着,毕竟这样的窘境他也不是第一次遇到了,创业这二十年,什么风浪没见过。

4. 小金手

雾岛,起雾了。

雾岛的雾有个特点,一起雾就是红色预警,且只有十几二十米的能见度。浓雾融合着夜色,整个岛如同消失一般,唯有路灯和车灯模糊成的一团一团光斑,还提醒你这里有人烟存在。

如四方围城般的雾岛公寓,400多间房间灯光稀稀落落。60多辆剧组用车把院子塞得满满当当。时间是凌晨两点多,多数的工作人员已经进入梦乡,静谧的气氛随着雾气在空中漫延。这样安静的夜晚其实并非剧组的常态。通常来说,剧组晚上十一二点收工是常有的事,洗漱完毕,导演通常会召集部门组长开个短会,普通的工作人员则会三五相约,喝个小酒,打上两圈扑克牌,排遣一天的劳累。但《守护》情况却不同,最近一段时间,每天的通告只有不到常规一半的工作量,剧组四五点就早早收工,大多数人没有拿到一分钱酬劳,自然也是口袋空空,平时的开销能省则省,再加上近日雾岛的天气一直在预报有大雾的消息,出门聚餐玩牌的人自然也少了。既然无事可做,大家躺在自己房间刷会儿手机也就各自休息了。

公寓四楼,幽长的走道里,只有远端一间房亮着灯。突然,亮灯的屋子里爆发出一阵大笑。

这是制片小宏的房间,楼下客堂里,用四张简易桌子拼了一张大桌,"小金手"金坤、程刚、邹津、景海婷、勇诚和小宏六个人坐在桌前,桌上已经是杯盘狼藉。螃蟹壳、鱼骨头、瓜子壳吐了一桌,七八个啤酒瓶横七竖八躺在地上,桌前的几个人更是七歪八倒,各个顶着关公似的红脸。小金手怀里的小橘猫,伸长了脖子,舔食着桌前散落的鱼肉残渣,吃得津津有味。

自从小金手被解职后,几乎天天晚上都是这种状态。

"不要你管事是吗?那更好!只要答应的酬金一分不少,乐得吃喝玩乐!"

身边几个铁杆弟兄都这么安慰小金手,他自己想想也的确是这么回事。可偏偏就是咽不下这口气!他金坤是什么人?可是这部戏的核心人物啊!那天周丛山让他跟卢冈、孙宝国交接工作的时候,他的脑子嗡嗡直响。从 B 组片场回到驻地,他感觉见到的每个人都用异样的目光在看他,眼神中都充满了嘲笑。那几天,金坤根本不出房门,因为一出门就要经过那条长长的走廊,走在走廊上,他感觉自己好像浑身上下被扒了个精光,在当街示众。

看到一个大人物倒台,谁会不幸灾乐祸呢?

不过很快金坤就从负面情绪里缓了过来。他盘点了一下自己手里的牌,再观察了剧组这些天的状况,觉得这场牌局他还有赢面,而且赢面并不小。不过一定要小心,他手里的王牌并不多,每出一张都要小心谨慎,不然随时可能满盘皆输。

金坤是第一时间得到黄子骏今天到上海的消息。表面上,他和自己那帮兄弟还像平日里一样,置了一桌子菜,喝酒吃饭。可实际上他今天喝的量只有平时的三分之一还不到。

放在角落里充电的手机终于响了,小金手第一时间一把抓过来接听,手机里传来丛山疲惫的声音。

"阿坤,我回来了,你上来一下。"

金坤放下手里的小橘猫,招呼也不打一个就丢下众人转身出门。

丛山的房间里,只开了一盏台灯,昏暗的灯光下,丛山和他面对面坐在沙发里。

"晚上的饭局我本来想一起去的,结果被老闵拉住聊什么'后备方案',我想想不放心,还是让老袁去陪了陪。结果听说聊得还不错,说是黄子骏抵押别墅的方案,两个演员接受了。"丛山说。

"这么说山东人还想把戏拍下去?老闵有什么备案?"

"他能有什么备案?还不是老三样,戏要拍好、钱要赚到、名要保牢,至于戏怎么拍、钱怎么赚、名怎么保,我问他有什么实质性的办法没有?他说你是制片人,办法你来想!我问他万一山东人没钱怎么办?他说你是制片人,资金保障的问题你拿方案!"

"那他就是'躺平'了?"金坤冷笑一声。

"你说他躺平,他还偏偏什么都要管,你真找来投资人,他就要亲自出来聊了;你定个演员,他要亲眼看一看。开机前侬记得哦?还盯着问侬要预算,侬好睬伊哦!"丛山激动地都冒出了几句上海话,"他的话我听了勿要听,这只耳朵进那只耳朵出,应付应付算了。"丛山甩了甩手,"还是先不讲他了,你说说,黄子骏那边你怎么看?"

"田原说要停机,他立刻反对,这表示他还有信心把项目做下去……我估计,他虽然资金有缺口,但还不至于山穷水尽。"金坤揣测着。

"戏是一定要拍完的……"丛山也思索着,"你说……我们要不要调整调整方案……"

"你指什么?预算吗?"

丛山点点头。

"哥,你听我一句,"金坤凑近身子,"万万不可!"

丛山皱了皱眉头。

"开机前我们做了三版预算,从1.4亿元到1.1亿元,他一个都不表态,明显是想试探咱们的底线,这时候你突然调整,那不是坐实了咱们开始就在骗他吗?你越是调整,他对你的信任度越低,要是再开出些个您接受不了的条件来,您怎么办?"

听了小金手的话,丛山低头沉吟。

"他现在资金紧张,一定会想方设法压低咱们的预算,越是这种时候,咱们越是要扎紧篱笆,别被他钻了空子。这种人老奸巨猾,一定会得寸进尺,你让了他十块,他一定会觉得您还能让十五,你让了十五,他还会觉得你能让二十。千做万做亏本生意不做,哥,您可是在这个项目上投入最多的人,这项目您攒了四年才走到今天这一步,赚点'辛苦钱'不过分吧?要是连您都挣不到钱,做弟弟的也过意不去啊!"

丛山显然被小金手的一席话打动了,深深地点了两下头。

"对了,你这么一说倒提醒我了,黄子骏还提到,这两天要找你聊一次。"

"没事儿,"金坤说,"我料到他会找我,随时找,我随时奉陪。"

第二天一大早,金坤就接到了罗一诺的电话,约他十点在华贸君临大堂茶室见面。

金坤没有急着走,等到十点,又故意磨磨蹭蹭了20分钟,才叫上组里的车,还先去A组现场遛了一圈,才慢吞吞地启程去见黄子骏。

果不其然,走进宾馆茶室的时候,黄子骏已经一脸铁青等得不耐烦了。

"黄总对不住啊,一大早去现场处理点突发情况,耽搁了。"小金手取下棒球帽捏在手里,露出两个招风耳朵,小眼睛直勾勾地盯着黄子骏,眼神中却没有丝毫他口中的歉意。

"主任辛苦,"黄子骏的语气也同样言不由衷,"你还管着现场的事?"

"没辙儿啊,都是自己叫来的兄弟,不得照顾好?这不,今天一大早摄影又跟录音吵起来了。"金坤说。

"因为什么吵起来的?"

"嗨,还不是点鸡毛蒜皮的事儿,摄影说录音的杆儿穿帮了,录音说摄影把地儿全占了,不给他们留口饭吃,您别在意,就是因为没拿到酬金,火气大。"

金坤一边拿起杯子喝茶,一边说得漫不经心,眼睛的余光瞄到黄子骏脸色一变。

"小罗,你把预算拿来。"黄子骏吩咐。

罗一诺拿出一沓表格,递给黄子骏。他粗看了一眼,翻到制片组那一页,摊到桌上。

"金主任,我是个外行,太细节的部分我也看不懂,不过这上面三个制片主任,每人酬金90万这一点,我听一诺说,剧组意见很大。都说拍我们这么一部戏,用不着三个制片主任,三九二十七,270万,太多了。"

金坤听着,微微点着头,没吭声。

黄子骏接着说:"听丛山导演说,你前期跟他忙了好几个月,又是张罗剧组,又是帮着他谈平台发行、又要谈演员档期、编预算……做了不少工作,相当辛苦。所以后面的剧组管理和拍摄安排,他让卢冈和宝国来管,想让你休息休息。"

金坤一边听着一边点了一支华子,深深吸了一口,跷起二郎腿。

"嗯,黄总有什么吩咐,你说。"

"咱们一家人,我就不说两家话了。我主要是两个意思,第一,既然休息,那就要好好休息。你什么时候想回北京,或者去什么地方度个假,直接跟一诺说,让他给你订票,路费剧组承担。第二呢,毕竟制片主任的工作只做了前期一部分,后续还有大量的工作要另外两人去完成,所以在个人酬金方面,是不是能减半?咱们商量商量!"

小金手冷冷一笑,把香烟在烟灰缸底部捻了又捻。

"黄总这是卸磨杀驴,赶我走啊——"

"哎!这是哪里话,不要想歪了。我没有这个意思,都是在为你着想。"黄子骏连声否认。

"要我走不是不可以,我是我大哥叫来的,他说一句话,我立马走人。"小金手说。

"你说的是丛山导演?没问题,这个事我已经跟他商量过了,你要是不放心,我让他跟你说!"说着,黄子骏拿起手机就要拨丛山的电话。

"黄总先不忙,听我把话说完。"小金手伸手拦了拦。

"我走没问题,就怕现场再出现今天这种状况,后来的人 Hold 不住场子。"

黄子骏笑了："你是觉得卢冈跟宝国老师胜任不了你的工作是吗？多虑了，呵呵呵。"

小金手也笑了。

"有些情况黄总大概不是很清楚，我给您仔细'汇报汇报'。这个摄制组里头，制片组有一大半儿人是我叫来的，A组导演组是我给丛山导演配的人，A组摄影组、AB组灯光移动组65人、造型服装化妆组42人、A组场务组11人都是我叫来的。"小金手伸出一个巴掌，"五大部门一百四五十号人，都是我的弟兄。您想想，我要是一走他们会怎么想？尤其是现在，合同没签，酬金一分没拿的情况下。要不是我压着，您觉得剧组会这么太平？我走没关系，今晚收拾好行李，明天就能走，可剧组要是乱了……黄总，您愿意冒这个险吗？"

一番话下来，黄子骏沉默了。是的，小金手说的话是威胁，但同时也是事实，剧组将近一半的主创和工作人员是他找来的，这时候只要他稍稍撩拨一下，剧组必然闹得天翻地覆，不可收拾。黄子骏再是外行，也不可能意识不到这里面隐藏的风险。

看着黄子骏的反应，小金手很满意，今天谈话的目的算是达到了，他切切实实拿捏住了黄老板的软肋。他让他明白，要动他小金手，会付出多惨痛的代价。

"黄总，您好好考虑，我先回组里了。"

小金手起身，头也不回地走出了宾馆茶室。

5. 晁正

今天是3月15日，是黄子骏承诺兑现的日子。

B组不到下午5点就回到了驻地。晁正拿着摄影组盖好章的合同径自找上了雾岛公寓的五楼。这里被看作剧组领导层的核心区域,丛山、田原、三个制片主任、统筹和两个导演组的主要成员、DIT素材管理、后期剪辑都住在这一层。剧组重要的信息发布几乎全是源自这儿。

可今天他跑了一圈,没见到丛山、没见到田原,也没见到小金手和卢冈,只有孙宝国的房间有人。宝国在桌前擀着面皮,统筹乔布斯在帮他包饺子。看到晁正走过,两人热情地招呼他进门吃饺子。

晁正的心思完全没在饺子上,虽然孙宝国顶着"制片主任"的头衔,但晁正知道,合同的事和他说的再多也是白费口舌,价钱要黄老板说了算,签字盖章也要黄老板点头。现在组里能和黄子骏说上话的,只有丛山导演,别人谁都没用。

"宝国老师,乔老师,你们见到丛山导演没有?"晁正问。

"没有啊,可能出去开会了,我看见田导刚回来就出去了。"孙宝国回答。

"老晁,先吃点饺子,边吃边等。"乔布斯招呼道。

乔布斯满脸实诚、胖乎乎的身材,他原先是孙宝国带来的助理,协助他处理统筹方面的工作,自从孙宝国临危受命被任命为制片主任后,乔布斯就负责起了统筹组的工作。也许是经验不足,也许是工作太过繁重,总之,乔布斯的工作并没有让田原满意。他经常会在现场当着晁正的面抱怨每天拍摄场次安排得不合理,导致现场工作效率低下。他甚至专门让副导演培子每天跟乔布斯对接排通告的事。乔布斯也是实诚人,并不因为你质疑他的工作能力就对你心生怨怼,反而乐得有人帮他分担工作。这样一来二去,B

组的导演摄影们,跟乔布斯也混得挺熟络。晁正更是对他没有任何成见,通告排得不合理,他总觉得跟自己没什么关系,一天拍八个小时也好,十二个小时也好,总之拍多少听导演的呗。

不过今天,晁正确实一点吃饺子的心思也没有,婉拒了宝国老师和乔布斯的好意。晁正拿着合同悻悻地下楼回到自己房间。在电梯口领了一份盒饭,胡乱吃了几口,又洗了个澡,打开手机微信接通视频,跟孩子还没说上两句话,老婆就抢过了手机,一开口就是家里的经济情况多么多么困难,她已经要问娘家借钱过日子了,问晁正拍戏的酬金什么时候能拿到。晁正很烦回答这种他自己也没法回答的问题,只好敷衍了几句就挂掉了视频,早早躺在床上。

一看时间,只有晚上 6:32。这个点睡觉是睡不着的,想为明天的拍摄做些准备吧,拿起通告单一看,只有区区 2 页纸的过场戏,他不用看剧本都知道该怎么拍。看着桌子上厚厚的剧本,他计算着拍摄到今天的总页数。总共 600 页的剧本,两个组拍摄天数加起来超过 50 天,却只拍掉不到四分之一的戏,远远落后于计划的进度。而拍摄通告单却还是每天挤牙膏似的排出三五场过场戏让他们完成。剧组出现了严重的问题,已经是不争的事实了。

晁正还记得十天前那个中午,田原饭也没吃完就被召回公司开会。当天晚上,田原就把他叫到房间,简单告知了开会情况。他说得清清楚楚,投资人资金周转只是暂时遇到一些小问题,本月 15 日,也就是十天后会有 500 万元投资款打进剧组,到时候大家的合同跟定金的问题都能解决。随后第二天,丛山导演还特意来了 B 组拍摄现场,当着所有人的面把田原告诉他的话向全组郑重承诺了一遍。晁正能感觉到,丛山导演说完后大家是充满信心的,总导演都亲自上来给大家承诺了,还有什么理由不相信?不就是再等十天吗？

在等待的这十天里，晁正觉得剧组还算太平，因为工作量的减少，反而让各部门的关系更融洽了。针对一场戏，导演、演员能充分讨论表演和走位，田原也给了他更大的自由度和时间来安排机位灯光，每天总能有这么两三场戏，晁正自己都感觉处理得非常满意。他甚至觉得，如果就保持现在的节奏把片子拍完，这将是他职业生涯里当之无愧的代表作！

可惜这种情形并不是电视剧组的常态，似乎只有在剧组出现问题时才会有这种放缓节奏的情况。而且表面融洽的关系下，对剧组未来的隐忧还是时常浮现。晁正手下的这11个人，除了A机的掌机昀哥是本地人并有点家底外，其他的兄弟大多来自河南、陕西。影视圈通常有这么个传统，一个村子只要有一个人进剧组工作，就会把村里其他的青壮劳力都带进剧组，一个部门经常会出现四五个人来自同一个村的情况。晁正的摄影组就是这样，摄影大助理小虎是最早跟晁正的人，几年时间里，他已经陆陆续续从陕西老家带进来五个同乡在摄影组工作。在农村，一个青壮劳力，就是一个家庭一年的收入来源。前些年行业景气的时候，小虎家盖起了新房，还生了一对龙凤胎，每年一家老小的开销，全靠小虎在剧组打工挣钱。如果这部戏出了问题，也就意味着他们家要损失半年的收入。还有他带来的那五个同乡，同样也要损失半年的收入。他们和他们的家人会怎么看小虎？小虎和小虎的家人又会怎么看自己？

这帮兄弟虽然嘴上不说，但晁正发现，小虎的几个同乡已经在互相借钱买烟了，连平时的烟钱都没有，经济情况可想而知。晁正不是不知道这件事的压力所在。

他偷偷跟田原反映了这些情况,田原考虑了一下,却问了他一个不相干的问题。

"晁正,如果我们B组先杀青,你有什么想法?"

"为什么?"晁正问。

"如果我们先杀青,兄弟们可以马上拿到酬金。"田原说。

从内心深处,晁正是不愿意这么早结束拍摄的,但是他也明白,戏拍不拍由不得他来决定,有时候甚至由不得田原来决定。

"老大……这个剧本是嫂子写的,你这么早退出会不会觉得不爽啊?"

"这个我心里有数,你不用操心。你就说你这里?"

"我是没什么问题,兄弟们能拿到酬金总是好的,不过……B组就算不杀青,拍了一个月戏,不也该拿酬金吗?A组不杀青,就不拿酬金?"晁正多少还是有点疑惑。

田原欲言又止。

"先拍到15号吧,以后的事过了15号再说,我刚跟你说的话,先别告诉别人。"田原嘱咐。

一转眼今天已经是15号了,今天他听说山东黄总去B组现场了,并且跟田原聊得很愉快!自己因为正好在拍摄区域安排机位没碰上。所以他拿着合同上楼的时候还是满怀希望的。500万元当然不够解决所有问题,但至少能缓解一下目前的窘境,尤其是他手下这班兄弟。结果等来的却是解决问题的人一个都不在。他给田原发消息,也有没得到任何回复,哪怕是句"稍等""在开会"这样敷衍的消息也没回一条。晁正这次真有些迷茫了,跟田原合作十多年,他还是第一次遇到这种状况,不,应该说自己从业这么多年,跟哪个导演、制片人合作,都没遇到过这种状况。他的脑子是懵的,完全不知道自己该怎么去处理眼前的情形。

边想着心事边无聊地刷着短视频,晁正昏昏沉沉地睡过去了。

也不知过了多久,一阵手机铃声把他从梦中惊醒,他迷迷糊糊地一看,电话是田原打来的。

"喂,老大……"

"老晁,这么早就睡了?来一下丛山导演房间,有事和你商量。"田原说。

晁正挂了手机一看,时间显示晚上00:12。他起床下楼抹了一把脸,让自己清醒清醒,拿上合同出门。

丛山导演的房间在五楼的最深处,晁正走到门口时,发现门关得严严实实,丝毫听不出里面的动静。他敲了敲门,很快门就打开了,面前站的是田原。

"老晁,进来。"

他跟着田原进屋坐下,除了他之外,屋里只有三个人,除了田原和丛山导演,坐在他正对面的,是一个五十来岁戴着眼镜的男人,灯光昏暗,再加上他睡眼惺忪,对方看着有些眼熟,却一时想不起是谁。

"老晁,这是黄子骏黄总,你应该见过。"田原说。

晁正一愣,惊讶眼前这个就是他辛苦寻找,要跟他签合同的黄总!真是踏破铁鞋无觅处。

按理说,黄总他确实应该见过,开机那天,他就在台下隔着重重人墙见过黄总一面,可惜隔得太远,他的心思又全在拍摄上,所以连对方长相也没看清。今天白天,他在拍摄现场忙活的工夫,又听说黄总来了,陪着田原导演聊了一会儿,等到他安排好现场回监视器前时，黄总已经走了。所以田原以为他见过黄总，但实际上现时现刻才是他第一次近距离地看清楚对方。

"黄总好。"晁正恭恭敬敬地打了声招呼。不管怎么说，黄总大半夜亲自找他，晁正觉得不是件坏事。毕竟见不到的人见到了，有什么问题能当面沟通总比中间一大堆人传话要好。

"你好，"坐在对面的黄子骏也很礼貌地回应，"听田导说，你们合作很多年了。"

"是，我们以前就是同事，合作十二三年了。"

黄子骏点点头，问："这次的戏，拍下来感觉怎么样？"

"我觉得这个戏很好，刚开机的时候我就跟丛山导演还有田导说了，如果能照着剧本把戏拍下来，我们不要减分，这个戏就已经很好看了！"晁正很实诚地说，这也的确是他的真实感觉。

对面的黄子骏听了好像很高兴，露出了一点笑容。

"晁正啊……今天叫你来呢，是有个事情跟你商量。"黄子骏说。

"黄总您说。"

"现在B组已经拍了25天，快一个月了，丛山导演告诉我，后面的戏主要都是带着男女主演的，分组已经分不开了。所以想先停掉B组，我们听听你的意见？"

晁正没想到黄子骏要跟他说的是这件事，他看看丛山，丛山正掂着香烟，刚点上火，他又看看田原，田原低着头看手机，瞧也没瞧晁正一眼。

见得不到任何暗示，晁正只好老老实实说："黄总，这个事情您用不着和我商量，我是打工的，听你们安排。其他没别的，就是我和兄弟们这一个月的酬金，是不是能够在我们离组前给处理一下?"

黄子骏点点头。

"应该,这当然应该……"黄子骏沉默了片刻,似在寻思着如何组织语言,"不过晁正啊,有个情况你可能也有感觉,剧组最近这段时间,花钱的地方太多,资金周转呢,有些问题,你们摄影组加你12个人吧?制片说一个月的酬金应该是40万?"

"加税,42万多。"晁正补充道。

"对,42万多……可是剧组最近拿不出这么多钱,你看这样行不行?"黄子骏用商量的语气问,"合同我马上给你们签掉,先付你们15万,余下来的钱,等过一阵组里资金到位了,再给你补上?你看行不行?"

晁正沉默了,没有立刻回答。但是他知道,这个方案是万万行不通的,他的兄弟们不可能拿着这点钱就打道回府。剧组出现这种情况早有先例,说是欠着余款,其实离组时拿到手的钱,就是全部的费用了。就算合同在手又有什么用?没错,拿着合同是可以打官司,而且官司稳赢,但一个官司打下来两三年,旷日持久,为了讨回这点钱,要花费多大的精力?更别提这帮农村出来的兄弟,怎么找律师,怎么进入司法程序,根本是一窍不通!所以在剧组打工的人早就心照不宣的立下一条规矩——不拿到全部的酬金,是不会离开剧组的。

但是晁正知道,现在不是说这些的时候,这些话一出口,无异于当场翻脸。现在丛山、田原、黄子骏都在场,没有丝毫回旋的余地。但是现在大家都在等着晁正表态,憋了半天的晁正觉得自己还是应该说些什么。

"黄总,您说的这件事,我要回去和兄弟们商量下才能给您答复,"晁正说,"不过我是觉得,如果能让我把这部戏拍下去,我是愿意拍下去的。拍戏不是为了这点钱,而是大家一起做一部作品,这部戏剧本已经给我们提供了一个很好的基础,我觉得我们能创作出一部好作品。如果能拍出一部好作品,拿不拿酬金,真的不重要。"

晁正的话说得很真诚,坐在正对面的黄子骏也不禁动容。

"晁正,之前我不认识你,但是你今天说的话,真说到我心里去了。我一个做房地产的,赚的钱两辈子都吃不完,为什么还要做影视?我五十几岁的人了,拿这点钱养老不好吗?真金白银砸这部戏为的是什么?还不是要做个好作品出来,要让人看到我们革命前辈创业的艰辛!有的人就是不明白,就是为了点钱,要跟你使坏!我告诉你,我的钱只要是花在戏上面,我砸多少都愿意,晁正你的酬金、你兄弟们的酬金一分钱也不会少!但是那些要讹我钱的人,我一分一厘都要跟他算清楚!"

晁正觉得黄子骏话里有话,虽然没完全听明白里面的意思,但晁正确实被他这番话说感动了。

"黄总您说,要我怎么配合您都行,只要是为了戏好,我的酬金,拍完了再算都可以。"

黄子骏深深地点了点头,晁正甚至感觉看到了他眼眶中的泪花。

"晁正,我想问问你,要是让你们B组把戏拍完,你有什么想法?"

黄子骏这话一出,丛山和田原都抬起了头。

晁正也有些意外,一时不知该怎么回答,他看向田原,想寻求他的暗示,发现这时田原也正看着他,嘴角露出一丝笑意,微微点了点头。

第四章　A面B面

1. 田原

　　四人会议散会的时候,已经是半夜两点了。田原并没有像往常那样,留晁正到自己房间多聊两句,因为他觉得今天晚上晁正的表现可以打满分。他回到房间,却毫无睡意,相反还给自己开了一瓶红酒,自斟自酌起来。

　　红酒是开机那天来探班的朋友送的。事后他还特意上网查了下红酒的价格,官网售价 1 280 元,他一直没舍得开。而今天发生的事,的确值得好好庆祝一下。今晚晁正给了他一个大大的惊喜和意外,整个扭转了局面。

　　回想起这几天发生的事,也算得上一波三折了。

　　大概在四五天前,制片主任孙宝国私信约了田原收工后到他房间议事,并特别关照不要告诉丛山导演。田原如约而至,这才知道开会是总制片卢冈的意思。商量的事情就是杀青一个拍摄组。不过让田原感到意外的是,卢冈和孙宝国的意见一致,杀青A组,留B组拍完全剧。这在剧组来说是件反常的事,通常剧组会为A组配备最好的设备和最强的人手,也会将剧本中相对重要的场次安排给A组拍摄。尽管这次在田原的坚持下,B组无论在人员还是设备配置上，基本跟A组保持了一致，尽管田原也觉得，A组由执行导演程刚拍出来的戏问题不少，但真要说关掉A组留B组，田原还是犹豫的。因为还有个重要的因素必须考虑，A组名义上是由总导演丛山挂帅。虽然二十多天的拍摄，丛山到现场的时间非常有限。但就这样关闭A组，丛山导演难道就不会面子上挂不住？

田原当场就说出了自己的顾虑，卢冈和孙宝国却不以为然。为了极力劝说田原，他们还叫来了统筹乔布斯，对比A、B两组的工作效率。几乎同时开机的两组，B组在拍摄总量上，要高出A组不下三分之一。

其实田原心里很清楚，卢冈和孙宝国要关掉A组，主因并不是B组拍得有多好多快，原因只有一个，就是A组的工作人员大多数是小金手带来的。孙宝国顶替被解职的小金手做了制片主任，也让他们的矛盾公开化。如果后期摄制组留下的全是小金手的人，会给他们的管理带来巨大难度。但是让田原顶在前头，总让他感觉这群人有把自己当枪使的意思。

田原并没有立刻回复卢冈和孙宝国，他只表了一个态，如果剧组决定让他拍下去，他会全力以赴；如果剧组决定杀青B组，他也全力配合做好交接工作。从内心深处来说，田原既不想被人利用，却也想趁这次机会"拨乱反正"。因为戏要是再这么拍下去，可就真的毁了，这可是他妻子罗茜八年多的心血啊！

"心里越是有这样的想法，越是不能轻易暴露出来。"他知道卢冈和孙宝国跟他的这次谈话，不会是道不透风的墙。也就是说剧组里B组要接替A组的风声很快就会传开，而那些不希望他和B组把戏拍下去的人，一定会有动作，他必须小心应付。所以，他有意识地找到晁正，问他如果B组先杀青，他和兄弟们会有什么想法，他知道晁正听了之后一定会找兄弟们商量，只要一商量，B组要杀青的消息立刻会传遍剧组。到时候，既听说B组要杀青，又听说B组要拍下去，自相矛盾的两种流言反而会让人摸不着头脑。

当然田原心中依然存在一个巨大的顾虑，如果B组真的拍下去，万一的万一，投资人真的资金链断裂，那该怎么办？B组的所有工作人员该怎么办？从这点来说，早日杀青又未尝不是一个安全的选项。

月初的时候，田原听说黄子骏离开剧组时候并不愉快。具体情况他不清楚，只听说黄子骏跟小金手见了一面，回来后对着丛山大发雷霆，之后便拂袖而去。他是何时离开的，除了丛山和个别几个人，连田原都不知道。

谁能保证黄子骏15日一定能如约回来？谁能保证他承诺的投资款就能及时地到位？如果他不回来，那后果又是什么？没有资金的支持，再处心积虑的考量也是徒劳。

田原就是怀着这样矛盾的心理度过这四五天的，表面的平静背后，他的心却像时时在火堆上被炙烤一般难受。

事情的转折恰恰发生在3月15日的早上。

一大早刚到现场，制片小胖就凑上来，在田原身边咬耳朵："田导，丛山导演让我跟您说一声，今天下午他和黄总一起来现场。"

"黄总来了？又是这么不声不响神神秘秘地来？"田原心想这已经是第二次了。不过他能来至少是件好事，今天是15日，是他承诺投资款到账的日子。在这么个节骨眼上来剧组，应该是带来好消息了吧？

今天发的通告安排了一场戏，丛山导演要客串一位酒客，这场戏排在了田原的B组。早上的戏并不复杂,二十多天磨合下来,B组各部门的配合已经趋于娴熟。田原有什么想法,已经能很快被贯彻执行。所以午饭后,灯光组已经在布置导演客串那场戏的灯光气氛了。

丛山和黄子骏是下午两点半到的现场,化妆师已经给丛山染了头发,贴上小胡子,服装师给他换了一身黑色的斜襟长衫,看着还真有几分旧社会文人的风采。趁着丛山和演员对戏的工夫,黄子骏坐到了导演帐篷的监视器旁。田原给他简单讲解了一下现场导演区域的工作规程,面前三台24英寸显示器,分别对应着现场的三台摄影机,从不同角度取景拍摄。同时抓拍两个演员的中景和一个全景。摄影指导和灯光师也可以同时在监视器中看到实时的画面呈现。再用对讲机与现场人员交流调整机位和灯位。监视器旁小推车上的设备,是录音师专用,现场无线话筒采集的演员台词和声音信息,直接记录到录音师的设备上。同时,有经验的录音师还会提示导演演员的台词和剧本上是否出现差异。导演、摄影指导、灯光师、录音师坐在前排,他们身后的位置,是留给服装、化妆、道具和美术部门的,他们也需要实时观察监视器,如果画面中有属于自己部门的问题,或者导演有什么特别提示,他们就会通知现场及时解决。田原耐心地讲解着,黄子骏听得津津有味,不时还会问些问题,看得出来,现场形形色色的器材和剧组工作方式,对他有着特别的吸引力。

见时机差不多了,田原在手机上打开一段视频给黄子骏看:"黄总,给您看段视频。"

影片是前天田原另一位摄影师朋友发给他的。短短两分钟的预告片卖点十足,既有主人公俊男靓女的爱情场景,又有敌我双方钩心斗角的谍战悬念，也不乏激烈火爆的动作元素。黄子骏正看得入神，田原却按下了暂停键。画面上显示一个地下党与两个军统特务在茶馆对峙的场面。田原把手机移到监视器前，对比着监视器里茶馆的场景，两个画面正好都是一个全景。

"黄总，您对比一下画面，觉得哪个好？"田原问。

黄子骏伸出手指在两个画面间犹豫了一下，最终还是指向了监视器。

"黄总好眼光。"田原故意表面摆出一副赞赏的神情，心里却禁不住窃笑。其实无论明暗光影还是茶馆的陈设布置，监视器里的画面确实要比手机上的更富有层次，这个场景的布光和陈设，是他特意要求灯光师和道具师花了两个多小时调整好的。但是不管黄子骏能不能看懂，田原都知道，在如此众目睽睽的设问之下，他只会选择夸自己的戏好。

"我再告诉黄总一个信息，"田原继续说，"我朋友这个戏，昨天在爱优迅平台上线了，首日点击量就冲到榜首，您知道平台给的评级是什么吗？"

黄子骏看着他摇摇头，满眼期待地等着田原的答案。

"爱优迅给出了最高评级 S+，站内所有的宣传资源，全部向这部戏倾斜，最主要的资源位，全力在推这部剧。"黄子骏一边听着，一边赞叹地点着头。

"我还私下问了问朋友平台的收购价，朋友说他们卖亏了，网络独播一集 350 万，要是知道播得这么好，还能抬抬价格……"最重要的问题，田原反而用最漫不经心的语气说出来，但他明显感觉黄子骏的精神一下子被这个问题给提了起来。

"一共多少集？"不等田原说完，黄子骏抢着问。

"40集，他们同时还卖了两家卫视，朋友跟我说，这项目也就小赚个六七千万吧。"

听完这话，黄子骏不出声了，与他身后的罗一诺交换了一下眼色。

田原知道他的目的已经达到了，面对巨大的经济利益，像他这种商人是没有抵抗力的。黄子骏现在一定迫切地希望拍完这部剧，而谁能帮助他高质量地完成拍摄，又做到利益最大化呢？田原心里已经有底了。

"导演，现场好了，拍吗？"是执行导演川哥在喊。

"来，请演员！"田原沉着地指挥。

身后的黄子骏拍了拍田原的肩膀，"田导，你先忙，咱们……晚上见。"

说完，他带着助理起身离开了拍摄现场。

丛山导演客串的这场戏，田原拍了三个多小时。原本只是简单的两人对话，丛山偏偏要把道具换成真酒。说一边喝酒一边演戏才有感觉。跟他搭戏的演员是剧中的男二号羽轩，他酒量一般，但因为对方是总导演，也不好意思拒绝。原以为演戏意思意思抿上两口也就蒙混过关了，没想到丛山是一口一个地干，在剧里丛山是提携他的长辈，这次羽轩在剧里的角色又有求于他，丛山一干杯，他也必须干。刚拍完全景，羽轩已经舌头打架说不清台词了。无奈之下田原只能叫停，让演员醒醒神再继续拍。等羽轩缓过劲，勉勉强强把近景拍完，刚起身就脚下一软直接趴在了现场，吓得他的经纪人和助理直接叫了救护车，把羽轩送去了医院。

现场制片刚把人送走，"鲁迅"打扮的丛山就踱着步子，走进导演帐篷。

"田原,后面还有几场戏啊?"

田原瞅了眼通告单,后面只剩一场过场戏,三个军统特务从走廊经过。

"让川哥帮你安排安排。"丛山说着,转身撩开帐篷门帘往外走去,步子有些轻飘。田原知道丛山有话要对他说,对讲机里跟川哥关照了几句,也跟着走出帐篷。

拍摄地厂房后面,是一片堆放钢材的荒地,大量的废旧钢材垒成一座座的堆栈,道路被齐膝的荒草淹没,走在其间仿佛有种穿越废墟的感觉。

"田原,侬最近拍得还顺利哦?"跟田原两个人的时候,丛山又说起了上海话。

"不错,演员和团队已经进入状态了,倒是每天通告排的量少,吃不饱。"田原说。

"事体侬晓得,山东人拿不出钞票,我跟老袁商量的,现有的场景多拍几天,等钞票到位,再搭新的景。"丛山说。

"个我晓得的。"田原点点头

"个趟黄子骏过来,吾心里厢是一块石头落定,说明伊钞票是肯出的。只不过按照阿拉月初讲好的,伊也只不过拿出500万来。这点钞票把欠的账结一结,阿拉也撑不了几天啊。"

田原听着默默点头,他感到丛山要说到正题了。现在的情况,A、B两个摄制组一天的拍摄量,也不及正常情况下一个摄制组的量,资金上又捉襟见肘,关掉一个组,恐怕是最好的选择。但问题是丛山会做什么样的决定?田原不是没有想过这个问题,而且他觉得对丛山来说,这也是个棘手的问题。因为田原也好、小金手也好,都是他邀来的朋友,田原兼任制作公司的副总,某种程度上来说,对把控拍摄质量是有话语权的;但另一方面,剧组尤其是A组的多数工作人员都是由小金手带来的,如果关掉A组,会不会造成剧组工作混乱?田原也想听听丛山在这方面有何打算。

"所以吾考虑了几天,为了保险起见,侬个头B组还是就先停一停哦。"丛山说。

田原步子略一迟钝,却没有停下来,还是紧赶了半步走在丛山身边。许是喝了一瓶半白酒的缘故,丛山丝毫没有觉察田原情绪的异样。

"山东人这趟拿出500万,后面钞票拿不拿得出来还是个未知数,侬跟侬下头的兄弟早点把账结了,落袋为安,个能噶安全点,侬讲好哦?"丛山停下脚步,迷蒙的双眼看着田原。

"没问题,听侬个,吾都可以。"田原面不改色,还是一脸笑意,"个只片子侬做主,吾配合好。"

"个么夜里厢阿拉跟黄总一道开只会,拿事体定一定!"见田原这么爽快就答应下来,丛山显然很高兴,拍了拍他的胳膊,"我最对不起的就是兄弟侬,但是没办法,啥人叫山东人噶哦靠谱!"

"个啥言话,阿拉自家人。"田原语气还是非常平静。

"我关照侬,B组解散了,侬勿好走哦!"丛山说,"侬是剧组的支部书记,要跟到最后的!哈哈哈,到辰光侬酬金一分勿会少。"

丛山见已经达到目的,敷衍着寒暄了两句,先回驻地去了。看着丛山渐行渐远的背影,田原脸上的笑容消失了。原本觉得对丛山是个两难的选择,没想到他竟然这么轻易就下了决定。看来田原高估了自己在剧组的地位。论自己的身份,制作公司副总,还是编剧的丈夫;论拍摄效率和拍摄质量,自己在A组之上;论B组的酬金水平，比 A 组还要低将近三分之一。如果是 B 组把戏拍下去，不但能高效完成任务，还能为剧组节省一大笔预算，在剧组缺钱的档口，为什么还要选择性价比更低的 A 组呢？

田原阴沉着脸，回拍摄现场这一路，他走得特别慢，脑海中复盘着发生的所有事情。剧组的情况比他想象的还要复杂。他有些后悔自己的疏忽大意，对丛山的判断现在看来是有偏差的。他和丛山认识四年多，亲眼看着他为推进《守护》所做的努力，现在好不容易项目开拍了，离成功只一步之遥，不是更应该把片子的品质放在第一位吗？尽管丛山口口声声说为了兄弟们的利益着想，可田原就是一句话也不相信。的确，要丛山解散 A 组，是会出现面子挂不住的问题，但为了区区的所谓"兄弟情面"，值得牺牲片子的质量吗？这可是 350 万元一集的电视剧啊，在播出平台的评级体系里，哪怕差上半级，那也是上千万的损失！有什么"面子"能让经济效益也为它让道呢？答案只有一个，让他田原滚蛋而留下小金手，能让他们获得更大的利益。

不知不觉，一瓶红酒已经见底了。

田原放下杯子，不知是酒精的缘故还是今天经历的事情太过戏剧性，他似乎没有一点醉意，相反脑子越加清醒。这一天，经历了从高潮到低谷再到晚上 180 度的大反转。太多的事情要消化，太多的人际关系需要梳理。今天的会议虽然没有结果，但他感觉胜利的天平正在向他倾斜。田原干脆打开电脑，开始整理和记录自己的思绪。

突然间，一阵悲凉的情绪涌上心头。做了这么多，想了这么多,却没有一件事是跟把戏拍好有关的。戏拍到现在已经一个月了,除了开机一周那次主创们聚在一起看样片,哪里还有人关心过片子拍得怎么样?发现的种种问题,真的会被重视吗?曾几何时,他接到一部片子的时候,哪怕是一部短小的微电影,也会心无旁骛。从台词到表演到场景氛围、摄影角度,再到演员妆面、服装造型,甚至一场戏镜头如何衔接、采用什么样的音乐烘托气氛……他会跟各个部门通宵达旦地讨论,不断地去优化、改进。就是这样,成片的时候,他还是觉得留下了无数的遗憾,渴望在下一个创作里弥补遗憾。可是这次,他觉得自己也变了个人似的,进组第一天,注意力就没有放在片子本身上,满脑子就是怎么在剧组拥有话语权,怎么不被别人背后捅刀子,怎么应付各方错综复杂的关系……他自己都觉得不像自己了。

进组前两天,他刚刚过了自己40岁生日,正式步入不惑之年。可不惑之年的第一部片子,却让他更迷惑了,这个年纪正是精力旺盛、经验积累到位,该好好出作品的时候。有很多人在他这个年龄一飞冲天,但也有很多人在这个年龄折戟沉沙。他曾把《守护》视作一次千载难逢的机会,或许就是因为太过于执着地想抓住它,却让自己偏离了初心?已经有人在田原耳边说起那句他最不想听到的话了——"田原啊,你就差一部片子。"就差一部片子?多么熟悉的一句话,不知不觉他是不是已经走上了周丛山同样的道路?今天的周丛山,是不是20年后的自己?田原越想越害怕,不敢再往下想了。因为经过这次的事情,丛山的形象也在他眼中发生了巨大的变化。他一直很佩服年过六十的丛山能始终保持创作的冲动,更从来没想过他会卷进利益的旋涡。但今天看来,他不得不把这些列入考量范围了。他有一种预感,一场暴风骤雨即将席卷整个剧组,他也是站在风暴中心的人之一,已经避无可避了。

2. 丛山

今晚和田原一样难以入眠的,还有丛山。

原以为下午已经和田原谈妥,却没想到晚上的会议居然出现这么大的反转,这完全打乱了自己的计划。从月初黄子骏离开,到今天黄子骏回来,其实他和剧组所有人一样,都感觉很突然。

他最后一次跟黄子骏面对面,是月初黄见完小金手之后的事。那天中午,他是去邀请黄子骏午餐的,顺便也想再次确认他对于资金到位的承诺是不是能够兑现。没想到一见面,黄子骏就大发雷霆,当着他的面把小金手痛骂一顿。

"导演你选错人了知道不!"黄子骏的拳头把桌子敲得砰砰响,桌上的菜碟都在剧烈抖动,"小金手他妈的就不是个东西,讹我的钱不算,还威胁我!"

他颤抖地伸出一个巴掌,说:"你知道他跟我说什么?他说他掌控着剧组五大部门!这些人都听他的,他要是走了,这个戏拍不下去!"

"这……不会吧——"丛山讪笑着,觉得黄子骏夸大其词了。

"怎么不会!他亲口跟我说的!导演,我们待他不薄啊!剧组资金这么紧张,他要的钱我都给啦!"黄子骏掰着手指给丛山算,"住宿的钱、他公司器材的钱、他服化组小情人的钱,小罗,你说,都付了多少!"

角落里坐着罗一诺,翻看着账目,怯生生地说:"服化组人工费支付了总价的 30%,35 万;材料费支付了总价的 95%,98 万;灯光摄影器材费支付了总价的70％,210万……"

"你听听,你听听,已经这么多钱给他了,加起来330多万啊!你问问别的部门谁还拿过钱?!两个演员还没他拿得多!好处都是他拿到了,在这么关键的时候,居然卡我们脖子!他是想卡死我们啊丛山导演!是要置你于死地啊!把我逼死了对你们有好处吗?他是不管这些,钱已经拿进自己腰包了,你呢?你下面其他兄弟呢?你口口声声说他是你的好朋友、好兄弟,好朋友好兄弟就是这么对你的吗?!"

丛山被黄子骏说得哑口无言,到嘴边想反驳的话也咽了回去。

那天中午,丛山一口饭也没吃,听着黄子骏喋喋不休的发泄。说是在听,不如说有些心不在焉。小金手言辞不当,甚至带着威胁恫吓,是问题吗?当然是问题。但从丛山内心来说,与其指责小金手,更应该指责的是黄子骏。按照合同,他在开机前就应该把投资款的30％汇入剧组账户,用以支付剧组所有的开销和人员订金,但实际情况却是剧组每申请一笔费用,都好像石沉大海一般杳无音信。丛山必须像下最后通牒似的,告诉他这笔钱如果不付,剧组的拍摄就没法进行了,黄子骏才会慢吞吞不情不愿地挤出一点款项。但凡他觉得这笔钱对拍摄进度没有太大影响,那基本就能拖一天是一天。要是投资款能按照合同及时到账,剧组至于陷入现在这样尴尬的境地吗?跟这件事比起来,小金手是不是多拿了一点预付款,根本算不上什么事。

一顿发泄完,黄子骏撇下丛山,自己扬长而去。等到丛山缓过神,想再去找他沟通时,罗一诺却说他已经坐上飞机离开了。

黄子骏离开的这段日子,才是丛山最难熬的。剧组里关于黄老板和总导演吵了一架扬长而去的流言此起彼伏,原本就惶惶的人心越加动荡。丛山几乎每天都在试图跟黄子骏取得沟通，确认投资款的情况。开始两天黄子骏还会简单地回个消息敷衍两句，表示会按照承诺执行。但是到了后面几天，任凭丛山怎么打电话、怎么发消息，黄子骏就像人间蒸发了似的，再没有任何信息。

这十天，丛山是真正体会了什么叫度日如年。剧组每天有海量的事务等着自己处理，一会儿盒饭要结账了、一会儿雾岛公寓的老板来要住宿费了、一会儿车子油钱不够了、一会儿群演等着拿钱开工了……十几个部门连续出状况，组长们问到三个制片主任，个个都是两手一摊，要他们去找导演解决。可是丛山又能有什么办法呢？归根结底就是一句话——没钱！巧妇难为无米之炊，剧组账上空空，拿什么来解决问题？月初黄子骏走的时候留下的承诺，丛山也向剧组传达了。可毕竟就是一句话而已，谁又能保证这不是一张空头支票？

丛山意识到要想剧组不出乱子，他必须准备一个后备方案。他叫来了小金手和美术老袁商量对策。没想到两人意见完全相左，老袁提出减少每天的拍摄量，尽量在现有场景里拉长坚持拍摄，为资金到位争取时间。小金手则主张立刻停机，逼迫黄子骏现身。思来想去，丛山还是采取了老袁的办法，停机的风险实在太大了，没有任何一方能承担得起后果。

就在办法实施还没几天，丛山就收到了黄子骏的短信。

"丛山导演，我今天一早的飞机赶来雾岛。

您最近辛苦，等我到达，

咱们见面具体商谈拍摄的推进安排。

祝好。子骏"

接到他的短信，丛山有些意外。失联多日后黄子骏竟然主动发信息给他，且言辞客气，丝毫没有看出当日小金手的事情在他心里留下什么芥蒂。而且又是在3月15日这个节点上赶过来，这不能不说是一个好兆头。

丛山第一时间把小金手叫到房间说了情况。小金手依然睡眼惺忪，他深深吐了一口烟，又掐灭了烟头。

"哥，我看有戏，他能这个时间来，说明钱准备好了。"小金手说。

"我也是这么想，"丛山看看表，"飞机10点落地，11点能到组里，我带他现场先转转，你……"

"我知道，我先回避，"小金手很识趣，接着说，"不过哥，我跟您说的事儿您还是得尽快做个决定，山东人来了您得跟他提。"

丛山知道他指的是什么，小金手已经不止一次跟他提出解散B组的事了。丛山也知道，就是黄子骏如约把500万元打进剧组，这些钱也是杯水车薪，根本不够支撑两个组同时拍摄。可解散哪个组确实是个难题，前两天卢冈带着孙宝国找他，还在商量解散A组的事。卢冈叫来了统筹乔布斯，把二十多天来两组的数据一项一项做了对比，每天拍摄的量上，B组比A组平均要多出一页纸；每天开工收工的时间上，B组还是比A组时间短、效率高……摆事实讲道理，无非就是告诉他，B组无论效率还是性价比，都比A组要高，保留B组对今后拍摄会带来多少多少的好处。更重要的是，卢冈觉得现在黄子骏对小金手意见很大，如果真的保留A组，往后和投资人的合作，还会产生诸多问题。丛山其实是同意卢冈的观点的。除此之外他还有另外一层顾忌，卢冈是东灿影业老冈的亲戚，田原和自己又同是公司副总，解散B组会不会连东灿影业一起得罪？还有老闵会是什么态度，都是不得不考量的后果。

"阿坤啊，这件事我考虑过另外一个方案，跟你商量商量。"丛山小心翼翼地选择措辞。

"哥，您说。"小金手右手捂嘴撑着脑袋，遮着半张脸不动声色。

"关于解散一个组的事情，我这几天一直在考虑，原则上我是同意的。只是说在解散哪个组上面，我们再考量下。B组的情况你也知道，关系比较复杂，都是东灿公司的人，田原又是编剧的老公，黄子骏这一'拆烂污'，编剧费都没有给人家一分钱，要是卢冈到老闵面前再说些什么不好听的，我怕引起不必要的麻烦……A组呢，都是我们俩叫来的人，自家兄弟好讲话。再说黄子骏也是个不稳定因素，后面有没有钱还不知道呢，是不是让我们自己的兄弟先结账，落袋为安会好一点？"

丛山说完，看着小金手的反应。小金手盯着丛山没有说话，目光间或一轮。尴尬地沉默了有半分钟，他终于开口了。

"没问题，哥，都听您的。您为兄弟们着想我还有什么话说。只不过……我就是有点儿为您抱不平。"

"怎么说？"丛山问。

"您想想，这个剧哪件事情不是您搞定的？从报备案、找投资、跟平台签协议，到码演员、定主创……没您哪有这部戏？"

丛山听着，不响。

小金手继续道："您在忙里忙外的时候，东灿公司那帮人干什么去了？项目没起色的时候，他们人都在哪儿，有人帮您分担过一丁点儿压力吗？现在项目起来了，一个个凑上来要分杯羹，那笔付给公司 40 万元的'剧本编辑费'，他们哪个编辑参与了？筹备期改剧本儿还不是您在亲自动手。现在要解散 A 组，兄弟们拿多拿少真无所谓,可您想过没有,我们一走您怎么办?到时候组里可都是他们的人,谁还听您的?这叫卸磨杀驴!您辛辛苦苦把台搭好,让他们唱戏?哥,您看得下去,弟弟我可真看不下去!"

丛山还是没响。

小金手压低声音:"再说了,还有预算那块儿的事儿……要是让老闵知道了,那就麻烦了。"

"这些我都知道,就是B组的那帮兄弟……"

"至于田原那头,我觉着不是什么问题。您想想,编剧是他老婆,那600万编剧费他怎么也有份儿吧,您没亏待他。"

"当初把项目从老闵手里拿出来,他还是出了不少力的……"

"嗨,您要是觉得对他不住,就把他留在组里呗,他还兼着党支部书记不是?导演费都谈过了,一分钱不少他不就得了。哥,这都是我的建议啊,怎么定您说了算,我都听您的!"

丛山深深叹了口气:"下午我再找田原谈谈。"

跟田原谈完后,丛山觉得可以松一口气了。他算过一笔账,解散B组,除了摄影灯光组60来万的酬金是大头外,其他都比较有限。田原的导演费可以商量着晚点给,毕竟他还要留在组里;器材费靠预付款已经足够覆盖了不用另给;道具置景也还要留着用。其他杂费和人员酬金"夯不啷当"加起来100万顶天了。这样只要黄子骏的500万投资款安安稳稳到账,那剧组就还有400万左右的资金,维持日常拍摄是没有问题了。这样挺到月底,等另外2 000万投资款到位,所有的问题都能迎刃而解。

跟黄子骏的会议约在晚上八点。丛山这十几天来第一次舒舒服服吃了顿晚饭。看看时间差不多了,他让勇诚收拾了一下房间,等待黄子骏的到来。今天的会议他没有叫其他人,自己最信任的金坤跟黄子骏已经闹僵了,卢冈和孙宝国他是根本没想让他们参与。让卢冈知道了情况,就等于让老冈知道,到时候有说不定惹出什么麻烦来。所以今天的会议,他决定跟黄子骏单独开。

时间一分一秒地过去,他在屋里白白干等了两个多小时黄子骏也没有出现。其间丛山也拨了几个电话,不是忙音就是无人接听。已经是晚上十点半了,丛山有些坐不住了。他又一次拨了黄子骏的手机,心想要是再不接听,他就自己找上门去。电话铃响的同时,敲门声也响了。丛山打开门,黄子骏拿着手机站在门口。

"巧不巧,刚敲门,电话就响了。呵呵——"黄子骏笑着说。

丛山却有些笑不出来,他把黄子骏让进屋子,回身准备关门。

"哎,门别关,我叫了田原导演,他马上就到。"黄子骏说。

"田原,你叫他做什……我是说,田原拍了一天的戏,很辛苦,我们谈我们的事,就没必要叫他了。"丛山说。

"哎,你不是说要解散一个组吗,我想听听他们的想法。"黄子骏坚持说。

丛山也只能点头。

说话间,田原已经到了,三个人这才关上门坐下来。丛山简单地把他的想法以及下午和田原的对话叙述了一遍,等待黄子骏的反应。

"田导,你有什么想法?"黄子骏问。

"我没什么想法,该说的我在现场跟您、跟丛山导演都说了,听组里安排。"田原说。

"你觉得A组拍得怎么样?"黄子骏又问。

"这……"田原看看丛山,"艺术质量由总导演把控,他觉得可以就行。"田原回答得很委婉。

"可以！没问题的！"丛山补充了一句。

黄子骏点点头，说："田导，有个现实情况我也坦率地跟你说，现在组里钱不够，解散B组，可能一下子拿不出这么多钱来支付你们的酬金，你看这个事情能不能商量商量？"

"黄总，我个人是没问题，酬金可以晚点拿，但是B组其他人，我没有办法代替他们承诺，您需要单独和他们聊。"田原说。

直到这时候，丛山依然觉得进展顺利。还没等到他开口，田原就主动说酬金可以晚点再说，剩下无非就是摄影灯光组给多少的问题了。本来一切都在他的掌控中，却没想到晁正过来后的一席话，彻底打乱了计划。他明显感觉到，黄子骏心里的天平，已经向田原带领的B组倾斜。再这样下去，正像下午小金手所说的，他会成为那个出局的人。

所以丛山及时叫停了会议，没有再让他们讨论下去。他知道再不叫停，后面讨论的议题就是如何解散A组了。今天这样的局面对自己非常不利，田原和晁正当然会极力维护B组，作为总导演，他只能站中立。他担心黄子骏在两人的影响下，当晚就做出什么决定。

丛山向黄子骏提议明天早上再继续开会，黄子骏同意了，他说他会再带两个人一起来，并要求田原一起参加。尽管丛山告诉他田原第二天还要到现场拍戏，但黄子骏还是坚持自己的决定。丛山也只能无奈答应。不过这样总算是为自己争取了时间，今晚他要好好厘清思路，准备明天的唇枪舌剑。当然，他还要思考明天到底该请哪些人参会？还有，黄子骏要带来的人又是谁？最最关键的一点,关于 500 万元投资款的事,黄子骏到现在还只字未提……

3. 黄子骏

其实黄子骏一直很后悔月初那次太冲动,不该对着丛山导演大发雷霆。尤其是在形势不明朗的情况下,这么做只会暴露出自己的弱点,授人以柄。一段时间和剧组接触下来,黄子骏脑海里的疑问不是一个一个被解答,反而是越来越多。房价的问题、制片主任的高额预算、小金手傲慢的态度……这些都是连他一个外行都能看出来的问题,那是不是还有自己看不出来的问题呢? 这个陌生行业背后,还有多少自己没有意识到的陷阱? 最初他是出于对丛山导演无条件的信任,把拍摄所有的事全权委托给他。可经过这两次会谈,他觉得丛山也像变了个人似的,说到关键处总是躲躲闪闪,对小金手和剧组的问题避而不谈。这让黄子骏不得不起疑心,既然剧组没有值得信任的人,那他只能另想办法了。

他先是回了一趟北京,托了一位"关键人物"找了几家影视公司,向他们咨询关于电视剧的事。结果却让黄子骏大吃一惊。听他介绍了《守护》的主创班底还有演员阵容后,几家公司给出的意见都出奇一致,这部电视剧的制作成本也就是在 6 000 万—7 000 万元,节省些的话 5 000 多万元都能完成! 丛山跟他说的价格可是 1.2 个亿啊,整整高了一倍还多! 黄子骏脑袋一嗡,手脚感到麻木。脑海里闪过剧组上百项的预算细目,到底哪些地方出了问题? 跟行业的正常水平又有多少差距? 是高了 10%、20%,还是 100%? 他这个外行怎么可能弄得清?

他尝试请影视公司的朋友介入,帮助他重新修改预算。可对方一听制作方的来历,都纷纷摇头。他们劝说黄子骏,这是一个无底洞,还是尽早抽身为好。可真要抽身又谈何容易?真金白银好几百万资金已经投进去了,难道就这么打水漂?他不甘心,也输不起!他黄子骏从商二十多年,还没有吃过这种亏!他就不信了,每天电视上播出那么多电视剧,他黄子骏就拍不出一个?他黄子骏就真比这些人差?

更可气的是丛山,自己这么信任他,把他当兄弟一样看待,他竟然也在背后捅刀子?他在行业里滚打了一辈子,会不了解行情?小金手是他找来的人,做出的预算会不过他的眼?明知道有问题的情况下,却把他瞒得死死的!还口口声声称自己兄弟、自己人……我呸!

"丛山啊丛山,看来不是你瞎了眼,是我黄子骏瞎了眼才对!"

可是暴怒归暴怒,生气归生气,怎么解决现在的局面才是当务之急。钱是不能再投了,投下去多少都是扔在水里。但戏不能不拍,不但要拍,还要让这些讹了自己钱的人全吐出来!

打定主意,他放下手头所有的事情,回了一趟老家。既然没有人愿意帮他,他只能自己想办法了。黄子骏找了两个人,一个是律师许劲,是他别墅区为数不多的业主之一,两人是在许劲买房的时候认识的,能在潍坊地界买得起黄子骏别墅的,想来也不是普通人。那个许劲确实也谈吐不凡,一来二去两人成了好朋友。又因为住在黄子骏的别墅区,所以平时交往密切,这次的事情黄子骏觉得一定会需要他的帮助。另一个是黄子骏远房亲戚的孩子,名叫徐瑾,在中国传媒大学学习电影美术,毕业后跟过几部戏,在美术组做过助理,虽然不一定了解制片那套,但多少有些剧组经验,他心想也许也能帮上点忙。

挑好了帮手,黄子骏临上飞机前才给丛山发去消息,就是为了让他措手不及,没时间做应对准备。一到上海,他没让许劲和徐瑾跟着自己,而是让许劲马上去查看剧组的账目和演职员合同,让徐瑾自己到剧组观察现场情况,不要暴露身份。自己则跟着丛山一起去了 B 组现场。

应该说第一天的安排还是很成功的,尤其和田原、晁正的交流,再加上许劲、徐瑾带回来的"情报",他明显看出剧组内部也不是"铁板一块"。A 组的情况有些混乱,章永兴和萧莫在现场讨论剧本,三个小时一个镜头还没拍上,程刚急得焦头烂额,但是在两个演员面前也不敢多说一句。田原、晁正跟小金手不是一伙的,他们之间甚至还有很深的嫌隙,这和罗一诺平时跟他汇报的情况也对得上号。黄子骏想着,心里已经有了打算。

第二天黄子骏睡了个懒觉,掐着宾馆早餐结束的点进了餐厅,吃完早饭又回房洗了个澡,叫上许劲和徐瑾,这才慢吞吞地下楼坐上剧组为他准备的别克商务车。到丛山房间的时候,丛山和田原等人已经在屋里等了快一个小时了。

黄子骏在丛山身边的沙发上坐下,放眼看了下屋子里的人,除了刚才两人外,还有制片主任孙宝国和美术指导老袁,加上他这里三个,屋里一共七人,并没有看见小金手在场。他向剧组四人简单介绍了一下自己带来的两人,话题便切入正题。对于是解散 A 组还是解散 B 组,大家都没发表明确的意见。丛山还是那句话,这事让黄总定夺。田原也是同样的意思,不痛不痒说了两句跟没说一样的话。孙宝国和老袁在这个问题上,更没有什么意见,只说让领导决定就完了。黄子骏也发现了,显然剧组这几位的关注点并不在解散哪个组上,只是关键的话题还不知道该怎么开口罢了。

"黄总,我说两句,"最后还是老袁忍不住了,"两个组解散哪个不解散哪个你说了算,就一点我要提醒你的,不管解散哪个组,工作人员这段时间的酬金都是要支付的,不会因为谁拍下去或者谁不拍下去,就可以不拿钱。我们听丛山导演转达过你的'承诺',这个月15日也就是昨天,应该有500万投资款到账,我不知道到了没有?"

没人回答老袁的问题,他只好看向孙宝国,宝国正习惯性地揉着脖子,摇了摇头。

"黄总你大概不知道,从开机到现在,我已经贴了不少钱进去了,工人的工资都是我给的,搭景的材料费我到现在都压着没付,已经快压不住了。现在搭好的几个场景很快就拍完了,再没有新景,两个组就都没东西拍了!"

黄子骏听老袁说着,目光一直在打量他。老袁的身材矮小,目测也就一米六不到的样子,将近六十岁的年纪,有些微微发胖,长相比实际年龄看着要年轻些。他是剧组里除了丛山以外,黄子骏认识时间最长的一个。刚认识他那会儿,黄子骏觉得他是个没什么心计的实在人,说话直接,有一说一,对自己的本职工作也非常认真负责。雾岛这个石库门拍摄基地也是他推荐的景,听说改建花了不少力气。为了视觉上好看,他把基地原本灰色的外墙清一色地刷成了清水砖的红色。主场景大成记面馆更是做得考究,里里外外翻修了一遍,大到桌椅板凳,小到锅碗瓢盆,都是当年的老物件。他还特意从外地的旧货市场淘来一台老式的擀面机,机器早已年久失修,经过他自己一番加工后,居然真能用了!

开机前黄子骏第一次走进影视基地,说实话对场景还是很满意的。清水砖的红色墙面让弄堂看上去焕然一新,地板铺成了老上海典型的弹格路,家家户户的窗口摆着盆栽或是晾晒着衣服,有的人家屋顶还特意放了个鸽子笼,养了一群鸽子。主弄里修理小家电的电器行、剃头店、裁缝铺、老虎灶、柴爿馄饨摊、生煎铺子一应俱全。整个场景散发着浓浓的老上海气息。老袁对自己的作品显然也很满意,领着黄子骏东看西看,恨不得把所有他改过的地方都介绍一遍。

当时黄子骏也看得饶有兴趣,随口问了句:"这些花了多少钱?"

"350万花得差不多了。"老袁说。

黄子骏当时就愣住了。拍戏他虽然不懂,但是干了20年房地产,造房子和装修他还是懂的。场景用的是现成的影视基地,房子自然是不需要盖的。铺了弹格路、刷了墙面外加翻新一下200多平方米的大成面馆,一眼就能看出用的材料都是市场上最廉价的。再加上这些锅碗瓢盆,都是淘宝上能够买到的东西或是仓库里堆放的陈年老物件,就这些,怎么就花掉350万了?黄子骏心里产生了巨大的疑问,不过那段时间他对丛山和丛山介绍的朋友还是充满信任,所以并没有多想。但今时今日,他的心情和眼光就完全不同了。

关于美术组的预算,他是咨询过北京公司的,别人看见置景道具打包价1 000万,差点没有惊掉下巴!直言有1 000万的话,平地起一座石库门弄堂也绰绰有余了。如果只是改景,就算改得天翻地覆,也就五六百万的事。

看着眼前的老袁,看着他说话义正词严的样子,黄子骏真想一个巴掌扇上去。他不明白一个打算讹他几百万的人,为什么居然敢在他面前这么嚣张？居然还在指责他不打投资款？

"这帮人，到底有没有良心！"黄子骏心里真实的想法确是这样的，但一切都必须隐藏好，不能暴露在对手面前。他决定忍住气，放低身段。

"丛山导演，袁老师，"黄子骏的语气显得特别诚恳，"你们的处境我完全理解，真的，我是搞房地产的，也接触过工程队，情况跟你们一模一样。但是现在资金确实紧张，我能拿出来的钱很有限。"他又转头对身后的许劲说，"许律师，把包里的材料给我。"

许劲打开包，拿出一沓文件递到黄子骏手里，他把文件一张张展开在众人面前。

"你们看看，这是我女儿济南的一套房子，价值900多万，有公证处证明的；这是我潍坊空置的一套房，值500万；还有这里，是我现在住的房子，也值个1 000来万……"

他一边说着，一边让大家传阅材料。公证处的文件全是原件，每套房子的价格清晰地写在文件里，并没有作假迹象。

"这些房产加起来大概2 500万，我打算把这些全抵押了换钱，维持剧组的开销，"黄子骏继续说，"另外，我还跟朋友公司借了1 000万，这钱大概在下月中旬能到账。这样加起来有个3 500万，再加上前面投资的钱，七七八八总共有5 000万。"

房间里所有的人都沉默了，资料传阅到田原手里，他看了两眼，默默放下。

"黄总，"田原问，"您的意思是……您只能出5 000万这点钱了是吗？"

田原问到了一个关键问题，大家都抬眼看着黄子骏。

"是的。"黄子骏的声音沉重而肯定，两个字好似一块大石头般,砸在众人的心里,房间内的气氛一下子凝固了。

"我现在想尽办法,只能凑到这些。"黄子骏说。

"5 000万……离1.2亿的预算,差了一半还不止啊——"田原说。

"是的。"黄子骏面露难色。

"那您这样可是严重违约了,黄总……"

"你要怪我违约,那行,那你们去法院告我,把我告进去,对大家有什么好处?戏不是还照样拍不下去?"黄子骏打断田原,"我不是没钱,我有钱!我有一大片房子在老家你们都见过!我就是暂时有点困难,短期内能找到的钱就这些,所以才和大家商量,一起帮我克服嘛——"

黄子骏依然说得非常诚恳,一边说,一边观察着大家的反应,丛山和田原都默不作声,孙宝国揉着脖子,默默摇头。老袁两只手紧紧拽着裤腿,双眉紧锁。

他指指丛山,又指指田原,说:"丛山导演,你的导演费和制片人酬金先不拿,田导你也跟你太太商量下,剧本费和你的导演费先欠一欠,三位制片主任你们也克服一下,270万的酬金少拿点,还有袁老师,你也是。咱们兄弟几个加起来,不就省下1 500多万了嘛!上次我已经和两位演员老师说好了,他们的酬金延后到10月份再给,我用别墅跟他们做抵押,他们都同意了!这不又省了将近1 500万嘛。"

大家听着黄子骏斩钉截铁的说辞,都低着头,默不作声。毕竟他说的方案和每个人都利益相关,没有人愿意轻易表态。

黄子骏继续说:"这样算一算,我们就省了3 000万。加上我投入的5 000万,就是8 000万。丛山导演,你和制片主任们再算算,我们的剧,8 000万到底能不能做下来?"

"这个……"丛山犹豫了,"和预算差距有点多,我们要算一算。"

"就是嘛,你得好好算一算!大家资金都紧张,日子都不好过。咱们这几个'核心成员'咬咬牙,把戏拍下来,我黄子骏用人格担保,在座的各位,酬金一分钱也不会少!不但不少,还会比答应你们的给得更多!"黄子骏信誓旦旦地说,他觉得自己今天的目的快要达到了。预算从1.2个亿被削减成8 000万,是大大地挤了一把水分。接下去再严格控制成本,让那几个酬金虚高的人统统滚蛋,这个项目就有救了。

"黄总,"老袁打断了黄子骏的思路,"你刚才说么多,还是不能解决眼下问题呀。再有三天就整整开机一个月了,大家合同没签拿不到酬金,是要出乱子的!"

老袁已经急得跺起脚了:"我们这些人暂时不拿酬金不要紧,下面干活的人怎么办?他们就指望这点工资养家糊口。"

"找大家一起商量不就是想办法共渡难关嘛?比如,你们东灿影业能不能先垫付一点费用?或者你们几个组长自己出点?先给下面员工发点工资,把他们安抚住?"黄子骏说。

"哧——"老袁冷笑着摇摇头,他已经觉得黄子骏的说法有些荒唐了。

"袁老师,您部门是拿钱拿的最多的一个部门,戏拍了不到三分之一,钱已经拿了超过三分之一。跟你的弟兄们商量商量,钱晚点拿,先把戏拍下去。"黄子骏说。

老袁听得火了,"腾"地站起身来,说:"黄总!我们美术部门是最早开始工作的你又不是不知道,从去年12月我们的工人就进来了,干到现在四个月!我们石库门那么大一个场景整下来,你那点钱哪里还够?到后来都是我在贴!要是我拿得出那么多钱,我就是投资人了。"

黄子骏一拍桌子,"对了嘛!你这话是说在点子上了,你已经贴钱进去了,你也是投资人啊!我们是一条船上的,就应该同舟共济,还分什么彼此?导演,您还记不记得当初咱们讨论这个项目的时候,说好了要共同努力把这个项目做起来?现在我遇到了一点暂时的困难,你们应该支持我才对!"

他又转向田原,说:"田导你说是不是?这个剧本是你太太写的,写了八年,都到了今天这一步,你也不想半途而废是吧?昨晚我跟你的摄影师晁正谈过以后,我真的很受感动,就发现其实下面这些人,他们很珍惜这次机会。现在的好戏不多,我们好不容易把戏弄到现在这样,不应该齐心协力把它搞出来吗?啊?"

黄子骏的一番话,显然是有说服力的,丛山和田原听着都默默低下了头。

丛山导演终于开口了:"这个戏,我们是一定要拍的,现在不论想什么办法,目的只有一个,就是把戏拍完。"

"对——我们是一条船上的人,船翻了,大家都遭殃。"黄子骏补充道。

"大家再看看,有没有其他什么办法?"丛山问。

"宝国老师,上次看预算,我记得器材费付了 200 多万是吗?"田原问。

"对,没错。总价是 300 多万,支付了三分之二。"孙宝国点头说。

"一般来说,器材费首款用不着付这么多,才拍摄了一个月,总价的30%就足够了,这里面多支付的100万,不知道金主任愿不愿意拿出来,帮剧组纾纾困呢?"田原问。

听田原这么一说,黄子骏眼神中露出一丝不易察觉的光。田原说的话正中他下怀,而且从田原嘴里说出来,比自己说出来效果不知道要好多少倍。果然正像他预料的一样,田原和小金手确实有嫌隙,恐怕他也是想利用这次机会,给小金手一个难堪吧。这倒省得自己来做这个坏人了。

"哎——这倒是个办法,"孙宝国也点头赞成,"导演您看……"

大家的目光转向丛山,等着他的态度。

"我和金坤商量商量,"丛山倒也回答得痛快,"不过,器材费是付给器材公司的,他也要去协调一下。"

"器材公司不是金主任自己的吗?"田原不依不饶地揭穿。

"不是……"丛山想了想,又改口说,"他只是股东而已,还要跟其他人商量。大家看看,除了这个还能有什么办法?"

"丛山,我觉得这是个办法,"黄子骏见他要转移话题,连忙补刀,"你问问金主任看?不行的话,我亲自和他谈谈。好兄弟嘛,有什么不能商量的。"

"不用,我来和他说。"丛山说。

丛山果然在极力维护小金手,从他的脸上,黄子骏读到了几分遮掩。

4. 小金手

这次黄子骏来剧组,小金手很"识相"地始终没有露面。不露面不等于不在意,黄子骏的一举一动小金手却比任何人都清楚。

他什么时候到的雾岛,几点来的Ｂ组现场,跟田原说了些什么,还有黄子骏身边那两个"细作"是什么时候偷偷出现在Ａ组的,他都一清二楚。剧组没有不透风的墙,对他这个身经百战的制片主任来说,要搞到这点"情报"更是不在话下。

所以早上的会议一散,黄子骏的车前脚刚开出园区,小金手后脚就溜进了丛山的房间。屋里只剩丛山一人,田原和老袁去了现场,孙宝国回了自己房间。

小金手一屁股坐在丛山对面,凑上脸问:"哥,情况怎么样?"

丛山点起一支烟,深深吸了一口,把刚才开会的内容跟他简单说了一遍。

不出所料,现在黄子骏和田原都把矛头指向自己,他是腹背受敌,稍有不慎就会成为众矢之的。到时候不论这部戏成败如何,他都将是牺牲品。他必须想个办法,扭转现在不利的局面。

"哥,我觉得眼下咱们要做个判断。"

"怎么说?"

"你觉得……山东人到底是真没钱,还是把没钱做幌子,要压我们的预算?"小金手分析道。

丛山导演眉头深锁,吸了一口烟,说:"这也是我想晓得的……侬要讲没钞票吧,伊大可不必来剧组。但是伊不但来了,还带着人来,又是视察又是看账,搞得煞有介事的。侬讲伊有钞票吧……今天开会又拿来一堆房产证、公证书,信誓旦旦地说要抵押房子才能凑出钱来。我吃不准他葫芦里到底卖的什么药呀!"

"哥,你听我一句,别被这只老狐狸忽悠了,他就是要讹你降、预、算!"小金手一只手指一个字一个字敲击着茶几桌面,言之凿凿。

"为什么?"丛山问。

"啧,您没听他算账嘛?前期投入2 000万,你们一帮人的酬金3 000万,他再凑个3 000万,8 000万把戏拍了,"小金手起身坐到丛山身边,凑近他的耳朵,把声音压得很低很低,"8 000万,您对这个数不会没印象吧?"

丛山的眉头跳了跳,他当然有印象,这也是小金手和他之间最大的秘密。

早在半年前,小金手就拿出过一份内部预算,金额就是8 000万。里面每一项细目,都经过他细致的精算,以他30来年做制片主任的经验,这份预算和实际的误差不会超过太大,而且只会低,不会高。丛山看完之后,小金手又给了他另一份预算,总金额1.2个亿。

中间4 000万的差价,被小金手巧妙地分散在诸多细目中,且每一项他都能说出开价的理由。这是他最擅长的一项"技能",不然怎么会被人叫作"小金手"呢。要不是后来卢冈、孙宝国两个二货,傻乎乎地把制片主任的预算加到270万,怎么会被黄子骏轻易抓到把柄?

那份8 000万的预算,丛山看过以后,小金手就拿回去了,留给他1.2亿的预算提交给黄子骏。至于中间的差价,他让丛山导演不要过问,只管好好拍戏,他自有办法把账目做平,而且合情、合理、合法。

"8 000万可是咱们的成本价,"小金手的声音小到只有气声,要凑近了努力听才听得清楚,"要是按这个来,大伙儿都白忙活!"

"所以你觉得黄子骏是为了压我们的预算,在演苦肉计?"丛山猜测问。

"可不是。"小金手很是肯定。

"那你觉得我们怎么办?"

"第一,还是上次说的,"小金手伸出一个手指,"千万不能降预算!您如果答应他8 000万,他铁定会觉得咱们还有利润空间,那7 500万能不能做? 7 000万能不能做? 他已经在怀疑咱们了,这个时候您给他报任何数字,他都不会相信。"

丛山听着觉得有道理,点点头。

"第二,趁这机会,无论如何解散B组。"

丛山抬眼看了看小金手。

"导演,您没发现吗? 田原跟您不是一条心! 会上他跟黄子骏一起把矛头指向我,指向我不就是指向您吗?"小金手说。

丛山摇摇头,不响。

"导演,您知道我在担心什么吗? 我担心田原和黄子骏是一伙儿的!"

丛山诧异地看着小金手,眼神里充满疑虑,似乎在判断着小金手这种说法的可能性。

"您想想,黄子骏就一外行,怎么会估出8 000万这么准的数字? 会不会有人在暗中指点? 今天会上黄子骏跟他一唱一和,谁敢说不是他们事先商量好的? 唱一出双簧,给谁听啊? 您啊——"

丛山的眉头越皱越深。

"还有您别忘了,编剧是田原的太太,他们夫妻俩导演费、编剧费一分钱没拿还干得这么起劲? 保不齐黄子骏对他俩有什么承诺! 哥,不得不防啊——"

小金手看着丛山,从他的表情来看,显然他的话已经影响到他了。

"你把邹津叫来。"丛山说。

小金手拿起手机,给邹津发了一条短信。

不一会儿,门口传来敲门声,邹津已经站在了门口。小金手把他让进屋内,又关上了门。

"导演,侬叫吾?"

和周丛山一样,邹津也是上海人,他和老袁一搭一档已经有30多个年头了。大约在20年前,两个人就成立了一家公司——"影梦城",又在上海郊区搞了六间仓库,做成实景摄影棚和道具仓库,专门接剧组的生意。因为本来就是电影美术出身,经常自己接的项目也弄到自己棚里来拍,所以20年下来,生意做得红红火火。职务上,老袁是美术指导,邹津是副指导,但在公司行政和经营上,一直都是邹津说了算。

"侬坐,侬坐,"丛山招呼他坐下,"邹津,侬个的钞票还剩多少?"

"没了——"邹津两手一摊,"全部用光了!"

"什么?用光了?!"小金手惊讶,"350万全用光了?"

"是个呀!我跟老袁讲,侬留点侬留点,伊讲石库门墙头要全刷,弹格路要全铺,这些钞票没办法省!再有就是棚里面军统的景,吾讲用用阿拉自家棚里厢的就好嘞,伊非要重新搭!讲要搭一个跟老早军统勿一样的感觉出来,吾拿伊没办法……"

邹津无奈摇摇头。

丛山听了,也无奈讪笑:"老袁啊,就是个副样子……"

"咱们商量好的事儿你们可别掉链子。"小金手提醒道。

"个侬放心,"邹津用一口上普回答,"我们也就前期投入大点,后头就么啥用钞票的地方了。"

"这样的话,咱们这边能运作的钱,就只有这些器材费……"周丛山喃喃道,转而朝小金手说,"那点你先留着别动,万一山东人不靠谱,还能应应急。"

"放心哥,这些钱我肯定不动,都为兄弟们备着。"小金手保证。

"真的是,搞得一天世界,吃力哦!"丛山叹气说。

从丛山房间出来,小金手才想来他还没吃中饭。在电梯口拿了份盒饭溜达回自己房间,刚一进门,景海婷从楼梯上下来,身上裹着浴巾,头发湿漉漉地垂着,刚洗了澡的样子。

"怎么才回?没吃饭啊?聊得怎么样?"

"还能怎么样,各种不靠谱呗。"小金手一边说着,一边坐到桌边,打开盒饭扒拉了两口。

"刚才我去楼下化妆间,几个小孩儿看见我就缠着问工资的事儿,说是组里都在传 15 日发工资,这都 16 日了,还没动静,山东人到底靠不靠谱?"景海婷一遍擦拭着头发一边问。

"他靠不靠谱我哪知道。"小金手夹起一只虾,虾头干瘪,乌黑的虾线根本没有清理干净,他看也不看就塞进嘴里。

"你不知道?到时候下面人盯着我要钱,我可问你要啊!"

"问我?我哪有钱?"小金手放下筷子,两手一摊。

"别装蒜,前天我还看见萧莫经纪公司给你打的款……"景海婷话没说完,小金手一把把她拉到身前,做了一个"嘘——"的手势。

听了听没动静,他才小声说:"这儿的墙不结实,小心隔壁有耳朵。"

景海婷只好压低声音,说:"经纪公司不是把返点的钱给你了吗？别以为我不知道。"

小金手："那是咱俩的钱,能给别人用吗？"

说着,小金手打开手机,给景海婷看一条短信。

景海婷瞪大了眼睛,高兴地说："呀！回龙观房子的首付你付掉了！"

小金手："不然我怎么跟你说没钱,你以为我骗你的？"

景海婷"嘻嘻"一笑,俯下身子在小金手坑坑洼洼的麻皮脸上狠狠亲了一口。

小金手搂住她的腰,一把将她托起放在桌上,腾出手拉住她胸前的毛巾一扯,景海婷一声惊叫,顿时光溜溜地暴露在小金手面前,一对大小适中的乳房微微颤抖。

她羞红了脸,连忙一手捂着胸部,一手挡住私处。

"你干嘛！在这儿……被人听见！"景海婷慌乱地说。

可小金手太需要发泄了,只有他自己知道他每天处心积虑要对付多少人、多少事！被人从制片主任的位置上赶下来、面对面的威胁投资老板,还要提防组里一群虎视眈眈要他滚蛋的人……

5. 晁正

今天是3月20日,已经是黄子骏来组里的第五天了。

自从那天晚上晁正和黄子骏照过面之后,就再也没人提起解散A组还是解散B组的事。统筹的通告单每天照样发,拍摄量依然这么少。关于什么时候结工资的事,组里还是议论纷纷。大家只知道山东老板来了,每天关在屋里同丛山导演开会。有时候,还会找部门长一起开会。白天收工后,田原也经常一头扎进丛山的办公室同他们一起开会。只是他再也没有从田原那里听到任何进展。

听 A 组的人说,这两天他们已经没有内容可拍了。章永兴因为在东北轧着戏,已经离组两天了。章永兴一走,萧莫没有了搭档,也闲了下来。A 组只好在石库门里拍起了空镜头。清晨、上午、下午、晚上、晴天、下雨全部来了个遍。B 组军统部分多多少少还有些戏,每天 3—4 页纸,8 点出工,5 点收工,赶得上打卡上班的节奏。

今天早上,统筹安排了一场军统特务上青楼调查案情的戏。找来的两个女演员倒是让摄影组的兄弟们兴奋了一把,干得比平时都起劲。晁正也偷偷留了其中一个的微信,想着以后有机会可以约出来吃吃饭什么的。

中午放饭,大家已经不太聊签约和酬金的事了。前些日子天天聊也没聊出个结果,大家心想反正老板在,这是领导跟老板商量的事,就让他们操心去吧。大家的话题反而更多集中在雾岛的天气。这几天,海面上隔三岔五起雾,有时候是毫无预兆的,一个小时之内整座岛屿就大雾弥漫。红色预警已经发布不止一次,跨海桥和轮渡也时不时停航,即便是开放时间也实行限流,以免突如其来的大雾将车辆或船只阻滞在海面上。昨天,坊间又传出一则"大新闻",说是一艘满载货物的国外货轮在大雾中迷失方向,一头撞上了通向雾岛的跨海桥,听说还撞得不轻,船只和桥体都损坏严重,有关部门正在积极抢修,据说一时半会儿跨海桥是没办法启用了,要离开雾岛,只能依靠轮渡。

几天下来,晁正的想法也有所改变。投资人的态度暧昧,始终没有拿出切实的推进计划,雾岛的交通状况又如此糟糕,通向外界的道路随时有封闭的危险。这两件事中任何一件都有可能导致剧组停拍。不稳定因素摆在面前,晁正也开始打退堂鼓了。或许就像田原上次跟他说的,"如果我们先杀青,兄弟们可以马上拿到酬金"。这样的想法会更"实惠"些。虽然有些不甘心,但与其在这个摇摇欲坠的剧组里押宝,倒不如赶快抽身,另找机会。

这两天晁正一直想跟田原商量这事,但一是拍摄现场人多嘴杂,不方便开口。二是一回驻地,田原又忙着和丛山、黄子骏开会,根本抽不出时间和他商量。今天他是下了决心,趁着中午吃饭这会儿一定要说!

"老大,这两天跟兄弟们商量了一下,大家比较倾向于早点杀青。你看这事我们要不要找丛山导演聊聊?"晁正问。

"这个没必要吧,"田原说,"有些情况你不太清楚,现在不是提这个的时候。"

"那合同的事有着落了吗?看你们天天开会,总要解决点事情吧?钱先不付合同总要签掉吧?"晁正追问。

"合同我天天在追,现在看来山东人对个别人的酬金还有疑问。"

"我们的还有疑问!?我们开的可都是良心价,行业地板价了都!"晁正说。

的确,合作这么多年,晁正的价格彼此是心知肚明的,他从没在田原的戏上跟制片组漫天要价过。

"不是说你,是说别人……"田原说。

"那既然我们的没问题,就把我们先签了吧。"晁正拍着大腿说。

田原不响,不紧不慢地吃着饭。

晁正见田原不说话,只能转向旁边看手机的灯光师老张。"老张,老张?"叫了两声,老张才回过神来。

"你们孟老师那边什么情况了?"晁正问。

"他们……今天没有出工……"老张说。

他的话让桌前的众人都是一愣,田原也抬起了头。

"是没有通告吗?"晁正问。

"不是……是老孟没让他们出工……"老张说,"老孟说今天不把酬金的事说清楚,他们就不拍了,现在正和丛山导演在开会呢。"

"该,就是应该不拍!"坐在一旁的川哥也憋不住了,"活儿都干了一个月了,合同也不签,还干什么干!"

"老张,要是真拿不到钱,你打算怎么办?"晁正半真半假地问。

"那我就不客气了,反正我老家离潍坊近,带着人到他公司去,吃住在那儿,看他给不给!"说到酬金的事,老张是真有点急了。

"老大,那我们下午拍不拍?"晁正问。

田原倒没怎么多想,直接下了命令:"拍吧,反正一共两场戏,有什么问题拍完再说。"

下午的场景在棚里搭建的民国医院拍摄。

一吃完饭,演员副导就跑来告诉田原,萧莫姐今天化妆晚了,这会儿刚吃完中饭进化妆间,大概要两个半小时后才能到现场。听说演员迟到,和开机第一天比起来,大家已经见怪不怪。因为医院是个没拍过的新场景,晁正倒觉得正好可以利用这点时间,好好把场景气氛设计一下。所以他也不休息就早早跑到现场安排机位了。三台摄影机,一台架在了二楼走廊上,俯拍医院大堂全景,一台架在护士台边上,捕捉演员的近景,还有一台晁正挑选了一个巧妙的角度,隔着彩色窗花,捕捉演员的中景。安排好摄影机的位置,他开始和老张商量光线气氛的营造。他让老张在窗外起了一个四米五的高台,架起一盏9头灯,透过窗户的磨砂玻璃,打出夕阳暖光的效果。室内的立柱后面,又藏了几盏灯,让画面的暗部呈现出丰富的层次。最后又在主演所站位置的灯前加上几层柔光片,别说是漂亮的女演员,就是普通人走到位置上,皮肤也显得光洁饱满,英俊靓丽。布置完摄影灯光,晁正又拉着川哥对画面里后景的群众演员位置进行调整,做到既不被主演遮挡,又不至于抢戏,同时让三个画面都呈现出忙碌的生活气息。

安排得差不多满意了,一问还有20分钟演员才到现场,他走到监视器区域,坐到田原身边。

"导演,安排好了,我们走一遍看看,看哪里还要调整。"晁正说。

田原检视了一下三个监视器的画面,拿起对讲机:"川哥,我们准备来走一遍,听我口令,三、二、一……"

"砰——"地一声,监视器画面突然变得一片昏暗。现场的十几盏灯同时全灭了。

"怎么回事?老张呢?老张!"田原叫道。

晁正也对着对讲机唤了几声,隔了有半分钟,老张才气喘吁吁地掀开帘子走进来。

"导演不好意思,外面发电车出了点问题,马上好。"老张喘着气说。

"抓紧,演员快到了。"田原说。

老张答应了一声,转身走出去。

晁正和田原在监视器前又等了十分钟,监视器屏幕上显示的画面还是一片昏暗,田原有些坐不住了,起身招呼晁正。

"走,出去看看。"

晃正跟着田原走进摄影棚，因为没有光的缘故，实际环境显得比监视器里还要昏暗，穿着戏服的群众演员三三两两聚在一块儿聊天休息，有扮成医生护士的、有扮成病人和家属的，晃正倒觉得他们无精打采的状态，比拍摄时还真实很多。环顾了一圈没有看见老张，晃正找了个灯光助理一问，他伸手指了指二楼走廊。

　　在走廊深处，晃正看见老张和两个灯光助理正躲在角落里，窸窸窣窣地说着什么。老张双手插在胸前，眉头紧锁，烦躁地踩着小碎步。远远地他就发现了走来的田原和晃正，连忙挥了挥手，让两个助理离开，自己迎面走上来。

　　"老张，你在这干吗？发电车好了吗？"晃正问。

　　"好了……发电车没问题……"

　　看着老张闪烁其词、欲言又止的样子，晃正和田原交换了一下眼色。

　　"老张怎么了？"田原问。

　　"唉——"老张叹了口气，像是下了决心，"导演、老晃，我跟你们说实话吧……"

　　他打开微信，给两人看了孟凡跟他的对话：

孟凡：下午几场戏？

老张：两场女主的，1.6页纸

孟凡：先别拍，等我通知

老张：孟老师，导演让我们试镜了
　　　你这边谈得怎么样

孟凡：不好，你找理由拖一下

老张：我想想办法

老张：女主还有10分钟就到现场了
　　　导演让我开灯准备拍摄
孟凡：不拍

　　看完微信对话，田原脸色难看，一言不发。老张也是一脸尴尬，豆大的汗珠从花白的鬓边流下。晁正知道遇到这种事，老张是非常为难的。一边是孟凡，常年带着他拍戏的人。这种关系就好比自己跟田原一样，得罪不起。另一边是B组导演，剧组的规矩，导演的指令大如天，在现场不听导演安排的人，就像上了战场不听指挥的兵一样。在部队里，这样的士兵要上军事法庭，在剧组里，这样的人会被永远除名，以致在圈里留下不好的名声。
　　老张说话的声音都颤抖了："导演，我也没办法，你看孟老师说了……"
　　晁正看着田原，想看他到底会做什么决定。要是田原不顾老张的难处，执意要开灯拍摄的话，老张将不得不在田原和孟凡之间做一个选择。但他要是选择不开灯，那压力就会落在田原身上，他必须跟制片组和老板解释，为什么不完成规定的拍摄。一个无法完成正常拍摄任务的导演，同样也会在圈子里名誉扫地。现在的情况对这两人来说，都是难题。
　　十几秒过去了，田原始终没有说话。
　　晁正偷偷看了眼手机，女主角萧莫离现场大概最多也就五分钟的车程。萧莫是画了两个半小时的妆来现场的，每天女主角化妆就要两个半小时，更别说这些时间里梳化组、服装组五六个人要为她的妆容、发饰、服装所付出的劳动。其实远不只是女主角,就说楼下20来号群众演员,演员副导必须在前一天晚上就挑选好人选交给导演确认,再把男女老少的比例第一时间通知服化部门准备衣服,通知道具部门准备道具。所以通告单上排出来的每一场戏,都是需要剧组各个部门花时间、精力去准备的。少拍一场戏,就意味着上百号人白白地付出劳动,所准备的群演、道具、租借的场地、布置的环境全都浪费。要让田原口中说出一句"不拍",谈何容易啊!

田原突然转身,招呼也不打,快步朝楼下走去。

看着田原的背影消失在楼梯口,老张深深叹了口气:"老晁,不好意思啊,我不是要为难田导,实在是……"

"理解,理解……我们都是干活的,都懂。"其实晁正也不知该怎么安慰老张。

突然,楼下传来现场制片胖哥那个熟悉的大喇叭嗓门:"收工!收工啦!——"

晁正和老张都惊讶得瞪大了眼睛。

等晁正赶到摄影棚大门口,田原的导演车刚好从他面前急驰而过,掀起一阵烟尘远远离去。

"唉——"晁正的身边传来一阵长长的叹息声,他转头一看,是演员副导涛哥在那儿叹气。看见晁正在看他,涛哥无奈地摇头苦笑。

"演员刚到,结果收工了,呵呵——"

顺着他的目光,越过鱼贯而出的剧组厢卡、依维柯和面包车,晁正看到对面停车场的角落里,默默停着一辆房车。

这辆车他见过,是萧莫的专车。

第五章　岁 月 静 好

1. 田原

B组的导演车刚刚停进雾岛公寓的停车场,田原一只脚还没有踏下车子,手机就响了。收到的是剧组微信群里的消息:

统筹—乔布斯:
　　因发电车故障,B组提前收工
　　今日未拍场次 7‑27、13‑32 场
　　另行安排时间拍摄
　　大家辛苦

看着短信,田原微微松一口气,制片组的反应果然在他的意料之中。面对全组300多号人,他们是不可能公开停拍的真正原因的。这条短信足以瞒过剧组大多数人,但对那几个核心成员,包括主演来说,是没什么用的。不过这些都在田原的考虑范围之内,这已经是降低事态影响力的最优解了。

首先是主演,萧莫花了两个多小时化好妆,刚到现场就听说不拍了,而且两场都是她的戏。别说是一线卡司,就是二三线的普通演员也会火冒三丈,去会向制片人或投资方投诉。

但是萧莫不会。

从开机第一天起,萧莫几乎每天都要迟到2—3小时到现场,统筹不得不一次次临时调整拍摄计划。就这件事,丛山导演、卢冈,甚至连小金手都和她的经纪人、助理沟通过,但是萧莫依旧我行我素,剧组底下对此议论纷纷。萧莫的戏份很少在田原这组拍,所以两人见面交流的机会并不多,萧莫对田原拍戏的风格和现场的行事作风并不熟悉。今天刚到现场,却听到田原取消了两场戏的拍摄,她一定很自然地认为这么做是针对她的。尽管心里不舒服,却不敢发作。因为她今天迟到了3个多小时,如果投诉田原,那田原一定会拿她迟到说事,到时候不但达不到投诉的目的,反而自己面子上过不去。毕竟遇上这种事情,剧组大多数工作人员都会站在导演一边。演员迟到会实实在在影响所有人的利益。但如果是导演罢工,他们却乐得清闲,至于后果嘛,自有导演个人承担就是了。

田原就是看准了萧莫这个心态,才大胆地宣布收工。

另外还有一个重要的原因,他不想让黄子骏造成B组不拿酬金也会把戏拍下去的"错觉"。毕竟事关300来号人的生计,他田原可以不拿酬金,可其他人不行啊!黄子骏是真没钱也好、假没钱也罢,到这个时间点上,是该给大家一个交代了。他这么做也就是在警告黄子骏,合同、酬金的事不解决,他们不但不会拍下去,甚至连得罪主演的事也做得出来!

电梯上了五楼,田原没有回自己房间,而是径自朝丛山导演的房间去。敲了好几下门,里面却没有回应。正巧碰到路过的乔布斯,还是乔布斯告诉他,丛山导演一早就去了华贸君临大酒店,黄子骏约他在那儿开会。

田原想了想,还是给丛山拨去了电话。

铃声才响了一下就接通了,还没等田原开口,丛山就先开了口,语气特别平和。

"田原啊,事情我都知道了,没关系的,你先好好休息,等我晚上回来聊啊。"说完丛山就挂断了电话。

今天A组罢工,B组半途罢拍,丛山导演却像什么事没发生一样,没有半句责怪,也没有半句询问,这倒让田原有些摸不着头脑。

回到房间他洗了把脸,刚准备打开电脑继续整理思路,手机又响了。这次来电显示上显示着两个字"老闵"。田原知道,总经理这时候来电,一定有什么特殊原因。

"喂,闵总。"

"田原,蛮长辰光勿联系,这几天剧组还好哦?"

"呃……这几天剧组有点事,正想跟您通报呢。"田原太了解老闵的个性了,要不是听说了一些风声,他是不会在这个时间点给他打电话的。

"哦?啥情况,侬讲讲看?"

"还在装蒜……"田原心里想着,当然并没有说出口。

他一五一十把黄子骏来了之后发生的事跟老闵说了一遍。

"啥事体?山东黄总15号就来啦?你们怎么没人跟我讲?吾跟丛山通电话,伊没告诉吾嘛!"老闵说。

"吾当之伊帮侬讲过了,所以没跟侬讲呀!"田原也装傻应对。

"勿来噻,介重要的事体……吾今朝要过来一趟,侬跟丛山讲,夜里厢阿拉几个人碰只头。"老闵用不容商量的口吻说。

挂断手机,田原给丛山去了条消息,通知他晚上老闵要来。"老闵是怎么知道剧组情况的?"田原刚提出问题就自己找到了答案,总制片卢冈不就是老闵的亲戚嘛!恐怕剧组的一举一动卢冈早就跟他汇报了,说不定他知道的情况比自己还多。

田原房间的左手边,是雾岛公寓的楼顶大露台,足有七八百平方米。筹备期间,田原时常会上来走动走动,眺望远方放松放松心情。开机以后,一忙起来他就再没想到上来过。今天趁着时间早,正好有空出来散步。从露台放眼望去,今天的能见度还不错,连跨海桥上那艘搁浅的巨轮都清晰可见,还能隐隐看到远处地平线上钢筋水泥的城市森林。一阵风袭过,吹动晾在露台上的被褥,风中已经带着几分春日的暖意。

田原已经好久没有这么轻松的感觉了。可惜再过几个小时,等老闵一到,又免不了一场唇枪舌剑的博弈。

《守护》最早是老闵发现的项目。罗茜的老师孤叟跟他认识有将近20年了,他们曾经合作过两部电视剧,可以算是知根知底的朋友。早在剧本版权还在其他公司手上的时候,老闵就为了这个项目登门拜访过孤叟,并一再表示如果其他公司运作不下去了,他愿意来运作。后来那家公司的老板因为非法经营锒铛入狱,可巧不巧的,老闵也在那时候查出了癌症,而且一个肺癌、一个肠癌……要操作项目是不可能了。所以本子一搁就是两年,直到周丛山出现,才把项目又捡了起来。

好在老闵年轻时体魄健壮,这次虽然经过了放疗、化疗一顿折腾,病居然渐渐好了!除了原先一头乌黑的头发变得花白以外,他行动走路、吃饭睡觉、喝茶谈工作跟身体健康的时候没什么两样!有时候说话谈事情的精气神比田原还足。

丛山导演把项目抓起来以后,他本想插手,无奈东灿影业因为他生病后经营不善,已经资不抵债了。尽管没什么家底,老闵却抱着项目死死不放,指望着碰运气侥幸遇到个有钱人,能出资让他们拍摄。可田原知道,现在的影视剧市场哪有这种便宜可以捡?自己没有投入，全指望别人的钱把项目做起来，"空手套白狼"搁在20年前或许还行，但要是放在今天，那些有钱有实力的公司，早把你吃得一干二净，连骨头都不剩。

　　但是田原发现老闵似乎永远也想不明白这点。他说的最多的一句话就是："这个项目，我名也要，利也要！"田原知道，照他这种思路做下去，项目是没有出路的。所以在周丛山搞定平台、找到山东投资人后，田原的心理天平是倾向于支持丛山的。在几次项目的重大决策上，田原把关键的一票投给了丛山，让丛山把项目从老闵的掌控中拿出来独立运作。

　　但让田原万万没想到的是，丛山会在制片管理和对资金把控上出现如此巨大的纰漏！眼下剧组这种尴尬的境况又给了老闵可乘之机，作为制作方的老总，在投资方未按合同支付投资款、未和剧组工作人员签订合同的情况下，是完全有权力对项目进行干预的。可他要是再加入进来，田原真的不知道现在已经错综复杂的形势，会不会变得更加扑朔迷离。

　　"老大！"背后人有叫，田原一听声音就知道是晁正，他正远远朝自己这边走过来。

　　"到你房间敲门你不在，我就估计你在这里。"

　　"你回来啦，现场怎么样？"田原问。

　　"都回了，没什么情况，"晁正说，"不过你居然真的叫收工，我是没想到。"

　　"你觉得我还有什么选择吗？"

　　"有没有选择我不知道，但我觉得你做得是对的！我们已经干了一个月了！合同不签连个订金也不付，兄弟们早就不想干了。老大，你得想想办法。"晁正说。

"我还能想什么办法,丛山导演每天跟山东人开会,也没拿出个办法来。"

田原说的也是实话,这些天一收工他就往丛山房间跑。有时候黄子骏在,有时候小金手在,有时候是老袁在,还有时候是卢冈和孙宝国在。不论谁在,他们一见田原进来,每个人都客客气气。但是问到关键问题,每个人又都含含糊糊,黄子骏说他的律师许劲已经在看合同了,但是看了四五天也没个说法;小金手、卢冈和孙宝国还是互相推诿,三个片酬90万的制片主任都说合同的事对方应该负责;老袁每次都在诉苦,不是工人发不出工资了,就是供应商又在催材料费。田原听了两次,实在没有心思再听下去。

"哎兮——"晁正不知道什么时候开始习惯用韩剧里学来的口头禅表达情绪,"老大你不是党支部书记嘛,党要为人民做主啊!"

晁正的一句话倒提醒了田原,没错,他是临时党支部书记啊,当时成立党支部的时候,不就是为这种特殊情况留后手的吗?临时党支部召集会议,就是投资人、制片人也没理由拒绝吧!让他们在剧组面前对合同和工资问题做个承诺,哪怕一时之间解决不了问题,至少也能留下证据。

"老晁,你去把培子叫上来,让他拟个通知。争取明天开工前把会开了。"

2. 丛山

丛山导演接到老闵要到访的消息时,刚从黄子骏的房间离开。

"真是麻烦一个接一个……"丛山想着,刚才和黄子骏聊得并不顺利。这些天在跟他的交涉中,周丛山越来越清晰他的真实目的。小金手是对的,黄子骏的目的就是压低项目的整体预算。这几天他们从1.1亿谈到1个亿、9 000万、8 000万,黄子骏似乎还不知足,不断试探他们的底线。丛山记着小金手对他的提醒,始终在和黄子骏兜圈子。

但是刚才那次谈判,老袁终于绷不住了,他把自己在江苏启东一片园区的地契拍到桌上,扬言黄子骏只要再拿出5 000万,他就拿启东的土地作抵押,为黄子骏做保底!黄子骏当场同意,立刻让自己的律师许劲回去起草合同。

"老袁,侬冲动了……"走在走廊上,丛山说。

"怕什么,我心里有底,5 000万拿得下来!"老袁赌气说。

"不是拿不拿得下来的问题……"华贸君临的走廊上,不时有人和他们擦肩而过,丛山没再多说什么,招呼老袁快走。

门口等车的工夫,丛山这才继续说:"你刚才这么一讲,他咬定我们之前报1.1亿是在骗他,他就是有5 000万,这钱会投得放心哦?万一那'5 000万'再像现在这样'掉链子'哪能办?到时候侬托的底,别人找不到伊,来寻侬又哪能办?"

老袁低下头,喃喃道:"这我倒没想过……"

"么事体,让伊先拟合同,拟出来再讲,反正只要不签字,讲啥都是假的。"丛山安慰道。

老雷开着宝马X5到了两人跟前,他俩一前一后坐上车。现在周丛山必须把黄子骏的事放一放,集中精力应付晚上老闵的到访,这个麻烦也不小。

自从月初那次会议过后,他再没跟老闵联系过,因为他知道现在剧组面临的状况,老闵是解决不了的。不但解决不了,大概率还会把原因怪到自己头上,然后自说自话跑到剧组瞎指挥一通,真是越添越乱！

丛山和老闵相识也有20多年了，不过要说正儿八经的合作，《守护》还是第一次。他接触《守护》剧本的时候，正是老闵查出肠癌那会儿。丛山就顺势提出，一方面自己帮着他管理管理公司日常琐事，另一方面推进《守护》这个项目。正好那一阵老闵对项目和公司也是有心无力，就接受了他的提议。

刚接手公司那会儿，丛山原以为可以放开手脚好好施展一番，却没想到事情的发展完全不是他预想的那样。有一次，丛山跟人谈一个项目合作，需要做一份PPT材料。公司里没有美术方面的人才，丛山就跟外面的设计公司签了一份3 000元的制作协议。原以为就是一件小事，他没有跟老闵商量就拟好了合同请办公室盖章付款。没想到才过了15分钟，老闵就打来电话，说财务向他汇报，有一份制作协议是怎么回事？丛山跟他解释了半天，从怎么认识的对方，到项目是个什么情况，再到今后有怎样的合作可能，甚至是项目做成以后大家怎么分成，八字还没一撇的事情，老闵事无巨细问了个遍。最后丛山实在不耐烦了，只说了一句："如果决定不跟进这个项目，那项目书也不用做了。如果想跟进这个项目，那项目书必须做！"老闵这才表示了同意，而且当天下午就开着车赶到公司，把制作协议从头到尾看了一遍，改了两个丛山看来不痛不痒的地方，才从包里拿出钢笔，郑重其事签上自己的名字。然后再三嘱咐，"阿拉公司就是'一支笔'，凡是对外的协议、支付款项都必须总经理签字"，以后遇到这种事不要怕麻烦他，直接给他打电话就行，他会第一时间赶到公司处理。末了还不忘来一句："有什么项目你大胆干，不用请示我，公司交给你了！"

最后那句话不说也就算了，说了反而让丛山浑身别扭。

"事情我来干,决定你来做?到底是我在帮你经营公司呢,还是做你秘书来了?"他现在才明白,说穿了就是老闵身体不好,想借只手帮他做做事情而已!丛山越想越窝火,自己好歹也是有名有姓的导演,23岁开始独立拍戏,靠过谁了?简历上20多部电影、电视剧都是他自己凭本事争取来的,临到末了倒变成个听使唤的打工仔?

从那时候开始,丛山就认清了一点——老闵不是个可以合作的人。可是《守护》的项目在东灿公司,又不能轻易把他甩开,这成了最让周丛山头疼的问题。直到黄子骏的出现才让他看到了机会。从这点上来说,他一直是很感激黄子骏,即使到了今天,他最希望的结果还是能和黄子骏一起想出办法,把《守护》顺顺利利拍完,让那些打算看他们笑话的人笑不出来。

房间里,勇诚已经撤掉了中间的圆桌,在沙发前围了一排椅子。丛山窝在角落的单人沙发上,把他平时坐的位子让了出来。勇诚端上一壶红茶,给丛山倒了一杯。

"勇诚,再泡一壶绿茶过来,我抽屉第二格有茶叶,都匀毛尖。"丛山说。

勇诚答应了一声去办了。

走廊里一阵喧闹的人声,中间最响的那个,丛山一听就听了出来。他掐灭了手上的烟头。

老闵在卢冈、孙宝国和小胖等人的簇拥下走了进来。

"老大,侬来啦——"丛山堆上一脸的笑容站起身。

"丛山,侬辛苦咯。快坐快坐。"他反客为主地请丛山坐,自己毫不客气地在给他预留的沙发上一屁股坐下。"今朝这一路吃力的,跨海桥出事体了哪晓得哦?我是坐船过来的!"

丛山刚想开口,老闵的手却在空中挥了几下。

"哟,侬抽香烟啊,快拿窗开开。我个只毛病,吃不消香烟味道。"老闵吩咐道。

立刻有人打开了窗户。

"田原呢?在不在?"

"我在。"老闵话音未落,门口就出现了田原,他的身边还跟着许久不见的张益。

"兄弟,你也来啦!"看到张益,丛山有些意外,却还是一副笑脸。

"哦!是我叫伊来的!张益侬坐。"老闵说。

丛山看了一眼老闵,脸上掠过一丝不悦的,笑容变得有些僵硬。

"今朝人多,我就讲普通话了哦,"老闵好像并没注意到丛山情绪的变化,继续说,"大致的情况呢,田原在电话里已经跟我讲过了。我们焦点'实'一点,主要解决几个大问题。第一,山东人什么时候签合同;第二,什么时候付钱;第三,后续的投资款什么时候到账?"

"合同我们已经给过去两个多礼拜了,一直没有回音。"卢冈说。

"问题出在哪里?山东人为什么不签?"老闵问。

"这我们也不知道,小罗说,黄总对工作人员的酬金还有想法,要全部谈好后再签。"卢冈回答。

"小罗是谁?"

"就是山东黄总的助理,是伊亲眷。"卢冈补充说。

"开机前,黄子骏看过预算吗?"

"看过!1.2亿的,1.1亿的,他都看过。"

"有证据证明他看过吗?"

"有!怎么会没有,我们每次都是微信上发给他的,"卢冈一边说着,一边掏出手机,"喏,你看,我微信上记录全有的。"

老闵眯着眼看了一眼,把手机还给卢冈,继续说:"我们跟山东人的协议,电视剧的制作费是1亿到1.2亿,预算在这区间里都是合理的。我们再把预算核一遍,看还有没有不合理的地方,有,我们自己调整好。是我们的问题,我们绝不推卸责任,一定把水分挤掉!是投资方的责任,就要请他把责任承担起来!"

"好!说得好!"卢冈带头鼓掌。

丛山的嘴巴动了动,没有说话。

老闵转过头对张益说:"张益,预算的事情你来负责一下,明天到办公室我们讨论,没问题了再交给剧组。"

张益干咳了一声,含含糊糊地"嗯"了一声。

自从开机那次和黄子骏不甚愉快的交涉过后,这是张益第一次来剧组。他是临时被老闵叫来的,都没来不及跟田原通个气。张益自己都闹不明白这种场合为什么要他到场,直到刚才老闵给他分配任务,才意识到自己捧上了一个烫手的山芋。

"至于工作人员的合同……田原,我听说明天你要开支部大会是吧?"老闵继续说。

"对,已经通知下去了。"

"好,很好!党支部应该担起责任来。明天你管你开会,有什么结果告诉我一下,"老闵继续说,"山东人承诺15日进500万投资款,20日再进500万,现在都没有兑现。卢冈,明天你来约一下,我要再会会这个黄子骏!"

丛山的房门"砰"的一声被打开,卢冈、孙宝国、小胖、张益等人鱼贯而出,卢冈脸上兴奋的神色溢于言表。卢冈一边走一边大声吩咐小胖:"小胖,你让各组组长把人数统计一下发到群里来,不要漏了——"刚才老冈雷厉风行的一番话显然大大鼓舞了他的士气,像是深陷泥潭的人面前终于出现了一线生机。

喧嚣声渐渐远去,屋里就剩下老冈、丛山和田原。

"田原,把门关一关。"老冈吩咐。

"现在就我们三人开个内部会议,"老冈收敛起雷厉风行的神情,说话的声音也比先前轻了不少,"丛山,你跟黄子骏最熟悉,你判断一下,伊到底拿不拿得出钞票?"

老冈的问题恰恰是丛山不知该怎么回答的。黄子骏虽然口头上一直在强调自己资金困难,但丛山却始终认为这只是他压低预算的手段而已。黄子骏有胆量下决心投资这么大一部戏,绝不可能毫无准备。如果他真的没钱,现在该做的不是天天跟剧组讨价还价,而是应该手机关机玩失踪才对。

"田原,侬也是个能想的?"老冈问。

田原不置可否,只表示丛山导演的说法,存在这种可能。

"呵呵……"老冈冷冷一笑,"你们要听听吾的想法哦?我告诉你们,黄子骏就是个穷、光、蛋!"

老冈特意把"穷、光、蛋"三个字说得很重,以引起丛山和田原的注意。

"我知道你们要反驳什么,听我说完,"见丛山想说话,老冈阻止了他继续说,"我不是说他没有资产,我说的是他没有资金,没有真金白银可以支付给项目的资金！他就是在用房地产的那套逻辑做事，以为只靠一点启动资金，就可以撬动大资本了？以为拍戏像盖楼一样，钱不够了停工两个月，有钱了继续盖？想得忒美了！"

老闵的话倒是提醒了丛山，在他和黄子骏还是"蜜月期"的时候，黄子骏曾经跟他商量过1.1个亿投资如何构成——他自己出资3 000万，兄弟公司出资2 800万，播出平台出资3 000万，再加上丛山自己承诺再拉2 000万投资，刚好1个多亿。现在黄子骏自己拿出了六七百万，张益拉来的投资方出了400万。先前寄予厚望的辉扬公司到现在还没有动静，播出平台则表示要看到片花后才能走投资流程。可别说片花了，现在连剪辑师的酬金都没谈拢，这3 000万更是飘在空中不着边际。

"丛山，后面哪能办，还像之前那样，烂泥萝卜擦一段吃一段？"老闵的话打断了丛山的思路。

"嘿嘿……"丛山低着头，眼睛看着手机，"侬是总监制，侬讲。"

"吾看……停一停哦，拿事情跟黄老板聊清爽再讲。"老闵说。

"好，没问题。"丛山回答得很快，他已经没有心思再跟老闵讨论下去，只想赶快结束这场会议。

"但是怎么跟剧组说？说投资方没钱吗？"田原有疑问。

"这话千万不能这么讲，"老闵摇摇头，想了想说，"我看新闻，说这段时间跨海桥要封路抢修，就用这个做理由吧，说剧组下一阶段拍摄的置景材料和道具，因为封路过不来，影响了工程进度，全组暂停等通知。"

送走老闵和田原，丛山这才想起从早上到现在，他还没有吃过一口东西。

他让勇诚通知公寓厨房给他下碗面条,自己又疲惫地坐回沙发上。他最不愿意发生的事,终于还是发生了。

　　老闵说"停拍"的时候,他心里面是一千一万个不愿意,因为以他一辈子在剧组的经验,停拍基本等同于噩梦的开始。他在记忆里搜索了好几遍,实在想不起哪次剧组停拍后还能顺顺利利复拍的。但是他也明白,眼下的情形再要勉强拍下去是不可能的,剧组工作人员能容忍的极限也就是一个月时间。更何况是在劳务合同都没有着落的情况下,这些兄弟能坚持到今天,已经是给足他周丛山面子了。这一个月,丛山不是没有考虑过极端的可能,万一黄子骏真的拿不出钱怎么办?他也不是没有想过办法,每天除了处理组里层出不穷的状况外,几乎所有的时间都在寻找后备资金。他把自己的手机、微信,甚至是以前收到过的名片全部翻了个遍,有可能投资的公司、老板、富二代,电话也打了个遍。可远水救不了近火,即使有个别人表现出兴趣来的,也要先看看资料,了解一下剧本,继而再有跟进的可能性。但他现在缺的是雪中送炭的钱啊!留给他的时间最多也就是一两周而已……

　　茶几上的手机响了,是赵小娥打来的电话,问他今晚还回不回华贸君临。

　　"回,现在就回,你等我。"丛山说。

　　他有一段时间没在雾岛公寓过夜了。这里一睁开眼就是没完没了的琐事。他现在没心思也没空来照顾个别人的情绪,雾岛公寓更是一秒钟也不想多待。他还有更重要的事要做,明天一早去找黄子骏,不管用什么办法,都必须把他的口袋给撬开。交通受阻确实是个绝佳的理由,靠这个说法至少能够争取 2 到 3 天时间,只要在两三天里能够复拍,那一切都还有希望!

3. 黄子骏

黄子骏今天看到了剧组群里发的两条通知,第一条是下午看到的:

统筹—乔布斯:

　@所有人

　明天(3月21日)上午10:00,临时党支部在剧组会议室召开支部会议,请在组所有党员同志、资方代表、制片人、制片主任、各组组长准时出席。会议议题为"解决摄制组员工劳务协议签约问题",请大家准时出席。

第二条通知,是在晚上8点收到的:

统筹—乔布斯:

　@所有人

　受跨海桥封路抢修影响,美术组置景延期。明天(3月21日)A、B组拍摄通告取消,各部门在驻地休整待命。请各部门老师相互转告!

这两条通知都让黄子骏颇感意外。收到第一条消息的时候,他还有些不屑一顾,剧组成立党支部在他看来就是走走形式罢了。他搞工程的时候,建筑队也有党支部、也有工会,但到头来有什么事情还不是都听他的?再说这个剧组他研究过,党员数量极少。除了田原,就是他的摄影师晁正、录音指导老顾、一个跟组演员和美术组的一个美术助理。这五个人当中除了田原和晁正,都不是什么关键性岗位。换个人来干，照样不影响拍摄。小小一个党支部想干预剧组，有些异想天开了。

第二份通知却让黄子骏紧张了一下。他再是外行也知道，停拍就和停工一样，接下来就会出现一系列问题。这么多年建筑行业的经验，让他不得不绷起警惕的神经。他感到意外的是丛山导演竟然会做出这个决定。他知道丛山甚至比自己还要不想停工，正是因为看穿了他的心思，白天他才会有恃无恐地跟他讨价还价。而且他确信，白天自己已经掌握了主动。

今天早上的会议只有三个人参加，他、丛山和老袁。三个制片主任一个也没叫。通过这几天的谈话，黄子骏越发明显感觉到丛山在很多事情上对小金手的偏袒。说到三个制片主任天价片酬的事情，他解释这是卢冈和孙宝国接手后出现的问题；说到客房价格虚高，他会说是老袁最先住进这里，小金手只是一时失察。发现卢冈、孙宝国每次开会时都有意无意针对小金手，丛山干脆不让他们再参加会议了。黄子骏不止一次地问丛山准备什么时候让小金手离组？丛山总是以这样那样的理由搪塞拖延。

丛山越是这么做，越是增加了黄子骏的反感和不信任。他当然不会当面指责丛山为什么要跟小金手穿一条裤子，他要想个更好的办法，把这个"利益集团"一网打尽。所以当今天丛山再次问起他投资款到底什么时候才能到账的时候，黄子骏面露难色，装模作样地"和盘托出"了自己的顾虑。

"导演，我跟你说实话吧，不是没钱投，是我不敢投，"黄子骏的语言还是那么诚恳，"你想想前面发生的事？房价、片酬、器材费……我是个外行,我不知道这里面还有多少坑!你知道我到北京,别人跟我是怎么说的吗?说这是个无底洞啊!你不能再投了!现在砸进去的那些钱,你就当扔水里了,及时止损!"

黄子骏说到激动处,捶胸顿足。

"你想想,我做了二十年房地产,赚的钱三辈子也吃不完,我用得着来拍电视剧吗?我是看重这是个好作品,是看重你丛山导演的人品,想要帮你才投的资。但是这些钱现在被讹进别人口袋啦,这些钱我就是喂狗,我也不会给讹我钱的人占便宜!"

"黄总你别激动,先别激动。"老袁在一旁劝道。

"导演,袁老师,我说句实话,现在这个组里,我能信得过的就只有你们两个,我知道你们不会骗我,其他人的话我一句也不想听。所以我担心啊,担心再把钱投进来,还是不够怎么办?又被人讹了怎么办?"黄子骏两手一摊,无可奈何。

"黄总,那你说你想怎么办?"老袁问。

"咱们三兄弟是自己人,我就开门见山了。这段时间我的资金周转有问题你们也知道,我的意思,咱们几个核心主创各自投一点钱。我说的是真金白银地投,可不是酬金来抵啊!"怕两人误会,黄子骏强调了一句,又继续说,"凑个 500 万出来,先把眼前的困难渡过去。后面我的钱跟上了,先把 500 万还给你们都没关系!大家投入一点,我心里面也安心……"

"哧——"听了黄子骏的话,老袁嗤之以鼻。

"黄总,侬搞搞清爽!我们是来打工的哎,不是投资方!哦,出来打工钱没有赚回去,还贴出去 500 万,叫我跟家里人怎么交代?"

"这怎么叫贴出去呢,这是正常投资,我们签合同的——"黄子骏说。

"不行,不行,"老袁狠狠舞着胳膊,"这绝对行不通!别说我们拿不出这么多钱,就是有,事情也不是这么做的。"

"你们自己都不愿意投钱,那叫我怎么相信你们嘛!5 000万投下来,万一又不够怎么办,万一拍到一半跟我说,你还要再拿5 000万,那时候叫我怎么办?"黄子骏的喉咙也响起来。

"子骏,你要是这么说话就不是把我们当兄弟了,你还是信不过我们。"丛山说。

"不是信不过你们,是信不过组里那些人。你们不讹钱,你们能担保组里就没有这种人吗?你们能保证5 000万投下来,片子就拍完了吗?"

老袁一拍桌子,说:"黄总,你要是能把5 000万拿出来,我老袁给你担保,片子一定拍完!"

"担保?你用什么担保?"黄子骏还是一脸的不信任。

"我……"老袁急了,突然操起桌上的手机,打开相册翻看。不一会儿翻出一份文件的照片,他把手机塞到黄子骏面前。

"这是我公司在启东的一个影视园区,现在至少值2 000万,我可以拿出来抵押。要是你投了5 000万片子没拍完的话,多余的钱我来投,而且不占你的股份!"老袁赌气着说。

"好!"黄子骏一拍大腿,"这就对了嘛!我就佩服像袁老师你这样的人,有担当,有你这句话,我就敢投钱了!"

黄子骏起身,跟老袁重重地握了握手。

"那君子一言,可不能反悔!我今天就让许劲拟合同,到时候你把土地证原件带上,我们当场签约!"

上午的会开到这里,黄子骏觉得已经达到目的了。如果老袁真的如他所说用自己的地来做保底,那他还是有信心做下去的。而且小金手那帮人要是知道老袁也参与投资,他们投鼠忌器,不一定会再乱来的。可是情况到了晚上就发生了变化,统筹直接就发出停拍的通告,这完全出乎黄子骏的意料。因为一旦停拍再要复拍的话,不但平白无故地增加损失、推高成本外,更可能发生很多不可预见的问题。停拍时间一长,主演的档期怎么办?停拍期间300多号人的酬金怎么算?停拍期间的住宿费、餐饮费也是一笔不容小觑的巨大开销,由谁来承担?

黄子骏越想越担心,干脆拿起手机,给丛山拨去了电话。

手机才响了两声,就被接通了,手机对面传来一连串女人银铃般的笑声,听起来居然还不止一个。

"喂~子骏啊~~"电话里丛山的声音显得有些飘忽,一听就知道又喝酒了。

"导演,你在哪里?"黄子骏问。

"啊?我……我在房间啊,有什么事、事吗……哎呀,别闹别闹……"电话那头随即传来女人的娇嗔,又响起音乐。

丛山说话舌头都不利索,显然喝了不少。但是更让黄子骏生气的是,他后面两个"别闹",明显是说给身边的女人听的。项目都已经到了停拍的地步,丛山的房间里居然还是一派莺歌燕舞!

华贸君临是雾岛上唯一的五星级酒店,老板以前在国际大品牌连锁酒店做过高管,所以酒店从装修到服务,确实不比文华东方、希尔顿那些连锁国际品牌差到哪里去。当时的房价谈到了700元一间,黄子骏觉得这个价格还是比较合理的,毕竟也就四五个主要演员和几位客串的老戏骨住住,这样的酒店价格不高还不失档次。可没想到,剧组一开机,所有的演员都被安排住进了这家酒店。罗一诺告诉他,连客串出演几天的十八线小演员也成天在酒店的健身房、桑拿浴晃悠。更可气的是他还发现,有好几位只是客串一两天的演员早已经离组,房间却一直开着没退,房费一直被酒店计算着,丛山居然就在没有核实过的账单上签字了!罗一诺还告诉他,住在华贸君临的人全部退掉了组里的盒饭,吃着酒店提供的70元一顿的套餐,这些可都是要剧组买单的啊!每次一听到这些汇报,他的火气就噌噌地往上蹿。他黄子骏的钱难道不是辛苦挣来的?就是偷来抢来的?就能让人这么挥霍?还有就是丛山,他一直听说丛山每晚都要喝酒,不光自己喝,还经常叫上萧莫、章永兴和一众演员一起喝,喝得酩酊大醉。A组现场一个月里他就到过三五回,戏都是执行导演在拍。开始黄子骏还不太相信,可有人现场发来照片、发来酒桌上的录音,却是确凿的证据。

黄子骏强压着怒火,问:"导演,群里发的通知,明天停机你知道吗?"

"知,知道……"

"我觉得现在停机不是时候,我的意见还是得让剧组继续工作下去。今天不是商量得很好吗,资金的事情很快就能解决……"黄子骏说。

"子,子骏……你,听我说,"丛山打断了万子骏的话,一边喘着粗气一边说,"这是大桥封、封路影响,没……没办法的,没、没事……你放心好了,有我、有我……"

丛山后面的话,黄子骏一句也没听清,他知道现在再跟丛山沟通下去也没用,干脆挂断了电话。他知道停机跟封路根本没有半毛钱关系。今天下午B现场发生的情况他已经听说了,是A组摄影孟凡要求 B 组的灯光师停工，才造成了今天的停拍。是晚上东灿影业总经理老闵来剧组召集他们开会，之后才传出了停工的通知。要说有关系，肯定和老闵的这次会议更有关系。明天一大早，田原又要召开临时党支部会议，要求资方代表出席……这么一波一波的举动的目的是什么？明显都是在针对他！

黄子骏再也坐不住了，站起身一边踱步一边思忖着。明天的会议是出席还是不出席？出席的话，他一定会成为众矢之的，知道他是投资人，各组组长哪里会轻易放过他？万一剧组逼着自己当场表态，甚至当场签下某些承诺那该怎么办？但如果不出席，就会被认为不敢面对剧组，继而留下话柄。老闵、丛山更会以此为借口，让全组人向自己施加压力。到时候所有的责任都会落到自己头上，项目成与不成，他都是输家。

临时党支部，这个在开机前他根本没有放在眼里的小小组织，现在却成了拦在自己面前的一道难题了，还真没想到……

黄子骏觉得不能再犹豫了，他必须离开。人不在岛上，就是不出席明天会议的最好理由。想到这里，他给罗一诺打了个电话，让他订最快能离开雾岛的船票。然后又把许劲和徐瑾叫到房间，让许劲继续查对剧组账目，让徐瑾作为资方代表去参加明天的会议，不要做任何表态，听听他们到底怎么说。

最后，他又给老雷打了个电话："老雷，今天晚上要辛苦你跑一趟了，送我到码头。"

安排妥当收拾好行李，仅仅 15 分钟后，老雷的宝马 X5 就载着他行驶在去码头的路上。

"黄总，走得这么急，有要紧事啊？"老雷打了一个哈欠问。

"是，北京有个会议，要赶过去。"

"这次剧组没做好,委屈您了。"老雷突然说。

黄子骏有些意外,问:"为什么这样说?"

"明眼人一眼就看出来了,谁做事谁不做事、谁在这当中讹钱、谁偏袒谁……你们领导开会,轮不到我说话,但是看了几次也看明白了。"老雷说。

"组里要是多几个你这样的明眼人就好了。"黄子骏不无感叹。

"明眼人哪里少了?都是在装瞎子。"

"老雷,"坐在后排的黄子骏打量着老雷的背影,说,"你做司机真的可惜了。"

4. 小金手

上午 10:10,小金手掐着表故意迟到 10 分钟,才走进丛山房间。

不大的房间里已经满满当当挤满了人,丛山坐在他平时常坐的沙发里,田原倒没有在他身边,而是坐了张椅子,隔着茶几和丛山面对面。他的身旁坐着"资方代表"徐瑾,其他党员和两位制片主任、老袁、孟凡、晁正、各部门组长三三两两,有站有坐。

小金手不客气地走到丛山身边的沙发前坐下,他能感觉自己坐下的时候,田原瞥了他一眼,没打招呼,眉眼间也没表现出任何情绪。

他屁股刚沾到沙发,田原就开口了。

"按道理今天的会议应该由制片组来召集,但是'三位'制片主任……"田原有意识地在这里停了停,目光把三个主任扫了一遍,才继续说,"……工作繁忙,就由我们临时党支部越俎代庖了。今天的议题也比较简单,解决关于剧组工作人员劳务合同签约的问题……"

田原讲话的时候,小金手低着头似听非听,拿出一根华子自顾着点了起来。

会议无非围绕几个问题,第一,资方何时确认合同;第二,资方何时签署合同;第三,工作一个月应该支付的酬金何时支付。问题一抛出来,大家不约而同地把目光投向了那位"资方代表"。徐瑾紧张地扭动了几下身体,扶正眼镜斟酌着怎么开口,一抬眼目光与小金手相对,到嘴边的话又缩了回去。这小小的表情变化,完完全全被小金手看在眼里。徐瑾再一抬眼,又撞见小金手的目光,他不自然地转了转身体,躲过这咄咄逼人的目光。小金手却依旧不依不饶盯着他,抽着烟,毫不掩饰眼中的轻蔑。

徐瑾刚来剧组那几天,其实不是这样的。黄子骏在介绍他时,说他是中传电影美术专业的毕业生,跟过好几部国内国外大戏,颇有些经验。刚开始几次会议,一遇到专业问题,黄子骏常常回头听他意见,徐瑾则会滔滔不绝说出一堆长篇大论,什么三分线构图、光影气氛营造、叙事节奏、人物弧线、细节刻画、剪辑点、多线叙事、平行蒙太奇、长镜头……说得头头是道。

这天开会间隙,小金手在大露台上遇见他,给他点了支烟。

"徐老师中戏毕业的,导师哪位?"小金手问。

"我导师?那就大了。"徐瑾抽了口烟,"曹又平听说过没,《红灯高照》《月亮照常升起》?"

小金手淡定点点头,说:"原来是曹老师高徒,失敬。跟过曹老师几部戏?"

"那多了,《杀死李尔》《月亮》《无问》都参与了,"徐瑾掰着手指数着,"从美术助理做到副指。"

"那是曹老师的关门弟子了!"小金手捧道。

"嗨,好说。"徐瑾不无得意地深深吐了口烟,依靠在露台的围栏上,头仰着天一副志得意满的神色。

小金手突然丢下烟头,脚尖狠狠捻了几下,说了句"您等等",随即拿出手机拨了一个电话。

"喂,曹老师,好久不联系,怎么样项目还顺吗?……挺好挺好,带学生比拍戏轻松吧,哦是嘛,《无问》之后也没见您有什么动静……"

徐瑾听着小金手的电话,神色紧张起来,转身要走,却被小金手一把拉住。

"哎,我最近认识了您一个高徒,关门弟子。"说着他按了一下手机上的免提。

"我的徒弟?谁啊?"手机里传来曹又平那带有磁性的嗓音。

"徐瑾。"

"谁?"

"徐瑾!您不记得了?"

"……没印象。"

"我让他跟您说!"小金手不由分说,把手机怼到了徐瑾嘴边。

"曹、曹老师……我……"徐瑾嘴唇都颤抖了。

"你谁啊?"

"我……我是您中传的学生……徐、徐瑾……"

"你哪届的?"

"05……进、进修班的……听,听过您讲座……"徐瑾已经满头大汗了。

对面没有说话,一阵尴尬的沉默,只听见手机里传来长长的气声——

"徐同学,在行业里报我名的你不是第一个,也不会是最后一个,我只提醒你一句,做业务靠的是真才实学,不是什么名气,希望你专业上有所建树。"

"是……谢、谢谢老师……"徐瑾的声音一直在发颤。

小金手挂断手机,一只手还紧紧抓着徐瑾胳膊,抓得他眉头紧皱。

"我跟你们老师拍《月亮》的时候,就没听说过你这号'人物',孙贼(子)!往后别在我面前装逼。"小金手一把甩掉徐瑾的胳膊,他头也不敢回地溜了。

小金手轻蔑地看着他仓皇的背影,眼神跟今天一模一样。

"首先,要感谢剧组每一位兄弟姐妹,你们这一个月工作辛苦了,"徐瑾的语气谦逊,早已不复以前的傲慢,"我代表资方向各位表示衷心的感谢,也感谢临时党支部召开今天这个会,让我们和大家有个交流的机会。关于大家提出的问题,资方一定会给出一个满意的答复……"

"不是答复,我们要的是行动。"没等徐瑾说完,录音指导老顾打断了他。

老顾的话引来不少人点头认同。

"我们就想知道个时间节点,到底什么时候能签约?"晁正问。

"今天开会黄总为什么没来？"坐在后面的孟凡问。

"黄总昨天不是还在？"

"别紧张、别紧张，"徐瑾拍拍身边田原的肩膀，田原冷冷地看了他一眼，"大家别紧张，田导您也别紧张……"

"我没紧张，"田原把徐瑾的手从自己肩膀上拿开，"麻烦徐老师回答一下大家的关切。"

"呃……黄总昨晚接到个紧急电话，要去北京开个会，连夜走了。他委托我参加今天的会议，并且让我代为承诺，月底前他就会返回剧组，解决大家的合同问题。今天的诉求，我会尽快转达，大家少安毋躁……"

"理解，徐老师，我们知道您做不了主，"小金手话里有话地来了一句，"我们还是听听田书记怎么说，他是支部书记，又是承制公司的副总。"

小金手的话立刻引起大家的窃窃私语，目光全部投向了田原。他明显感觉到这时候田原看了他一眼，目光有些意味深长。不过他才不在乎这些，今天就是要"一箭双雕"，挫挫投资方的锐气，也给田原一点警告。

"这样吧，我来说几个时间节点，大家讨论下是不是合适，"田原显然有备而来，"3月25日之前，没有提交合同的部门，把合同提交到孙宝国孙主任这里，由主任汇总整理，交给资方代表。3月28日，请资方给予明确答复，哪些合同可以签约，哪些合同还有异议。4月1日，解决有争议的合同，完成所有的签约工作。大家看还有什么问题？"

田原的提议立刻得到了大部分人的支持。

"徐瑾老师，田书记的话你也听到了，转告黄总一下，没问题我们就执行了,"卢冈说,又转头问丛山,"导演还有什么要说的吗?"

今天的会议丛山导演始终没有发言,一直在低头看手机。

卢冈这一说,他才抬起头来:"没问题,挺好。就照田书记说的办,哈哈哈!"

"好!我赞成,"小金手带头鼓起掌来,"有党支部为我们撑腰就不怕了,万一黄总那边有什么异议,咱们就找田书记!"

"万一黄总有什么问题,我亲自带大家到山东找他讨说法!"田原似在补充小金手的话,但语气中带着明显的怒意。

会议告一段落,众人各自散了,屋里又只留下小金手和丛山两人。丛山示意小金手把房门关上,一边又倒水泡了壶凤凰单枞,给小金手和自己各倒了一杯。

"阿坤啊,你没有必要这样针对田原,都是自己兄弟。"

"没有啊,"小金手装出一脸无辜,"我哪有针对他!"

"那你提东灿公司副总干吗?"

"我没说错吧,他是副总不是?"小金手把斗笠杯中的茶一饮而尽,自己给自己又倒了一杯,"哥,我这么做也是为你好,转移一下目标,不然到时候压力全在您身上,别忘了,您也是公司副总。"

丛山沉默了,小金手知道,他的说法某种程度上丛山是赞同的。

"昨儿晚上黄总又一声不响地走了,走之前跟您打招呼了吗?"小金手问。

丛山摇摇头:"我给他发消息,也不回我。肯定是知道今早要开会,不想露面。"

小金手眼珠转了转,盘算着什么。

"先不说这个了,"丛山说,"刚才接到街道办的电话,要我们剧组全员去领物资。"

"啥情况？"

"不是跨海桥出事故封嘛，怕一时间轮渡运力跟不上，像前几年那样出现物资短缺，所以政府准备提前发放些，有备无患。"

"行，我安排通知下去。"

"话说回来，还好有大桥出事故这一出，不然停机的事怎么跟下面人说啊……还因祸得福了，呵呵。"丛山自嘲地说。

小金手抿了抿嘴，没再说话。

物资发放在雾岛公寓所在园区对面的关王村进行。并排的四个篮球场已经用警戒线围出一条条的路径。路的尽头，是一顶顶帐篷，还印着"抗震救灾"的字样。说是下午2点开始发放，1点半场地上已经聚满了人。雾岛原先并没有这么多居民，跨海桥建成之后，来岛上置业的人才明显增多起来，毕竟这里的房价跟市区相比，是一个天一个地。来这里买房的，都是博雾岛能有一波大发展，来抢购"原始股"的。当年政府为了控制投机客，还特别颁布政策，来岛上购房的人，户主必须把户口迁来。就是这样，雾岛的人口还是从原先的3万来人，猛增到了8万。可没想到雾岛这几年发展停滞，这批被套牢的购房客，也无奈成了岛上的"新移民"。

工作人员拿着高音喇叭声嘶力竭地喊着大家把队伍排排整齐，物资人人有份。可入口处还是聚集着大批人群，大家对新出来的"扫码注册、领取物资"还是没有概念，一会儿下载App、一会儿又是微信小程序、再来又要支付宝扫码……连那些一刻也离不开手机的年轻人都要懵半天，更别提那些上年纪的人了。几个志愿者一遍遍跟来人解释着扫码规则,都已经疲惫不堪。

小金手来得早,排在队伍最前面,回头看着身后的长龙,里面三三两两夹杂着剧组的工作人员,有人还好奇地拿出手机拍摄排队的长龙。

"金主任!"

听见有人叫,小金手抬起头,迎面走来雾岛公寓的老板老董,他身边还跟着一位高高大大的民警。

"老董,找我?"

老董指了指小金手,对身边民警说:"夏警官,这就是金主任。"

"金主任是吧?现在剧组是你在负责吧?"夏警官说话开门见山,没有半句寒暄。

"是我,怎么了?"小金手有些不明所以,他打量着夏警官,又瞥了一眼老董,希望从他们脸上找到一点线索。

"需要你跟我到警务室去一趟。"

小金手一愣,问:"有什么事儿吗?"

"到警务室,我们慢慢说。"

说着,夏警官闪开半边身子,摆了摆手,示意小金手先走。

5. 晁正

晁正排在长长队伍的尾端,他高高举着手机,一张张照片拍个不停。镜头正寻找着角度,却正好看见小金手和老董跟着警察离开。他顺势按下了一张照片。

"哎,那不是金主任嘛?被警察带走啦!"说话的是排在他身后的掌机昀哥,"老晁你看见没有?"

"嗯……"晃正看着三人远去的背影,思忖着。

"拖欠农民工工资被抓啦!哈哈哈——"昀哥的话引得排在后面的几个 B 组摄影助理一阵讪笑。

晃正知道昀哥口中的"农民工"就是在自嘲。可不是嘛,摄影这行,除了入门门槛高点,工作起来和农民工也实在没多大区别。几十公斤的摄影器材搬来搬去,这里拍好了拍那里,机器、轨道、小摇臂支了拆、拆了支,每天几十个来回。外行总以为摄影师是多么高大上、多么有创意的职业,但其实没多少人知道,所谓的创意,是依靠多少的体力劳动来实现的。更何况作为一个电视剧摄影师,创作的空间就更有限了。既然满足不了精神层面的追求,那最起码满足自己的钱包吧。可活儿都干了一个月了,一纸合同还飘在空中没有着落,看着身后这帮嗷嗷待哺的兄弟,晃正的心里是充满焦虑的。

正想着,他的手机震动了一下,继而昀哥和其他几位兄弟的手机也都分别响起。晃正不用看也知道,是剧组群里来的消息。打开手机一看,果然是孙宝国孙主任在 B 组工作群里发的消息:

制片主任—孙宝国:

  今天上午,经剧组临时党支部召集,剧组制片部门与资方代表召开协调会议,主要议题是解决剧组工作人员合同签约事宜。现将协调结果向剧组各位同仁传达:

  1)在 3 月 25 日前,制片部门由制片主任孙宝国老师负责,搜集齐各部门及个人已签订与未签订的合同,并提交资方代表。所有合同备份交制片人周丛山导演留档。

  2)资方代表在收到合同文本后提交项目主控方、投资方潍坊欣歆公司。最晚于 3 月 28 日,由欣歆公司正式书面回复剧组,落实所有合同相关签约、付款等问题。

3) 投资方欣歆公司最晚于 4 月 1 日,与剧组所有部门及个人签订合同。

4) 如在 4 月 1 日还未能完成签约,需在 4 月 2 日,由欣歆公司法人召集全组大会,说明情况。

请尚未提交合同的部门及个人,尽快提交合同。过时不候。

"总算要签合同了!"

"关键什么时候付钱?"

"总归等合同签完咯……"消息引起了昀哥等人的一阵讨论。

看到消息后,晁正心里也稍稍放松了一下。看来今天的会议还是起到效果的,临时党支部这次"逼宫",总算是让制片组有了点动作,至少给出了解决问题的时间点,接下来就看投资方怎么回复了。

上午从导演房间走出来的时候,他本想拉着田原再聊两句,但是看到田原脸色铁青、一脸怒气的样子,还是打消了这个念头。他不太明白小金手为什么要在会上提田原制作公司副总的身份。通常在剧组,大家并不会在意你剧组以外的身份,因为这和拍摄工作关系并不大。但田原似乎明白这其中的利害,所以才会一脸怒气。

另外还有一个重要原因,就是晁正认定小金手不安好心。这倒不是因为他知道田原和小金手之间的嫌隙故意站边,而是他对小金手的为人有着切身感受。

摄影 B 组的酬金问题最早就是和小金手谈的,那时候他老老实实按着田原的交代，算着人头没有虚高一分钱报的预算。可没想到收到预算后，小金手就没了消息。等他再问的时候，小金手已经被解职了！别的不说就这件事也让晁正刷新三观，作为剧组管理核心的制片主任可以悄无声息地被解职，这也是他平生第一次遇到。之后，就出现了三个制片主任共同主事的"奇观"。小金手不是主任了可还是被称呼"主任"、孙宝国做了主任却连一件实事也没做过、卢冈挂着"总制片"的名却做着主任的活儿……摄影B组的合同被这三人皮球踢了一圈又一圈，晁正曾努力想理解这里面的逻辑关系，最终他还是放弃了。然后做了一个最简单的决定，最早跟谁谈的，他还是找谁谈，再有什么问题，也要这个人解决。当然这个人就是小金手金坤。

然后漫长的讨薪拉锯战就此开始了。

B—摄影指导晁正：

　　主任，最早的合同我是和你谈的，合同迟迟不签，到现在也不帮我们落实，请问是什么原因？我需要帮我的兄弟们主张我们的正当权益。

　　　　　　　　　　　　　　　　　制片主任—金坤
　　　　　　　你先去问问我们这边合同是不是签了。

B—摄影指导晁正：

　　我没有理由主张别人的权益，我只主张我们自己的。

　　　　　　　　　　　　　　　　　制片主任—金坤
　　　　　　　那现在应该去问山东的资方。

B—摄影指导晁正：

　　我最早是找您谈的，资方和我有什么关系？

制片主任—金坤

你说有什么关系？你的合同跟他签，你说有没有关系？

去问下你律师应该找谁。

晁正把这段对话截图给田原看，又问这个项目到底是和投资方签约还是和承制公司签约？换来的却是田原劈头盖脸的一顿批。田原告诉他，你接受的是制片组的管理，没有权利跳过制片组去"越级沟通"，更没有能力去搞清楚到底哪家公司该对你负责。因为没有一家公司会向你披露合作的细节，你贸然批评或者指责谁，都可能会引火烧身，反被说成诽谤！

田原的一通解释不但没让晁正明白过来，反而更加坠入五里雾中。想了半天他也没想明白，怎么干活的是他，被拖欠劳务的是他，最后自己反倒成了诽谤别人的被告？想不明白就别想吧，出于对田原的天然信任，他最后还是决定放弃追究这背后的"真相"。就像田原说的，他接受的是制片组的领导，制片主任搞不定，那就找制片人呗。所以晁正顺理成章又把目标转向了丛山。

晁正对丛山导演还是比较熟悉的，三年前也是经田原介绍，让他去帮丛山拍摄一部足球题材的儿童电影。他跟着丛山在鄂尔多斯又是采风又是看景，也混了大半个月。丛山爱喝酒，晁正的酒量也不错，内蒙古又不缺酒，所以两人几乎天天晚上会喝到半夜。相处时间长了，聊的话题自然也多了。晁正知道丛山是个豪爽的人，凡事总把朋友义气放在第一位，也很会照顾别人的情绪。有时候宁可自己吃点亏，也不让朋友心里不舒服。他跟金坤完全是相反的两种人。

所以晁正找上丛山的时候，还是满怀希望的。开始的沟通丛山也回答得很干脆,说第二天合同就会从山东快递回来。晁正一脸茫然,告诉丛山他们仅仅和金主任谈定了一个数字,并没有草拟过合同,细节上是不是需要再沟通一遍?丛山当即表示,都是制式合同,细节当场改就可以。第二天,倒是丛山主动给晁正来了电话,通知他把合同准备一下,盖好章送到他办公室,老板黄子骏会在后天带公章来签,还会付款!虽然晁正疑惑过为什么前一天还说合同要从山东快递回来,现在就成了自己改好合同打印盖章,但是既然制片人兼总导演都已经承诺了,他有什么理由能不相信呢?当然结果大家都知道了,15号那天他拿着盖好章的合同直奔五楼,却实实在在地扑了个空。

这部戏的空头支票拿了一张又一张,都快凑成一本支票簿了。今天临时党支部的承诺是他最信任的朋友作出的。再不会是空头支票了吧?晁正愿意相信,田原还会像以前那样,一如既往地靠谱。

大包小包地领好物资,见时间还早,晁正邀上了自己摄影组的十来个兄弟,还有导演组川哥、培子和乔波,在雾岛公寓楼下的小饭馆摆了一桌。他也打电话叫了田原,田原却说他在开会跑不开,晁正也只好作罢。他拿菜单从头到脚把店里像样的菜点了个遍,也就二十来样,又叫了两箱啤酒,兄弟们畅畅快快地吃了一顿。几乎是上一道菜,就扫光一道,没多久二十几道菜就被一扫而空。

川哥吃得仰面瘫倒在椅子上,摸着滚圆滚圆的肚子:"老晁,这好像是我们开机以后第一次聚餐吧?"

晁正细细一想,还真是这么回事!开机后不是忙着工作,就是烦心事不断,因为没有结到一分钱酬金的缘故,也没人想到要出来撮上一顿。他自己也是,一收工就想着找制片、找导演签合同、催定金,聚餐的事早被抛在了九霄云外。开机一个月不外出吃一顿饭,这在平常的剧组里可真是件不平常的事!

"川哥没事,你要想吃我们明天继续!"

"吃什么呀,就这两家破馆子……反正这两天也不拍戏,明天我请大家,咱们到市区去吃,外滩3号!"

"好——!川哥豪横!"川哥的话引来一阵喝彩。

众人正憧憬着翌日的美食,手机纷纷响了。剧组群里的一条消息,顿时击碎所有人的美梦,消息是制片助理小宏发的:

制片助理—小宏

重要通知:

根据雾岛街道统一部署安排,为保障跨海桥抢修期间岛内物资供应,将于3月24日(今晚)00:00起,实行客运轮渡运营管制,仅允许货运通航。客运轮渡暂停,为期7天。因此造成的不便,请各单位克服并做好应急准备。

电视剧《守护》剧组责任人:周丛山、金坤

联络人:小宏

《守护》制片组

"哟!老晁,要回不去了!"川哥腾地坐起身子,酒醒了一半。

"我就看不懂了,这个金坤不是被解职了嘛,怎么又管起事来了?"晁正没和川哥想在一个点上,还盯着通知上"金坤"的名字发泄不满。

"你管他谁管事呢,趁现在还有时间,走吧——"川哥撑着桌子站起身。

"走？走哪儿？"晁正还没有反应过来。

"还能走哪儿？回家！你还打算在这鬼地方待7天啊！"

"这倒也是哦……"晁正想着，问大家，"你们走不走？"

"我不走，拿不到钱我不走。"说这话的是昀哥。

"我们也不走，又没地方去。"说话的是小虎。确实，离开剧组，他和他同村的几个助理也无处可去。

晁正一圈问下来，除了川哥、培子两人，其他要么走不了，要么不愿走。

"老晁，你回吧，这边有我在，你回去陪老婆孩子。"昀哥说。

晁正想了想，客运一管制，不要说拍摄，岛上正常的工作都要停下来，也别指望黄子骏会在这7天里回剧组了。自己留着也确实没什么事。再说，他不像摄影组其他人，个个单枪匹马，一人吃饱全家不饿。他有老婆还有两个孩子，一个多月不见，他也的确想她们了。

"那就辛苦昀哥了，有什么情况随时跟我打电话。"

晁正当即买单，回公寓各自准备。晁正简单收拾了一下行李，想到7天后拍摄还要继续，只带了一些随身物品就出发了。

他是打网约车去的码头，雾岛的主干道上已经排满了长长的车流，网约车在车流中龟行。路边，工人已经在着手准备各种路障和指示牌，只等午夜钟声敲响，他们就将管制通往码头的道路。

晁正家住在市区番禺路路口的一幢高层里，那是上海最核心的地段之一。房子是妻子娘家的，妻子比他小7岁，是市三女中的毕业生。原本他还奇怪老婆自我介绍的时候不说自己哪个大学毕业，却总说是哪个中学。结果没想到听说的朋友个个竖起大拇指对他"刮目相看"。后来他才知道,市三女中在上海有着特殊的地位,不光因为她是全中国为数不多的女子学校,更因为她曾是"宋氏三姐妹"还有写下"岁月静好、现世安稳"的张爱玲的母校。所以女中出来的姑娘,常被人与"名媛"画上等号。一个山东小伙,没车没房,迎娶了一位"上海滩名媛",还生了两个儿子。在别人眼里,那还不是妥妥的人生赢家!

只不过这个"赢家"可不好当,结婚这几年,尤其是有了两个孩子以后,家里的开销是越来越大,晁正雷打不动地每个月要往妻子卡上打 2 万块钱,除了家里日常开销、孩子早教、兴趣小组、补习班、游乐场以外,妻子每周六还必有一趟"闺蜜 Brunch"和逛街购物,2 万块钱几乎都是花销殆尽,有时候妻子还会抱怨钱不够花。有苦说不出的是,每个月他留给自己的花销,就只有可怜的两三千块钱……

不过眼下赢不赢家的晁正是真顾不上了,这一个月闹得心力交瘁不说,还两手空空。回去怎么跟老婆交代还是个未知数,他现在只想舒舒服服洗个热水澡,抱抱两个儿子,再好好睡上一觉。

口袋里的手机响了,是田原打来了,晁正赶忙接起电话。

"喂老大?"

"老晁,你人在哪里?"

"我……我回家一趟,拿点替换衣服什么的,怎么了你说?"

"今晚就封岛了,你最好别走,现在剧组的情况很微妙,我担心会出事。"田原的声音很严肃。

"哦——"晁正听着,有些犹豫,他看看前方,离码头只有 200 多米了。

"我觉得最好你还是在组里,带着你的弟兄们,万一有什么要沟通协调的,得有人出面。"

"O……K……我知道了,"晁正逐字逐句地说,"那……我现在回来。"

放下手机,晁正一脸丧气,暗自叹了口气。

"师傅,我们调头。"

第六章　雾霭弥江

1. 田原

田原被一阵闹铃声吵醒。

他抓起床头的手机一看，才早上 6:15。他打开手机的时钟功能，把所有勾选的闹铃统统取消，翻了个身又继续睡觉。

拍戏的时候设置闹铃是田原的工作习惯。他通常会提前通告时间一个半小时起床，除了梳洗以外，会把一天要拍的戏浏览一遍，在脑海里留个印象。昨天雾岛码头管制的消息来得比较突然，他又临时处理了好几件事，这才把闹铃给忘了。

昨天接到群里的通知，田原第一时间赶到楼下的小超市打算多囤些物资。这是汽配园区内唯一的一家超市，是周边 800 多住户最方便的购物点。可他还是来晚了一步，满满当当的货架已经稀稀落落，桶装方便面、零食、调味酱料几乎被抢购一空。连平时货源充足的可乐、雪碧、芬达，现在居然一瓶也看不到。一些生活用品，脸盆、洗发水、沐浴露、洗面奶也只剩下几瓶平时无人问津的牌子。无奈之下，田原只好拿了仅有的两包袋装方便面，拎了两瓶 10L 的农夫山泉。看来不少人跟他想法一样，街道发放物资管街道发放，自己还是要留后手的。

晚上,他细细清点了一下物资。水没有太大问题,除了今天补充的两瓶以外,拍摄期间制片组给他准备的一桶饮用水,还剩三分之一多。除了刚才超市买的两袋共 10 包什么韩国火鸡面以外,屋里还有两桶康师傅方便面,是拍戏时剧组发放的宵夜。通常如果看到宵夜安排方便面,田原是不会拿的,半夜不吃油炸食品是他给自己定下的规矩!这两桶还是小胖趁他不注意塞进他包里的,现在却显得尤为珍贵。虽然一天三顿盒饭是由剧组统一供应,但万一要换换口味或是给自己加餐,方便面还是很重要的补充。除了水和食物,田原发现他带的咖啡、奶粉已经消耗完了,作为"非必需"的生活物资,非常时期也只能忍一忍。好在街道发放物资里还有两包茶叶,也算聊胜于无了,靠这些撑过 7 天应该不是难事。

相比物资,田原更担心组里的问题。其实在得到客轮停航消息时,田原是有机会像川哥那样回家的,甚至川哥在走之前,还跑到他房间来劝过他。田原考虑再三,还是决定留下。首先,他顶着临时党支部书记的名头,如果离开期间剧组真发生什么事,他这个支部书记是有责任的,远不是一句"我不在剧组"就能够搪塞过去。其次,导演组的助理乔波、场记小玲,还有摄影组十几个兄弟,都是自己叫来的。在没签劳动合同的情况下做到今天,完全是出于对他的信任,帮助他们维护权益也是自己义不容辞的事情。再次,就是丛山导演,就在十几分钟前,田原接到他的电话。丛山不无懊恼地说,他下午约了萧莫谈剧本,一谈就忘了时间,等他接到通知时,住在华贸君临的演员们早就按捺不住,在跟前台经理闹了。"侬晓得这帮大爷,就算不是明星大腕,也在社会上有头有脸,一个处理不好被他们闹起来,对剧组都是负面影响。"他拜托田原协助制片组,他不在雾岛公寓这段时间维护好剧组的稳定。一有机会,他就立刻赶回来。田原对他的话不全信，毕竟换了是他，也宁可在五星级酒店"维稳"，也不回这个拥挤老旧的公寓。不过他并没有多说什么，因为说了也未必有用，只让丛山导演保重身体，有什么情况随时联系。最后，也是另一个重要原因，他不想把剧组的控制权轻易交到小金手的手里。但凡这部戏还有一线希望能拍下去，他都不愿意放弃主动权。所以他要待在组里，在第一线看清事态的发展。

停航的第一个晚上还算太平，晁正是半夜12点不到赶回剧组的。知道晁正顺利返回，田原也就放心了。想着第二天不用早早地起来出工，他躺在床上安安心心刷了会儿手机，刷刷抖音，看看国内外报道，关于轮船撞击跨海桥的事故，墙里墙外都有不同的说法。官方的报道相当鼓舞人心，清一色聚焦大桥的抢修、岛内生活物资的保障，预计最多5—7天就能够正常恢复通车通航。小道消息，那就要刺激多了！有消息称，事故货轮是从韩国某港口驶来的，而且这不是一艘普通货轮，而是一艘满载化学品的货轮。据说船上装载着980吨化工原料丙烯酸。丙烯酸被列在三类致癌物中，具有较强的毒性和腐蚀性，其水溶液和高浓度蒸汽会刺激皮肤和黏膜，对人体造成伤害。据说，已经有部分丙烯酸泄漏，流入雾岛周边水域，如果不及时加以处理，有毒物质可以通过浓雾，笼罩全岛……

看着看着，田原的眼皮开始打架了。这种宣扬阴谋论的小道新闻，司空见惯。像有毒物质泄漏这些，属于阴谋论中最没创意的一类，田原早已经见怪不怪。一看时间，竟已经是深夜2点半，他一边抱怨着手机消磨时间，一边盖上被子埋头睡觉。才睡了4个小时，他又被自己的闹铃叫醒，关掉闹铃准备再舒舒服服睡个回笼觉,突然手机铃声又不合时宜地响了起来。

"田原……"电话里传来卢冈的声音。

"怎么了,卢老师?"田原打了个哈欠,睡眼惺忪地问。

"你尽快来一下,我房间。"卢冈说。

田原费了九牛二虎的力气从床上爬起来,心想着吃一口早饭再去找卢冈,走到楼梯口,往常拿饭的地方却空空如也。"是时间太晚早饭被拿光了?"人还没醒透,他也懒得动这个脑子,径直往卢冈房间去了。

门开出一条缝,探头的是录音指导老顾,一见是田原,立刻打开门把他拉进屋子。屋里人也不少,除了卢冈、孙宝国和老顾外,还有小胖和生活制片阿杰。

"田原你快坐。"卢冈让他坐下,这才说出了叫他来的原因。山东资方一直没有支付制片费用,所以剧组的盒饭钱也一直没付。给剧组供应盒饭的老板发火了,一大早给卢冈下了最后通牒,剧组今天要是再不给钱,盒饭就要断供。田原这才恍然大悟,难怪没看到今天的早饭。

看着卢冈、孙宝国等人一个个愁眉不展的样子,田原还觉得有些好笑。说实话,拍戏这么多年,他倒真的从来没有在意过盒饭这个细节。似乎在剧组里工作,到了点领一份盒饭是天经地义的事情。再说盒饭也真没怎么好吃,十多块钱一份的饭菜,也就是街边快餐的水平。有时候时间宽裕,他和导演组的小伙伴们还会丢下盒饭,叫份外卖,或者是跑到附近的饭店大快朵颐一番。一份小小的盒饭,真的就能让这些"90万片酬"的制片主任愁眉不展?

"我们欠了多少?"田原问。

"也不多,十来万吧。上个月拍摄期间我们用的是外面一家快餐公司,后来他们不送了,就换了园区里的一家。就是沙县小吃旁边那家,"生活制片阿杰说,"从 3 月初到现在,原本是一天结一次账,后来觉得麻烦,就改两天结一次,后来组里没钱了,丛山导演就想了个办法,跟他签个合同,十天一付。前天已经是第 10 天了,咱们还是没钱付给人家,昨天开始老板就在催,今天干脆早饭不送了。"

"现在组里 300 人不到,297 人,每人 40 块钱的伙食标准,一天就是 12 000 块不到些……"卢冈算着账,"所以到今天,我们欠了人家 14 万多,哪里来这些钱啊!"

说到这里,房间里一阵沉默。

"没饭吃是肯定不行的,"说话的是老顾,"你不发工资大家还能'屏一屏',没有饭吃下面人是要造反的! 是吧,小胖?"

小胖无奈点点头:"我下面那些人本来也就一天 400 块钱工资,现在还不发,哪有钱自己买饭吃? 你们城里人,没钱还能让家里贴补点,他们都是农村出来的,家里不要他们贴补已经算好的了。"

"这事丛山导演知道吗?"田原又问。

"他让我们先跟老板聊聊,看能不能先少付点,他去想办法凑点钱。"卢冈说。

"饭店老板姓庄,我接触过,人还不错,我觉得可以商量商量。"孙宝国还是习惯性地揉着脖子说。

"田导,你也跟我们一起去吧,你是党支部书记,又是导演,看到导演庄总可能会客气点。"卢冈说。

田原暗自叫苦,他也知道,自己顶着"支部书记"的头衔,这一劫是逃不过了。也罢,就算是体验体验生活吧,田原安慰自己。

跟卢冈等人计议停当，已经是下午了，剧组的午餐依然没有出现。

剧组群里已经开始有人询问盒饭的事了，田原翻看了几条，果然情况比他想象的要严重。

"工资不发，连饭也没得吃，还让不让人活啊！"

"不给饭吃想要饿死人吗？"

"饿……饿的人什么事情都做得出来，到时候别说我没提醒过！"

"饭呢！！！！！"

消息一条接一条地跳出来，田原只能把提示音切换成了静音。不过他知道，躲是躲不过去的，思考了片刻，他拟了一则通知，请卢冈以总制片的身份发在群里：

总制片—卢冈：

摄制组各位同仁，因大桥抢修和全岛停航，今天的盒饭配送出现协调问题，制片组正在沟通各方全力解决。盒饭将在明天正常供应。今天餐食补助每人四十元，制片组将统一交由各组组长发放。给大家造成的不便，我们表示真诚的歉意。

电视剧《守护》制片组

短短的一则通知很快就起到了作用，群里再没有出现过激言论。这则通知为他们争取了一点时间，但是田原知道，问题要是不在今天解决，那明天的情况将更加不堪设想。经过这么一折腾，已经是下午4点了，事不宜迟，田原跟着卢冈等人前往园区内的饭店。

一路上，卢冈告诉田原，这个庄老板在这个汽车配件园区开了好几家店，除了帮剧组做盒饭的饭店外，还有一家火锅店和一个宴会厅，这里主要的餐饮门店都是他的，算是配件城的大客户。田原看着四周关门歇业的配件商店和修车厂，心里有说不出的感觉。

会面安排在了庄总的火锅店，一行人在店里等了一会儿，一个瘦弱的身影才从楼梯上缓步而下，枯槁的手扶着栏杆，步子走得特别吃力。刚才等待的时候，卢冈又悄悄告诉田原，庄总的身体不大好，有严重的糖尿病合并尿毒症，要靠透析治疗。

庄老板走到田原跟前，卢冈做了介绍。一听是《守护》的导演，他果然客气很多。

"我以前跟你们集团一些老导演很熟的，"庄老板继续说，"谢导、吴导，都一起吃过饭。"

田原礼貌地点点头，初次见面不知道对方底细，他并不想表现得太殷勤。庄总看上去60来岁的样子，瘦瘦的脸上透着精明，虽然看上去身体有些虚弱，但一双眼睛却透着神采，说话得体，像是个见过世面的人物。

"你们这部剧不错的，我都听阿杰说了，章永兴、萧莫，都是好演员。怎么，是投资方出了问题？"庄老板问。

"是，山东的资方不靠谱，不给钱。"卢冈抱怨道。

"这种戏你们应该多找几家资方，大家一起投就不会出这种事了。"

田原听了，也不由得默默点头。

"对了，你们文化传媒集团怎么不投点？这么好的项目？"庄老板问。

这个问题田原倒一时不知该怎么回答。

"这里面太复杂,一两句话讲不清,"卢冈说,"庄总,我们谈点正事,剧组现在的情况你从阿杰那边也听说了,这段时间确实有点困难,你看饭费是不是能让我们再欠一欠?过几天一解封,资方过来我们就把钱给你。"

"不会吧卢总?"庄老板一脸诧异,"我这里才几个钱?十来万而已,你们一个亿的大项目,说拿不出这点钱?我不相信。"

别说庄老板不相信,连田原都不敢相信,但这就是切切实实的现实。

"庄老板,要不是真没钱,我们不会这么多人来找你,就是想让你卖个人情,缓几天……"卢冈的话语近乎哀求。

"卢总啊,不是我不卖人情,做盒饭这种都是小买卖,能有几个钱?你看我园区里这么多店,现在撑不住全关门了,亏着也只能亏着,我都认了!但是为了给你们剧组做盒饭,我厨房还雇着人,停航了都没让他们回去,帮你们300人烧菜烧饭、分装盒饭,光这些事情就要三个人做。每天还要派车子出去拉菜,我都压着我供应商的钱没给哪!你让我替你们着想,也请你们替我着想着想好吗?大家互相体谅。"庄总一边说着,一边给卢冈作了个揖。

"庄老板你不容易,确实不容易。"卢冈也不得不竖起大拇指。

"庄总,最近剧组的事情我都和你说了,我们领导、导演今天都亲自过来,你再想想办法?"阿杰也在边上帮腔。

"卢总,你们剧组我最欣赏的就是阿杰,你要好好表扬表扬他,你知不知道,他前两天就已经来跟我说过这个事了。他还做了什么你知道吗?他自己掏腰包给了我两万块钱。"

在场的人听了都是一愣,都把目光投向阿杰。

"阿杰,这事你怎么没跟我说?"卢冈惊讶道。

"嗨,这有啥好说的,你平常事情已经够多了……"阿杰说。

"你看看,这样的员工要好好奖励,自己工钱没拿到,还帮你们老板贴钱。"庄老板说。

卢冈一跺脚,颤抖的手指指着地面:"你说那个黄子骏可恶不可恶！放着剧组 300 人的死活不管,一分钱也不肯出！这种人就该去坐牢！"

"卢总你也消消气,现在他人都不在,你拿他怎么办？你们回去再商量商量,出一个方案,多考虑考虑我的难处,我这里也不是铁板一块。"庄老板说。

一行人从火锅店出来的时候,已经是晚上七点过了。浓浓的雾气又开始笼罩整个园区,门口用荧光涂料粉刷过的路障依稀可见。春寒料峭,三月底的雾岛,夜晚颇有些湿冷,大家围在一起,都不禁裹紧了衣服。

"怎么办？"孙宝国裹着衣服,还有些瑟瑟发抖,"看来不给点钱,今晚是过不去了。"

"钱？哪来的钱？剧组账户上一分也没有,全在山东人那里。"卢冈抱怨着。

"要不再请示下丛山导演？"小胖说。

"哎！我们再问问他,说不定他已经跟黄子骏那边沟通过了呢？"孙宝国赞同。

卢冈看看站在一边的田原,问:"田原,你说呢？支部书记发发表意见。"

"我听你们的,你们要怎么办,我全力配合。"田原看着抬眼四顾,又开始起雾了,远处的建筑物更加朦朦胧胧。

他已经想过了,今晚的事肯定能解决,当然解决的办法只能用钱,不过是多少的问题。听天由命吧,他已经在考虑,平安度过今晚,那后面该怎么办?

2. 丛山

听完卢冈的汇报,周丛山沉默了片刻。

"卢冈,你再和庄老板商量商量,就说……我们先付他五万,剩下的钱三天后一次性付清。"

"三天? 三天后我们付得出吗?"电话里卢冈忧心忡忡。

"拖一天是一天,到时候再想办法。"

"那今天的五万呢,怎么办? 谁出这钱? 我们拿不出……"

"我这里给你三万五,剩下的……你们自己想想办法!"

丛山不耐烦地挂掉了电话,打开自己的手机银行看了一眼,卡里余额还剩不到两万块钱,而且严格来说,这些钱还不是他的,他也不能一下子全部用完,否则连自己日常开销都有问题。

白天的时候,丛山第一时间就把剧组停餐的消息传达给了黄子骏。措辞也是空前强硬,意思他要再不打钱,剧组没饭吃造成混乱,一切损失必须由他负责! 那天黄子骏不辞而别后,丛山就再也没有联系上他。不管是发消息还是打电话,黄子骏像人间蒸发一样就是没有任何音信。今天这条消息发过去,会不会有回音丛山丝毫没有把握。如果黄子骏靠不住,那该怎么办? 正当他绞尽脑汁思考对策的时候,手机响了,是黄子骏回过来的电话! 丛山拿起手机稍稍平复了一下情绪,才按下通话键。

"子骏啊,怎么最近喜欢起玩捉迷藏啦,哈哈哈——"丛山极力让自己表现出平时说话的语气,掩饰心中的焦躁。

"没办法啊导演,我也是临时有个会,不得不连夜走,忙到现在才给你回电话,抱歉抱歉。"

"哎,哪里话,我们兄弟客气什么。怎么样,事情处理好了?"

"没有,这不是看到你发的消息,想着赶快跟你回个电话嘛。"黄子骏说。

"假惺惺,要不是觉得剧组要出事,你会回电话?"丛山心里想着,嘴上却说着不一样的话,"费心了,要不是这个事情比较急,我也不打扰你了。你看看,这事情怎么处理?"

"导演,我现在北京,就是在给剧组想办法,"黄子骏的语气一如既往的"诚恳","现在我已经找到贷款公司,他们已经验过我的产证了,贷款这几天就可以批下来。你们再帮我坚持下,后面资金就到位了!"

"黄总啊,十几万说多不多说少不少,这钱你让谁出?吃饭又是要紧事,剧组吃不上饭是要出大事的,尤其现在雾岛又是大桥抢修、轮渡停航的特殊时期,要真出什么状况我们谁都担不了责的。"丛山说。

"这些我都懂,所以不是让你们先想想办法嘛?你和田原,还有金主任、老袁他们,一人凑一点钱不就有了吗?等我贷款一到,这点钱马上就补给你们不就行了?"

"合同没有签,工资没有发,谁愿意垫钱?"丛山的语气有些生硬了。

"导演,你这么说话我就不爱听了,你们酬金乱开,严重高于行业标准,叫我怎么签合同?叫我怎么付酬金?我知道不是所有人都这样,但就有这么几颗老鼠屎,把剧组 300 人全坑了!那些黑我钱的人,是要置我们于死地啊导演!这么要紧的关头他不帮我们,反而把我们往火坑里推!"黄子骏说话的语气越来越激动。

"子骏,事情一码归一码,现在我说的是剧组 300 人没饭吃的事,你只要把这事解决掉,你对谁不满你尽管提出来,想让谁滚蛋就让谁滚蛋!想让我滚蛋都没关系。"

"哼哼,我做得到吗?"黄子骏冷笑,"五大部门啊——他跟我说控制着剧组五大部门!让他滚蛋我们的戏还拍得下去吗?丛山导演你交友不慎啊!这种人根本不是什么朋友,他是来害你的,不是来帮你的!剧组搞成今天这个样子,都是他的责任!"

丛山听得也不耐烦了,自从那次黄子骏和小金手闹得不愉快之后,几乎每回开会他都要把这些"罪状"挂在嘴边说一遍。丛山听得耳朵都起老茧了,有一次丛山干脆说,你既然认定小金手贪污,那就报警把他带走,让警方来调查!可真让他打 110,他又不作声了。丛山知道他不是不想让金坤滚蛋,也并不是真的惧怕金坤一走剧组会乱套,归根到底,第一是没证据,第二是没钱。开除任何人,不说赔偿,至少都要把一个月的劳务费结清吧,但是黄子骏现在根本拿不出钱。所以他为了转移矛盾,一次一次把小金手当作靶子。

今天黄子骏又把他拿出来说事,丛山真的忍不住了。

"黄子骏,你别老是说金坤什么什么的,你就一点责任没有吗?你说说,合同规定的投资款你哪一次按时支付的?你知不知道这个戏能拍到今天,我周丛山贴了多少钱?!那帮老演员的定金,最后几天群众演员的费用,都是我借钱贴的!贴了 100 多万啊!这是你投资人要做的事情,不是我!"丛山越说越激动,左手狠狠地拍打着茶几。

"丛山导演，"黄子骏的声音反倒平静下来，"你说这不是你的责任，你再好好回忆回忆，当初要我投资的时候是怎么说的。"

黄子骏话一说完，就挂断了手机。

丛山怔怔地拿着手机，久久没有放下。黄子骏一挂断电话，丛山就后悔了，现在不是争论谁对谁错的时候，而是要他解决剧组的吃饭问题。他懊恼地把手机丢到一边，他知道，这下黄子骏再也不会接电话了。

卧室的门锁"啪嗒"一声响，把丛山的思绪从茫然中拉了回来。赵小娥穿着一套紫红色的丝绸吊带睡衣从里面走出，依坐在丛山身边。

"怎么样？吃饭的事情解决了吗？"赵小娥问。

"小娥，你卡里有没有钱，借我一点，过两天还你。"

赵小娥一愣，有些不情愿，但是看着丛山乞求的目光，又心软了。

"要多少？"

"五万。"

"五万！你当我谁啊，萧莫姐啊——"赵小娥不悦道。

"那你能借多少？"

赵小娥想了想，拿起手机。

"两万，最多了。"

"两万就两万，微信转给我。"丛山有些急切。

赵小娥嘟了嘟嘴，给丛山转账了两万块钱。

"唉……我出来透透气,就损失两万块,早知道不出来了,"赵小娥说着,又起身朝卧室走,"对了,约好七点跟萧莫姐吃饭你别忘了,快换衣服去。"

丛山这才想起来,一大早萧莫给他发消息,约了一起吃晚饭的,剧组的事一折腾,他已经忘得干干净净了。

吃饭的地方,萧莫定在了华贸君临酒店最雅致的阅山湖包间。人不多,就只有萧莫、助理扬扬、丛山和赵小娥四个。萧莫执意说要自己请客,丛山拗不过只能面上答应,暗地里已经叫服务员把餐费记在了剧组账上。他还特意带了一瓶茅台,这还是去年他和田原到贵州采风,田原托了茅台酒厂朋友的关系,1 499元原价买的。一共两箱,本来说好一人一箱,用在自己项目的应酬上。结果大半年下来,田原自己的项目一瓶也没用上,倒是他已经用掉了一箱。见田原不用,他就把他的那箱也"征用"过来,毕竟《守护》是大项目,还是不能输了排场。用到现在,这已经是最后一瓶了。

"来,这一杯祝你们两个百年好合!"萧莫举杯,对着丛山和赵小娥说。

"呃……"丛山看了赵小娥一眼,脸上一阵尴尬。

赵小娥连忙圆场,笑吟吟地说:"姐姐客气了,谢谢姐姐。"

丛山和赵小娥将杯中酒一饮而尽,萧莫只是浅浅地抿了一口。

几杯下肚,大家的话匣子也渐渐打开,从雾岛最近的跨海桥事故说到剧组最近的情况,让丛山特别感动的是,萧莫始终关切剧组工作人员生活起居、拍摄素材的质量、自己的表演问题、剧中人物的探讨……对自己的酬金却是只字未提。不知不觉一瓶茅台空了,大家却还未尽兴,赵小娥又让服务员上了一瓶十五年的泸州老窖。

萧莫浅尝了一口,放下酒杯。

"周导,我们相处这一个多月,也算是好朋友了,组里有什么事,您有什么需要,尽管跟我直说,用不着客气。"萧莫微笑着说。

"没事,哈哈哈——"丛山故作轻松地说。

"可我听说,组里最近停机其实和跨海桥的事没什么关系,是那个黄总出了点状况?"萧莫问。

丛山手中的酒杯在半空停留了片刻,又悠悠地拿到嘴边喝了。他知道萧莫既然这么问,一定是已经知道了组里的状况,毕竟剧组没有不透风的墙,她的助理扬扬天天在现场,下面的流言蜚语、小道消息一定不少。更何况华贸君临的演员圈子,剧组有什么风吹草动,这里也很快会得到消息。虽然这段时间他已经在演员面前极力掩饰问题的严重性,但他也知道这层窗户纸总有捅破的一天。

"既然你这么问,应该是已经了解一些情况了,"丛山收敛起笑容,语气也开始认真起来,"不瞒你说,黄总那边的资金问题,可能比我们想象的要严重。不单单是你们演员的酬金,连剧组的餐食费和住宿费,都一直拖欠着。"

"那……他还能继续投资吗?"萧莫问。

"他说还能投5 000万,但我们研判下来,觉得够呛。资金的事不能只眼巴巴指望他,最好多想想办法,多找一些渠道。万一他真的掉链子,我们还能有个后备方案。"

萧莫点点头,微笑说:"看来这次跨海桥事故,倒算是帮你们忙了,争取了融资的时间。"

丛山无奈点点头,事实还真是这样,要没这个理由,剧组的矛盾早就爆发了。如果放在平常,只要一停机,就是麻烦的开始,如果不能给工作人员及时结到劳务款项,那等待他和制片组的,就是一阵狂风暴雨、一地鸡毛……

"萧莫你放心,我在这里表个态,这个戏我是一定要把它拍完!你们的酬金一分不会少,放心好了。"丛山向萧莫做出保证。

"有导演这句话我就放心了,来,敬导演一杯。"萧莫举杯,丛山连忙迎上,又把杯中酒一饮而尽。

"导演需要资金的话,我重庆倒是有位大哥,一直是做投融资的,不知道帮不帮得上忙?"萧莫说。

"好啊,那当然好咯!"丛山一听有金主,不由得眼睛一亮。

"那位大哥一直说要投我的戏,要不我打个电话帮你问问?"

"那太好了!"丛山欣喜。

萧莫当场拿起手机拨通了号码。

"喂,孙哥,我是萧莫呀,……对……谢谢孙哥关心,最近在上海附近拍戏,有一个投资的机会,不知道孙哥感不感兴趣?……对没错,我演的戏,女一……嗯……有点资金缺口……那太好了,我让丛山导演和您说两句?"萧莫按下免提键,把手机递到丛山面前,他赶忙双手接了过去。

手机里传来那位孙总豪爽的声音。

"周导是吧?你好你好,萧莫妹妹跟我说了,她的事就是我的事,你放心好了,你们资金缺口大概多少?"

"也就5……5 000万左右?"丛山小心翼翼,说得有点不自信。

"哦,那不算多,这样吧,你加一下我微信,明天让人把资料发过来我们看看,正好下周我们有投决会,我把项目帮你们递上去。"

"哎!谢谢,谢谢——"

听见对方这么爽气,丛山兴奋得酒醒了大半,挂了电话,立刻给萧莫敬了一杯。

也许是幸福来得太突然,丛山喝了两杯酒,嗓门又大了起来。

"萧莫我跟你说,这部戏要么不拍,只要拍出来,必火!这一个月的素材我都看过了,"他竖起大拇指,"你演的就一个字,赞!你知道我们这个戏平台是谁在背书哦?你知道宣传部是怎么评价我们这个戏的哦?我就跟你说、说一句,阿拉个只戏,勿会失败额!"

萧莫还是微笑着,举起酒杯:"那就预祝我们这个戏,顺利杀青,收视长虹!"

丛山举起酒杯,想想不对,放下酒杯提起了分酒器,一饮而尽。

3. 黄子骏

一直到晚上十点多钟,黄子骏才等来罗一诺的电话。

"小罗,你那边情况怎么样?"

"卢冈他们刚回来,"电话那头传来罗一诺的声音,"听说丛山导演自己借了 35 000 块钱,卢冈、田导还有乔布斯几个人又凑了 1 万块给庄老板。估计这几天供饭是没问题了。"

"我让你给的 5 000 块你给了没有?"

"给了,就照您说的,说是我自己的钱。"罗一诺说。

"他们说什么了没?"

"卢冈信了,还谢谢我。"

放下手机,黄子骏稍稍松了口气。看来事情是暂时得到了解决。其实他已经临时凑了 10 万块钱,预备万不得已的时候打给剧组。雾岛停航期间万一真的出了什么事,那是吃不了兜着走,他也不愿意剧组闹事牵连到自己。他屏住不出手,就是要看看,小金手和他的"利益集团"吞没了自己百来万的资金,到了这种紧要关头,会不会把钱吐出来!结果事与愿违,丛山和卢冈开始凑钱解决问题,自己试探的目的并没有达到。

他不愿意在这个时候拿出钱来解决餐费问题,还有一个重要原因,就是因为担心一旦开了这个口子,那后面的账单会向雪片一样飞来。住宿费、场地费、置景费、道具费、订金、酬金、劳务……每一笔费用都能说出千万个让他不得不付的理由。黄子骏不愿意让这种事情发生,更不愿意被剧组胁迫。他必须打破这个逻辑,把主动权掌握在自己手里。从这个角度来说,今晚的事情并不算完全失败,至少达到了一半目的。现在剧组知道,再使用任何的威胁手段,他黄子骏也可能分文不出。

他刚准备起身到卫生间梳洗,手机又响了。黄子骏看了眼来电显示的号码,犹豫了一下,还是接起通了手机。没想到,这个电话让黄子骏又一次不淡定了。

"丛山又找到投资了?"

黄子骏感到十分诧异,事情就真这么戏剧性?他竟然能恰在这个连人都下不了岛的紧要关头找到巨额资金?细问之下,才知道这是萧莫为他介绍的投资人。这个消息彻底驱走了黄子骏的睡意,他又重新坐回到沙发上,双手交叉在胸前冥思苦想起来。

如果丛山确实找到了新的资金,那他在这个项目中的位置就岌岌可危了。当时他能从东灿公司拿下项目的主控权,就是基于自己"全额投资"的承诺,如果现在承诺无法兑现,那相应的权利也将无法保证。到时候如果他坚持不出让权益,那势必会站在剧组、东灿公司乃至所有人的对立面,他们甚至会将项目失败的原因归结为他的阻挠。但如果交出项目主控权,相当于承认了自己的失败,那之前投入的大量资金、资源、人脉和利益将得不到任何保障,甚至还会被剧组追索损失。自己苦心搭建的舞台,却要让给别人来唱戏!更可气的是小金手和他的"利益集团",坏事做尽却不会受到任何惩罚!这时候的黄子骏,感觉就好像自己被活埋进了烂泥里,任凭小金手那帮人踩着自己的脸继续狂欢。

他绝不能允许这种事情发生,绝不!!

黄子骏一夜没能合眼,整整一个晚上在盘算对策。

东方渐渐泛起鱼肚白,他走进卫生间洗了把脸,又坐回沙发,把手机放在面前,时间显示早上 7:08。他知道这个时间还是太早了,萧莫一定还没有起床,他既不能打扰她的休息,又必须赶在丛山和她那位"大哥"深入沟通前,跟萧莫打完这通电话。

他就坐在沙发上,眼巴巴地看着时间一分一秒过去。这一个月来他第一次有一种光阴缓慢的感觉。在此之前,他一直祈祷时间能够走得慢些,但太阳和月亮就好像被上足了发条一样疯狂交替。一大早起来,仅仅开了一两个"小"会,再望向窗外时已经是深夜。夜深人静,仅仅思考一两个问题,再抬起头时晨光已经照进屋子。他在雾岛、潍坊和北京三地间没命地奔波,恨不得一个小时能掰成两半来用。即便如此,问题还是没有丝毫解决的迹象,但时间已经过了一个月。

熬过漫长的一个半小时,再看时间总算是八点半超过了。黄子骏再也没有耐心等下去,抄起手机拨了萧莫的号码。铃声响了两三下,总算谢天谢地,萧莫接了电话。她比平时起早了些,一大早接到黄子骏的电话,萧莫还是有些意外。

黄子骏假意客气地寒暄了两句,很快切入正题。首先,他告诉萧莫一个"好消息",这次在北京,资金的问题已经圆满解决了!不仅如此,北京卫视也对他们的剧表现出强烈的兴趣,愿意在剧组复拍以后,立刻来组里洽谈卫视首播的事情。其次,他向萧莫道了个歉,因为这次雾岛停航造成了拍摄的延迟,他希望在复航通车以后,请萧莫到北京,就继续出演本剧签署一份补充协议,并且承诺,她的酬金在现有基础上增加20%。最后,他向萧莫郑重承诺,电视剧是一定要拍下去的,但这次他会把剧组整顿完毕、解决完遗留问题后,再慎重开机。

"黄总有这样的计划,我当然全力配合。不过昨天丛山导演跟我说的计划,好像跟您这里有些出入哎,你们之间是不是要协调一下?"萧莫的语气依旧是那么平缓温柔。

"唉……您既然提到这个,我只好多说两句了。"

顺着萧莫的问题,黄子骏又把平日里对丛山、小金手以及剧组的抱怨原原本本重复了一遍。虽然还是制片主任270万片酬、虚高一倍的房费、夸张的劳务成本那些老三样,不过很多事萧莫显然是第一次听说,过程中不时地发出表示惊愕和意外的感叹声。

"黄总,我没想到原来事情这么复杂!"末了,萧莫叹道。

"可不是,所以您知道我这里有多难吧?我是腹背受敌、进退两难啊!再继续投钱吧,生怕又被那些人贪没了。不投吧……也不是不行,那几千万就当扔水里,我也饿不死。但是这么做对不起你们这些艺术家啊,您不知道在现场看到你们在那样的环境里创作,我眼泪都哗哗地掉下来。你们都是好人,为了拍一个好作品在吃苦,不能因为有一两粒老鼠屎,就把你们的劳动全抹杀啊!"

"明白了黄总,也真是难为您了。这些事情只能辛苦您自己解决了。我在这里表个态,只要戏拍下去,我萧莫就来演。"萧莫说。

挂了电话,黄子骏大大松了一口气,看来这一夜的工夫没有白费!萧莫最后一句话的态度已经很明确了,"只能辛苦您自己解决",这说明什么?说明她不会再插手这件事,更不会把自己的资源、自己的朋友关系往这个烂摊子里拉。那么丛山和小金手们的如意算盘就打不响了!

黄子骏起身,屁股刚一离开沙发就感觉一阵眩晕,他立刻又躺了回去。他这才想起从昨晚开始他就没吃过饭,又一晚上没睡,体力早已透支了。他突然想起今天上午10点还约了一个人见面。再看时间,9点半刚过,酒店的早餐应该还在供应。黄子骏缓了口气,缓缓站起身,慢慢走到门口套上外套,拿出手机发了条语音:

"小方,我到楼下吃点东西,10点餐厅见。"

希尔顿餐厅的自助早餐比较丰盛,这也是黄子骏选择办希尔顿会员的原因。他拿了点果酱面包和新鲜水果,又要了一碗面条,稀里呼噜一顿吃,补充了碳水和糖分,才渐渐缓过劲儿来。

他刚放下筷子擦擦嘴,就看见一个穿风衣的中年人出现在餐厅门口,正向他挥手致意。

那人在他对面坐下,脱下的风衣挂在身旁的椅背上,露出一身巴宝莉海军蓝格纹的棉衬衫,又摘下墨镜往桌子边上一放,也不知是故意的还是不经意的,他把眼镜腿上阿玛尼的标志朝黄子骏的方向转了转。

"黄总,好久不见。"方晶石的脸上,挂着他惯常的那副笑脸,从容淡定又带着几分神秘。

"小方,上次见面还是去年这个时候吧?"黄子骏说。

"是的,久违了。"

去年的这个时候,小方还是周丛山和小金手的朋友。那时黄子骏刚刚下定决心投资《守护》,丛山带他来北京主要是为了让他见见平台发行的负责人,给他吃颗定心丸。小方就是这件事穿针引线的中间人。黄子骏做生意这么多年,是见惯了掮客的,不过小方给他留下的印象有所不同,除了穿着讲究、说话得体以外,做事还比较靠谱。引荐的平台负责人职位不低,推杯换盏间,从负责人对小方的态度看出来,他确实有些来历。丛山私下告诉他,小方的父亲颇有些"立身"。本来小方也可以走仕途的,无奈就是对影视行业感兴趣,他和小方认识也有十多年了,当初二十出头的小方就帮他的电影拉到过一笔投资。出于对丛山的信任,黄子骏对小方也是信任有加,两人还互留了微信。此后的一年时间里,两人虽然没有见面,微信上的你来我往还是很频繁的。开机后那次来北京,就是小方介绍的几位业内大佬,向黄子骏透露了行业的"潜规则",才让他抓到了小金手等人的把柄,为此黄子骏对他很是感激。剧组的种种问题爆发后,黄子骏在盛怒之下也向小方吐槽过对丛山和小金手的不满。没想到小方的态度十分中立,非但没有偏袒丛山和小金手,反而更倾向于站在黄子骏的立场思考问题。这又一次增加了黄子骏对他的信任。所以这次来北京,他第一时间联系方晶石,希望他能够出手相助。

小方也没让黄子骏失望,一坐下来就开门见山,他要找的贷款公司已经找好了,几套房产已经调查过了,也没什么问题。

"那多久能放款?"黄子骏问。

"只要把原件带来,房主签字,当天就能放款,"小方说,"不过黄总,几套房子好像都不在您名下,可能要麻烦房主跑一趟北京。"

"哦——这样啊……"黄子骏有些失望。的确,当初这几套房子,其中一套本来就是给女儿准备的婚房,写了女儿的名字;另一套写了老伴的名字,主要也是出于分散资产、分散风险的考虑。不过这样一来倒造成了现在的麻烦,女儿女婿刚结婚,就住在那套房子里;老伴的那套,是两人结婚四十周年时候,黄子骏送给老伴的礼物。因为房本都放在他这里保管,他本想自己拿了来抵押掉,只要顺利渡过难关回笼资金,抵押房产这事也就神不知鬼不觉地过去了。可如果要房主亲自来签字,那麻烦就大了,依黄子骏对老伴和女儿的了解,她们是不可能同意的,老伴一定会说:"万一钱打水漂怎么办?你让女儿女婿还有你的宝贝外孙露宿街头啊?""房子是你送我的礼物,你是爱我还是爱你的工作?……"想到要跟老伴争论这些,黄子骏头都大了。

"这个……我要回去做做她们工作……"他说。

"那就没办法,只有等咯。"小方耸耸肩。

"另外我托你的事,有消息了吗?"黄子骏问。

"正想跟您汇报,有戏!"

"哦!"黄子骏眼睛一亮,他没想到小方的效率这么高。

"我已经和对方约好了,今天下午就可以去谈,而且我已经初步试探过对方的意向……"

"怎么说?"黄子骏急切地问。

小方伸出三个手指,一字一顿道:"加码 30％,最少。"

听小方这么一说,黄子骏脸上紧绷的肌肉顿时松弛下来,露出了久违的笑容。如果真如小方所说有公司愿意加码,再加上自己抵押房产的贷款,那这个戏的成功就大有希望了!搞定了资金,他就马上回头去拔掉小金手这个眼中钉!只要斩断了这只黑手,丛山也就孤掌难鸣,到时候让他挂个总导演的虚职,换上自己信得过的人来做制片,把项目控制在预算里完成,那这局棋就又活了!黄子骏已经难掩自己的兴奋之情,跟小方请教,如果要自己来管理剧组,有哪些核心问题是要注意的?

小方听明白了黄子骏的意图,低头思考了一下,冷静地对他说:"黄总,这个项目您要想自己把控,那有一样最关键的东西,您必须捏在手里。"

"是什么?"黄子骏问。

"剧本版权。"小方说。

这倒是一个黄子骏没有意识到的问题。他这才想起来,在跟东灿公司老闵洽谈合作的时候,老闵一而再再而三地强调,剧本版权属于他们公司。哪怕是编剧费由黄子骏来出,也必须经由制作公司支付给编剧。黄子骏当时只是觉得何必多此一举,并没有意识到这个问题的重要性,直到今天小方说起,他都对其中的利害关系不甚明了。

"剧本版权是一部电视剧最核心的基础,没有剧本版权,就意味着您没有拍摄这部剧的资质,即便是您拍完了,只要版权方不同意,就无法播出。"小方耐心解释。

"这么严重?"黄子骏不禁皱起了眉头。

"黄总既然决定把这件事办到底,那剧本版权必须拿在手里,这件事也是目前的重中之重。"

"如果制作公司没有支付编剧版权费,那剧本版权算是在谁手上?"黄子骏不无疑惑地问。因为他知道,根据协议,编剧费由他支付,而他到现在为止并没有出过这笔费用,制作公司自然也不会支付给编剧。

"这样的话……版权的归属就存疑了,但不管怎么说,如果他们没有支付版权费,那编剧是有权随时收回版权的,主动权一定在编剧手上。即便有争议最后对簿公堂,法律也倾向于保护作者。"小方分析说。

"这样……"黄子骏思考着,他知道,《守护》的作者是田原的太太罗茜,还有罗茜的老师孤叟。这两人黄子骏并没有直接打过交道,但是田原他是接触过的,有一点他可以肯定,田原并不在丛山、小金手的利益集团之内,甚至和小金手之间还颇有嫌隙。尽管前两天他搞了个什么临时党支部会议,逼得黄子骏只能尴尬出走。但是他觉得,田原有他自己的立场,他是小金手以及自己之外的第三方,又确确实实掌握关键资源的人。

也许,他会是自己制胜的关键?也许,会成为导致自己失败的梦魇?在对付田原的策略上,他必须慎之又慎,寻找到最合适的突破口。

黄子骏这样盘算着。

4. 小金手

小金手一大早就被丛山的电话吵醒。

"哥,这么早……"

"阿坤,你讲话方便哦?"

"方便,您说……"他把景海婷的胳膊从身上挪开,翻了个身。

丛山简单地把昨晚和萧莫的对话说给小金手说了一遍,让他马上准备一份材料,今天就发给重庆的资方。

"得,哥您放心,我早上就给您备好。"小金手用脖子夹着手机,穿上条裤衩"噔噔噔"地下楼。

"这是好事儿啊,只要投资一落定,就把黄子骏那孙子给踢出去!"小金手狠狠说。

"先别激动,这当中还有几个环节要合计合计。"

丛山告诉小金手,现在投资款要进项目,根据合同只有两个去处,一个是黄子骏的欣歆公司,另一个就是老闵的东灿公司。黄子骏自然是要让他出局的,但东灿公司也是个不可忽视的"隐患"。

对此小金手也记忆犹新。

老闵从一开始就对这项目虎视眈眈。开机前就曾不止一次给他打电话,问他什么时候到上海,他要跟他见一面。他当然清楚老闵的目的,1.2亿如此之高的制作预算,谁不想在其中分一杯羹?所以小金手故意把会面的日子一拖再拖,借各种理由,谎称自己一直在北京处理上一部戏的事情。其实那时他早就在雾岛公寓住下开始指挥剧组的筹备了。一直拖到开机前三天,实在找不出理由拖下去了,小金手才答应了碰面。

一见面,老闵的狮子大开口还是让他大惊失色。张嘴就是1000万,必须从制作费里把这钱留出来,放进公司!小金手的内心是崩溃的,他有时候觉得自己已经是很没底线的人了,但是老闵的做法更是让他三观尽毁。一家摇摇欲坠的公司,一个身患重病的老人,没有给项目的推进贡献半分力量,居然开口就是1000万!那可是他们将近一半的利润啊!怎么可能拱手让人?小金手只能在他面前哭穷,说剧组的钱全都把持在投资方手里,他们每申请一笔款项,都要经过五六层审批,资方还会时不时地派人下来审核。现在税务监管又那么严格,从制作费里倒腾出1000万又谈何容易？一顿声情并茂的演说倒也把老闵说得哑口无言,最后只能同意让他在先满足拍摄的条件下,尽力而为。

本来已经摆平的事,却因为欣歆公司的资金链断裂波折又起。借着剧组管理混乱的由头,老闵已经亲临过剧组,在所有组长面前发了"条头"。今后一切决策,必须经过公司经理会议审议,每一笔账目他都会亲自过问!他安插在剧组的代理人卢冈,更是多次以"总制片"名义对小金手发难,没少给他制造麻烦。要是这个时候让他知道还有一笔投资款要进来,哪里还会顾及丛山和他的利益?当初他们费尽心思让项目跟东灿公司撇清关系,不就是为了利益有保障吗?现在兜了一个大圈子,钱又要回到老闵的口袋,白白辛苦一场却落得为别人作嫁衣,这生意换了谁也不能干啊!

"哥,您要是信得过弟弟,我有个想法您听听?"他说。

"你说,我听着。"电话那头的丛山说。

"既然只能找到5000万,那咱就看菜吃饭,在这个数里边儿把戏拍完。"

"嗯……我也是这个想法,你接着说。"

"然后今天下午我就给老闵去个电话,跟他表个忠心,不但这点钱里我把片子拍完,还能给东灿公司留下300万。"

"这个……你有把握?"丛山有些犹豫。

"哥您一百个放心,弟弟给您担保,就这样咱还能有盈余!"金坤信誓旦旦地保证。

"……那我约老闵,下午开个电话会。"丛山说。

通完电话,他拿起桌上小半瓶二锅头,给自己倒了一杯,含在嘴里漱了漱口才吞下肚去。没想到今天一大早起来丛山就给他带来个好消息,如果这笔投资靠谱,那可是一石二鸟的好事儿!不但能把黄子骏踢出项目,还能以预算有限为由让田原也滚蛋!再往后控制预算的事情就是他小金手的"特长"了。制作团队和演员的费用是透明的,加起来再有2 000万—2 500万就足够覆盖了。场景上让老袁和邹津做点简化,能用实景的用实景,能在现有基础上改景的就改景。唯一的变量是拍摄天数,把工作量加倍,每天8—10页纸,再用50天时间就能拍完了!这么粗粗地一算,5 000万的资金还能盈余个小1 000万,那回龙观新房的贷款也不用愁了。想到这儿小金手又给自己倒了一杯二锅头。

电话会议在下午两点正式开始。尽管是语音通话看不见对方,小金手还是换了一身崭新的衬衫。除了一早上的两杯二锅头,中午吃饭的时候他特意没喝酒。会议的过程也很顺利,丛山先讲了重庆资方的基本情况和对项目表示出的兴趣,小金手又讲了自己准备怎么在有限的预算下把电视剧保质保量完成的计划。最后的撒手锏当然是向老闵承诺,尽管整体预算缩减了近三分之一,但是他依然能保证,为东灿公司留下至少300万的利润。听到最后,老闵对丛山和小金手的计划也给予了高度赞扬。

"丛山、阿坤,你们这样是对的!这种情况下还有人愿意投资我们的剧很不容易。我们应该用这样负责任的态度对待投资人。你们再把预算好好地核一核,不要遗漏什么环节,事情大胆去做,用不着什么都跟我请示。阿坤啊,我对你只有一个要求,非常时期帮丛山管理好剧组,这是重中之重,要是这段时间出事,那有再多钱戏也别想拍了。"

"这我明白闵总,您放心。"小金手语气诚恳。

末了老闵又强调了一句,虽然预算缩水,但是为这个项目作出过贡献的人,一个也不能亏待,要让他们个人都拿到应得的报酬。

小金手起先没怎么听懂这句话的意思,是会议结束后丛山补了个电话跟他做了解释。老闵的言下之意,是认为自己在这个项目上付出不少,让小金手也别忘了他。

果然姜还是老的辣,小金手嘴上说着让丛山放心,方方面面他都会考虑到,心底里却是一肚子火。这种事情讨论的时候不说,会快开完了来这么一句,这不是层层加码吗?原本小金手想得好好的,300万里头已经包含了老闵个人的部分,现在可好,原来他自己的酬劳还在这300万之外!

事情做到这里,也只能走一步看一步。小金手一个电话叫来自己的助理小宏和A组的现场制片勇诚,让他们赶快和园区主任还有雾岛公寓的老董联系,并郑重其事地告诉他们,以后和街道、园区的联络工作由小宏全权负责,勇诚配合。还特别关照,所有的事只向他一人汇报,不要通知制片组其他人。至于剧组餐费盒饭这个烂摊子,交给卢冈他们管就是了,大家分工明确!

吩咐完任务,勇诚出门先走了,小宏却拖在后面磨磨蹭蹭,小金手看出他有话要说。

"小宏,什么话你说。"小金手点了支烟说。

小宏走到门口张望一眼,把门关上,这才说:"主任,刚才勇诚在我也不好说,今天下午我在三楼走廊里遇到老董,他一个人站了老半天也不走,一脸焦头烂额的样子。"

"怎么回事?"小金手警觉地问。

小宏凑前了两步,压低声音说:"您还记不记得昨天,公寓里又住进来一群人?"

经他一提醒小金手想起来,昨天确实有辆大巴,拉了一车人大包小包住进公寓。他的注意力全在应付剧组的事情上,所以没多在意。

"这群人怎么了?"

"就是这群人出事儿了!刚才老董见我问,就把我拉到一边悄悄说的。这群人是抢修跨海桥的工人,也不知是上头哪个部门安排下来住进这儿的。但是今早他们里面有人'中招'了!说是好几人出现头疼乏力、肌肉萎缩、流泪、眩晕恶心的症状。现在园区通知,要他们这群人晚上统统到社区卫生中心接受观察。这一层有咱们组不少兄弟……"

"到底啥情况?"小金手还是一脸懵逼。

"您没注意?最近网上都传疯了——说是撞上跨海桥的那艘船,运的是有害化学品,已经发生泄漏了,叫什么丙烯酸,接触海水会溶解,也会跟着雾气散到空气里。下面都在传,可能还会接触传染……"

小宏的声音很轻,但每个字都像炸弹一样在他耳边爆炸。小金手的脑袋顿时懵了。这才刚在老闵面前信誓旦旦地保证剧组安全包在他身上,公寓就出事!他恨不得一巴掌把小宏拍死,这么重要的消息为什么不早说!非要在自己揽下所有责任之后再说?这不是要害死他嘛!但是他有苦说不出,说白了这跟小宏有什么关系呢?这时候要是把一腔怒气发泄在他身上,往后谁替自己卖命?

"你现在去找卢冈老师,把消息告诉他,请他在群里发通知。"小金手说。

"您刚才不是说不要告诉他们吗?"小宏不解地问。

"我叫你去你就去,哪那么多废话!现在、立刻、马上!"小金手吼道。

小宏别转屁股一溜烟地跑了。

小金手把手上的烟头在烟灰缸里狠狠地一顿碾,恨不得把它碾成粉末。嫁祸给卢冈这种事也只能算是权宜之计,毕竟他和老闵有那层亲戚关系在。剧组要是真有事怎么说也是自己拍了胸脯的,还是脱不了干系。现在只有祈祷晚上的观察太太平平。今晚之后他一定加强管理,让那帮孙子足不出户!

正想着,突然手机又"叮铃铛啷"响起一阵消息声。他打开微信一看,原来是罗一诺在群里发的一条回函。

他这才想起,今天是上次临时支部大会后,欣歆公司同意给答复的日子:

资方代表—罗一诺:

电视剧《守护》剧组全体工作人员及合作机构:

因大桥事故、雾岛停航,无法进出,投资方负责人原定返回雾岛继续工作的计划被打乱。

周丛山导演及制片主创人员已将剧组目前的情况和大家的诉求转达给投资方。非常感谢全组人员的理解、配合,对于大家的付出以及诉求资方表示理解和肯定!

资方于今日向全组人员郑重承诺:待跨海桥通行、雾岛复航(即目前市政府通知的4月5日)后的2至3日内,资方代表将亲赴剧组现场,同大家一起结算到期款项和相关费用。届时首先结算离组工作人员劳务,其次给留组人员和合作机构逐一结算。再次感谢大家的理解和支持,望大家配合政府所列规范,注意自身健康,迎接复工。

回函后面,是剧组工作人员潮水般的回复:

签合同需要亲自来吗?你们不是有代表在组里?
付钱有网上银行啊,21世纪了老板!
大家都在憋着,等着呢!
说得好,这是客观事实,合同到现在都没有落实,
请资方给说法!
我们都做了自己该做的事,资方也应该做他该做的事!
履行支付劳务的责任!!
……

小金手正翻看着剧组的这些回复,也许是顶不住剧组的压力,罗一诺又发了一篇声明:

资方代表——罗一诺:

当下我们所有人都面临巨大挑战,你们辛苦了!对于大家的付出我深表歉意和感激!目前,为了把这部戏拍摄成功,我只身一个人,往返于北京、上海、潍坊,坚定信念筹措后续资金,沟通发行,积极与上层领导和相关投资方交流取得支持。面对全员近三百人,面对剧组滞留的窘困情况,我非常心痛和焦急。

在这个时候,我请求剧组党支部和制片部门团结全体人员,协助出品方维护剧组的稳定和利益,更多地起到带头和团结作用,我将争取最短时间复工复产!

相信我一个年过半百的投资人,不惜付出身体健康、人际

关系的代价,仍旧怀揣感恩和理解的态度,积极面对,坚定信念要把戏拍下去,殷切希望大家保持良好心态、保重身体。

黄子骏

消息一出,群里又是一阵狂轰滥炸。小金手又看了两条已经没兴趣再看了。他把群组提示音改成了静音。"让他们闹吧!"话说得越多,黄子骏在剧组的声望越低,就对他越有利。小金手实在太了解剧组了,这种时候任何的语言都是苍白的。剧组只想听到一种声音,就是酬金到账后短消息的提示音。

5. 晁正

今天本应该是投资方签订劳务合同,宣布结款办法的日子。等来的却是投资方一段拖延时间的文字,停航好像给了他们最好的借口,可以不付钱,也可以把近 300 号人扔在一个监狱般的小岛上置之不理!不光剧组大群里群情激愤,声讨的声浪一波高过一波,晁正仅仅 12 人的 B 组摄影群里,也已经争论得不可开交,有说要出去讨说法的,有说要拉横幅抗议的,有说要直奔五楼找制片理论的……晁正一边在群里灭火,一边打电话让几个领头的摄影助理保持冷静。

再看到投资方的第二则声明后,晁正实在忍不住了,在群里发了一篇长长的作文:

B 组摄影指导——晁正:

各位剧组的同仁,按道理,下面这段话不应该我讲,但是我还是忍不住,想要说一说,年轻人比较冲动,请大家谅解。资方到目前为止,连续承诺大家,连续不能兑现,这是客观事实。资方黄子骏老总,去北京找钱找领导,也有可能是事实,虽然我没看到。但是在与黄总交流的过程中,我发现黄总并不像一个不负责任的投资方,况且前期也的确砸了很多钱在戏上;我们都希望这个戏能拍下去,至少是拍完整。这样大家都能够对自己有一个交代,也能对这部戏有一个交代。

这个组近300人,没有任何一个人想看到这个戏黄掉;现在黄总的确也有可能遇到了资金周转的问题,那么黄总是否可以坦诚告知大家?后面的承诺,我们希望是真实的承诺,而不是像过去一样无法兑现,或是为了维稳而不得不去编造的谎言。因为这样只会透支您在剧组人心目当中的威信,以及大家会对你想要把戏做下去的诚意产生怀疑。

我们全组近300人,没有拿一分钱酬金,工作了一个月就是最好的证明。这是我们的诚意,没有大家这样的诚意,我相信剧组是不可能坚持到现在的。我希望投资方也拿出这样的诚意来对待我们这些打工人。我们的初心是想要拍出一部优秀的作品,作为一名技术工种的工作人员,作为一名带领11位来自五湖四海兄弟的小小带头人,再一次恳求,请资方与我们真诚沟通,我们需要真诚的沟通,不需要冷冰冰的不切实际的承诺。占用大家时间了,抱歉。

小作文引来群里不少人的点赞,却没再收到任何来自资方的回应。晁正当然没太指望资方会对他有什么回应,毕竟这么长时间,别说是资方,就是制片组都对他都置之不理。

群里面对资方的抱怨很快被大家对晚饭的抱怨取代。晚上的盒饭没有汤,只有三个菜,炒土豆丝、炒卷心菜和一条手指粗细的小黄鱼。看着这样的饭菜,本来就心烦意乱的他一口也吃不下,直接叫小虎把盒饭拿走,分给不够吃的兄弟们。

小虎刚走,微信突然跳出一条消息,他点进去一看,在通讯录的标志上,跳出了一个小红点。点进去一看,一个新朋友正在申请通过好友认证,新朋友的名字是"黄子骏"。

"这不是山东老板吗?"晁正一愣,但是没有犹豫,立刻点了一下通过。

不到半分钟,黄子骏就主动拨通了晁正的微信语音。

"喂——晁正吧,你好,我是黄子骏,我们前几天见过。"电话里传来的果然是黄老板的声音。

"黄总您好,我记得,当然记得。"晁正回答,说实话这时候他还不免有些受宠若惊的感觉。拍戏十几年,还是第一次有投资方大老板主动加他微信,主动和他通电话。

"你在群里发的留言我都看到了。我觉得说得很好,你是我看到的,剧组里唯一还能说几句公道话的人。"黄子骏说。

"黄总您太过奖了,我这人比较直,就是想到什么说什么。"晁正感觉黄子骏语气态度诚恳,他也诚恳相待。

两人的电话打了一个多小时。前面的半小时里,几乎都是黄子骏在说,从他潍坊农村的贫苦出身,到靠着勤奋读书考进大学,毕业后怎么成为一个普普通通的银行业务员,再怎么从银行业务员做成今天的"地产大亨"。黄子骏把他的心路历程声情并茂地跟晁正说了一遍。说实话,晁正是被感动到的,晁正的老家山东淄博就离潍坊不远,他和黄子骏对当地的风物人情有着不少共同的记忆。所以当对方说起农村的情形时，晁正的脑海中跳出的是一个个生动鲜活的画面。儿时的记忆让他和这位老板之间，产生了心灵的共鸣。

半小时之后，黄子骏开始讲述他在剧组的遭遇，他说的事件晁正大多亲身经历过，但从不同的角度再听一遍，感受却截然不同。从黄子骏的口中，晁正似乎重新认识了身边的这群人，周丛山、金坤、老闵，甚至田原是怎么把矛头指向他的，面对三个漫天要价的制片主任，他祈求公平的声音又是多么渺小。300人的剧组用70辆车，器材、服装费还没开机就支走了80%，筹备阶段铺张浪费每天大鱼大肉胡吃海喝，开机宴一顿就花了9万多元……在这样一个被利益集团把持的剧组里，他又是多么的无助，似乎坚持下去就意味着接受任人宰割的命运。

晁正听着听着，也被黄子骏带出了情绪，原来岂止自己的摄影组遭受不公平的待遇，原来连大老板都在受人欺负！联想到一个月来自己的兄弟们辛辛苦苦工作，到现在一分工资也没结到，而有些人什么也没干却轻轻松松把几百万"黑钱"收入囊中，晁正的眼泪在眼眶中打转。

"黄总我就想问您一个问题，您说的情况我其实也看到了，我们很多人都看到了，但是您为什么不去改变呢？您是老板啊！"

"晁正你是不知道，我改不了——"黄子骏的语调充满了绝望的味道，"我其实是个非常善良的人，我不是自夸，真的，我愿意相信人，相信丛山导演找来的人都是来帮我的。但是结果呢，整个组都是他们的人！没有一个人是替我说话的，我真金白银投了那么多钱进去，他们还把我当敌人！集中火力在攻击我啊！好像只要这样逼我就能把钱逼出来一样，他们也不想想，把我弄死了对他们有什么好处？我死了这个戏不也完了嘛——"

黄子骏说得声嘶力竭，一度哽咽，晁正彻底被他感动了。

"黄总，您别说了，我都懂了！您只要说一句，要我怎么配合，作为我这样一个工作人员，您希望我怎么配合？"晁正说，他说得很大声，似乎是一种向对方的宣誓。

"晁正，我第一次见到你就很喜欢你，我觉得你是一个有正义感的人。跟他们不一样，你是想来把创作搞好，没有太多其他杂念。这个组下面的人我一个人也不认识，你是唯一一个跟我这样交流的。我觉得这种交流很好，你的角度跟我不一样，我是从上往下看，你是从下往上看，所以你的看法给我启发很大。这次在北京我接触了不少专业人士，他们听我说了剧组的情况，也给我出了很多点子。我正在整理思路，要想办法把剧组整顿好。现在只是有一个大概的想法，很不成熟，等我想法成熟了就会着手行动。但是有一条，再像现在这样下去，是肯定不行的。"

"好的黄总，我明白您的意思，我们给您时间，需要我帮忙的地方，您尽管开口。"

"呵呵呵，晁正，跟你聊聊天，我自己心里舒坦多了。要不我这么多委屈，都不知道找谁倾诉，心里憋得慌。"

"您放宽心，把自己憋出病来就没意思了，"晁正安慰说，"咱们保持沟通，有需要随时找我！"

结束通话，晁正也深深地舒了一口气，看一眼时间，两个人整整聊了1小时20分钟。这通电话让晁正又一次恢复了信心，黄子骏果然如他所想，并不是一个不负责任的资方，他是真心诚意要把戏拍好的。不然为什么要跟他打电话呢？自己不过是剧组的一个普通工作人员，拿着一份薪资、打一份工而已，片子能不能拍下去，片方能不能挣到钱,说句实话跟他真没太大关系,自己更没有左右大局的能力。黄老板愿意花了一个多小时和他谈心,已经充分说明了他对剧组的稳定是多么上心,试问一个想拍拍屁股溜走的人,会这么做吗?他的态度至少比小金手之流好太多了。

晁正突然想起什么,敲击了一下身边的笔记本电脑的空格键,笔记本的屏幕亮起,界面上一个录音软件还在工作。他按下红色的结束按钮,系统跳出了文件保存的对话框。晁正在文件名一栏仔细地输入了一排文字"2024年4月2日——与黄子骏通话录音"。他把文件拖进微信,发送给好友田原。

"老大,刚才黄子骏给我打了个电话,我把录音发给你,听听你的意见。"晁正给田原输入了一句留言。

毕竟,接到投资大老板的来电是破天荒第一次,尽管已经被对方诚恳的态度打动,但晁正还是不能百分之百肯定黄子骏今晚对他说的这些到底是何用意?把录音发给田原无疑是一个安全的选择,一方面他主动汇报了和黄子骏的谈话,以后这次谈话真有什么把柄被对方利用,自己至少也有一个托词。另一方面,晁正也充分信任田原不会把录音泄露给丛山或是小金手从而对自己造成不利。

"多听听意见总不是坏事吧?"晁正是这么想的。

发完消息,晁正看向窗外,夜幕降临,远处的雾气渐渐向公寓方向侵袭而来,远处楼房的淡影、近处湿漉漉的地面与路灯的反光,在他眼里形成一幅颇有电影感的画面。他突然想出去走走,拍两张照片,就披上衣服出门了。

刚走下楼梯,他就远远看见一辆大巴停在园区门口,一群人正提着行李上车。离自己不远的地方,卢冈、孙宝国、小胖几个人正插着手,看向大巴的方向指指点点。晁正本来有些好奇,想走上前问问什么情况,但是一想到前面和黄子骏对话时说的那些话,他的心里顿时对这些人生出一阵厌恶,完全失去搭讪的兴趣,别转屁股绕道走了。刚走两步,手机一阵急促地震动,他拿起来一看,是田原打来的电话。

"喂老大?"

"黄子骏什么时候打的电话?"田原一句客气寒暄也没有,直接劈头盖脸地问。

"就刚才,打了一个多小时……你这么快把录音听完了?"

"我快进听的。翻来覆去那点意思,没什么信息量。"田原说。

"你什么想法?"晁正问。

"第一,他不是好人;第二,这不是坏事。"田原回答得很干脆,晁正却完全听懵了。

"什、什么意思?"

"那些忆苦思甜的家史和剧组乱象你大概听得觉得挺新鲜,我是已经听出老茧来了,"田原说,"你真的相信这些问题解决不了吗?"

"不然还能怎样?"晁正忿忿道,他还沉浸在小金手等人欺行霸市的故事情景中。

"你还记不记得《大明铁卫》的事?"田原问。

晁正一怔,他当然记得,那段经历是他心中永远的痛。那时他刚开始独立拍戏不久,也是年轻太过于血气方刚,他和导演为了影片质量,跟制片组闹得不可开交,最后剧组形成两派,导演和摄影有任何诉求,制片组一律不配合。制片组发出的通告,导演组和摄影组也拒不执行。双方针尖对麦芒,谁也不肯做出让步。终于有一天,出品公司老板领着另一队人马,将原先闹别扭的制片、导演、摄影一口气全部换掉,当晚就结款走人,前后用了不到六个小时就解决了问题。这是晁正第一次真正尝到什么是"失败的滋味"。

"老大,你提这事干吗?"他不明白田原为什么要在这个时候揭他的疮疤。

"我只是想告诉你一个道理,在剧组,没有'钱'解决不了的问题。同样的烂摊子,别人解决得了,他黄子骏为什么解决不了? 说到底还是他资金不到位。试想你把该给的酬金砸到小金手脸上,他还有什么理由不滚蛋? 作为一个投资人,没能保证剧组的资金及时到位,不是他的失职又是什么?"田原解释说。

"这……你说得也有道理……"

"还不止这些,今天下午,黄子骏还给我太太打了个电话……"田原说。

"给嫂子? 为什么?"晁正越发糊涂了。

"剧本版权的事,具体的你就别问了,我就是想提醒你,这位黄总不简单,你和他打交道,一定要小心。"田原关照。

"哦……哎,那你为什么又说不是坏事?"晁正问。

"他给你打电话,这本身就不是坏事。"

"哦……"嘴上答应着,其实晁正越听越糊涂了。

"以后他再找你,你及时告诉我,我们保持沟通。"田原说。

结束和田原的通话,晁正这才发现,自己不知不觉间已经身处浓雾之中,数十米开外,只能看到模模糊糊的路灯光影。他拉起外套领子唔住口鼻,反身往公寓走去。联想黄子骏和田原的两通电话,为什么同样的话,却解读出截然不同的含义? 他又把自己和黄子骏通话的录音听了一遍,还是会被对方真诚的话语打动。但是回忆起田原的分析，那个"真诚"的黄子骏却又瞬间崩塌。到底应该相信谁？晁正已经没有把握了，自己好像深深地陷入了一场"罗生门"。他更愿意相信他们都是好人，黄子骏跟他说的每一句话都是出自肺腑，而田原只是误会了他的真意罢了。也许有机会面对面，两人就能冰释前嫌。停航不是说只有7天嘛，7天后黄子骏就会回到剧组，到那时候就真相大白了。

那天晚上晁正做了个梦，梦见他们回到了片场，梦见他在设计镜头，田原在给演员讲戏，丛山和黄子骏坐在监视器后面，看着屏幕说说笑笑，点头称赞。每个人都心无旁骛地在拍戏。就在川哥要喊"开始"的一瞬间，晁正的手机响了，他拿起来一看，是酬金到账的短信通知。

第七章 深宅大院

1. 田原

雾岛的雾更浓了。

今年的天气有些反常,原本进入春天,雾岛的大雾会比秋冬季节消散不少,今年不知为什么,进入 4 月,雾气反而越发浓重起来。天气预报几乎天天都是大雾红色预警。一转眼,已经是停航的第 8 天,无论是跨海桥还是客运轮渡,都没有像原先公布的那样,在停航的第 7 天顺利复航通车,反而因为受大雾的影响变得遥遥无期。

流言也像这浓重的雾气般在剧组弥散开来。有的传闻还说得有鼻子有眼,说这反常的大雾跟搁浅的货轮有密切关系,就是上面运送的化学品造成的。丙烯酸遇水溶解,水汽升腾到空中凝结成雾气,这雾气中就含有了化学成分。人体吸入丙烯酸,就会产生黏膜刺激症状,比如什么咽炎、鼻炎、流泪、眩晕恶心……更可怕的是,如果长期吸入甚至会产生神经衰弱和皮肤温度调节障碍,严重的还会让人皮肤灼热、惊厥昏迷。尽管官方媒体一再澄清,轮船并没有发生泄漏,跨海桥无法如期通车,仅仅是因为事故造成桥体受损严重,超出了原先的估计,又因为大雾天气影响施工,才造成工期延误。但是坊间的各种流言,还是让人风声鹤唳。

今天,田原又从卢冈那里听说了一个坏消息,昨晚组里已经有三个人出现了那些流言中的症状。卢冈已经接到园区通知,建议所有人"非必要不出门",尽量避免吸入雾气。没多久,街道卫生中心又来人了解情况,发现出现症状的三个人都住在公寓3楼,找来老董一问,才知道三楼的中央空调出了故障,无法保证新鲜空气流通。商量再三,为了保险起见,卫生中心还是决定临时转移三楼的住户,卢冈一统计,转移的住户当中,有43人是剧组的工作人员,其中就有一个是田原导演组的助理——乔波。拍戏之前田原对乔波并不熟悉,是副导演培子推荐他来的剧组。工作一段时间后,田原发现他虽然剧组经验不足,但是学习很快。交代到他手里的事情,只要在他能力范围之内,都能妥妥帖帖地完成。剧组停机后,培子因为家里有事,先离开了剧组,而乔波却留了下来,这段时间以来,帮田原善后了不少剧组拍摄期间的事。

转移剧组工作人员这是大事,一早上田原都在和卢冈频繁联络,鉴于跨海桥的维修难度和大雾情况,滞留雾岛已经不是7天、8天那么简单的事了,甚至官方也没有给出具体的日期。近300人的剧组无限期滞留,那是多大的一笔损失!田原寻思着是否能跟董老板商量一下剧组滞留期间的房费减免问题,卢冈急得连忙阻止。他悄悄告诉田原,拍摄期间剧组已经欠着雾岛公寓60多万元的房费,人家老董不来找你麻烦已经谢天谢地了,你还主动找别人?田原听这么一说,也没了脾气,谁叫"住人家的嘴短"呢?有委屈也只能往肚子里咽了。

由于大雾,这几天来往雾岛补给货船减少了,街道分发的物资也相应减少。再看看自己囤积的食物,田原这才后悔自己低估了形势。方便面消耗了一大半,大桶的纯净水喝光了,现在只剩一瓶10升的农夫山泉。这几天唯一的进展,是片区派出所给供应盒饭的庄老板去了电话,不管他和剧组间有什么经济纠纷,在雾岛的交通完全恢复前,盒饭的供应不允许中断。卢冈知道这消息差点欢呼起来,这些日子他几乎天天和庄老板纠缠餐费的事情,弄得心力交瘁,现在总算能轻松一下了。盒饭除了口味一言难尽外,填填肚子这个基本任务还是能完成的,而且解决了吃饭问题,田原才能集中精力,去应付他的那场"四国大战"。

几天前,他接到妻子罗茜的电话。罗茜告诉他一个消息,她很意外地接到一个黄子骏的电话。除了在开机仪式上见过一面,罗茜跟黄子骏几乎没有过任何交流。黄子骏先是询问她关于《守护》版权的状况,她也直言相告,在跟东灿公司签署了版权协议后,公司一直未能按照协议约定付款。一听说东灿公司并未按合同支付编剧费,黄子骏立刻要求罗茜发律师函给东灿公司收回版权,并且承诺在编剧收回版权后,他会在一周之内全额支付编剧费。罗茜把这事和孤叟老师商量了一下,两人一致同意这么做。所以她第一时间把"好消息"通知了田原。

田原却丝毫没有乐观的感觉。他问罗茜,黄子骏既然这么说,他愿意留下任何的书面承诺吗?罗茜摇摇头,他要看到收回版权的律师函才会着手签约。田原立刻感觉出了其中的猫腻,如果编剧收回版权,那黄子骏大可以把停机的理由归为东灿公司丧失版权,从而摆脱因资金链断裂造成停拍的责任。所谓的支付编剧费,很可能只是诓骗编剧的一句说辞而已。罗茜还有些将信将疑,她觉得黄子骏跟她说得很诚恳,不像在骗她。田原笑了,这半个月来,他已经多次领教了这位山东老板的"诚恳"。田原也不多说,他让罗茜再发一条消息,就说编剧催款的律师函已经发给了东灿公司,因为编剧只与签约的东灿公司有法律关系,所以律师提醒发出的律师函不便提供给第三方,请他向老冈咨询。同时,请他把草拟的版权购买合同发给她和孤叟老师先行审阅。罗茜答应依着田原的意思，先把消息发过去看看对方的反应。

也正是因为这件事，那天晚上在和晁正的电话中，他才提醒晁正千万不要轻信对方。连这种釜底抽薪的办法也想得出来，这人的城府太深了。黄子骏最迷惑人的地方就在于长着一张老实人的脸，说着老实人的话，却使用着各种卑鄙龌龊的手段达到目的。不过越是有这样的对手，却越让田原觉得兴奋。因为有这样的人在，才不会轻易被小金手干掉，这两人的明争暗斗才会更有看头。

说实话，如果要让田原"四国大战"中选一个盟友，他也许会选黄子骏。因为黄子骏今天的错误更多是出于他对影视行业的无知，以为拍戏就跟房地产一样，只要先出钱买下了土地，后面盖楼的资金可以通过银行贷款、预购销售迅速回拢。他没想到拍戏只有短短三个月时间，哪怕一天的停滞都是灾难性的。再说，黄子骏的无知，丛山导演和小金手他们就没有责任吗？最早接触黄子骏的他们，难道不该提示投资人事先预警这些问题吗？相比之下，小金手的行为是充满恶意的，在行业里浸淫了30多年的制片主任，对剧组所有的"门槛"应该一清二楚才是。最初是他和丛山、黄子骏合谋，把项目牢牢地掌控在他们手里，照理说他更有义务帮助自己的合作者避开行业陷阱才对，但他是怎么对待合作者的？用虚高的预算欺瞒身为外行的黄子骏，甚至不加掩饰地将金钱疯狂敛入自己的腰包。这种为了利益连自己伙伴都出卖的人，田原是极其看不惯的。现在不但黄子骏的矛头指向他，田原也宁愿先把他踢出局再来解决黄子骏。但是要解决小金手，始终回避不了丛山，就连傻子也能看得出他和小金手之间不同寻常的关系。这就意味着在和小金手博弈中，难免要把丛山牵扯在内，但丛山恰恰又是整个剧组人脉关系的中枢,他倒下的后果将是整个剧组的崩溃。

此外,老闵也是"四国大战"中不能被忽视的一方,虽说他人并不在剧组。但理论上,如果丛山失去对剧组的掌控,东灿公司依然有着管理剧组的权力。前一阵老闵的出现是产生了一定影响的。至少他让卢冈在剧组里话事时腰杆直了不少。上次来组,老闵还扬言要对预算做一次合理化的调整,如果能够制定出合理预算,就能估算出准确的资金缺口。不论黄子骏还能筹集多少资金,至少大家有一个明确的融资目标,既能稳妥地完成创作,又给后续进入的资方留下盈利空间。这件事老闵委托张益帮助他一起来做,田原更是寄予了厚望,也许这件事就能彻底改变剧组的现状。

可是没多久,张益却给他打来电话。事情的发展和田原的预料完全背道而驰!张益开口就是一顿抱怨,那天回去后,他通宵达旦把预算重新捋了一遍,每一项不合理的科目都做了标注,有些部分还根据实际拍摄进展做了调整。第二天他拿着调整好的预算去找老闵,花了一个多小时把调整修改的地方通通说明一遍,告诉老闵,这部剧合理的预算区间应该在 8 000 万左右。老闵皱着眉头拿过张仪的预算,看了一遍摇摇头。告诉他这样调整不行。他重新找出先前的预算,让张益把黄子骏提到的薪酬虚高的三个制片主任、录音指导以及房费这几个项目减到正常区间,但是又添加了总制片人费、总监制费和编辑费……最终的预算非但没有降低,还比之前高出了 200 万!改完后老闵这才满意地点点头,让张益拿着这份预算去和周丛山商量。顿时张益的脑子就炸了!这份预算拿出去能解决什么问题吗?黄子骏能接受吗?后续的资方能接受吗?他告诉老闵,这样一部电视剧现在平台的收购价也就一个亿出头,制作成本和售价持平,这样的项目谁还会投?可老闵一句也听不进去，反复强调黄子骏当初是认可这个预算并且跟东灿公司白纸黑字签了协议的。他既然接受了预算，就该拿出这些钱！看看实在谈不下去，张益只能找了个理由，婉拒了老闫的要求。电话打到最后他还劝田原，赶快从剧组里抽身退出，跟一帮这种思路做事的人是玩儿不下去的！

其实田原又何尝不知道这里面的风险。可是想要抽身退出，自己哪里还有退路？制作公司副总、编剧的老公、联合导演、临时党支部书记，任何一个身份都注定他没办法从这个烂摊子里全身而退。

"既然已经坐上了牌桌，那就把这局牌打到底吧。"田原这么想着。

到了傍晚时分，园区又下发了通知，大雾与近期岛上出现的呼吸道疾病是否存在关联尚未明确，专家仍在研判。但为了保险起见，建议所有人在大雾红色预警期间，尽量待在房间不要外出。园区将派出专人，督促新措施的落实。

这一下子剧组微信群里又开始热闹起来，开始讨论怎么囤积物资。小宏不知在什么地方找了一家可以团购"自嗨锅"的网店，正在群里接龙，田原也顺势买了两箱。这次大家都学聪明不少，有好吃的就买点，没人知道交通还要多久才能恢复，他们还会在这深宅大院般的小岛上待多久。

晚上 7 点刚过，公寓楼梯口又堆满了大家刚刚用过的晚餐，天上突然下起淅沥的小雨，短暂驱散了空中的雾气。一辆大巴乘着夜色缓缓开进园区，停在雾岛公寓楼下。剧组需要转移的 43 人早已收拾好行李，默默地沿着楼下的回廊排着长队。雨不大，但是细小的雨滴沾上他们的脸庞以及裸露在外的皮肤,还是让排队的人感受到瑟瑟的寒意。他们将被送往岛上另一处定点酒店,等雾岛公寓三楼的通风装置修好再回来。还不知道这期间会不会又有人感染疾病。每个人都神色冷峻,悲观的气氛凝固了空气。

透过窗户,田原看到排在队伍里的乔波,他正揉搓着双手努力提高自己的体温以对抗寒意。他拿出手机给乔波发送了一个红包,写了一句"早日归来!"乔波打开手机,露出了笑意,抬起头冲着站在窗口的田原挥了挥手。大巴开走了,载着一车人消失在夜色里。这一晚田原的心情是沉重的。当然不只是他,剧组每个人的心情都是沉重的,无休止的等待再加上无法结算的劳务费,让他们遭受着心理上的双重煎熬,任何一方面都显得如此遥遥无期。

夜色渐浓,雾岛公寓的数百间房间也只剩下寥寥几盏灯光,其中就有一盏是田原房间的。刚才罗茜给他打来电话,她按着田原的意思给黄子骏发了那条短信。

果然,直到现在,山东人还没再回复任何消息。

2. 丛山

丛山蜷缩在咖啡厅一角,面前的半杯拿铁早已经没了热气,他怔怔地盯着杯子出神,里面浑浊的液体如同一片泥沼,他感觉自己正在越陷越深、越陷越深……偌大的咖啡厅里只亮着他桌前那一盏昏黄的氛围灯,再没有别的人影。前两天,滞留在酒店的演员们还会在大堂坐坐、喝喝咖啡聊聊天,或是在健身房运动一会儿。这两天随着关于大雾的谣言越来越多,出门的人变得越来越少。好几个演员向丛山反映,这两天套餐的质量也是越来越差,他问了酒店经理,经理给他的反馈,说是停航期间物资供应跟不上,导致新鲜食材较少,影响了菜品的质量。不过他也私下听到不少议论,说是因为剧组没有支付房费,酒店将他们的伙食标准降格了。反正不管什么原因,总之丛山的心情也像套餐质量一样每况愈下。

不知什么原因,前不久还和丛山聊得热火朝天的"重庆大哥",这两天联系不上了。丛山已经把与项目有关的所有资料全部发了过去,对方也确认查收,并提出在三天时间里给予明确答复。可是眼下已经是连续第三个三天了,对方还是没有任何表示。丛山也试探着问过萧莫,重庆大哥是否已经有了决定?"可能是孙哥比较忙吧,他案子多,一天要看三四个。"丛山听着倒也不像托词,但又不方便细究,总隐隐觉得"重庆大哥"转变的背后一定有什么原因,或是有什么人在搞鬼?

今天萧莫又出其不意地向丛山提了一个请求,她已经托人联系了朋友,可以帮她办妥离开雾岛的手续。今天晚些时候,她就可以跟着出航补给的货运轮渡离开雾岛。她希望丛山能协助她跟酒店沟通一下,请他们放行。

听到这个消息,丛山的心里"咯噔"一下。跟酒店沟通对丛山来说不是难事,萧莫毕竟是名声在外的大演员,她要走想必酒店也不敢拦。但是萧莫一走,"重庆大哥"的投资怎么办?甚至不排除萧莫的离开,就是为了回避丛山追问投资的事情。但是丛山是个爱面子的人,他不会死缠烂打地要求萧莫留下帮他解决问题。依他的个性,既然她已经提出了要求,丛山就会尽力而为。

果不其然,只打了一通电话,酒店经理不但同意放行,还答应安排车辆亲自护送萧莫到码头。丛山只向萧莫提了一个请求,不要大张旗鼓地从正门离开,他担心一旦被剧组其他人看见,又不知道横生出什么枝节。章永兴早在半个多月前就因为轧戏离开了剧组,今天女主角再走,戏到底能不能拍下去,对剧组每个人的信心都是考验。所以萧莫走得越是低调,越有利于他的工作。

萧莫也很配合地答应了丛山的请求。晚饭前,酒店的工作人员就分别提着萧莫和她助理扬扬的行李,早早去了地下车库。萧莫则依然在群里和同组的演员们谈笑风生,还适时地发了一条在房间跳舞的抖音,引得大家一顿点赞。

8点刚过,丛山就陪着萧莫像平时散步一样,空着手有说有笑地下楼。两人一直走到通向地下车库的电梯口也没有遇见一个人影。等电梯这会儿工夫,丛山终于还是忍不住了:"萧莫,孙总那边一直没有回我消息,你是不是帮忙再问问?"

萧莫诧异地看着丛山,问:"导演,黄总没跟您说吗?"

丛山一头雾水,摇摇头。

萧莫把黄子骏跟他说的话原原本本地告诉了丛山,说黄子骏告诉她已经找到了资金,就是顺利到位还要一点时间。这次他不会再仓促开机,一定会做好万全的准备,等等,末了还说:"黄总说他不缺钱,让我用不着担心,雾岛的特殊情况告一段落就和我商量复拍档期,让我先不用麻烦孙哥了。"

"哦——这样啊,没问题!这两天一忙我还没来得及跟子骏通话,等下我问问他!"丛山故作从容地笑着。

他把萧莫送上车,车子静静地开出车库,在空无一人的大道上消失在雾色中。丛山站在车库里,久久挪不动步子。头顶的感应灯感应不到任何动静,同时熄灭了,丛山的身影坠入深深的黑暗,与周遭昏暗的环境融为一体。在萧莫面前,他不得不表现出跟黄子骏还是一家人的样子,之所以到今天为止剧组还风平浪静,很大程度得益于他们上层的矛盾并未在剧组公开化，除了几个核心主创，大多数工作人员还认为投资人和制片人一条心在想方设法解决问题。

黄子骏的手段是他没有想到的，更没想到的是他居然在这么短的时间里就掌握了丛山和剧组的动向。丛山努力回忆着这件事的细节，萧莫提起她"重庆大哥"的时候是在那晚的饭桌上，那天只有萧莫、扬扬、赵小娥和他四个人，随后他把事情告诉了小金手，小金手又跟老闵通了电话。黄子骏是主动打电话给萧莫的，证明并非萧莫或者扬扬把事情泄露出去。而他这边，赵小娥向来不喜欢管剧组这些闲事，小金手跟黄子骏暗地里较劲更不是一天两天了，老闵口风从来就紧，对自己有利的信息总在关键时候才会释放。他实在想不出还有谁会把这个消息透露给黄子骏。在敏感时期泄露关键信息的人，无异于是间谍内鬼，要是放在战争年代，就该枪毙！

"嗤……就剧组这点破事，还玩起谍战了……"丛山的鼻子轻蔑地哼了哼气，突然想到他们《守护》剧本中就有这么一段类似情节，他一直对这个桥段不甚满意，今天亲身经历一下，倒有了改剧本的思路。

不过他的创作欲望转瞬即逝，因为还有太多更棘手的事需要处理。现在一个颇有希望的投资方被搅黄了，他不得不再次面对剧组一大堆柴米油盐的现实问题。前天华贸君临酒店的段总经理来访，毕恭毕敬地递上一份账单，从开机到现在，剧组在华贸君临酒店的房费、餐费加起来已经超过了120万，如果剧组再不能支付这笔费用，恐怕就要考虑发律师函了。丛山导演是花了九牛二虎之力才劝说段总多给他们一点时间。现在是非常时期，停航期间滞留的人员没处可去。剧组不少演员都是社会上有头有脸的人物，难道就这么赶上大街？万一闹出点群体事件来，大家脸上都不好看。段总其实也理解这里面的利害关系，但是他也必须履行自己告知的义务。他这么一说反而提醒了周丛山，他翻开手机给段总发去了黄子骏的电话号码，当初跟华贸君临的住宿合同是欣欣公司签的，要付款的话该问黄老板才对啊！段总听听也有道理，拿着电话号码去联系黄子骏了。丛山这么做除了推卸责任外还有一个重要的目的，就是想听听黄子骏到底会怎么回复华贸君临的质询。因为黄子骏已经有好几天不接丛山的电话了。

没想到段总一打电话，黄子骏就接了，不但接了，态度还十分客气。听说他是华贸君临的总经理，还主动提起了拖欠房费的事情，说只要雾岛客轮一复航，他就过来支付掉拖欠的所有费用。末了，承诺三天内先支付 10 万元算是表达一下自己的诚意，还请华贸君临酒店照顾好滞留的演员。

黄子骏的态度倒是让丛山又倍感意外，联想起今天萧莫跟他说的话，让他不得不怀疑黄子骏是否真的找到了资金？如果到时候他真的带着资金回来，又会是怎样的局面？小金手他是绝对不会放过的，可也不见得拿得出什么真凭实据，末了不过是让他滚蛋而已。那自己又会如何呢？黄子骏和他从来没有当面撕破过脸，到底是不是把自己和小金手看成一伙，抑或还当自己是朋友？如果他到北京不仅仅是找到投资，还找了别的制作团队呢？结果又会如何？

心烦意乱的时候，丛山通常会选择小酌几杯，一旦进入微醺的状态，什么烦恼都会变得无足轻重。最后一瓶茅台在上次和萧莫吃饭的时候喝光了，翻了半天，他才从客厅墙角找出两瓶五湖液——虽然不是五粮液,也凑合吧。丛山先给自己玻璃杯里满上了一杯,一仰脖子就送下去一半,顿时浓郁的香气沁满口腔,他闭上眼睛回味着,酒体带给喉咙的一阵燥热和刺激的快感,让他情不自禁地咂吧了一下嘴巴。房间的电视机里,播放着有关跨海桥抢修的新闻,一方面强调海面施工难度大,另一方面又在辟谣所谓的"丙烯酸泄漏"事件,但反过来又告诫大家,最近检测到大雾的相对湿度低于 80%,应该称之为"雾霾"。"雾霾"仍然会对人的身体健康造成危害,建议岛上的居民尽量避免外出,各个社区也要加强管制,把群众的生命安全放在首位。

新闻最后称,大桥的抢修工作确定不能如期完成,至少还需要 15—20 天。对岛上其他人这无疑是一则天大的坏消息,但对丛山来说,这反倒是个"好消息"。利用这段雾岛按下暂停键的宝贵时光,如果能顺利解决资金问题,那项目依然有起死回生的希望。延误的抢修进度又为剧组续命了大半个月。

还有这些天里,剧组的气氛反而和谐不少。雾岛公寓所在的园区已经发布规定,要加强监督管理,建议居民在大雾红色预警期间不要外出,以免发生意外。组里小宏和几个积极分子每天在组织团购,到处寻找食物,不是自嗨锅、方便面,就是牛奶、面包。大家的注意力被吸引到解决生活物资问题上。刚才卢冈又打来电话,被转移出去的剧组人员当中,暂时没有新的病号出现。但是听说他们一到新驻地就挨个抽血,都在传是做丙烯酸中毒方面的检测。化学品泄漏或许真的不是一则谣言……末了他和卢冈都在感叹,辛辛苦苦忙一场,钱没挣到,反而一天天担心身体健康,都是 60 岁开外的人了,值得吗?现在骑虎难下,背负着剧组近 300 人,这个责任不小啊——

放下手机,也不知是受这通电话还是酒精的影响,丛山竟有些动容。通话的时候,他几次想提出回雾岛公寓,跟兄弟姐妹在一起,但话到嘴边又憋了回去。说实话这时候要他回去,他还真没有勇气。现在形势错综复杂,之所以矛盾还没有聚集爆发,是因为现在剧组的人还处在茫然的状态。投资人不在、总导演不在,三个制片主任不停踢皮球,组员们不知道他们的怒火该向谁倾吐。但是自己一旦回去,毫无疑问就是剧组的最高领导,大家会不会把矛头指向他?他能不能承受这样的压力?丛山没有把握,他还没有做好思想准备。

从前拍戏,他丛山可不是这样的啊,一向把剧组员工当兄弟的他,自认为从来没有亏待过谁。这点在圈子里是有口碑的,跟着他周丛山干活,就没有结不到酬金的人!但这次,这次为什么会这样呢?从开机的第一天他就在苦苦支持,为了坚持拍摄,他花光所有的积蓄不说,还举债100多万,可就是这样,剧组近300人中的大多数,还是一分钱酬金没有拿到。他怨恨黄子骏,这个背信弃义的小人,居然可以置所有人于不顾,但是怨恨有什么用?再说轻信黄子骏的,不就是他自己吗?要恨也只能恨自己了。

他坐到书桌前,拿起桌上的纸笔奋笔疾书。没一会儿工夫,一首小诗已经写就,丛山拿起纸默诵了一遍,自我感觉很是良好,激动之余又拿起杯子喝下一杯五湖液。又一杯酒下肚,创作的思绪奔涌而出,他突发奇想,把小诗发到演员群里,让演员们各挑一句话朗诵,然后用手机录成一段一段视频汇总过来。又让演员统筹涛哥找了组里一个懂手机剪辑的小伙子,把演员们的朗诵剪辑在一起,不到两小时,一篇集体配乐诗朗诵的小视频已经成型。

《期待》

我无数次地期待

期待长江口那一片醉人的早霞

我无数次地期待

期待东海上那一缕晨光

我无数次地期待

期待人流中那一张熟悉的脸庞

我无数次地期待

期待水岸边那真情的拥抱

如今

繁华喧闹走向默然的宁静

曾经的期待

变成了眺望远方的目光

无论是车水马龙的路口

还是咖啡厅的邂逅

而今都化作那挥手的问候

我相信

迷雾击不垮英雄的雾岛人民

我相信

寂寞和坚守抹不平雾岛的意志

我相信

长江终会迎来黎明

我相信

明天的雾岛依然会傲然屹立

我们来自天南地北

我们手挽手 肩并肩

期 待

云开雾散的明天

伴随着感人的音乐和情绪化的慢镜头渐渐淡去,画面上出现"《守护》剧组为雾岛加油"的字样,丛山自己感动得流下了眼泪。是的,这首诗不仅仅写给这座小岛,不仅仅写给在迷雾中的人们,也是写给他自己,黎明终将到来,他还是会再一次傲然屹立!

3. 黄子骏

黄子骏是在回潍坊的高铁上看到《期待》的。视频放在网上已经有一段时间了,是剧组有人发送给他才看到的。之前他在北京一直忙着贷款的事,这些天有了点眉目,他这才带着房票本直奔老家,找他的那几位"户主"签字,完成贷款最后的环节。

《期待》的最后一句,由丛山出镜朗诵,也不知是看着他消瘦的脸庞,还是被诗歌和乐曲打动,黄子骏的眼眶不禁有些湿润。视频里这个满腹才华、朗诵着自己诗歌的人,才是他认识的丛山导演啊——曾经他是有多信任丛山,现在却连他的电话也不愿接听,他不想再听到他开口闭口就是钱、为了投资款什么时候能到位跟自己争得面红耳赤。他在剧组的时间,从导演到美术,这帮所谓的"艺术家"没有一个跟他谈论过艺术,没有一个跟他说过哪场戏拍得好,哪个演员表演出色。见到他永远的话题只有一个——钱。

难道就因为自己是投资人吗?难道投资人就不用了解片子拍的好不好了吗?黄子骏非常不服气。在剧组时,他提出过让徐瑾到剪辑师那里看一遍初剪素材,却连剪辑房的门都没让进。剪辑助理是一个粗暴的东北小伙,光着膀子拦在门口,说话很是直接:"不把劳务费结了,就甭想看片儿!"后来丛山导演给他发了一个半分钟的素材混剪,时间太短,他也没看出个所以然来。

剧组微信群里,消息又开始叮咚叮咚响起来。

黄子骏不用看都知道,群里又开始讨伐他了。

黄总,出来说句话吧,什么时候结账?

只要出现一句类似的话,群里就会有数十个人粘贴复制跟帖。这已经是每天都会来上一波两波的惯例了。起先看到这些话,黄子骏还会血压升高、气得发抖,看得多了,也就渐渐习以为常了。他也想过退群,眼不见为净,省得成天受这窝囊气。但是后来转念一想,留在群里能及时看到剧组的动态,看看到底是哪些人在上蹿下跳。同时,也免得被一些别有用心的人暗中算计,在群里造谣生事,最后自己被卖了都不知道。

而且前不久就险些出事。

那天群里不知是谁说了一句:"找不到黄子骏,他们公司的人不是在吗?那个罗一诺呢?"后面立即有人跟帖,把矛头指向了一直待在剧组里的罗一诺。

他人在哪儿?
房间号报出来,我们冲过去找他!

> 不在以前房间,是不是走了?

看到这些消息,黄子骏暗自庆幸,临走前就安排罗一诺入住了附近其他酒店。

可就在这时,小金手却跳出来发了一条信息:

> 我知道他没走,我见到过有人给送东西。

立刻,小金手的留言后面又是一排回复。

> 送东西的人是谁?住哪里?
> 把他嘴撬开,一定要找到罗一诺!
> 房间号?
> 他叫什么?微信名呢?
> ……

看着一条条留言,黄子骏气得牙根发痒,恨不得现在就冲到雾岛,把小金手吊起来一顿胖揍。居然在关键时候出卖资方代表的关键信息,想利用群情激愤的剧组工作人员"借刀杀人"吗!还嫌剧组不够乱吗!以前他只是觉得小金手"坏",没想到阴险至极,居然把剧组的下层工作人员当枪使!他后悔自己当初为什么会看走眼,选择了这种畜生做伙伴!?

当初他认识的小金手可不是这个样子。

一年多前,在跟丛山导演初步确立了合作关系后,丛山带他见的第一个人就是金坤。在丛山嘴里,这是一个有着丰富制片经验的行业大腕儿,又是从国家体制里干出来的,对剧组的把控四平八稳,有他在,就是项目稳定的保障!

他们的第一次会面,约在了北京亮马河附近的酒吧。酒吧老板一听是金坤的朋友,立刻热情地把他们引进了店内最私密的一处包厢。包厢墙上挂满了酒吧老板跟各路明星大咖的合影,其中居然还有金坤的身影。丛山告诉他,这个老板以前也是干影视制片的,是金坤徒弟的徒弟,所以对这位"师祖"特别尊重。

两人等了不到一刻钟,金坤来了,戴的还是他那顶墨绿色的棒球帽。一进屋就跟黄子骏热情握手,握得他骨头生疼。

三人一落座,金坤就开门见山,说:"黄总,大致情况导演都跟我说了,丛山导演是我大哥,他的事儿就是我的事儿,这次有您鼎力相助,我替哥哥先谢谢您。"

他对着黄子骏作了个揖。

"我做这件事儿有两个原则,跟哥哥们汇报一下。第一,这个项目导演花了这么多年的精力去运作,我一定要帮他把项目做成,不但成还要做好、做成爆款!第二,做这个项目要投入大量的资金,我不但要为黄总您省钱,更要为您挣钱!这两点是我做人做事儿的原则,请您二位放心。"

黄子骏深受感动,重重点了点头表示认同:"有你这句话,我心里踏实多了。"

"我们再谈些具体的,"金坤继续说,"现在摆在我们面前的有三大难题,第一,播出平台;第二,主要演员;第三,项目操作权。"

黄子骏听丛山导演介绍过,播出平台是项目成败的关键,电视剧拍摄完成后要有平台愿意采购和播出,制作方才能赚到钱。如果能在拍摄前就拿到平台的预购合同,就好比工厂拿到了订单,那投入生产的资金就只是短时间过渡而已,投资的安全性大大增加。但是有能力购买《守护》这样大剧的平台,一只手都数得过来,每年上千部电视剧,每家制片方的眼睛都直勾勾地盯着那几家平台,真可以说是千军万马过独木桥了。

第二个难题是主演,这是个让人头疼脑胀的问题。小金手告诉他,挑选一名主演要做到五个"合适"。一是导演觉得合适,演员能够胜任影片中的角色,这是一切的关键;二是演员自己觉得合适,这样他才能建立信心塑造好角色;三是播出平台觉得合适,平台往往会根据演员之前主演作品的数据,来建议制作方的选择,同时他们对主演的认可度也直接影响到最终的收购价格;四是演员的档期合适,经纪公司往往很早就会给旗下的演员排好工作日程,如果只是提前两三个月,根本挑不到有档期的好演员;五是片酬合适,再大投资的戏,能省的钱还是得省,演员价格超出了预算,会极大地影响成本。

第三个难题是项目操作权,这个问题黄子骏之前从来没想过,却是丛山和金坤认为最棘手的问题。因为剧本的拍摄权编剧已经签给了东灿公司,法律上来说只有东灿公司有权利拍摄这部影片。这样一来,所有的拍摄投资款都要进入东灿的账户。虽然不懂什么是操作权,但黄子骏很清楚,项目的资金是不能脱离自己掌控的,更何况是1.2个亿啊!打入一个完全陌生的公司,万一出现问题该怎么办?这的确是无法接受的。

被小金手这么一顿说,黄子骏有些打退堂鼓了。他万万没想到,搞一部剧里面居然有这么多复杂的情况!那次和丛山导演的彻夜长谈过后,他满以为自己半只脚已经踏进了影视圈,有机会登堂入室了，这次听金坤一说，又好像自己其实连影视圈的门都没摸着。

丛山显然看出了黄子骏的犹豫不定，呵呵一笑，安慰了两句，让他听金坤继续说下去。

金坤告诉他，第一、第二个难题，现在已经不是难题了。播出平台早在丛山导演第一次见黄子骏前，他们已经沟通好了。就在前两天，平台的预购合同已经发到了金坤手里，就差双方盖章确认。金坤当场调出手机中的PDF文件，煞有介事地递给黄子骏看。十多页的合同黄子骏从头到尾看了两遍，既没有看出什么门道，也没有看出什么破绽。他想让金坤发给他回去慢慢研究，金坤却收回手机，神秘兮兮地告诉他现在合同暂时还不能外泄。因为这件事还有中间人在运作，所以要先支付一定的居间费后，平台的章才能敲得下来。

关于第二个主演的难题，金坤更是信心满满地对他说，已经完全搞定了！男女主演分别是章永兴和萧莫。不太看电视剧的黄子骏听了这两个名字没啥感觉，但是他把两个名字微信发给了女儿。没想到才隔了十秒钟女儿就兴奋地打来电话，说如果是这两个人做主演，要爸爸马上投资！女儿一天到晚泡在家里看电视剧，她的审美黄子骏是信得过的。紧接着金坤就拿出了两份演员合同，告诉他这两份合同他可以带回去尽管研究，导演的意向、演员本人的意向、平台的意向、经纪公司的档期和片酬已经统统谈好了，只等落笔付定金，主演的事就算尘埃落定！而且小金手告诉他，跟平台以及两位主演签约的首付款他已经核算过了，总共300万元，而且这笔钱不用黄子骏一人来出，丛山导演手头有笔资金，算是东灿公司的投资，他们两人各150万，就可以撬动整个项目！

金坤的一番话，属实把黄子骏说得激动不已。他没想到金坤不但把问题坦诚相告，还早就为他们想好了解决的办法！

"丛山导演，您的朋友真是太靠谱了！有这样的朋友，不愁事情做不起来！"他伸出两只手，一只手握一个人，三个人的手紧紧握在一起。

三大难题中只剩最后一个难题，就是操作权，东灿公司总经理老闵恐怕会是最大的障碍。据丛山导演说，老闵年轻时在本地电影圈算是个人物。二十来岁就当上了制片主任，合作的导演还名气很大！少年得志、意气风发，一度进入当年政府青年骨干重点培养的大名单。可就是因为太过亮眼，才惹上了麻烦，一夜之间从制片主任又成了灯光车间一个搬运器材的普通工人。但是老闵天生就不是池中之物，改革开放后，凭着一身本领又杀出一条血路。十多年间拍了好几部脍炙人口的影视作品。到了 1998 年，集团公司再次把他提拔上来，做了子公司东灿公司的总经理，还给了他 10％的股份。他也没有让领导们失望，执掌东灿公司 20 年，前前后后也拍了六七部电视剧。但是从 2010 年开始，东灿公司就再也没有新作问世。6 年前老闵查出癌症，才开始逐步逐步把公司事务移交给田原和丛山管理。从内心深处，老闵对东灿公司的感情不是一般人能比的，从降职到公司股东兼总经理，这里面的酸甜苦辣只有亲身经历的他才能体会。总之，这些年里老闵为了东灿公司是兢兢业业、不辞辛劳，有时候宁可自己吃点亏，也不愿意公司利益受到一点点损伤。《守护》又是老闵亲自发掘的项目，要想从他手里拿走项目，无异于"与虎谋皮"，希望渺茫。

三个人商量了很长时间，最后一致认为，问题的突破口在田原身上。编剧罗茜是他太太，只要他能够说动罗茜和孤叟向老闵施加压力,就有可能把项目从东灿公司转移出来。果然,田原和罗茜都不愿意放过这个千载难逢的能把项目推上去的机会,开始向老闵施压。老闵最终顶不住内外压力签了"城下之盟",才让黄子骏的欣歆公司全权掌控了项目。

曾经,他、丛山和金坤是那么亲密无间的伙伴。"铁三角"只要像当初说好的那样继续走下去,迎接他们的一定是胜利。可这脆弱的同盟关系,在项目刚刚开拍的时候就分崩离析了。黄子骏吃惊地发现,他们的一切所作所为,都是要把他排斥在"利益集团"之外!不,应该说他根本就是利益集团的目标——一只懵懵懂懂的待宰羔羊。他们的想法根本不是一致对外,去问市场或后续的投资者要钱,而是把屠宰的目标对准了自己,从他的身上把血肉一块块割下,喂饱他们自己!

他已经好几百万的资金投入下去了,这些可都是他白手起家辛苦赚来的钱啊!是在房地产业的寒冬中,自己仅有的可以运动的现金流啊!他本来指望靠着这些钱启动项目,就像丛山导演承诺的那样,只要能撬动项目,那后续的资金自然会源源不断地跟上!可直到今天,他口中"源源不断"的资金压根没看见!那些事前承诺的平台的投资、文化传媒集团的投资、金融机构的投资一样也没有兑现。黄子骏这才意识到那些不过是把他诓进这场赌局的空头支票罢了,他们真正的目标就是自己!现在已经没有人能够帮他了,300人的剧组就像一只巨兽正向自己张开血盆大口,随时会把他吃干殆尽,连渣子也不剩。

黄子骏你出来,不要做缩头乌龟!
他妈死了,没时间跟咱们说话

　　　　　　　就当送个花圈吧

　　　　　　　　……

　　群里面依然不停地刷新着辱骂黄子骏的污言秽语。他面无表情地看着一条条的微信消息，又看看放着一叠房票本的公文包，有了新的想法。

4. 小金手

　　今天的剧组微信群特别热闹，在小金手提了一句"罗一诺"之后，大家的负面情绪被彻底煽动起来。小金手一边抿着杯中小酒，一边欣赏着群里对黄子骏的追骂。他和丛山已经有大半个月没有联系上黄子骏了。无论是打电话、发短信还是微信留言，或是在群里的各种追问，黄子骏始终没有任何回应。这种不闻不问的态度已经让剧组的人失去了耐心，找不到大老板，他们就把矛头指向制片组。酬金是制片组跟他们谈的，那制片组就必须对他们负责任！这让小金手也感到巨大的压力。今天他适时地将矛盾引向了罗一诺，大家终于又有了新的宣泄对象。

　　微信群里的消息一直在跳动，小金手放下手机，又为自己斟上了一杯。恰在这时，楼上传来景海婷的声音："阿坤你看微信！"

　　小金手刚刚一杯白酒下肚，还眯着眼睛在回味酒香，回答说："一早上都看着呢。"

　　"不是，你快看呀！"景海婷的声音有些焦急。

　　小金手慢吞吞地拿起手机，一双不大的眼睛顿时瞪得滚圆，剧组群里霍然显示着一条黄子骏的信息！

黄子骏：

@金坤 你这种制片违背做人的良知和行业标准，把我真金白银投的钱黑到你的腰包里，把剧组祸害到现在！今天这里我郑重告诉你！你不要再装模作样了，不要再歪曲事实欺骗大家了，我已委托工作组按照行业规范、标准来解决剧组的善后问题，而你及你的利益集团，不会有好下场的！等着吧！

要是以前金坤和黄子骏的关系还是明争暗斗的话，今天黄子骏在群里这段话，无疑是公然向金坤宣战了！近300双眼睛明明白白地看着这一切，金坤知道现在任何的迟疑都会为自己今后的处境招来难以预计的后果，如果不及时回话，就会被人贴上"默认事实"的标签，到那时再要挽回影响就晚了。他来不及多想，赶紧跟着回复了一条：

制片主任——金坤：

OK，我只需要你出面把兄弟们的事解决！您对我怎么样我都陪您解决，没有任何问题！您终于发话了！谢谢！

他感觉一条还不够，接着又跟了一条：

制片主任——金坤：

不要说粗口，为兄弟们我一个人扛，有什么事都跟我说！只要您结账！

消息果然立竿见影收到了效果，很快有人@金坤，点了三个大大的"赞"——点赞的人是他从北京带来的现场制片勇诚。

想想还是不放心,他又发了第三条消息:

制片主任—金坤:
　　@黄子骏 明天怎么着,你告诉大家!!!

这下群里有了更大的反应,不少人开始跟进消息,重复着小金手的这句话:

　　@黄子骏 明天怎么着,你告诉大家!!!
　　@黄子骏 明天怎么着,你告诉大家!!!
　　@黄子骏 明天怎么着,你告诉大家!!!
　　……

小金手这才松了口气,暗自庆幸自己反应及时。这么多年的剧组经验救了他一命。要知道像这种投资方公开在剧组面前批评制片主任的情况非常罕见,稍有不慎,所有人都会把自己拿不到劳务报酬跟他的所作所为画等号。尤其在《守护》这个人际关系复杂的剧组,更会有人利用这点来大做文章,比如卢冈,比如田原……所以他必须第一时间向大家表态,他和兄弟们是站在一起的,有什么事他小金手一肩扛下了,只要黄子骏能够结账!他把自己塑造成一个替人受过的殉难者,博取剧组大多数人的同情,继而再将矛盾引向黄子骏,用"明天怎么着"这样的话语,让大家将矛头再次指向黄子骏。

他的做法也果然收到了奇效,微信群里瞬间上百条的留言都在重复着同一句话——让黄子骏表态,什么时候发工资。此时的剧组,根本不会有人关心孰是孰非,更不会有人细究是出品方的过错,还是制片主任的责任。只要能拿到工资,怎么样都行。小金手实在太清楚剧组的需求了。在拿捏剧组心理这一块,黄子骏怎么可能是自己的对手?他可是"小金手"啊!

不过黄子骏的信息里,有一句话让小金手特别在意——"我已委托工作组按照行业规范、标准来解决剧组的善后问题",这里面提到的"工作组"是个全新的信息。黄子骏在北京到底见了谁?他委托的工作组是不是和他见的人有关?工作组又会有哪些手段来对付剧组?他打电话给丛山导演,丛山对这个所谓的"工作组"也一无所知。目前这一切都是未知数,他们只有等待黄子骏出招。

不过等待的时间比小金手预料的要短得多,第二天一早,罗一诺就在群里以"工作组工作人员"的身份,发布了第一则通告。

电视剧《守护》拍摄制作通告

致电视剧《守护》各合作单位及全体剧组成员:

根据雾岛地区4月23日通报,跨海桥抢修工作依然在紧锣密鼓地进行,停航客轮依然没有恢复营运,全岛大雾红色预警持续,剧组已无法继续开展拍摄制作。

鉴于上述现实情况及对剧组、合作单位负责任的态度,各投资方经认真研究决定:从雾岛封路、停航之日起(即3月24日00:00起),停止电视剧《守护》的拍摄制作工作。至所处地区全面通航后,投资方将不再承担食宿、交通等责任。为保护剧组成员利益,剧组自雾岛通路、复航之日,自动解散,由制片人周丛山导演领导工作组处理后续工作。

请大家根据工作组安排有序完成交接工作，保护好剧组财产。关于复工日期，我们将根据实际情况和相关措施另行研判。

再次感谢各合作单位和剧组成员的支持与配合。

特此通告。

电视剧《守护》工作组

2024 年 4 月 24 日

一个红色的"电视剧《守护》工作组"印章敲在署名和日期处。

这则通告就像扔进池塘的一块巨石，顿时激起千层浪，谩骂声如潮水般涌来。让小金手想不到的是，第一个回复的竟是平时很少发言的田原导演：

导演—田原：

黄子骏、罗一诺，欣歆公司在 2 月开拍之初资金链已经断裂，造成剧组 3 月 20 日停拍，工作人员合同未签、酬金未付！3 月 24 日停航时你们不宣布剧组解散，过了一个月才来宣布？在不知会合作方和制片组的情况下单方面宣布解散剧组你们觉得合适吗？

紧接着是丛山导演的质问：

导演—周丛山：

请问欣歆公司还有罗一诺，这个公告是谁让你发的，经过相关合作方和相关人员同意吗？目前维稳是最重要的，如因此激化矛盾,导致相关聚集事故,欣歆公司是要承担刑事责任的!

总制片—卢冈:

很突然接到此通知,心中肯定难以接受和愤愤不平,请问黄总跟各投资方经认真研究决定,请问这各投资方指谁?需说明。

A组摄影指导—孟凡:

在这一个月的滞留期间 我们也都看到剧组的所有人员都保持了相当的冷静和克制,刚才领导也说了,当前的大局务必维稳。当务之急是要解决拍摄以来所产生的劳务纠纷问题,妥善处理所有工作人员的后续安排! 不然真担心会出大乱子! 刚才那个通告大家也都看到了,就是说通航之日起不再承担所有人员的食宿以及任何事项?大家的酬金谁来管?回去的路费谁来管?

演员统筹—涛哥

新艺联理事张涛郑重声明,如果出现后果,我会上报新演艺工作者联合会,为所有演员维权!!!

见剧组所有重要人物都发言了,小金手也适时跟进:

制片主任—金坤:

不用跟他们再啰唆了! 很多部门没有签合同,解封后集体仲裁,以非法用工跟欣歆公司讨薪,法律规定非法用工,双倍赔偿!!

还没等大家在核心主创们的反攻中狂欢,黄子骏的反击又一次出现。毫无意外,再次在群里触动了众怒:

资方代表—罗一诺

自筹备电视剧《守护》以来,合作方上海东灿影业有限公司指定的剧组制片部门,管理极度混乱,上报预算严重违背行业标准。三名制片主任每人薪酬高达人民币 90 万元。外联制片、工作助理月薪高达人民币 3 万元,群众演员高达人民币 240 万元等!行业中一剧多达三名制片主任的情况闻所未闻!众多方面没有达到制片工作要求,包括演职人员工作合同,投资方始终没有完整收到并加以确认。由于本剧将暂缓摄制,投资方本着诚实守信、负责的态度,郑重向工作人员承诺:我们将聘请专业工作组,严谨务实、审计确权、确认各部门工作人员实际出工情况,给予劳动报酬发放。(离组前支付)未来复工摄制,将调整制片保障部门,确保顺利拍摄完成。特此告知!

投资方的告知收效甚微,并没有激起大家对制片组的愤怒,反而是声讨欣歆公司所谓工作组的声浪一浪高过一浪。到了现在这个时候,制片组管理混不混乱对大家来说根本不重要,重要的是什么时候才能拿到酬劳?从 3 月底临时党支部会议之后,投资方对于发放薪酬一事一次次在承诺,却一次次在爽约。剧组已经开始失去耐心,他们想听到的是确切的时间,想见到的是真金白银!对于空头支票,他们早就有了免疫力。

现在的情况倒让小金手安下心来,工作组的前两则通告就激起了剧组的民愤,可见对方并不熟悉剧组环境。这样下去,他们总有一天会搬起石头砸自己的脚。不过从今天的情况来看,自己和黄子骏之间的矛盾是完全公开化了,小金手意识到,接下去的一段时间对他而言生死攸关,他和黄子骏之间的对峙,将是一场你死我活的斗争。两个人中,必定有一个要出局,他硬着头皮也要死扛到底。

没过小半天,群里又迎来了一篇来自剧组的"严正声明",这回由丛山、田原和卢冈分别发送一遍,算是对黄子骏所谓工作组的正式回应。文章是以制片人兼总导演周丛山的名义发出的,洋洋洒洒写了两千多字,通篇历数了开机以来黄子骏和欣歆公司拖欠剧组工资、雾岛停摆期间悍然不顾剧组人员安全、拒绝支付食宿费用的问题,最后提出将在通航通路后赴山东进行维权。小金手仔仔细细把声明看了一遍,文章里并没有提及黄子骏对他的指责。这让小金手也松了口气,看来大家把问题的核心还是放在了要让黄子骏履行责任的点上,并没有把小金手的问题提到台面上来的意思。

今天早上他和丛山导演又通了电话,表面上是汇报雾岛公寓的情况,实际上,小金手是想试探丛山对自己的态度,看他有没有受黄子骏的言论影响。不过丛山更在意的还是组里的状况。这一整天微信群里的争吵对大家的情绪有没有什么影响?会不会有个别人跳出来闹事?小金手告诉他,目前来看还没有人付诸行动。恐怕真要行动,大家还是会掂量掂量后果吧。在盘点剧组中哪些人会成为可能的"刺头"时,他们不约而同地想到了一个人,这人却很意外地在这几天讨伐黄子骏的声浪中缺席了!

他就是B组的摄影指导,晃正。

5. 晃正

晃正并没有缺席,几乎整天时间他都在默默关注着群组里的动向。

这场骂战整整持续了两天,直到第二天深夜微信群里才逐渐安静下来。

一反常态地,平时很喜欢发言的晃正这次却一句话也没说,反而在自己B组摄影群里,反复叮嘱手下的兄弟要保持克制,一言不发。

晃正这么做主要有两点原因:第一,他不喜欢小金手这个人,看见他起劲地在群里上蹿下跳,晃正理所当然是不愿跟风的,不愿跟小金手跳进一条战壕;第二,也是更主要的原因——他又接到了黄子骏的电话。

在电话里,对方的语气依然还是那么诚恳。他首先请求晃正不要在这个关键时候发言,他这么做就是要看看有多少人会跳出来,让小金手的"利益集团"无所遁形!现在这个方法已经收到了"奇效",他基本上能够分清敌我阵营了。其次他告诉晃正,他们摄影B组的酬金没有问题,他已经打听过了,都在合理的预算范围内,等到雾岛一通航,他第一个要解决的就是晃正他们的收入。"不能让老实人寒心啊!"这是黄子骏亲口对他说的。

本来在感情上就倾向于黄子骏的晃正,当场就一口答应下来,向黄子骏保证,自己不会在群里跟风闹事,会全力配合黄总扫清剧组的毒瘤,正本清源！朗朗乾坤,他就不相信像小金手那样的人能逃脱法律的制裁！

这些天百无聊赖,晁正除了关注大雾的情况和群里的消息外,就是坐在床上看电影,看累了又起来运动运动,把 10 来平方米的复式房间上上下下打扫一遍。晚上到了固定时间,他会和老婆孩子通个视频,互报一下平安。老婆告诉他,关于雾岛的情况,城里也是传得沸沸扬扬,没个定论。不过宁可信其有、不可信其无,她提醒晁正尽量少出门,无聊的时候就找点事情做做。晁正抱怨这段时间他天天吃剧组盒饭,但是盒饭的质量又每况愈下,他好几个手下已经跟他反映,根本就填不饱肚子。"那你们就自己做做饭呗！"妻子的一句话,倒提醒了晁正,反正闲来无事,自己做饭也不失为一个消磨时间的办法。街道发放的物资里,最多的就是土豆、白菜这些易于存放的食材,只是之前他没想到做饭,这些菜都堆在了屋子角落里。他在楼下超市买了铁锅和电磁炉,又团购了五花肉、大葱、干辣椒、花生油、精盐、白糖、酱油和山西陈醋。他开始看着网上的烹饪教程,学着自己做起红烧肉来。公寓房间没有安装脱排油烟机,第一次烧菜搞得满屋子油烟,他自己也被呛得不行。好歹把红烧肉做出来,一尝味道发现居然还不错！这大大增强了晁正的信心,很快他又买了 30 个鸡蛋、5 斤番茄、5 斤面条,自己做起了他最喜欢吃的西红柿鸡蛋面。

晁正除了自己买菜,也时不时地在网上给其他房间的兄弟团购一些方便食品。虽然没有太多选择,但至少能让他们换换口味、填饱肚子。晁正知道,他下面这班兄弟日子过得比自己辛苦,他的房间好歹算是公寓里比较好的,窗户就朝着园区西面的主干道,每天还能看看窗外。不少组员的房间被安排在公寓内部，唯一的窗户是朝着走廊的，一天 24 小时见不到天光。要是正常拍戏，那儿还能凑合着住住，无非就是晚上回来洗澡睡觉而已。但是这次就完全是两回事了，长时间待在屋里百无聊赖，人在压抑的环境下，是难免会变得情绪化的。晁正能够感受到，他们中不少人情绪已经达到了临界点。毫不夸张地说，只要一点点小小的摩擦，他们就会像火柴一样被点着。

其实在不久前，摄影组已经出过状况了。那天晁正还躺在床上看电影，田原打来电话，说他刚从制片组那儿拿到一份"12345"市民热线的投诉函。说《守护》剧组提供的盒饭量不够，已经有人饿得动不了了。投诉函上的名字是匿名的，但是从描述的事情上来看可能是晁正摄影组的人。田原让晁正问问到底是谁？晁正只打了两个电话就确认了对象——是他摄影组 3 号机掌机的焦点员东子。晁正电话打过去，告诉东子没必要这么做，做了也无济于事。看在老大的面子上东子答应不再投诉，但是他也告诉晁正，兄弟们正在饿肚子也是真的。每天的盒饭根本不够吃，现在都饿得躺在床上动弹不得。他还告诉晁正，自己房贷、车贷欠了一屁股债，要是再不发酬金，就是通航了自己也快被法院起诉了。晁正也知道，组里有他这种困难的人远远不止他一个。就是帮了他也帮不了其他人，眼下能做的就是给大家网购点食物，隔三岔五请他们一起来聚聚餐，换换口味。

自从开始学着做菜以后，晁正倒觉得日子没那么难挨了。每天看看菜谱，变着花样弄些吃的，到了饭点叫兄弟们下来聚聚餐，有说有笑。有时候，田原也会参加他们的聚餐，只不过田原一出现,聚餐的话题就变成了什么时候发放薪资,滞留雾岛期间的损失应该如何补偿?来了几次以后,田原也就不再来了。晁正知道,兄弟们的这些问题不是田原能够回答的,甚至不是组里任何一个人能够回答的。晁正能相信的只有黄子骏的电话里的承诺,等到交通恢复的那一天,他会来帮他们解决酬劳问题。

一晃眼也过了十来天,这些日子里唯一的好消息是被送到定点酒店医学观察的43个人回来了。乔波当然也在其列,回来后他第一时间就跑到晁正房间跟大伙聚餐。据他说,43人中只有一两个人出现了呼吸道症状,在接受治疗后很快痊愈了。医生基本排除了雾霾含有丙烯酸的可能,呼吸道感染也只是雾霾中的普通污染物造成的。什么丙烯酸中毒、吸入致死之类的都是谣言。既然已经排除了化学污染的可能,那是不是意味着大家可以走出大楼、下去活动活动了?晁正索性在群里发了条消息@卢冈:

B组摄影指导—晁正:
@卢冈 卢老师,听说雾霾有毒的事情已经辟谣了,大家能出门了吗?

半晌群里没有回答,晁正又发了同样的一条消息。却突然跳出了小金手的回复:

制片主任—金坤:
等园区通知,不要擅自闲逛!

看到是小金手在回复,晁正有些不高兴了。这个被撤职的主任到底有什么权力还在剧组发号施令？要跟他说签合同的时候人影都找不着，闲事倒管得挺起劲？晃正也懒得跟他啰唆，既然制片组没回应，他就自力更生呗。他记得电梯口贴着一张园区的便民服务热线，于是记下号码开始拨打。

大概拨了五六次，电话终于打通了，听完晃正的问题，电话那头的园区工作人员态度非常友好地给了晃正另一个号码，告诉他这是他们所在街道值班室的电话，让他打电话确认。晃正又拨了值班室的电话，电话响了很久也没人接听。无奈之下，晃正打电话让昀哥帮忙继续拨打这个电话，他再拨打便民服务热线寻找其他确认办法。可是这回连便民服务热线也打不进去了。几个电话一折腾已经到了中午时候，晃正有些坐不住了，草草地吃完盒饭，又和昀哥两人一人一个电话继续拨号。总算在下午两点，昀哥打通了街道的电话。街道告诉他们，只是"建议"居民不要在大雾红色预警期间出门，以免影响健康，从来没有"禁止"过任何事情。至于园区的规定，对方建议还是要询问一下园区，然后又态度非常友好地给了晃正一个电话。晃正仔细一看，这不正是贴在电梯口的那个便民服务热线吗？他再次拨打这个号码，对方还是非常友好地接听，并给了他街道值班室的电话……

大半天电话打下来，绕了一个大圈子又回到了原点，晃正是彻底没了脾气。

挂了电话，晃正随手套上一条裤衩就往外走。

"昀哥，走，散步！"

走出雾岛公寓的那一刻，也不知是不是老天爷有意欢迎他俩，一道阳光竟穿透雾霾，斜斜地照在两人脸上。晃正感到一阵前所未有的暖意，他第一次发现原来汽配城里的空气也能如此清甜，和雾岛公寓房间里那凝滞的空气相比,这里充满了自由的气息。雾岛公寓大门外,有一条浅浅的人工河道,这条河横贯整个园区,虽然不是死水但流速很慢,也许是长久没有人走动的关系,河岸边三两成群地聚集着好多猫,慵懒地晒着太阳,见到有人过来也不慌张,依然慢悠悠地舔着毛发。河对岸有家便利店,这是拍戏时晁正每天必去的地方,买烟、买饮用水或是添置一些日常用品。

晁正跟昀哥使了个眼色,两人默契地朝店里走去。刚走到桥中央,就听见身后远远地传来一声吼。

"喂!你们哪里的?"

两人停了停,没见有人上来,又转头往前走。

"说的就是你们两个,站住听见没?!"声音又响起来。

两人再回头,这才发现远远的一个戴着口罩、身材矮小的人正小跑着向他们这边来。

矮子跑到跟前,一边喘着粗气一边问:"你们哪里的?"

"我们剧组的。"昀哥一边回答,一边往店里走。

"叫你们停!不要动!"矮子指着两人,用命令的口吻说,"你们就站在那里别动!"

说着,他掏出手机拨了号码放在耳边。

"你是谁啊?"昀哥忍不住问。

矮子没有回答,依旧等着手机接通。

晁正不耐烦了,向昀哥招招手,说:"走,我们走我们的。"

"哎,叫你们别动听到没有!"矮子吼道。

晁正和昀哥并不听他的,径自朝便利店走去。

"谁通知你们可以出来的?"矮子跑上前,拦在二人面前。

"你这什么意思!我走哪里还要向你汇报?"晁正火了。

"园区规定,大雾红色预警期间谁都不能出门,你们剧组没接到通知吗?"矮子走上来指着晁正鼻子。

"网上都辟谣了,大雾没有污染!再说你睁大眼看看,现在有雾吗!"晁正争辩道。

"有没有雾我不管,红色预警没解除,就得按规定办!"矮子不依不饶。

"你到底谁啊!"晁正越发火大,人高马大的晁正一边说着一边逼近矮子,逼得对方连连后退。

"老晁算了,我们走吧。"身后的昀哥拉拉晁正的衣角,给他一个眼神。

晁正这才来注意到那些关门的店铺里,不知什么时候三三两两地冒出人头来,二楼的窗户前,一些住户也在探头往下张望,对着晁正和昀哥指指点点。

昀哥拽着他的胳膊把他往回拉,晁正刚背过身去,背后的指责声却不绝于耳。

都什么东西,不负责任……
就应该把他们关起来,一个也不许放出来!
什么垃圾剧组,乌烟瘴气——
……

议论的居民越聚越多,说的话也越来越难听,两人就像过街老鼠一样被人人喊打。污言秽语如同一片阴云盖过头顶,飞溅的唾液如暴雨般打在他们身上。晁正不明白,一则子虚乌有的谣言,怎么就会让人们失去理智?他想抬头吼叫,却发现自己已经变得渺小无比,再声嘶力竭的吼叫听上去也像是低声细语。谴责声像一道百米高的巨浪向他们扑来,由不得他们做任何反抗。从桥头到公寓,短短的不到50米的距离,晁正却觉得怎么也走不到头。

还没走到公寓楼下,又有几个工作人员打扮的人拦在他们面前,示意他俩停下脚步。矮子又摇摆着身子晃到两人面前。

"就是他们俩!叫他们停还不听!"

领头的一个"扑克脸"打量了一下晁正和昀哥,问:"你们是剧组的?"

"对,怎么了?"晁正反问。

"你们领导没跟你们说过吗?大雾期间不能下楼。"

"网上都辟谣了,单纯就是雾霾造成的呼吸道感染!我不怕咳嗽还不行!"晁正怒道。

"不好意思,我们按规定办事,请你们回去。""扑克脸"侧开身子手一伸,示意他们上楼。

"我打电话给你们园区你们没——"

"现在请你们立刻返回公寓!"对方打断晁正。

"凭什么,老子……"

"算了算了老晁,我们走吧。"昀哥阻止晁正让他不要再争辩下去,公寓的董老板也不知是什么时候出现,站在了矮子身边。

"老董我是怎么说的,大雾期间不准任何人下楼!出了事情你负得起责任吗!"

老董被矮子训得如孙子似的,连连点头。

"你们等一下!"扑克脸突然又拦住晁正,从手上文件夹里掏出一张皱巴巴的纸递到晁正和昀哥面前,"你俩这里签个字。"

晁正看着对方,没有伸手去接。昀哥把纸接了过来,看了看,伸到晁正眼前,说:"老晁你看看。"

晁正低眼一看,这是一张居民告知书。告知书的纸张已经褶皱,内容是承诺在雾霾期间,不擅自离开居住地,如果出现健康问题后果自负之类的话。

旁边的矮子指了指告知书空白的地方,颐指气使道:"你们两个在这里签字!"

他从自己胸口的口袋里掏出一支圆珠笔,塞到昀哥手里。昀哥犹豫了一下,也没有多想,在纸上签上了自己的名字。

他把笔递给晁正:"老晁?"

晁正接过笔和纸,怔怔地看着,却没动。

"签好字马上回公寓!"矮子催促着。

晁正突然一抬手,把纸撕成两半,拍在矮子胸口:"我不签。"

他的回话简短而有力,说完头也不回地朝公寓走去,留下现场所有人愕然地看着他离开。

第八章 "好 邻 居"

1. 田原

  这才下午五点,田原已经饿得有些发慌了。自从项目停拍、盒饭危机开始,所谓的"导演餐"早早就被取消了,再没有什么多一道荤菜、汤里多几块骨头和那垒得高高的饭盒。每日三餐全组每个人吃的都一样。今天中午的盒饭,荤菜又是两条食指长短、咸得发齁的小黄鱼,到下午这个点已经消化殆尽。田原忍不住了,拿出储备的方便面泡了一碗,稀里呼噜地吃了。摸摸肚子,饥饿感总算不再那么强烈,但是远还没有到被填饱的地步。晚饭终于来了,今天他特意多拿了一盒白米饭,把里面的白饭放进刚刚泡面剩下的面汤里,这是他研究出的"美味"。自从剧组有人投诉"12345"以后,白饭的量有所增加。庄老板估计也是顶不住上头的压力,没收到盒饭钱,也只好增加白饭让大家饿不死。浸泡过方便面汤的白饭饱满地吸收了香辣的汤汁,饭粒更富有弹性。一口下去,米粒的嚼劲夹杂着汤汁咸鲜的美味,更提升了米饭的口感和层次。这种吃法源自上海的一种名叫"汤泡饭"的美食,就是把米饭泡进鲜美的汤汁中以提升白米饭的鲜美层次,没想到把汤汁换成方便面汤,依然可以保留这种美味的体验。

  正当田原一口一口享受着"面汤泡饭"的时候,微信提示音响了,他拿起来一看,是雾岛公寓的董老板给他发了一段视频和一句语音。"田导啊,你跟你的摄影师说一下,叫他不要搞了,这样没好处的——"

田原一愣,连忙点开视频。视频是远远地在楼上朝着雾岛公寓大门口拍的,画面中晁正手里拿着什么,朝面前一个矮子胸口一拍,矮子向后退了一步,像是被推搡了一把,晁正则转身扬长而去。

"什么意思?"田原问。

"你们那个摄像晁正,在下面跟园区管委会的负责人吵起来了,居委会都来人了。"老董语音说着。

田原神经一紧,立刻问:"什么情况?"

"你自己问他吧,我这边还在处理……"老董发来的语音,背景声一片嘈杂。

田原立刻拨通了晁正的电话。

"喂老晁,什么情况?"

"老大……没什么情况,就是跟园区这边有点小摩擦,和人吵了两句……"

田原听得出晁正的闪烁其词,他说话的环境很安静,显然已经在自己房间了。

"吵两句?我看你还推人家一把不是?"

电话那头的晁正沉默了一会儿,只好一五一十把事情经过说了。

"老大,不是我们惹事,我和昀哥怎么问那个矮子都不说自己是谁!我们怎么知道他是园区负责人?让我们站住就站住?是个强盗让我们站住我们也站住?"晁正愤愤道。

田原也明白了个大概,这的确不能全怪自己这位兄弟,于是安抚道:"行了就这样吧,他们再要找你麻烦,让他们来找我。"

"没事,不会的,我应付得来。"在田原跟前晁正还硬扛着。

田原挂了电话,又淘了几口饭吃。跨海桥事故到现在,大家都压抑得很,今天出这种情况不足为奇。田原和晁正不太一样,他是个很能静得下来的人,这段时间别人可能无所事事,田原却觉得有做不完的事,他写完了一个电影剧本,这个剧本在他脑子里已经酝酿了多年,一直没空动笔,倒是这次让他腾出手来把它完成了。每天起来写写剧本,一日三餐还有人送到房门口,这是他多少年梦寐以求的写作状态。所以跟别人正好相反,这些天他情绪大好,群里那些烦心事倒也没真正妨碍到他。今天的事也是如此,晁正本来又是火爆的脾性,来得快去得也快,今天这种争吵他根本不觉得是个事。

但是这次田原恰恰想错了。仅仅过了两小时,事情开始发酵,先是卢冈在群里发了一条消息:"刚刚接到园区通知,剧组所有人从即日起,不允许下楼!"

这个通知招来了包括田原在内的很多人的不满,剧组群里又是一阵漫骂。在通车通航倒计时的时候,居然反而不让他们下楼!这样的规定分明是有报复嫌疑。

田原一边修改着自己的剧本,一边有一搭没一搭地看着群里的消息,生怕万一出现什么过激的言论,他这个支部书记还得出面缓和一下。从晚饭时间一直持续晚上 11 点,群里才慢慢平静下来。就在田原认为不会再有状况发生的时候,一条来自小金手的消息却跳了出来。

制片主任—金坤:
　　我明天不能看到任何事,不信你试试!@摄影指导—晁正看到小金手没头没脑的一句话,田原也是一愣,关键他还鲜明地指向了晁正。而晁正立刻有了反应。

摄影指导—晁正:
　　主任咋了?

制片主任—金坤:
最后一次警告你,要找事跟我说实干我陪你!

摄影指导—晁正:
　　没听明白,主任明说?

制片主任—金坤:
要不是丛山导演在,你必死!

田原看得一惊,他不明白为什么小金手突然把矛头指向晁正,还在群里公然威胁对方?他知道以晁正的脾气是不会愿意吃这个亏的。他连忙拨了晁正的微信语音,铃声响了两下,却被晁正拒绝接听。果然,群里立刻跳出了晁正的回应。

摄影指导—晁正:
　　@导演—周丛山 导演,我不明白主任在干吗?

导演—周丛山:
　　都是组里的同仁,有什么问题可以交流。

丛山回答得也很快,显然他也注意到了对话气氛有些不对。

制片主任—金坤：

　　任何组里人都要为组里作出贡献，谁给组里添麻烦的，我必须砍死这帮王八蛋！

制片主任—金坤：
　　再敢惹事你给我试试，小心你全家！

制片主任—金坤：
　　谁今天在外面打架的，这是蛀虫啊！困难时候应该团结一致！什么B组啊！狗屁东西！

　　小金手连发了三条口吐芬芳的信息，田原总算看明白了，他是在指责晁正今天下午跟园区负责人的争执，什么难听的话语都招呼上来，末了还把B组一起骂进。田原坐在电脑前冷冷地看着微信里的内容，除了丛山导演和卢冈在群里劝说几句，群里再没有人发消息。这时候他又给晁正拨了一个电话，手机铃声一直在响，却没有人接听。时间已经是晚上11点多，小金手没再继续发言，群里也没再有人回消息，气氛显得异常寂静而诡谲。田原想了想，还是给晁正发了条消息。

　　"冷静，反击必须正确选择手段。"

　　消息发过去并没有收到晁正的回应，田原想下去找他，想想又作罢。他要表达的意思已经传达了，至于晁正会怎么做，只能看他自己，这种时候劝也没用。

　　这一夜田原没有睡好，时不时从梦中惊起。他知道小金手群里所说的话多半是恫吓罢了，这是像他那个年龄的制片主任惯用的手段，靠威胁来维护剧组的稳定。但这一套做法在近几年不吃香了，随着法律意识的增强，剧组越来越多人知道如何通过法律来维护自己的权益，所以现在的制片主任在言行方面要收敛不少，鲜有人再像小金手这样说话。不过谁也不敢保证会不会有意外发生。剧组的恶性事件鲜有发生，但不等于没有发生，在田原的记忆里就不止一次。表面看似光鲜的剧组，真正的工作生活却是枯燥、繁复、劳累的，平时一点点小小的摩擦，积累到一定程度就会引起大火。更何况这次情况更加特殊，一个月高强度的拍摄没有结到一分钱的酬劳，又被滞留在小岛上忍受了一个月的心理煎熬，任谁都是窝一肚子火，一点点刺激就可能引起巨大的动荡。动荡会带来怎样的冲击波，更是无法预料。而且相对于小金手，田原更担心晁正，他的火暴脾气田原是了解的，像今天这种情况晁正如果直接在群里回怼，田原反倒觉得放心，恰恰是面对小金手的挑衅，晁正却一反常态地没有任何回应，这倒反而让田原更加担心。

不过田原的担心并没有持续太长时间，第二天一大早就有了新情况——晁正在群里发了一篇长长的文章，@了所有的组长，文章中，详细解释了他和昀哥与园区发生冲突的经过，然后义正词严地表达了自己的立场：

"……事实上在你们眼里这种都是小事情，我们剧组所有人都背负着沉重的包袱，拿不到工资、签不到合同可以不值一提，园区的朝令夕改大家可以视而不见！我没有感受到剧组的哪怕一丁点的所谓的兄弟之情，虽然大家嘴巴上都在互相叫着兄弟。对今天所发生的事，对剧组造成的伤害，我表达深深的歉意；对于今天金坤主任不问是非曲直，恶意漫骂侮辱我及我的家人这件事，我已经报警处理，并对大家看到金坤主任随意漫骂、语言中伤剧组里同事的行为不加以批评,还要劝阻我要体谅金坤恶意谩骂我及家人的这件事实,表示深深的遗憾。"

也许是因为事不关己,也许是看不清形势不想轻易发言,群里竟出奇地平静,没有任何人回应。紧接着晁正又发了一条消息。

B组摄影指导—晁正
　　@制片主任—金坤 在群里给我道歉,别想糊弄过去!

"道歉!"昀哥第一个在晁正的留言下面跟进,紧接着是一连串的"道歉!"刷满屏幕,留言的全是B组摄影组成员。顿时,一场热闹的骂战又在群里展开,昀哥和B组摄影组的兄弟们不依不饶地逼着小金手道歉,而小金手的人也忍不住了,开始一句句回怼。

　　跳过制片组擅自行动,你们走远了!
　　说话放尊重点。
　　有你们这种摄影组吗!
　　为什么跟园区管理人争吵,害了全剧组!!
　　现在全组被无知法盲害成这样!
　　……

只不到五分钟的时间,群里已经刷了近百条消息,其间丛山导演和卢冈都发言试图制止这场骂战,但收效甚微,情绪激动的两拨人早已争得不可开交。

眼看场面渐渐失控,田原知道是该他发言的时候了。

联合导演—田原

　　晁正、金主任，我们两点钟天台见，党支部召开协调会！在组党员请一起参加，会后由党支部出具协调意见。

　　短短的两句话，居然有效地止住了群里的骂战！当初成党支部只是临时起意，没想到还真的起到不小的作用，他隐隐感到党支部的威信已经在制片组之上了。他现在要做的就是利用好这次机会，巩固党支部的威信，自己有了话语权，就不怕再被任何一方的"利益集团"左右了！

　　田原看了看手机，离下午两点还有五六个小时，他要利用这段时间好好筹划筹划。这次对他而言，也是一场输不起的战斗。

2. 丛山

　　自从上次萧莫离组以后，丛山已经有好一阵没有踏踏实实睡个安稳觉了。随着这几天雾岛天气好转，来往的货运轮渡增加，滞留华贸君临的演员各走各的门路，三三两两已经走得差不多了，只剩下他跟赵小娥等三两个人。但是每天依然有处理不完的事情，晁正和小金手闹别扭在他看来已经是不值一提的小事，既然田原出面处理，就让他处理好了，他还有更头疼的事要应付。给雾岛公寓提供盒饭的庄总，早请示晚汇报似的一天五六个电话，目的就是催促他支付餐费，有时候实在拗不过对方，丛山只好自掏腰包垫个五千八千的，钱实在不够，也只能问赵小娥借。他发现赵小娥这两天对他的态度也发生了变化，已经不愿意在他房间睡了，整天躲在自己房间不出来。丛山要她过来见个面，她要么说在做瑜伽，要么说在敷面膜,总之变着法子地躲避跟丛山见面。丛山倒也不急,反正自己已经欠了赵小娥五六万块钱,不怕她不来找自己。

除了饭费的事,就是剧组里每天那一摊的鸡零狗碎的事。三天前一个梳化组的梳妆师在群里加他微信,说自己孩子出车祸,胳膊骨折了,要问他借 10 000 块钱,还把骨折住院的照片发了上来。丛山想想,人家孩子出事,这种是天灾人祸,将心比心的,自己家孩子受伤了心里能不着急吗?自己又被滞留在剧组回不去,没办法照顾孩子,住院的费用又是急用,从来"救急不救穷",这种情况要特殊照顾一下。所以自掏腰包拿了 10 000 块钱给那位化妆师。化妆师倒也讲诚信,写了张借条拍了张照给丛山。可是丛山一看借条傻眼了,上面写只要剧组发工资,这 10 000 块钱请从酬金中扣除!现在发酬金的金主都处在失联状态,能不能拿到酬金,酬金能拿到多少都是未知数,这 10 000 块基本又是扔水里了。

昨天,卢冈又跟他说,服装组 2 月份进组的车票报销共 23 000 块钱,黄子骏当初答应支付的,把单子也签了。可到了今天报销款也没到,服装组一个小助理患有慢性病,药吃光了也没钱再买,在跟他求助,人家要求也不过分,就想要属于他的那 2 000 块钱报销,拿了钱去买药。卢冈发了医院开的单子给丛山看,生病是确有其事。他想想人命关天,人在组里要是有个三长两短赔偿更多,丛山又咬咬牙挤了 2 000 块出来。

剧组干到现在,他也第一次领教了原来要钱还有那么多手段。这么多年来,他几乎没有遇到过这种山穷水尽的窘境。他后悔自己太轻信黄子骏,但仔细回想整个过程,今天的局面似乎又是注定的。

这部电视剧原本丛山只想让黄子骏投资其中一部分的，根据最早的协议，黄子骏投资49%，东灿公司投资51%，由东灿公司主控项目。这也是当初老闵交给他的任务，无论多难，也要把《守护》这个项目牢牢控制在自己手里，这个项目做成了，东灿公司就彻底翻身了！起初丛山也是抱着这样的想法去做的。

跟黄子骏签好合同后，双方约定资金同比例投入，也就是黄子骏如果投入490万元，相应的东灿公司也必须投入510万元。可东灿公司哪里拿得出这么多钱？由于这么多年经营的停滞，东灿公司早已失去了在电视剧市场上的号召力。那些老闵口中常常念叨的"头部"作品，最后一部也要追溯到11年前。所以51%约合6 000万元的融资任务，又落到丛山头上。可任他再使尽浑身解数，这6 000万元永远飘在空中落不了地。

去年8月，丛山好不容易通过朋友关系，以固定投资的方式融到了600万元投资款，所谓固定投资，其实就是借款罢了。冒这么大风险借款，也是为了让黄子骏另外的49%也早日到位，这样有近1 200万元资金在手，项目的前期工作也能推动起来，签约主演、签约主创、进行场景的美术设计、预定拍摄场地……其中最为重要的是推动跟播出平台的签约，因为一旦平台签署了发行协议，就意味着影片有了买家，有买家的项目投资者自然是趋之若鹜的，那么资金问题就能迎刃而解。

可是，恰恰是这笔600万元到账后，发生了让丛山大跌眼镜的事。

丛山还清楚地记得那天，他正好在跟黄子骏喝茶聊天，洽谈欣歆公司600万元何时到账的事情，突然接到田原的来电。

"周导，"田原说，"您知不知道公司最近一笔120万支出的去向？"

丛山也是吃了一惊，说："120万？我不知道啊！"

他知道作为常务副总，田原也会时常过问公司资金的情况，而且这笔600万元的借款跟他多少有些关系，所以田原也格外留意这部分资金的使用。

"我听说一部分支付了房租，还有一部分是作为'编辑费'支付的，您是不是核实一下？"田原说。

挂断电话，丛山立刻致电公司财务，这才问清了这120万的去向，的确其中80万是支付了东灿公司拖欠的房租。还有40万，打给了从公司离职的一位老编辑，他在六年前曾经参与过《守护》剧本的审议。而这两笔支出，没有经过经理会议讨论，都是由老冈一手签字决定的。

丛山心里顿时毛了！东灿公司的办公室租在文化传媒集团的大楼里，文化传媒集团是东灿公司的大股东，说白了就是东灿的母公司。这笔租金完全是可以拖着的，再不济后期作为股份折入项目也是能够跟母公司商量。老冈却为了自己在集团面子，大笔一挥就把项目款当作公司的房租给用了！还有那位六年前参与剧本审议的老编辑，他的审议意见能不能执行还有待论证，就因为是老冈的朋友，他就一口气付清了所有稿费！这600万可是对外的借款啊！别看是600万，可这是万分紧要的启动资金，钱更应该花在刀刃上才对！老冈的自说自话，已经彻底打乱了丛山的计划，当然最让他气不过的是，老冈做这些决定之前，竟然没跟他知会一声！

也就是这件事，彻底改变了丛山的想法。他从劝说黄子骏尽快资金到位，变成了劝说对方资金暂缓到位。这才600万就状况频出，1.2亿资金到位的时候，会被老冈怎么"挥霍"那就更难想象了。所以丛山跟黄子骏谈话的主题发生了180度的大转弯,他希望借助黄子骏的实力,把项目的主控权牢牢抓在自己手里。

黄子骏一听项目和资金都能把控在自己手里,自然是一百个愿意,只是到底该怎么做呢?他请教起丛山来。

"最简单的一个办法,你跟老闵说,你要全额投资这部剧!"丛山说。

"全额?"黄子骏犹豫了,摇着头说,"不瞒老兄,目前让我准备1.2亿的资金,有困难。"

丛山"呵呵"一笑,伸出一个手指在黄子骏眼前摆了摆,说:"你用不着出这么多,还是6000万。"

"怎么说?"黄子骏似乎没听明白。

"前期我们拿出五六百万的启动资金,就可以签下平台的采购协议跟主演合同,"一边说着,丛山一边拿起果盘里的橘子,一个一个放在黄子骏面前,"有了这两样东西,再加上你的6000万投资,另外的6000万,我来负责。"

他又拿起两个橘子掰开,分别从里面拿出一半果囊拼在一起,说:"我手里还有两家资方,这两家我让他们各投3000万,各占项目的25%。你占50%,是绝对大股东,资金由你掌控。既安全可靠,又能利益最大化,这多好!"

黄子骏听了依旧不动声色,浅浅抿了一口茶,放下杯子,说:"周导,你说得有道理,但是利益最大也意味着风险最大,我第一次做电视剧就主控项目,会不会操之过急了?"

丛山见黄子骏打退堂鼓,心里有些着急,面上却依旧挂着淡定的笑容。

"子骏,兄弟啊——你是第一次做电视剧没错,你老哥我可是做了一辈子了,要是没点资源,敢和你说这话?刚才电话你也听见了,自己人我不瞒你,东灿公司这种情况,你放心把6 000万打过去?"

黄子骏依然不动声色,只微微点了点头。这细微的动作被丛山看在眼里,显然黄子骏的心已经被他说动了。

"老弟,哥哥我再给你做个担保,"丛山挺直身子,指着桌上掰开又拼起来的那个橘子,"这个6 000万,开拍前一定到位,比你的资金更早到位!"

丛山又把自己资金的来源详细地给黄子骏分析了一遍,一半来自一家已经洽谈多次的互联网公司,资金雄厚,项目在对方公司内部已经批准立项,一旦正式启动他们就能投资。另一半来自东灿公司的控股集团,只要项目上马,母公司投资25%是板上钉钉的事。

正是这次密谈,终于让周丛山说动黄子骏对项目进行"全额投资",他也摆脱了东灿影业和老闵的掌控。可万万没想到的是,这正是他噩梦的开始。

所谓的两家公司的投资远没有想象的那么简单。互联网公司提出要看到电视剧的片花才能正式进入投资的评估流程,那就意味着电视剧必须开拍,且拍摄到一定量时,才能推进合作。而文化传媒集团则明确表示要在电视剧发行阶段看到成片才愿意投入资金……所谓的6 000万资金,在开机前到位的可能性根本不存在!

这时候丛山才着了急,一方面拼命寻找着新的资方,应付黄子骏的催促,另一方面还要持续推进项目开机。开弓没有回头箭,前期几百万已经花出去了,到了这一步只有硬着头皮往前。制片把所有工作人员的合同提交给欣歆公司没有回应,他不敢去催黄子骏,他知道只要自己一开口,黄子骏就会问他承诺的投资款什么时候到账?演员演了大半个月没有拿到酬金,他也只能打碎了牙齿往肚子里咽,自己找亲戚朋友借钱支付酬金。黄子骏在群里指名道姓指责小金手贪污,他也不敢回护,生怕争执中又惹出更多事端。

但今天剧组的处境就是他一个人的错吗?自己就该夹在当中活受罪吗?当初要不是老闵自私自利,他会下定决心放弃东灿公司吗?欣歆的资金链早就出现了问题,现在不过找个借口推卸责任罢了!自己对黄子骏做的只是口头承诺,而保证项目资金到位可是黄子骏白纸黑字签了协议的!再说了,一个重点项目,在紧要关头竟然只有他一个人在苦苦支撑,这说得过去吗?没错,自己是犯了错,错就错在不该操之过急,在一半资金没有着落的情况下仓促开机;错就错在他错信了黄子骏,应该事先对他的经济实力调查得更彻底、更详尽!但即使有错,这个错就该他自己一个人来承受吗?!他这么做还不是希望项目早日上马,大家的劳动付出能有所回报?成功了,利益是大家的;失败了,责任全在他?这公平吗?

这段时间他无数次联系黄子骏,但每条消息发过去就如同石沉大海一般没有任何音信。大桥抢修已经持续快两个多月了,还会持续多久谁也说不准。每耽搁一天,剧组就蒙受一天的损失,到时候谁来弥补?这些都是未知数。周丛山窝在华贸君临大酒店,不用天天面对状况百出的剧组。你卢冈不是总制片吗?田原不是临时党支部书记吗?不要光想着权力,是你们该分担义务的时候了!别以为他丛山不知道卢冈在想什么,你是老闵的亲戚,占着一个总制片的虚职,无非就是老冈的眼线,为他传递剧组的消息。别以为他丛山不知道田原在想什么,他早就打听过了,所谓的临时党支部根本不是集团的要求,而是田原自己打小报告申请的,无非就是为了在剧组宣示自己的权力。这些鸡鸣狗盗的小心思逃不过他的眼睛!之所以不点穿,就是为了在兄弟朋友之间留些余地,不至于闹得太难看。

中午还没到,小金手又给他打来电话,一张口就是满嘴脏话,不是要找晁正麻烦,就是要给田原好看。丛山无精打采地听着,他是真的一点也不想管这些破事,但是又不得不安慰几句,嘱咐小金手不要在现在这个节骨眼上闹出事情。毕竟剧组这么多人,出了事情谁脸上都挂不住,安定团结最重要。

挂了小金手的电话,丛山疲惫地起身,在柜子上拿起一瓶五湖液,只倒了半玻璃杯,瓶子就见底了。这次被滞留在华贸君临比较仓促,大部分的口粮酒都放在了雾岛公寓的房间里没来得及带来,现在身边最后一瓶酒液喝完了。他拿起座机给宾馆酒廊拨了一个电话,让他们拿一瓶泸州老窖上来。

"请问先生哪个房间?"

"5019。"

"您是剧组的吗?"

"对。"

"那您是自己付钱还是……"

"记在剧组账上。"

"对不起先生……"对面服务生的声音显得犹豫,"领导通知了,剧组的消费不允许再挂账……"

丛山一愣,像泄了气的皮球一般,无奈说:"那就拿一瓶牛栏山吧,我自己付。"

他挂了电话,随手操起旁边半杯五湖液一饮而尽。

手机又响了,他正要去拿手机,手指却像触电般弹开。手机上显示着来电的号码和人名"老闵"。他定了定神,才缓缓拿起手机,小心翼翼地按下接听键。

"丛山,中饭吃过了哦?"电话那头的老闵问。

"吃了,老大,啥事体侬讲。"丛山说。

"山东宁还没消息是哦?"

"没。"

"勿好个能下去的,侬想过哪能办哦?"老闵说。

"老大侬讲,侬想哪能办,吾配合侬。"丛山说得爽快,心里却打着鼓。

"……个能哦,阿拉发一份公司函过去,就以催投资款的名义,侬看好哦?"老闵想了想说。

"好!没问题,一点问题没有!"丛山还是回答得不假思索。

"侬想想清爽,发过去就没回头路好走咯。"老闵说。

"发!本来就该伊付钞票的,有啥想头?伊勿付钞票阿拉还没反应,个算啥!"丛山的喉咙很响,像是要把压抑了许久的情绪都发泄出来。

"好,吾刚刚问了田原,他也是这个意思,我就让律师发了。"说完,老闵挂断了电话。

刚才接着酒劲,发泄了一下对黄子骏的不满,丛山心里稍稍舒坦了些,他不明白为什么老闵发个公司函还要这么兴师动众?问了田原还要来问自己,依着他的个性,十封八封公司函也发出去了,可是这东西能有用吗?黄子骏就会因为收到一封公司函乖乖付钱了吗?

"叮咚——"门口传来门铃的声音。

丛山从沙发上弹起身来,知道他的酒到了。

3. 黄子骏

日上三竿,黄子骏还窝在床上没有起来,床头的手机不停地震动着,他已经懒得再看上面的消息。从昨天晚上剧组群里小金手的发难,到今天一大早晁正的还击,再到田原突然跳出来"主持公道",黄子骏都看见了。这些天剧组里真的是"你方唱罢我登场"。黄子骏渐渐明白,这就是一群"乌龟王八贼强盗",正好关在一起养蛊,看他们互相撕咬成什么样子!

窗帘被"噌"地一把被拉开,午后的阳光直射进房间,黄子骏眯上眼睛,翻了个身背对窗户。

"这都几点了还在床上,快起来!"

说话的是黄子骏的老伴儿,她把他的外套丢在床沿,径自走出卧室干家务活去了。

要在以前,黄子骏几乎不可能在床上躺到中午也不起身,工作的时候,总是第一个早早地就到办公室,除了保洁阿姨没有一个员工能比他早到。每天下班也是最后一个离开公司,不待到晚上八九点,他不觉得这一天过得充实。

这次回老家后他却像变了个人似的,每天很早睡觉,很晚起床,就好像生了一场大病,每天浑身乏力,连起床的动力也没有。被老伴儿再三催促,他才勉勉强强爬起身,换了身衣服走出卧室。

午餐早就准备好了,是老伴儿特意为他下的海鲜面。里面的料很足,两只分量十足的大虾,蛏子、蛤蜊、鱿鱼须、扇贝肉,还有两根绿油油的青菜。乳白色的汤汁一看就是经过了长时间的熬煮,光是看着就能让人食欲大振。

黄子骏却没有一点胃口,随便吃了两口面条,喝了一口汤,就放下了碗筷,起身坐到阳台前的躺椅上,怔怔地望着窗外。

老伴儿走到餐桌前,看看还是满满一碗的海鲜面。

"不吃了?"

"不吃,没胃口。"

老伴儿看出他有心事,也没多问,转身把面条拿进了厨房。

北京一圈跑下来,黄子骏已经清楚地知道,是没有人会在剧组现在的处境下施以援手的。项目能不能进行下去完全要靠他自己。而前几天与小金手的骂战让他认清了一个事实——在这个剧组里他孤立无援,没有朋友。别管丛山和小金手以前话说得多么好听,别管他们当初是怎么合起伙来把项目主控权弄到手里,他们只是出于自己利益的考虑,从来没有把他黄子骏真正当自己人看。不把这个"利益集团"连根拔除,再多的钱砸下去也只会是丢进一个无底的黑洞。而"利益集团"的问题又不是一朝一夕能够解决的问题,小金手当着他的面说自己控制着剧组"五大部门",既是威胁也是事实。更何况还有周丛山,如果这两个人同时站在了自己的对立面,那这个项目哪还有运作下去的可能?

想到这里,黄子骏一阵耳鸣,他连忙闭上眼睛揉着听会穴缓解耳朵的不适。

"子骏,你的电话,小隋打来的,接不接?"

他睁开眼睛,老伴儿正拿着手机走到他面前。小隋是黄子骏的侄女,他从小看着长大。后来她考上中戏学了表演,毕业后就一直漂在北京。电视剧筹备的时候,小隋就给他打过电话,希望大伯能帮她在剧里安排一个角色。这点小事黄子骏当然一口答应。开机前,小隋来了一趟雾岛,剧组为她拍了定妆照,跟丛山和田原两个导演也聊得很愉快。开拍几天拍摄计划里还没有排到小隋的戏,她也就先回北京等消息了。再后来剧组出现状况也就没人通知她再来剧组。

"这时候打电话过来,应该是询问项目进展的吧。"黄子骏这么想着,小隋离开得早,也没跟剧组有太多接触,估计是看到雾岛交通受阻,想打听听项目进展吧。至于剧组混乱的处境,没理由也没必要让她知道。既然打电话来了,他是有必要给侄女一个说法的。

"大伯,听说您那个戏资金出问题了?"接起电话,小隋直截了当地问。

黄子骏一愣,他万万没想到小隋的第一句话就正中要害。

"别瞎说,谁告诉你的!"黄子骏语气严肃地说。

"哦……是北京圈子里,都传遍了……"小隋有些怯生生地回答。

"都说些什么?"

"说……说投资人没钱了,在北京到处抵押贷款,说剧组连工资也发不出,工作人员都在闹呢……"

"还说什么?"

"说这项目就是个坑,让大家都注意着点……"

"外面的闲言碎语少去听!"黄子骏依然是教训晚辈的口吻,"通雾岛的跨海桥这段时间正在抢修,交通断了。剧组临时停拍,等桥一修好就复工。你正好利用这段时间好好看看剧本,别瞎琢磨。"

"我知道了大伯……大伯再见。"

挂了电话,黄子骏的心情又一次跌入谷底。消息传得那么快是他始料未及的,这时候他才想起在北京的时候小方跟他算过的一笔账,一个剧组虽然只有300人,跟整个行业的从业者数量相比九牛一毛。但是如果算这300人平均从业时间10年,他们一个人一年就要接触两三个剧组,每个剧组又是两三百人,10年时间他们几乎可以做到中国任何一个剧组里都有自己相熟或是合作过的人。这样算下来,这300人的传播效力是惊人的,只要一个剧组出事,消息就会迅速传遍整个行业。而且这种传播的精准度非常高,信息的接受者都是行业的从业者,下到剧组最普通的工作人员,上到影视公司的老板、投资人,试问一个出了事的项目,谁还愿意扯上关系?

在北京他无数次克制住自己,不在会谈的对手面前暴露出自己对丛山、小金手等人的不满,不但不能说坏话,还要极力称赞自己的团队多么优秀、多么负责,在危难时刻仍然谨守着职业道德,随时准备复工。他自己也不得不打肿脸充胖子,不是自己资金不到位,只是为了片子能有更好的社会反响,希望有实力有资源的专业影视公司能够"助力加码"!现在看来这些做法是那么荒唐可笑,剧组的真实情况早已通过那错综复杂的人际网络,被扒得一干二净。在他面前每个影视公司都摆出一本正经的态度,煞有介事地倾听他的诉求,甚至为他出谋划策,还说会优先考虑他的项目进行投资。而在背后,自己已经成了这群人的笑柄,大家看他就像在看砧板上奄奄一息的鲇鱼一样,就等着看他还能再扑腾几下,什么时候断气。

黄子骏始终不甘心,自己从一个农村青年考上大学,到银行职员再到房地产老板,拼搏了大半辈子从没有输过,今天为什么会输在一部电视剧上?每天电视屏幕上不都放着电视剧吗?那么多人能做成的事,为什么就他会栽跟头?不,问题绝不是出在他黄子骏身上,是那帮坏人,那帮贪心不足的"利益集团"在坏事!在火车上,他已经想好了一套对付他们的办法,马上就准备付诸实施了!

第一步,他要解散剧组。现在的剧组全是丛山和小金手的人,他首先必须瓦解他们。第二步,他要重建剧组。这么些日子下来,他已经知道哪些人值得信任,哪些人不能相信,他要按着自己的意愿重建剧组。第三步,他要彻底跟东灿公司划清界限,架空周丛山。现在不仅仅是项目主控权的问题,他不能再让东灿公司和周丛山跟项目有一丝一毫的关系。因为只要让他们掌握一丁点权力,他们就会借此来掣肘自己!

所以按他的部署,现在的摄制组只是一枚废弃的棋子,当务之急就是尽快解决剧组解散的问题,最底线只要不闹出什么群体性事件就行。对于解决这类事件,黄子骏是有经验的,这么多年房地产做下来,没少和农民工群体打交道,他也遇到过资金周转困难拖欠工程款的情况,但每次都能安然过关,这得益于他手下有一支得力的"工作组"专门来解决此类问题。"工作组"打过不少硬仗、狠仗,也曾经有几次险象环生的经历。所以面对这次剧组的情况,虽有风险和变数,但还不至于让他乱了阵脚。

关于计划的实施他已经和律师许劲充分交换过意见。许劲告诉他,他这次做对了一件事,就是没跟剧组任何人签合同。

没签合同不就意味着非法用工吗?不是要承担法律责任吗?这不是就惹上官司了吗?

对大多数人来说是这样,但是对黄子骏这样的人来说,这却是解决问题最廉价的方法。不签合同就意味着他没有认可工作人员的酬金数额,你们不是要讨薪吗?那就按国家规定的来啊!你们导演制片不是开口闭口就几十万上百万的薪酬吗?拿出证据来啊!你们平时一个月的工资能有多少?2万?3万?顶天了吧!我就是按你工资2—3倍赔偿,又能有多少钱?你要是不服大可以去打官司,一年半载的官司打下来,比现在达成协议多拿不了多少钱。以前在工地上遇到纠纷,只要这笔账跟工人一算,大多数人就会像泄了气的皮球一样,乖乖签字认输了。

他回老家之前,小方给他算过一笔账,根据剧组提供的预算,他还需要为这一个月的工作支付剧组800多万元!而如果按照他的惯用伎俩来操作,只要100多万元就能解决所有问题。又便宜又有效的办法,哪个老板不喜欢?

这几天雾岛的天气情况持续好转,跨海桥的抢修也接近尾声。黄子骏明白留给他的时间不多了,他必须在雾岛交通全面恢复之前做好准备。现在欣歆公司账面上的资金不足40万元,远远不够支付300人的薪酬。目前他的几套房子里,只有一套位于市中心的小户型空置着,按照之前的评估,那套房估计可以贷到80来万元。为了贷款的事,前几天他和妻子还红了脸,那套房子是当年他和妻子结婚时购买的第一套住房,面积虽然不大,但是交通便利,他和妻子在那里一住就是15年,在黄子骏当年创业开始有了起色之后,他们才换了新居。而这套老房子承载着太多回忆,他们始终也不愿卖掉。妻子埋怨他根本不应该去投资什么电视剧,自家的钱,钱多钱少那都是辛苦赚来的,凭什么要贴到项目里?黄子骏不想和她多争辩,事情到了什么地步,局外人是不会明白的。

下午两点,黄子骏穿好外套带上公文包准备出门,他约好了律师在银行碰头,处理掉贷款抵押的相关手续。刚坐上车,手机就震动起来。他拿起手机一看,是一个陌生的座机号码,号码的归属地显示"上海"。

黄子骏已经很久没有接听丛山、田原或者卢冈那帮人的电话了,会不会是他们换了座机打过来? 有这种可能。他干脆按下开关拒绝接听。但是车子刚准备起步,手机铃声又响了,还是同一个号码。黄子骏犹豫了一下,还是按下了接听键。

"黄总,我是东灿公司的老闵。"

手机里传来老闵的声音,不像平时那么中气十足,反而多了几分平稳和谨慎。

黄子骏心中思忖着:"他打电话来做什么?"

他确实没有想到老闵会在这个时间点打来电话,到底要对他说什么?

"哦,闵总是你啊,抱歉我没留你的号码。"

"没关系,我就几句话想跟你说。"对面老闵的语气很平静。

"今天我们发了一封公司函给你,写的是你合同上的地址,我就是打电话来确认一下,你收得到吧?"

"能收到,没问题,"黄子骏说着,又好似不经意地问道,"你刚才说公司函是吗? 什么内容可以让我先了解一下吗?"

"就是根据我们之前的合同,向你确认几件事情。"老闵轻描淡写地说。

确认几件事打个电话不就足够了,为什么还要专门发函来说? 黄子骏不用想也知道这里面隐藏着什么陷阱。

"哦,那等我收到了看吧。"

"……我还是电子版先发你吧,有什么问题随时联系我,咱们探讨……"

"没问题。"

双方客客气气地挂了电话,黄子骏的手机提示音随即响了,打开一看,果然是老闵发来的公司函。

公　司　函

欣歆投资管理有限公司:

针对贵司近期出现的违约行为,我司意见如下:

贵司涉嫌违法违约。

贵司所提及的因雾岛交通受阻触发不可抗力违约,我司不接受。事实是贵司早在2024年2月19日开机之日的一周内已经构成了实质性的违约。并且,按照根据贵司与我司签订的《关于电视剧〈守护〉联合摄制协议书》第十条"不可抗力"第二款的约定,贵方仍应履行该合同项下的款项支付义务,故贵司该等延迟支付行为涉嫌重大违约。

根据第三条"制作与管理"第二款约定,贵司应当按照约定义务与主创人员签订相关劳务合同,而事实上我制片部门在开机前就把所有各项合同发给了贵司(有具体发文的时间和贵司收到回复记录作证),而贵司截至本函发送之日仍未与大部分主创人员签订相关合同,该行为涉嫌违法违约。

贵司在与演员已签订的合同中明确:开机一周内按照合同约定支付第二笔酬金,但贵司至今未付,更有大部分演员至今日未付一分钱酬金,涉嫌违约。

贵司拖欠演职人员酬金并屡次违背承诺,导致剧组双组停机。与雾岛出现交通问题的时间相差近一周时间。贵司是为背离信义。

关于贵司提及的费用统计问题：

整个剧组的账目收支工作均由贵司承担的，贵司财务部门应该清楚。剧组日常开支也均由贵司所派代理人罗一诺经办。我制片部门粗略统计贵司至今拖欠未付的各类款项已达壹仟伍百万圆之多。

综上，贵司涉嫌违法违约，已对我司继续履行合同产生实质性影响，且贵司在回复函中并没有提出实质性的解决方案。按照目前雾岛的交通情况，雾岛将在近日恢复通航、通车。希望贵司在本函发函之日起三日内拿出切实可行的解决方案，以免引起剧组动荡，造成恶劣的政治和社会的影响。

我司将根据事态，以法律手段维护广大演职人员及我司的合法权益。望贵司积极配合，以免讼累。

特此函告！

东灿影业有限公司

说是一封"确认事实"的公司函，实际就是封兴师问罪的律师函！里面每一句话显然都是律师斟酌之后写下的，写得滴水不漏，把所有的责任全归咎于欣歆公司。黄子骏知道，双方终于走到兵戎相见的这一步了。接下去的问题不再是如何解决剧组的困境，而是如何来打赢这场官司。

"小高，掉头。"他对司机说。

"去哪儿，黄总？"

"律师事务所。"黄子骏回答。

4. 小金手

时间是下午两点。

小金手的房间窗户正对着楼顶大阳台，他抱着那只橘猫站在窗口，目不转睛地盯着阳台。十分钟前已经有人陆陆续续走上阳台了。先是卢冈和 B 组的现场制片胖哥，后来是田原的助理乔波和场记小铃，他们一人拿了一部手机，走上阳台就开始拍摄。然后自己这边的制片小宏和勇诚也出现在阳台。两点刚过一分钟，田原和晁正、昀哥也陆续出现。一群人站的站、坐的坐，晁正来回踱着步，时不时跟田原互相说着什么，声音不大，也并不见有什么特别的举动。

小金手的手机响了，是小宏打来的电话。

"主任，他们都到了，您过来吗？"

他能远远地看到天台上给自己打电话的小宏，并没有看向他的房间，而是低着头一人站在不起眼的角落里，埋头说着电话。

"我过来。"他简简单单说了三个字，就放下手机。他把小橘猫放在窗台上，转身朝门外走去。

幽暗的走廊尽头，通向阳台的门敞开着，那里是一片刺目的白光，就好像一道通向另一个世界的大门。小金手走着走着，也不禁有些失神。从业这么多年，他见过的场面不算少，比这更严峻的阵仗也见过，但不知为什么，今天这段路却走得有些瘆人。慢慢地他似乎有些明白了，这将近一个月，每天除了剧组里亲信的那几个人外，几乎很少见生人，多少是有些"社恐"了吧。更何况一走上阳台，面对那么多人，马上迎来的将是一场争吵，还是一场战斗？躲在手机屏幕背后骂人是一回事，面对面、眼对眼又是另外一回事。

他更擅长躲在暗处左右局势的发展,更喜欢隔着手机屏幕打击对手,这种走到对方跟前、跟对方短兵相接的经历,已经好久没有体验了。

不知不觉,阳台大门已经在眼前了,他停在门口,正在犹豫要不要跨出这一步,一只手却突然从身旁抓住了他的胳膊。他一惊,定眼细看才发现拽住他胳膊的是小宏。

"主任,他们都等着了,"小宏凑到他耳边,"您当心点,别太靠近那个晁正,他今天精神有病。"

小金手目不转睛地看着小宏,不知道他说的"精神有病"到底是个形容词还是晁正的真实状态,可是他已经来不及再想了,因为阳台上已经传来了晁正的一声喊。

"金坤!我等你很久了!"

刺眼的阳光让小金手的视力有点模糊,他隐约看到一个高大的身影正大踏步地向自己走来,身影周围一群人把他团团围住,极力阻止他前进。

"金坤,你不要想做缩头乌龟,你来啊,有本事冲我来啊!"高大的身影吼道。

"晁正你退回去,往后退!"说话的是田原,他站在晁正面前,一只手顶住他的胸口不让他前进,另一只手指着晁正的身后,让他后退。

晁正的目光始终死死盯着门口的小金手,对田原的指示置若罔闻。

一群人拉着晁正往后退了几步,在田原的身后和小金手之间让出了一点空间。

"金主任你过来吧。"田原回头对小金手说。

小金手故作镇定地往前迈了一小步,跨过了走廊和阳台的那道"阴阳分界线",踏上了阳台。他注意到,不只是乔波和小铃,阳台上好几个人都拿着手机拍着这一幕。

"金坤你来干我啊!我就站在这儿等你干我!"晁正瞪着小金手,话说得咬牙切齿。

"你嘴巴放干净点!"说话的是勇诚,他指着晁正,替小金手出头。

"你闭嘴,轮不到你说话!"开口的是站在晁正身边的昀哥,同样身材高大的他一边说着,一边把勇诚逼退几步。

几个A组的场务见状顶了上来,昀哥身后两个摄影助理也跃跃欲试,双方顿时剑拔弩张,卢冈和田原夹在两拨人中间,努力把两拨人分开。

"别吵,都别吵!"田原大声说,并极力把两拨人分开。

小金手和晁正四目相对,晁正恶狠狠的眼神仿佛想把他一口吞下,他不由得戴上帽子,压低帽檐遮挡住了自己的双眼。

"今天的协调会由临时党支部主持,我们是来解决问题的,不是制造矛盾!"田原说,"事情的起因是晁正跟园区管委会负责人的争吵。这件事我已经了解过了,晁正离开公寓前,拨打了园区管委会电话未果,下楼后跟他们发生争执管委会负责人始终没有表明身份,这才造成了误会。"

"什么误会?没误会!"晁正高声说,"要不是我们自己打电话问,都没人会管我们。"

"这事轮得到你们管吗!你们打电话跟制片组沟通了吗?"提出质疑的是制片小宏。

"我们不管你们制片组有人管吗?为什么没见你们联系?"昀

哥质疑说。

"那也轮不到你们摄影管。"小宏说。

"金坤！你不是要动我的家人吗！你来啊！"晁正恶狠狠地看着金坤，要不是小虎和东子两个摄影组的助理拦着，他已经朝小金手冲过去了。

勇诚挡在金坤跟前，指着晁正警告道："你不要乱来啊！"

"好了，好了！"说话的是卢冈，"就多大点事，要搞成这样！"

"你不是要搞我的家人！有本事你来啊！"晁正瞪大了眼睛，指着小金手的手指微微颤抖，仍不依不饶地骂着。

"老晁，你别说了，往后退听我说。"说话的是昀哥，他抽了一口电子烟，转身朝小金手走来。

勇诚护着小金手往后推了一步。

"主任，我们不是来打架的，是来跟你讲道理的，你觉得我们有问题，直说就好了，为什么要威胁晁正的家人？"昀哥说。

"你看看你们把剧组害成什么样子，本来我们可以在园区活动了都……"旁边的小宏忍不住上前理论。

"小宏！"是田原打断了他的话，"你让昀哥把话说完你再说，一个个说。"

小金手不满地瞥了田原一眼，田原看也没看他。

"我就问你为什么要威胁他的家人？你是主任哎，剧组的管理者，你觉得这么说话合适吗？"昀哥继续质问着，小金手注意到，昀哥的身后不远处，晁正依旧恶狠狠地盯着自己。

"我们今天来就是讨个公道，是不是有问题就可以随便威胁别人？动不动就弄死他全家？"

"对！昀哥问得对！"昀哥的身后，摄影组的一帮兄弟跟着起哄。

"威胁人肯定是不对的,"说话的是田原,"好了别吵了！我们听听主任怎么说。"

众人的目光都投向了金坤。

小金手面无表情地又看了一眼田原,却是一肚子的怒火,田原看似公正的主持,却处处在偏袒晁正,"威胁人肯定是不对的",这话不就是已经给事情定性了吗？反正自己再怎么解释,晁正再有万般不对在先,威胁人的总是他,怎么都是他不对！

"主任,我们现在听你说。"还是田原在催促着。

周边拿出手机拍摄的人越来越多,一个个镜头都对准了自己,小金手知道自己不能在众目睽睽之下服软,他定了定神努力让自己平静。

"晁正我告诉你,你们惹事已经不是一次两次了,前几天公寓董老板跟我说,你们在房间里大叫大嚷是什么意思？"小金手问。

"什么大叫大嚷！根本没有过,我就是吃饱饭唱首歌不可以吗？谁规定了吃饱饭不能唱歌！"晁正理直气壮地回答。

"那你前两天大半夜的挨家挨户敲门又是干吗？"

"我的兄弟们饭也吃不饱,我买了点水果给他们分分又怎么啦！大主任,你来我们楼层看过吗？我好几个兄弟住的房间连窗户都没有,憋了一个多月了！酬金没发,连水果都买不起,我们的酬金什么时候结啊主任！你们制片组这么大的事情没管好,还好意思管闲事！"

"哦！——"晁正的身后又是一阵起哄。

小金手顿时被问哑巴了。

"没拿到工资的又不是只有你的兄弟,你问问这里谁拿了？"还是小宏在边上帮腔。

"算了,这事你们就不要为难金主任了,大家都知道,这又不是他做得了主的。"说话的又是田原。

小金手胸口一股无名怒火噌噌地往上蹿。

又是田原这猴崽子!看着好像是在帮自己解围,其实又是在嘲讽他。言下之意堂堂制片主任管不了剧组人员酬劳这样的大事,倒是唱个歌发个水果这种鸡毛蒜皮的小事管得起劲。

他瞪了田原一眼,田原依旧连看也没看他,但是他似乎看到了田原那一脸的嘲讽。

"主任,晁正这边都已经知道错了,我以后会监督他的。不过主任,再怎么说,您骂人还是不对,趁现在跟晁正道个歉,这事儿就算过去了。"田原轻描淡写地说。

"田原——!"小金手差点就冲着田原大吼出来,话到了牙齿边上就要蹦出来了,又被他生生地吞回到肚子里去。拍戏到现在,小金手从来没有受过这样的侮辱,自己一个大制片主任,居然要跟一个B组摄影道歉!全天下哪有这样的规矩!去他的田原,去他的临时党支部,这帮人就是冲着自己来的!今天他是虎落平阳被犬欺,这帮狗东西给我等着瞧,要你们好看!

小金手面无表情,胸口暗暗起伏。

"不行,你是在群里骂我的,你要在群里给我道歉!"晁正突然说,语气更是咄咄逼人。

"道歉——道歉——!"晁正身后摄影组的兄弟们齐声呼应。

小金手压抑着怒火低着头,把自己深深藏在帽檐之后,一声不吭,他偷眼再次瞄了一下田原,田原站在一旁,只是淡淡地看着,没有露出任何表情。

让小金手道歉的声浪一浪高过一浪,B组摄影组的那帮兄弟跟着晁正和昀哥的步子步步紧逼,"包围圈"越来越小,小金手发现,始终拿着手机在拍摄的乔波,这时候都快把镜头怼到他脸上了。

突然挡在自己身前的勇诚回过头,叫了一声:"主任!"

顺着他的眼神,小金手这才注意到,角落里出现三三两两的人影,渐渐再向他们靠拢——这都是勇诚手下场务组的兄弟。上午的时候,小金手已经吩咐了勇诚,让他手下的兄弟们准备好,先不要露面,如果有什么变化,他们就是自己的后援。

"主任!?"勇诚又叫了一声,他在等待小金手的指示,要不要兄弟们动手?

指责之声愈演愈烈,每一声"道歉"都像一记耳光扇在他脸上,扇得他火辣辣地痛,金坤咬牙切齿看着他们,晁正等人越围越紧,外围勇诚的弟兄也已经悄然逼近。

就在他刚想开口的一刹那,一个身影挡在了晁正身前,两只手把他死死顶住。

"好了晁正,可以了!"

小金手有些意外,拦在晁正身前的是总制片卢冈。

"不要再逼他了,他还要管理剧组,"卢冈说道,"你让他在群里道歉,以后还怎么管?算了!"

晁正等人终于停了下来,小金手也给勇诚一个眼色,勇诚也暗暗做了个手势,叫停自己的兄弟。

"算了,晁正,你听我一句。"卢冈说。

晁正看了一眼田原,小金手发现,田原不动声色地点了点头。

"那他也必须道歉!"见晁正没有说话,昀哥连忙开口,随即又和田原交换了一个眼色。

"道歉！道歉！"他身后的伙伴们继续起哄。

卢冈回头看看金坤，像是再征询他的意见。

"晁正，差不多就可以了，人家金主任还要管理剧组，就别提什么群不群的了。"田原话里有话地说。

晁正没有说话，但是看着小金手的眼神似乎缓和了些，好像在等待他的道歉。

"金主任！"卢冈用期待的眼神看着小金手。

"对不起，我道歉。"

出人意料的，金坤的语气特别平静，把大家原以为很难出口的六个字，轻描淡写地说了出来。

"威胁你和你家人是我不对，我道歉。"小金手又补充了一句，语气还是一样的平静。

他说完一转头，正好和田原的目光相对，田原的眼神中闪过一丝意外，随即又消失不见。

"好了好了！该说的都说了，这个事情就算过去了，听到没！"卢冈扯开嗓门，试图让天台上每个人都听到。

"没事了哈，没事了。"昀哥也跟着打圆场。

"来，你们俩握个手，以后还是兄弟！"卢冈拉着晁正的手，又一把将金坤的手拉了过来。

起先还有些抗拒的两只手，在卢冈的生拉硬拽下，终于握在了一起。

不但握在了一起，小金手还主动上前，给晁正一个大大的拥抱。

"好——！"卢冈一边叫好，一边带头鼓起掌来，"兄弟们我们要团结，一起把我们的酬金要到，你们说对不对！"

"好——!"说到讨薪,天台上终于响起雷鸣般的掌声。

趁着掌声,小金手转过身,头也不回地朝走廊走去。

只有他知道,自己最后的道歉为何如此平静。直到今天,他一直记着自己入行时,师傅跟他说的一段话。"对自己最憎恨的敌人,一定要以最客气的态度来对待他们,只有这样才能让对方松懈,在他们疏于防备的时候,给予致命一击。"

5. 晃正

华灯初上,雾岛的天彻底放晴了,今天窗外的夕阳显得格外美丽,把天空染成难得一见的紫红色。他听田原说,这种颜色的天空,只有在塔斯马尼亚旅行的时候见过一次,要空气质量特别好的地方才会出现。

还有一个好消息,是公寓楼下的超市进货渠道全面恢复了,进了好多久违的菜品。他立刻去采购了十斤牛肉、十斤猪肉、十斤面条、五斤面粉、五斤胡萝卜、两斤大葱、两斤番茄、一斤青椒、五十个鸡蛋和两箱啤酒,还有一堆的调味料。结算的金额是1 036元,他也不知道到底是贵了还是便宜,他也不在乎,吃了20多天盒饭,他必须要好好换换胃口了。

乔波帮着他把所有的东西搬进了房间,还自告奋勇要一展厨艺。乔波的房间就在离晃正不远的地方,晃正听说,乔波当过兵,当兵的时候就是在部队的炊事班干活。所以他主动要求做饭,晃正一口答应。果然乔波在灶台前才捣鼓了一小会儿,一股饭菜香就溢满了房间。

"叮叮"两声,是晃正和乔波的手机先后发出来的,他知道这是剧组群里又有人发消息了。

这次发消息的人是田原。

联合导演—田原：

  各位剧组同仁：

  今天下午两点，由临时党支部召集协调会，处理今天剧组大群内发生的B组摄影指导晁正与制片主任金坤发生争执一事。

  会议在雾岛公寓五楼天台举行。双方进行了近一个小时的交流辩论，从激烈争执到冷静下来互相理解，最终达成和解。制片主任金坤就几天前在剧组群中辱骂晁正及晁正家人一事，当面对他进行了诚恳的道歉。解释了其中的误会，并对摄影组的管理及扰民问题，提出了改进意见。摄影指导晁正接受了金坤主任的道歉，并对加强制片工作的透明度与主任交换了意见。双方握手言和，并对在剧组群中对大家的打扰表示了歉意。

  总而言之，党支部认为，发生这种情况的根本原因，是大家没有结到应得的报酬，情绪无从宣泄，发生了这一不该发生的事件。

  也借此再次敦促投资方欣歆公司，早日解决剧组薪资问题。同时号召剧组同仁，克制情绪，配合剧组管理，争取早日回家！

电视剧《守护》临时党支部

"晁老师，导演给你报仇了！"乔波兴奋地说。

"为什么?"晁正没有听懂乔波的话。

"你不是要小金手在群里给你道歉嘛,现在导演直接给他写上面了,小金手现在肯定气死,哈哈哈!"

晁正一想还真是这么回事,脑补着小金手气急败坏的样子,心情轻松不少。小金手骂他,他能忍,但不能忍受的是对方威胁他的家人!家庭就是晁正考虑的一切,现在制片主任非但没有为他们争取到一分钱赢得的酬金,居然还威胁自己妻儿的生命安全!晁正一想到这就浑身发抖,恨不得再冲上楼去对着小金手一顿狠揍。

"红烧肉好了!"晁正还没有从负面情绪中完全摆脱出来,乔波已经把一碗浓油赤酱的红烧肉端上了桌面。

"可以啊乔波,不愧是炊事班干过的!"晁正不禁竖起了大拇指。

"小Case,我再烧个好的,今天撮一顿。"

"你可以的!"

"晁老师,要不要把导演一起叫上?"

"要!当然要了,还有昀哥、小玲,让他们一起过来,有这么顿好吃的还不聚聚。"晁正说。

"哟,什么东西这么香啊!"门外传来一个中年男人的声音。

乔波打开门,一个身材高高大大、脑袋"地中海"的男人探进头来。

"雷哥!"乔波招呼了一声。

探出脑袋的男人正是司机老雷。

"晁老师,这是雷哥,你认识的吧?"乔波介绍说。

工作的时候晁正一天到晚埋头在现场,对眼前这个老雷他没有什么印象,倒是老雷很热情地上前握手,跟他套起了近乎。

"晁老师呀,我当然认识的咯,B组摄影指导对哦啦!"老雷操着一口上海口音的普通话,"我是帮丛山导演开车的,来你们B组现场少,我和田导演很熟的!"

"哦——坐,快请坐!"虽然不熟,晁正还是热情地招呼着。

"哎,你和乔波是怎么认识的?"

"我出去'定点观察'前屋里还有点菜,雷哥说他有冰箱,让我把菜放到他那里回来再吃,就那次我们认识了。"乔波补充。

晁正注意到老雷正看着桌上的红烧肉,两眼放光。

"那……等下一起吃饭吧,我们叫了田导,他马上下来。"晁正说。

"那我就不客气了哦——"老雷的眼睛还是没有离开红烧肉,"哦,对了,我冰箱里还有半只鸡,乔波你要不要拿过来一起烧了?"

"好啊!我再做个大盘鸡!"乔波洗了洗手,出门拿鸡去了。

红烧肉、大盘鸡、番茄炒鸡蛋、土豆丝、猪肉炖粉条、水煎包、白灼生菜,乔波不愧是在部队炊事班锻炼过的,烧得一手好菜。一桌子杂烩南北的丰盛菜肴摆在大家面前,所有人的情绪都被提了起来。憋屈了快两个月时间,今天总算可以大快朵颐一番!

老雷夹起一块红烧肉送进嘴里,眯上眼睛发出一声长长的"嗯——",那是品尝到美味的赞叹声。

"乔波,你可以去开饭店了!"昀哥称赞。

"这兵还真没白当。"田原也赞道。

乔波的厨艺受到一致好评。

"老雷,侬啥辰光跟伊拉混一道了?"田原问。

"啥叫混一道?跟你们讲得来所以走到一起,跟上面那些骗子、贪污犯可以混的啊?"老雷说。

大家似乎都听出了老雷的话里有话。

"哦?为啥这么说?"田原不动声色地问。

"剧组搞成现在这样子,还不是这帮人搞的啊,小金手设备费拿了200多万元,他姘头服化组的钱全拿走了,很多演员的酬金倒一分没付,你们连合同都没签,对哦?"

老雷的话听得大家都愣了。

"老雷你说的这都真的假的啊!"晁正听得觉得不可思议,"你怎么知道得这么清楚?"

"我怎么知道的就别管了,反正就是知道,周丛山、小金手、卢冈,还有那个老袁,没一个干净的。他们合起伙来骗山东人,被发现之后倒好,黄子骏不敢再投钱嘞,我们这300人都尴尬掉了呀!"

听着老雷的话,大家的脸上都写着震惊、疑惑、难以置信。

老雷又指着田原,说:"核心团队,就他一个是干净的。他们背后商量事情,就瞒着他。"

晁正看向田原,田原托着下巴,眉头紧锁,一言不发。

"老雷,你到底是司机还是幕后大老板啊?怎么什么都知道?"晁正感到不可思议。

老雷嘿嘿一笑,转头对晁正说:"我还知道黄子骏经常给你打电话对不对?"

"也不是经常啦,就是通过几次电话,这个兄弟们都知道。"晁正说。

"你放心,黄总知道你跟他们不是一伙的,你们的酬金黄总在北京也打听过了,都是没问题的,放心好了,肯定能拿到的,"老雷又夹了一块鸡肉送进嘴里,"哟,这个大盘鸡烧得好!乔波你可以的,你们这群兄弟可以的,都是田导的人,可以的!"

"老雷,"半响没有说话的田原终于开口了,"我认识你的时候你跟丛山导演是朋友,什么时候成黄子骏的朋友了?"

"嗨,"老雷摸抹了一把嘴巴,指着天花板压低了声音说,"你不知道上面这帮人做的事,别说道德问题了,惹上刑事责任都是早晚的事!"

"这么严重!"晁正瞪大了眼睛。

"当然!"老雷也瞪大了眼睛,"人家黄老板早就有证据了,到北京你以为只是去找钱啊,公安部人家都去过了!"

"他们能有什么事?贪污?"晁正问。

"准确地说叫职务侵占罪,你想想小金手拿进那些钱,周丛山会不知道?老袁350万的美术费,就搭那点景,钱都哪里去了?他们都是算计好的!"老雷敲击着桌面感觉是在敲重点,"开机前就计划好,要从制作费里搞出2000万,在哪一块捞多少他们算得清清楚楚,小金手在北京回龙观买了套房子知道哦,首付刚付掉。"

"连这你都知道!"晁正不淡定了。

"这算什么,黄总还有好多录音,他们几个人商量怎么坑钱的,还有周丛山跟那个赵小娥的……连照片都有。"

晁正手一摊,说:"你拿过来看看。"

老雷刚要把手机递过去,想想不对,连忙摆手道:"不行不行,这个不能给你看。"

"哈哈哈哈——"老雷的动作引起大家一阵哄笑。

"不说了!"晁正一摆手,拿起一罐啤酒,"来喝一个喝一个!"

"干杯——!"众人的啤酒罐碰在一起。

才半个小时,桌上的菜就被风卷残云般收拾干净。可能是太长时间没有吃上一顿正经饭了,今天的菜居然比酒更受欢迎。田原去年发痛风,啤酒不敢多喝。小玲一个柔柔弱弱的小姑娘,也不敢在一帮大男人中间太张扬,吃了饭就早早回屋了。乔波和昀哥帮着收拾了桌子,还泡上了一壶茶,一餐饭很快变成了围炉夜话。

今晚晁正也不想再喝酒,他倒是想跟老雷多聊聊,他发现老雷知道的事情不少,甚至比田原还多。

水开了,他第一个给老雷倒上了一杯茶。

"黄总都已经知道那么多了,他为什么还不搞他们?反而我们这些老老实实干活的,一分钱没拿的,苦死。"晁正问。

"哎,现在剧组里鱼龙混杂,好人坏人混在一起,怎么弄?等雾岛交通一恢复,先放水,把池塘里水放光了,剩下那几条大鱼再慢慢处理。"老雷回答。

"哦。"晁正似懂非懂地答应了一声,老雷的话听上去很有道理,尽管他也没搞清楚谁是水,谁是鱼。

"老雷,你是什么时候跟黄总熟的?"晁正又问。

"那时候黄总来上海,丛山经常叫我去接他,一来二去就熟了呀。"

"你觉得他到底有没有钱?"旁边的昀哥也忍不住问。

"有!怎么没有,人家10个亿的资产嘞!"

"那为什么不发酬金啦?"

"啧,不是说了嘛,鱼龙混杂,发谁不发谁啦?搞得清楚哦啦!"

"酬金就不说了,为什么连饭费也不付?"晁正问。

"本来是要付的,结果倒好,关键时候,东灿公司给他发了个律师函,他知道要打官司了,那还付什么钱!所以上头这帮人做事……包括那个老闵,都没脑子的!也不想想谁是金主,把人搞死了,他们自己掏腰包出钱啊!"

"是公司函。"田原纠正道。

"哎,反正都一样!"老雷把杯中茶一饮而尽。

"后面他们会怎么办?我们这戏还拍得下去吗?"晁正担忧道。

"拍下去?你还在做梦哪,就这帮人还能让他们拍下去?"老雷不屑道,"不抓进去就不错咯!"

"那这戏就这么黄了?"晁正看看老雷,又看看田原。

田原默不作声,一杯茶举在唇边已经很长时间了,并没有任何动作。晁正看看田原,他知道这部戏对他的重要程度,远不是其他人能比的。要是真黄了,那损失的绝不止金钱,还有他的信誉和口碑。

"这个戏黄总是肯定要拍下去的,只不过不能让这帮人拍而已,等把这些人处理干净了,田导演,这个戏后面就要靠你咯!"老雷说。

晁正注意到田原的眼神微微一动,随即又露出淡淡的笑意。

"老雷,"田原突然开口转移了话题,"我认识你的时候你可不是司机,最近是怎么了?"

老雷脸一沉,脸上的笑容也渐渐消失,露出了几分无奈。

"唉……走错一步棋,满盘皆输,搞得生意都黄了……也没什么,人生嘛,本来就是起起落落的……"老雷说得含含糊糊,晁正也听出他不想多说。

"老雷,你要不让田导给你算算命,他算得很准的!上次说我、说我什么来着?"

"命带桃花,女人不断!"昀哥在边上补充说。

"哦——对对对,算得太准了,我就是不缺女人,走到哪里都不缺,没办法,一点办法也没有,我就跟我老婆说,你管我也没用,我就是这个命!"晁正说。

"你还敢跟你老婆说,她什么反应?"昀哥惊讶地问。

"她骂了一句精神病,就没睬我了。蛮准的,真的!"晁正认真地说。

"是蛮准的呀!"昀哥也说。

"他讲你什么啦?"老雷饶有兴致地问。

"说我的命很平,平得跟一碗水一样,一点特点都没有。还说我就是打辅助的命,可以辅佐别人,我觉得也蛮对的!"昀哥又说。

老雷这下来了兴致。

"田导演,可以帮我算一卦哦啦?"他伸出左手递到田原跟前。

田原看了他一眼,微微把他的手推开,说:"我不看手相的,这是迷信。你把生辰八字报给我。"

老雷兴高采烈地答应了,随即就在微信上发了自己的出生年月日。

"还有时间,出生时间很重要。"

"这我知道,生辰八字嘛。"老雷利落地把出生时间也发了过去。

田原打开手机输入了老雷的生辰八字,很快 App 运算的结果就显示了出来,晁正探着头看田原的手机。

手机上显示着一张表格,上面密密麻麻都是字,什么"紫薇""贪狼""天魁""破军",中文字都看得懂,什么意思却一个也不知道。

田原仔细看着盘,生怕漏掉了任何重要环节。

"嗯,唉——"田原的一声叹,把在座各位的心都吊了起来。

"怎么样,看出什么了哦?"老雷瞪着眼睛,情绪格外紧张。

"机月同梁,却逢两颗煞星冲破,而且冲的全是事业宫,原本事业宫禄马交驰,是兴旺之兆,可惜天同化忌,有福不得享,又逢地空冲破,唉……竹篮打水一场空啊!"

田原抬眼看时,包括晁正在内大家都愣愣的,一脸懵。

"老大,要不你说得通俗点?"晁正说。

"老雷啊,你啊——我就给你八个字,"田原说,"命运多舛、成败多端。"

老雷听着,眼睛瞪得更大了,微微挺起了腰。

"事业起伏这么大,这种命盘我还是第一次看见。"田原摇着头叹道。

老雷的眼中一亮,随即暗淡下来,显然是被田原点中了心事。

"是哦啦,没错呀!"老雷两手一摊,倒是大方地承认,"做生意被人骗,现在身无分文……"

田原理解地点点头,淡淡地说:"没事,还起得来。"

"真的啊?"老雷把脸凑了上来,"你再帮我看看,什么时候能再起来?"

"这我没这本事,"田原尴尬一笑,"学艺不精,知道的就这些了,不过……"

"不过什么?"

"不过命盘显示,你应该离开上海,越远越好。"

"这就对了嘛!"老雷一拍大腿,"我就知道! 那你再帮我看看,东南西北,往哪里去比较好?"

田原想了想,说:"山东?"

老雷讪讪地笑了,说:"不错了,能知道这些就不错了……"

连续几声"叮——"的提示音和手机震动,晁正知道剧组群里又有人在发消息,大家纷纷掏出手机查看。

"喏,我说的吧,有动静了!"老雷说。

晁正拿起手机,是资方代表卢一诺发的消息,一个 PDF 文件——工作组通告。

资方代表—卢一诺:

工作组通告

尊敬的各位剧组同仁:

  自工作组成立以来,工作小组审查了投资方欣歆投资管理有限公司全部收支明细,查阅了与东灿影业有限公司签订的联合摄制合同及其他 28 份合作合同,查验了承制单位制作的预算书,该预算并未经投资方书面认可。了解了制片团队到剧组人员的构成,同时经过夜以继日与剧组成员邮件及电话沟通,查收剧组人员的举报信件,现工作小组已初步掌握剧组的初审情况。

  东灿影业有限公司作为合同约定的承制单位,存在管理失职,在剧组人员未签订劳务合同,不具备开机条件的情况下仓促开机,聘用主要核心人员未经投资方确认,部分制片成员利用权力之便以公谋私,违背电影人的初心,不负责任,中饱私囊,因此在承制管理过程中产生大量问题。

  一、铺张浪费

  住宿:在华贸君临大酒店,任意安排不符合条件的人员入住,随意举办高标准宴会,客人离店不办理退房手续,造成巨大浪费；车辆：预算中车辆33辆，实际使用车辆64辆，完全背离剧组实际需求量，且存在虚假用油、租赁价格超出市场价格的情况。

二、弄虚作假

1. 违背行业规范和市场价格，在签订合同中虚高报价，致使在已签订的合同中存在大量问题，包括雾岛公寓租房合同，网上价格及前台电话录音价格均在每月950元/1500元，而签订合同价格为2800元/月；摄影设备租赁合同，高出市场价格40%，签订合同预付款比例一般在10%—20%，而我们签订合同时预付款比例达到70%，共210万元，且存在大量闲置设备的情况；选角团队服务合同，合同价格600万，高出行业价格两倍以上且无演员的具体价格；群众演员合同，价格240万，超出市场价格五倍以上；空调租赁协议，租赁三台空调20天的费用高达16 200元，相当于购买三台新空调价格。

2. 虚报瞒报，不配合工作。工作组根据举报信息在与剧组人员在沟通中发现大量虚报瞒报不配合工作的行为，严重干扰了工作组的工作。

三、假公济私

无视投资方权益，不顾及基层员工的利益，为一己私利，对关系良好的组别超额付款，服化组根据初步审计结果均已超额付款。

四、管理混乱

出现三位薪酬90万元的制片主任。车管工作一个多月，提报薪酬高达19.02万元。

鉴于承制单位管理混乱，存在大量虚高合同和上述问题，工作组决定：

1. 对于所有已签订合同的单位和个人，由于合同普遍存在价格虚高问题，工作组将在雾岛交通恢复后，进行实地调查审计，与签订合同的单位和个人一一对接，根据审计结果多退少补。

2. 服化组已支付 125.15 万元、美术组已支付 354 万元、DIT 组已支付 15 万元，根据初步审计结果，对于当前完成的工作量已足额或超额支付资金，并已含员工劳动报酬，如员工报酬未发放或未足额发放至个人，请上述组别员工与组长索要薪酬。

3. 核心管理层和制片部门因部分账目收支存疑，且有可能涉及追责，工作组针对包括制片人、制片主任、总导演、导演和执行导演等核心管理层、制片部门及其他存疑工作岗位延后处理薪酬发放，待雾岛交通恢复正常以后，工作组将会依次进行谈话、决定。

4. 因为电视剧正在拍摄过程中，只拍了 31 天，共拍了不到 1/3，又遇到雾岛交通管制，因此，除上述 1、2、3 条中人员外未签订合同且未取得劳务报酬的人员，工作组本着人道主义精神，代承制单位、出品方发放劳务报酬 3 000 元/人。待雾岛交通全面恢复后，工作组对剧组全面审计结束，对每个岗位人员，根据岗位情况统一进行清算找补。

5. 目前剧组人员已具备离组条件，三天后不再承担食宿、交通费用。

6. 剧组财产办理清点、移交、保管手续，如发生丢失、毁坏,将追究当事人的经济和刑事责任。

7. 承制单位应切实负责,处理好剧组的各项工作,为下一步继续拍摄做好准备。

8. 凡教唆、组织、参与聚众闹事,非法利用其他媒介渠道散布、发布针对本剧、投资、承制、出品单位的行为,追究其刑事或民事赔偿责任。

电视剧《守护》工作组

晁正的脑子"嗡"的一声,旁边的人在说些什么他一句也听不见,眼前的通告洋洋洒洒一千多字,在他眼里只有短短的这么几个——"发放劳务报酬 3 000 元/人"。这让他怎么跟兄弟们交代啊!

房间里所有人都沉默了。

第九章　一 天 世 界

1. 田原

　　田原从晁正房间出来,走廊里已经闹翻天了。

　　剧组人员三五成群,聚在一起讨论、抽烟、抱怨。一个玻璃杯从田原眼前飞过,在走廊的墙上砸得粉碎。他下意识地用手挡了挡,才没让玻璃碎渣溅到脸上。

　　"上楼!找制片!"

　　走廊里充斥着漫骂。

　　深夜昏暗的灯光让人分辨不清谁是谁,田原猫着身子,快速走过这些快要失去理智的人群,走进楼梯间。

　　爬上五楼的楼梯口,他还特意停下脚步朝走廊里张望两眼,好在走廊还算太平,三楼、四楼的剧组人员并没有像他们嘴里嚷的那样冲上楼来。他连忙顺着墙根,一溜烟地朝自己房间走去。经过卢冈房间门外时,他隐隐听到屋里传来的说话声。田原放慢了脚步,犹豫了一下,转身轻轻敲响了卢冈的房门。

　　屋里的说话声戛然而止,也没有人问话。隔了足足有二十几秒,房门才微微地开了一条缝,门缝里挤出一只眼睛,田原一眼认出了是B组的现场制片小胖。

　　"小胖,我。"田原也下意识地压低了声音。

　　一见门外的是田原,他快速地拉开门,田原一闪身进了屋子。

不出所料,卢冈的屋里就那么四个人,除小胖以外,就是孙宝国、老顾和卢冈本人。

卢冈满脸憔悴,整个人有气无力地窝进沙发里,见田原进来,指了指身边的椅子,让他坐下。

"卢老师,群里消息你们看了吧,"田原说,"现在怎么办?"

"怎么办?我能有什么办法?"卢冈两手一摊。

"我告诉你,明天肯定乱,你们看着好了!"说话的是坐在窗口的录音老顾。

田原瞥了他一眼,没有多说什么,在他看来老顾不过是说了句废话,现在这个情况,是个人都知道会乱。辛辛苦苦干了一个月,又滞留了将近一个月,等待投资方解决酬金问题,等来的却是3 000块钱打发走人!换了谁也接受不了啊!更何况大家心知肚明,剧组遇到这种情况会是什么后果,没有人会乖乖拿着这点微薄的补偿离开,相反,会以各种极端的方式回应,到时候大家面对的远远不是一个简单的欠薪问题。黄子骏今天这则通告,已经把剧组推下了深渊。

"这事跟丛山导演沟通过了吗?"田原问。

"沟通了,卢老师刚打完电话。"小胖说。

"他怎么说?"

"他说,他晚上跟黄子骏通电话,让我们想办法稳住剧组,问题是拿什么来稳啊!"卢冈扶着额头,表情痛苦。

"事情不能拖,制片部门要有回应,不然事情会闹大的,我刚从三楼上来,楼下已经不太平了。"田原说。

没有人回话,屋子陷入可怕的沉默。弥散在空气中香烟的雾气也似乎凝固了。

隐隐地,楼梯口口传来阵阵喧嚣,人声越来越近。

田原知道事情不能再耽搁了,这时候头脑反而冷静下来。

"报警。"他说。

这句话一出口,所有的眼睛都看向了田原。

"卢老师,我们不是有派出所夏警官的电话吗?"

经田原这么一提醒,卢冈倒是眼前一亮:"对对对,夏警官确实讲过,有什么事情可以通知他。"

他刚拿出手机,门外就传来一阵鼎沸的人声。纷乱的脚步声踩得地板隆隆作响。

屋子里的人包括田原在内,都紧张地盯着门口,大气也不敢出。

"导演呢!制片主任呢!管事的人呢——!"几个粗重的嗓音叫嚣着。

人声如汹涌的潮水般,从门口扑来,继而又渐渐远去,往走廊的另一头去了。

田原回头疑惑地看着卢冈,大家都面面相觑。

"是了!"还是田原最先反应过来,"他们只知道丛山导演住哪间,不知道我们在哪儿!"

田原的声音稍有点大,一旁的孙宝国连忙竖起一根手指放在嘴唇中间,示意他千万小声,不要把人再引过来。

丛山导演已经很久没有住在雾岛公寓了,这些情绪激动的人自然是会扑个空,这多少为大家争取了一点时间。田原示意卢冈趁这机会赶快报警,又吩咐小胖出去看一眼,作为现场制片,在其他人眼里他也是和大家一样干活的人,混在中间观察一下情形不会有什么问题。

小胖又像先前那样,把房门拉开一条门缝,胖乎乎的身子从门缝里挤了出去。

"喂,夏警官是哦,我是《守护》剧组的制片卢冈呀,我跟你讲,阿拉今朝夜里厢出事体了——"这时候卢冈已经拨通了电话。

听卢冈打着电话跟警察反映着剧组的情况,田原的心里稍稍安定了些,脑子飞快转动,考虑着可能出现的情形。从剧组微信群发言的情况看,几个嚷得最凶的领头羊,是组里的普通司机。这伙人虽然来势汹汹,但是平时跟剧组核心层接触很少,连制片主任住哪间屋也没打听清楚。等他们摸着些头脑,警察一定已经赶到了,有警察在,就不会闹出什么大乱子。不过一夜的折腾怕是难免了……

这段时间层出不穷的状况已经让田原倍感压力,自己身为剧组临时党支部书记,在这种时候更是要谨慎表态,看清形势再做决断。所以田原今晚想退后一步,更不想陪着制片组虚耗一个晚上,见卢冈挂了电话,田原立刻起身:"卢老师,你们坐一会儿,我也去看看情况,有事我们通电话,没事我就不过来了。"

告别了卢冈走出房门,田原从背后翻起外套的兜帽戴上,朝丛山导演房间方向瞄了一眼,门口黑压压地围满了人。他并没有往那个方向走,而是一转身,又朝楼梯间去了。循着楼梯他又重新回到了三楼,和来的时候不同,走廊里空无一人,想是都上楼看热闹去了。田原还是小心翼翼地挨着墙角,一边走一边注意着头顶的门牌号码。

在3216房间前,他停下了脚步,又谨慎地左右张望一番,确认没有人后,他才掏出房卡闪身进了屋子。

房间空荡荡的,田原这才后悔没有把洗漱用品给带下来,但是转念一想，就刚才楼上那样的情形，就算想起来，自己真敢回房拿东西吗？这间房间的门卡，是张益留给他的，作为项目的宣传负责人，开机时剧组特意给张益留了个房间。但是他嫌雾岛公寓位置太偏，不方便照顾家人和孩子，所以一天也没在这里住过。最后一次见面，张益把门卡交给田原，说万一想找个安静的地方，可以用他的房间。田原本想把房间退了，但也不知什么原因，鬼使神差地想多留一间房未必是坏事，所以一直没有退房，反而一直把这间屋子的门卡和自己屋的门卡放在皮夹子里，随身携带，没想到今天还真的派上了用处。

从卢冈房间走出来的时候，田原就决定今晚不住楼上了。刚才下楼前随意的一瞥，围在丛山房间门口的不下 30 人，已经把房门前那块地方堵了个水泄不通。现在田原倒是暗自庆幸，幸好统筹和制片组没有制作剧组通讯录，不然他们一些核心主创的房间号，将暴露在全组的眼皮底下。制片组的工作失误，现在反而救了他们一命。

田原走上房间内的楼梯，三楼的层高比五楼要矮，低矮的挑高层让人直不起身子，上去就只能躺到床上。他脱了鞋，躺下身子翻看手机里的消息，密切关注着剧组群里的动向。

没一会儿，群里传上来一段视频，田原一眼就认出这是丛山导演的房间。

视频里，一个穿着警服的同志站在中心，卢冈、孙宝国和小金手都在他身后，周围乌泱泱地挤满了人，不少人拿着手机在拍摄。卢冈的神情比刚在楼上那会镇定很多，孙宝国一如既往地一言不发，插着双手待在角落里，小金手给自己找了个座，叼着香烟跷着二郎腿，还是低低的帽檐，看不见眼睛。

视频拍摄的角度是在房间外,几乎是在人群的最后面,人声嘈杂,田原把手机的声音开到最响,也听不清中间的警官在讲些什么。只言片语间,好像也就说到"协调""警方介入""稳定"那么寥寥几个字。

正看时,一个电话打了进来,是妻子罗茜打来的。

"田原,你那边情况怎么样?"刚接通电话,罗茜就迫不及待地问,她也是看到了群里的消息,才匆忙打电话过来询问。

"我不在现场,不过民警到了,没事的。"田原安慰道。

"你住的房间安全吗?他们不会来找你吧?"

"我不在五楼,放心。"

"那你住哪儿?"

田原把三楼房间的事跟罗茜说了,罗茜才放下心来,又叮嘱了两句,才挂了电话。

等田原再回头看微信群,里面多了一条消息,是卢冈发的。

总制片—卢冈:
  剧组各位同仁,今晚剧组的情况,由关王村派出所的夏警官出面了解。他答应帮助剧组与山东资方进行调解,请大家少安毋躁。明天中午前,剧组和警方一定会给大家一个满意的答复!

看着卢冈的声明,田原心里隐隐觉得不安,"明天中午前"这个时间点到底是怎么商量出来的?剧组近300号人的薪资酬劳,还有拖欠的房租、餐费、误工费……数百万的资金呐,是一个晚上就可以有答案吗?民警也不是神仙,露个面就能把问题解决?

田原本想打个电话提醒卢冈,但看到群里一连串的回复"就等明天",想想还是放弃了。现在谁发言谁就是出头鸟,犯不着把矛头往自己身上引。再说了,说出去的话泼出去的水,覆水难收,明天也只能走一步看一步了。

多想无益,田原把手机往边上一扔,胡乱扯开床上的被子,外衣外裤也不脱,就囫囵睡下了。田原有个优点,在他的字典里没有"失眠"二字,无论遇到多大的事,只要一沾枕头就会睡着。今天也不例外,还不到五分钟,屋里已经充满他"隆隆"的鼾声了。

晚上田原做了个梦,梦里罗茜兴冲冲地敲开他的房门,告诉他山东资方把稿费给付了,现在他们终于有钱可以买新房子了!田原将信将疑,罗茜把手机拿到他面前,让他看手机银行的余额。余额的数字很模糊,似乎被屏幕上一块污渍给挡住了,田原拿过手机,把屏幕擦了又擦,始终也没有看清。就在他还在想办法要看清数字时,手机却震动起来。

震动感是那么真实,以至于把田原从梦中惊醒。原来他的手机真的在手边震动。

打电话来的人是卢冈。

刚按下通话键,手机里就传来一阵嘈杂鼎沸的人声,继而是卢冈声嘶力竭的声音。

"田原,你在哪里?快来一下五楼——"

没等田原回答,电话就挂断了,他看了看手机上显示的时间,不由得吃了一惊,不知不觉的,这一觉睡过来,已经是第二天早上9:17!再看微信群,从凌晨5点到现在,整页整页的指责和谩骂,难怪他的手机不停在震动。

看来昨晚的骚动,并没有因为民警的出现有所缓和。

又一个电话进来,来电的是晁正。

"老大,你人在哪儿?找了你一早上。"

田原犹豫了一下,还是决定不告诉晁正自己的方位。

"我睡过头了,没事,你说。"

"群里的消息你看了没有?现在很多人在五楼天台,我兄弟们也在问我要不要上去?"

"谁都在天台?"

"百来号人哪!"

"你等我,我这就来你房间。"

田原赶到晁正房间门口时,他的房门大开着,里面聚着摄影组五六个兄弟。

"什么情况?"田原问。

晁正简单说明了一下早上发生的事情,还没到 8 点,群里就有人按捺不住了,@丛山和卢冈讨要说法,卢冈只是回了一句"中午 12 点后给大家答复",就招来了一阵抗议和谩骂,大体的意思跟田原预料的一样,没人相信短短的几个小时,能够解决近 300 人的薪资问题。9 点不到,情况愈演愈烈,也不知道谁发了一句:"上去找卢冈算账!"几十号人就跟着又上楼了,只听说他们冲到房间里,架着卢冈就往天台去了,也不知道现在情况怎么样。

田原眉头紧锁,难怪前面卢冈给他打电话的时候,周围那么嘈杂,话也没说完就把电话挂了。

"老大,我看卢老师这次有点凶多吉少……"晁正一脸严肃,不像是在开玩笑。

田原担心的也正是这个。近两个月的滞留,大家的情绪早就到了爆发的边缘,工资的事情无疑又是火上浇油。田原的脑子里已经不止一遍地设想过会发生什么情况,几年前他曾经有一次,也是与这样的危机场面擦肩而过。当时田原的 B 组已经结束了拍摄,他已经离组回家,A 组还有将近 20 天的时间就杀青了。可就在临近 A 组杀青的前两天,有人告诉他剧组发生了骚乱,起因是投资方不知什么原因,不愿意支付最后一笔尾款。制片主任和制片人的房间被人团团围住,出面维持秩序的现场制片更是被几个愤怒的置景工人一阵暴打,朋友还给他发来了现场制片头破血流的照片,触目惊心。

这一幕至今还历历在目,田原怎么也没想到《守护》也会走到这一步。恐怕现在激动的组员早就已经把卢冈团团围住,指着他的鼻子谩骂,甚至动手打人了吧。田原无法设想现在五楼是怎么样的局面,但是他知道,目前剧组的问题,根本不是卢冈他们几个能够解决的,更不是他田原能够解决的。这时候,他这个临时党支部书记该做个缩头乌龟还是挺身而出?田原确实没有遇到过这样的情况……

他深深地呼了一口气,说:"你们待着,别凑热闹,我上去看看。"

说完,田原转身往门口走去。

"等一下。"身后是晁正叫住了他。

他顺手拎起桌上一个啤酒瓶,跟了上来。

"我陪你去。"

晁正这么说,田原还是很感动的。在这样的危急关头,很庆幸还有这位兄弟站在自己身后。田原知道,不管在楼上到底要面对怎样的局面,逃避已经不是办法了。

走上五楼的那一刻,楼道里出乎意料的安静,一个人影也没有。从阳台方向,隐隐传来嘈杂的人声。田原跟晁正对视了一眼,快步朝阳台走去。

走上阳台的那一刻,田原反而愣住了——面前颇有秩序地齐刷刷站着两排人,只见卢冈站在众人面前,意气风发,正攥着拳头高喊口号。

"站好,都站好,跟我一起喊——我们要工资!我们要回家!"

"我们要工资——!我们要回家——!"阳台上七八十号人跟着喊出震天的响声。

"我们要工资——!我们要回家——!"跟着卢冈,大家又喊了一轮。

田原和晁正都看傻了,本来以为的一地鸡毛,万万没想到变成这样一个场面。

"我们要工资——!我们要回家——!"大家齐声喊着。

田原看到制片小宏正拿着手机认真地拍着,一边拍一边还小心翼翼地移动着步子,认真得似要把画面拍出点电影感来。

眼见着已经移到田原跟前了,他拍了下小宏的肩膀,问这是什么情况?小宏见是田原,连忙把他拉到一边,简单说了下情况。领头往楼上冲的那几个,都是司机组的普通司机,说是说找卢冈要说法,其实连卢冈长什么样他们都不知道。平时司机只管开他们的车,充其量也就认识自己车上坐的几个人,卢冈平时也不去现场,几个带头的司机都没见过他。他们上来后没头苍蝇一样地乱撞,逢人就问卢冈在哪里?这哪会有人跟他们说呀!问了四五个,结果直接问到了卢冈自己头上,卢冈也不说自己是谁,直接让他们跟他走。等上了阳台,就让他们站了两排,开始喊口号。说是要让投资方知道人民的力量!还嘱咐他拍了之后就放到网上,务必要让黄子骏看见!

听了小宏的一番叙述,田原也不得不佩服起卢冈来。平时见他组织剧组工作没什么主见,到了性命交关的时候,反应还挺快——

田原看到,昨天视频里出现的夏警官也站在角落里,似乎并没有人注意到他的存在,警官对眼前的情况也似乎无意干涉,只是他胸口的执法记录仪始终亮着红灯。

"兄弟们,在这里叫半天有什么用!我们就要说法,今天就要工资!"

人群中,一个蓝色T恤衫的壮汉突然扯开喉咙喊了一句,洪亮的声音远远盖过卢冈。

他的话得到人群中一阵响应。

"投资方又不在岛上,喊半天有什么用!制片组解决不了我们的问题,我们就找政府!让人民政府来主持公道,大家说好不好!"

"好——!"壮汉的话引来一阵热烈的响应。

田原注意到,先前低调站在一旁角落里的警官,这时候也开始有所行动了,他背过身拿着手机正说着什么。

"走!要结工资的跟我走——!"壮汉一声招呼,领着几个带头的就往楼梯走去,阳台上这时已经陆陆续续聚集了近百人,大家跟着领头的几个,如潮水般向楼梯间涌去。

阳台上的人快走光了,田原却像两只脚灌了铅似的一动也动不了。以前拍戏,他也曾"执导"过这种"群体性事件",剪辑出来后自以为效果还相当不错。但是当自己真正经历的时候,却发现感受完全不同。当你站在一群神经紧绷的人面前,但凡只要说错一句话,就会被群起而攻之,排山倒海似的侮辱和谩骂,甚至拳脚相加的暴力场面也很可能会发生。

现在该怎么办？要是他们真的冲出去，那问题可就严重了。到时候远不是劳资纠纷这么简单，投资方欣歆公司、承制方东灿影业，甚至东灿影业的上级集团公司，都要承担巨大的责任。作为临时党支部书记的田原，到时候也不知会承担什么责任。

"田原啊……田书记……"身后突然传来卢冈虚弱的声音。

他这才发现，卢冈并没有随着人流离开，不知什么时候躲到了最后。他一只手扶着墙，一只手叉着腰跟田原说："我人有点不舒服，先回房间了，下面的事情你关心一下……"

他一边说着，一边摸着墙缓步朝自己房间去了。

这下轮到田原蒙圈了，一见情况不可收拾，老同志倒是狡猾地找了个身体不适的理由早早退场，现在难题和包袱被扔到了田原这里。最不厚道的是卢冈临走还称呼了他一声"田书记"，摆明了要把责任推到他身上！该怎么办？制片组集体躺平，卢冈称病，小金手那只老狐狸更是连面也不露，投资方更不用说了，要不了多久，就算田原不露面，恐怕众人的矛头也要指向他和临时党支部了。

"老大，人都走了，我们也回房间？"说这话的是晁正，从上来到现在，他始终跟在田原身后。

田原看了一眼他，知道晁正还没有意识到事态的严重性，这位兄弟还单纯地认为，只要自己和自己的摄影组不出面不闹事，这一切就跟他没关系。

田原无奈地苦笑一下，掏出手机翻找起号码。

眼下他能想到的，也就只有一个办法——既然是临时党支部要担起责任，那他这个临时党支部书记，必须第一时间向上级党组织汇报情况。

"喂,吴书记您好,我是田原,有事情向您汇报……"

等田原打完电话匆匆赶下楼时,早就不见了那一百来号人的踪影。他不由心头一紧,生怕已经来晚了,正左右张望间,听见背后有人叫他。

"田导!"

他回头一看,是 B 组的现场制片小胖,正气喘吁吁地朝自己跑来。

"小胖,人呢?"

"都在 2 号门口,警车都来了。"胖哥的语气有些急促。

田原也来不及和他多说什么,小跑着往园区 2 号门去。

拐过最后一个弯,他远远看见 2 号门前聚集的人群,那个先前在阳台上振臂一呼的壮汉,此时正在和门卫理论着什么,田原放慢了步伐,尽量稳定着自己的情绪。他注意到,2 号门外停着的警车不是普通的警车,漆黑的车身、厚实的装甲,这车他只在去年拍一部公安戏的时候近距离见过一次——这是一辆特警防爆车。

田原意识到事态的严重性,又不由得快走了几步。他走到人群最外围,此时大家的注意力都聚精会神地集中在和警察理论的壮汉身上,田原侧着身子,也想听清前面的议论。

突然,一个声音高喊:"剧组负责人在吗?有负责人在吗?"

喊话的正是之前一直旁观的民警老夏。

没有人应答。

见无人应答,老夏又喊道:"承制公司,东灿影业有人在吗——?"

这时候,身边有几双眼睛开始看向田原。

田原知道,今天的事情再躲也是躲不过去的。他"腾"地一下高高把手举过头顶,用斩钉截铁的声音答应了一声:"在这里!"

顿时,一百多双眼睛都齐刷刷地望向了他。

田原拨开身前的人群,手上并没用多大力,人群就自动让出一条通道,让他走到前面。

他控制着自己的步速,尽量让自己的步伐看上去坚定,不紧不慢地向前走着。此时此刻,他甚至觉得有点滑稽,电影节走红毯的时候,他都没有这种被万众瞩目的感觉。这时候拿手机拍他的人,少说也有五六十个,接下来,他还要发表一番演说,能不能震住这些人? 能不能化解今天的危机? 如果没有人听他的,如果今天的失态失控又该怎么办?

但是再怎样提心吊胆也没有用,因为他已经走到了人群的最前面,2号门的栅栏前,警官同志和带头壮汉的中间。

他回过头,缓缓地扫视了一遍面前的一百多人,这几乎是剧组1/3的人员,哪怕是做导演的他也认不全哪些是自己B组的工作人员,哪些是A组的人。不过这并不重要,这里面不会有自己的盟友,会走到这个大门口来的,都是铁了心要拿回自己酬金的人。他们并不关心造成今天局面的是谁,并不关心这起事件最终谁会受到惩罚,他们关心的只有自己什么时候能拿到自己的酬劳。

田原环视了一遍众人,他看清在场每一个人的同时,也让他们都看清自己。不知道为什么,在这一刻他突然明白自己该做什么了。

"你是东灿影业的吗?"问话的是他身边的夏警官。

田原并没有看他,却对着众人开口了。

"这里恐怕还有不少人不认识我,我先自我介绍下,我叫田原,是这部戏的联合导演、临时党支部书记,也是东灿影业的常务副总经理。"

田原介绍完自己,稍微顿了顿,此时下面鸦雀无声,都在等待着田原继续后面的演讲。

"这段时间剧组发生的事,今天我已经向上级党委做了汇报。请大家相信,我们一定会帮助大家讨回一个公道!从开机到现在,已经有两个多月了,这两个多月里,我和大家一样,都待在雾岛,待在雾岛公寓,一步也没有离开过。你们的辛苦、你们身心受到的煎熬,我心里清清楚楚,感同身受!因为我也跟大家经历着同样的事情。所以请大家相信,不管是我,还是临时党支部,还是东灿影业,都是和大家站在一块的!从今天开始,我们就会积极协调投资方敦促他们解决剧组的薪资问题。在这里我可以跟大家承诺,如果投资方山东欣歆公司没有办法解决你们的问题,我们东灿影业一定会为大家解决!绝不会让大家空手而归!"

现场没有人说话,一双双眼睛都看着田原,有迟疑、有迷茫。

"好!"突然一个声音大喊。

田原转头一看,带头叫好是站在身边的那位壮汉。

"大家听到田书记发话了,我们相信组织,相信党!"说着自己使劲鼓起掌来。

在他的带动下,人群中响起雷鸣般的掌声。

"我们今天就不出去了,等党组织为我们解决问题好不好!"壮汉又说。

"好——!"人群中一阵响应。

田原注意到,壮汉的目光不住地瞥向栅栏外——那辆黑乎乎的装甲防爆车。田原这才恍然大悟,壮汉在为田原解围的同时,其实也在为他们自己解围,谁都不傻,真要冲出了栅栏,迎接他们的恐怕就是特警的人墙了。

真是虚惊一场,双方都是。

人群慢慢散开,大家三五成群地朝雾岛公寓走去。看着人群远去的背影,田原才如释重负地抹了抹额头上细腻的汗珠。总算,一次危机是渡过了,但事情远远没有结束。就在刚才,田原在阳台上跟公司上级集团的副总裁通了电话,说了剧组的情况,他得到了领导的回复,无论如何,也不能触及社会稳定的底线,剧组出现的问题,必须在剧组的范围内解决!

"田导,刚才你跟他们说的话,是要负责的哦——"说话的是他身旁的警官。

"您是夏警官吧?我听卢冈说起过。"

"嗯,"夏警官应了一声,继续发问,"你刚才说的话兑现得了哦?"

"刚才说的我已经请示过领导了。"

"请示过了是哦?那你们领导什么时候来解决问题?"

田原想了想,说:"夏警官,借一步说话。"

他把夏警官拉到角落里,这才说:"要您帮个忙,把周丛山周导演叫回来。"

"周导?就是你们的总导演是哦?"

田原点点头,说:"剧组80%的工作人员都是周导找来的,只有他能稳住现在的局面。"

"那他人在哪儿?"夏警官问。

"华贸君临大酒店,就是我们演员住的地方,前一阵就想让他回了,但他一直推说要在酒店那边稳住演员的情绪,您看是不是由你们警方出面?"田原试探着问。

夏警官想了想,点点头:"那倒问题不大,我来协调把人带回来吧。"

田原松了口气,他知道所谓的"稳定演员情绪"是丛山的推搪之词。他早就在羽轩那里听说,这几天雾岛航运一松动,滞留的演员各走各的门路,差不多都离岛了。丛山不愿回来背后真正的原因,无非是担心他一露面,矛头齐刷刷地指向他!

不过以田原和丛山的关系,他自然不便公开戳穿丛山的伎俩,现在由警方出面,他不可能再有推脱的道理了。

果然,一通电话下来,夏警官告诉他,周导10分钟后到。

还不到10分钟,一辆警车缓缓开进了园区大门,在两人面前停下。从后座走出一个消瘦、佝偻的身影,一头灰白的头发,正四处张望。田原简直不敢相信自己的眼睛,才两个月不见,周丛山像变了个人似的,已经萎靡得好似一个七八十岁的老者!丛山还没有看见站在角落里的田原,依旧眼神迷离地张望着,逢人就笑眯眯地点点头——其实他可能连对方是谁也没看清。他吃力地推上车门,往前走了两步,脚下的步子有些飘忽,田原一看就知道,是中午又喝了不少。

"这个就是周导演啊?"他身旁的夏警官凑到田原的耳边,悄悄说,"看样子不行啊田导,我看后面的事情还是你负责一下吧?"

田原也有些哭笑不得,但是不管怎么说,丛山导演回来了,整个剧组的第一责任人到现场了,后面的事后面再说吧,至少等丛山酒醒了再说。

田原是这么想的。

2. 丛山

丛山一夜没睡好,他一整晚都在关注着剧组的一举一动。

司机和场务什么时候上了五楼,阳台上发生了什么,大门口田原又当众说了什么,他知道得一清二楚。小金手、老袁、邹津几个老伙计,差不多每五分钟就要给他打个电话,汇报现场的进展。

等接到派出所电话的时候,他并不意外,知道今天躲是躲不过了。拿起床头那大半瓶二锅头,一股脑地灌了下去,虽然丛山平时酒量不小,这一口猛喝还是让他有些上头,带着飘忽的步子走出了房间。

一路上,丛山的思绪都有些模糊,这恰恰是他需要的状态,面对剧组近 300 号人集体讨薪,是要有勇气的。"酒壮屄人胆",也只有在这样的状态下,才有可能过得了待会儿那一关。

警车好像是一瞬间就到了目的地,他只记得下车后走上前扶着他的是田原。然后又被田原扶上电梯,走进自己那间熟悉的房间。在沙发上坐下的时候,屋里子已经坐满人了。

旁边有人碰了碰他的胳膊。

"哥,人都到齐了。"

丛山睡眼惺忪地转头,发现边上坐着的是小金手,他正叼着一根华子在点打火机。环顾四周,田原坐在他的对面,卢冈、孙宝国坐在田原边上,两个摄影指导孟凡和晁正远远地坐在楼梯上,其他认识的不认识的站了一屋,大家都等着丛山开口。

"坐,都找地方坐。"丛山说。

没有人动,该坐的坐下了,坐不下的也没椅子。

"你们不是要找丛山吗?"丛山抖擞起精神,开始了自己的开场白,"丛山来了,丛山就在这里,不走了!"

丛山在平时就是个嗓门很大的人,今天声音尤为的大。

"众所周知的原因,我前阵子一直滞留在华贸君临,确、确实……我也很无奈。但是我今天必须来!为什么必须来?因为我不管是在群里面,还是在所有的传言里面,说所有人来找我……或者说所有的人有意见,我作为一个男人,作为代表承制方东灿影业的副总、本片的制片人……我必须承担的!我不是一个逃避的人,我今天必须来!不要等你们找我,等你们找我,我就被动了。你们在座每一个组长,只要你们下面人说,把我杀了,或者来骂我,我都认!但是我可以告诉你们,你们所有兄弟的权益,我们东灿公司,只要在法律认定的前提下,在欣歆公司不认的前提下……我们认!我给兄弟们一个回答,只要是投资方不认的事,我们认!我们公司在上海,每个人都可以找到!你们所有的钱,我们认!给我们一点时间,因为什么?从法律上来讲这不是我们的责任,但是兄弟们所有的困难,我们都认,我们出于道德跟义务,我们认!我们一定给大家一定的费用,给大家返乡的费用。但是我们给大家一个承诺书,在一定的期限里面,哪怕是欣歆不认的,我们一定认!盖上我们的公章,到上海来找我们,我们自己集团的三栋大楼摆在那儿,不欠你们一分钱!"

丛山自己都没意识到自己一篇长篇大论说得这么流畅,一通话下来,说得房间里鸦雀无声。甚至他自己都有点被自己的演讲感动,总制片人当众表态保证大家的利益诉求,看来还是有说服力的。

"但是我要说一点,如果你们还有谁要横,任何触犯法律的事情,我绝对不认!你们不是讲了吗?要我周丛山出来,以前我不能来,我现在能来了。我就坐在这儿,我在5209,我不会走!你们什么事情都可以来找我,我们东灿公司、我周丛山给你们兜底了!到时候你们拿了我们盖章的承诺书来找我!兄弟姐妹的钱我们一分也不会少!"

一番慷慨激昂的言辞过后,没有人说话。丛山耷拉着眼皮,装作还在酒醉的样子,却仔细观察屋子里人的表情。很多人似乎已经被他的一番话说服了,有几个还露出了羞愧的神色。

"小宏,盒饭到了吗?"

"到了,导演,半个小时以前就到了。"站在角落里的小宏回答。

"大家回去先吃饭吧,把我的话跟下面的兄弟姐妹传达一下,让大家放宽心,我丛山回来,就是来解决问题的。"

他伸出两根手指。

"两天,就给我们两天时间,我们拿出解决方案!"丛山说得信誓旦旦。

很快,屋子里的人都撤了个干净,只留下丛山、小金手和田原。三个人尴尬地坐着,一言不发。丛山知道田原和小金手的关系向来不好,两人似乎都有话要跟自己说,但是两人都在场的情况下,是绝对不会有人开口的。

"那什么……哥,我先回屋吃口饭。"倒是小金手主动先开了口。

"你去!"丛山顺水推舟道。

小金手起身出了房间,关上了房门,屋里只剩下了丛山和田原。

"田原,辛苦你哦……早上这样的场面……"

"周导,公司的情况您很清楚,刚才您在大家面前这么一说,咱们办得到吗?"田原说。

"那怎么办？你不说这帮人能罢休的啊!"

丛山不是不知道自己这么允诺会带来什么后果，事实上在拍摄这部戏之前，东灿公司的情况已经很不容乐观了。他和田原作为副总，是很清楚公司的财务状况的，账上的现金只有不超过200万元，这还是在挪用其他项目资金的前提下。而剧组欠薪加上要支付的房费、餐食费用，少说也需要七八百万元！根本就是杯水车薪。

当初他和小金手、黄子骏一起，执意要把项目从东灿公司拿出来操作，正是觉得这家公司毫无利用价值，反而在财务上要受制于公司的股东和审计，尤其是总经理老闵的干涉。可万万没想到，现在公司却成了他们唯一的救命稻草，有着集团背景的东灿公司，在剧组工作人员面前，多少还有一点信用可以透支。只是该怎么解决问题，怎么兑现自己的承诺，他脑子里一片空白。

"我们是不是写份报告，向集团汇报下现在剧组的情况？然后……"

"不用!"没等田原说完，丛山就打断了他的话，他很清楚，这时候跟集团汇报情况，对他意味着什么。

开拍前，丛山在集团的调研会上是信心满满地大包大揽过的。还主动邀请集团副总作为监制在片中挂名。所有的投资、发行、演员、拍摄团队都由他一个人搞定，得到了领导们的高度赞扬，着实是风光过一把。那天，老闵和东灿公司的董事长，都跟在他屁股后面一言不发，风头完全被他盖过。他不仅仅是这部电视剧的总制片人、总导演，还是东灿公司的救世主！这种轻飘飘的感觉，的确让人经历一次就终生难忘。

现在就要让他承认失败？不行！还远远没到时候！丛山还要做最后的努力来挽回现在的局面！黄子骏真的就山穷水尽了？他不是还信誓旦旦地要抵押房子吗？那不是还能凑出个两三千万元吗？这些钱不够是吧，那他就逼着小金手削减预算！能不付的钱不付，能省的开销就省，只要让剧组运转起来，他还有办法在后面两个月的拍摄时间里找到投资来填补窟窿。退一万步来说，只要片子能够杀青，就算剧组闹得一天世界，他还有机会翻身。只要片子能够卖出去，不是什么样的问题就都迎刃而解了吗？最坏的情况就是像现在这样，片子只拍了三分之一，连片花、预告片都剪不出来，手里没有王牌，向谁去要钱啊？

现在已经不是考虑赚不赚钱的时候了，哪怕他一分钱不赚，倒贴进去的100万元拿不回来，也要把戏拍完！如果现在就向集团汇报了剧组的情况，那等于宣判了死刑，等待他的不仅仅是名誉扫地，还有那上千万的欠款，真的能还上吗？

"田原啊，你一中午也累了，先回去休息吧，我们晚上再开会，你说的事情让我想想，再研究。"

这时候丛山也不想跟田原争论什么，就拿出个思考思考、研究研究的缓兵之计，至少让自己再安静一会儿。

田原起身，背影却停在了门口，犹豫了一下，又转过身来。

"周导……"

"怎么？"看着田原欲言又止的神情，丛山只好勉强挤出一点笑容，装出认真的表情听着。

"有件事……是川哥开机那几天跟我讲的，我一直想找机会和你当面说，结果一拖就拖了两个月……"

"什么事你说。"丛山笑着。

"你记得拍戏的时候川哥问你要过平台的发行合同,你给了他电子扫描件吧?"

"对,没错,怎么了?"

"那天,他偷偷告诉我……"

说着,田原把嘴凑到了丛山耳边,轻声耳语了几句。

丛山脸上的笑容慢慢消失了。

"这个事情我没跟任何人讲过,就想跟你当面沟通……"

"好,知道了!"丛山突然抬起头,脸上又挂着笑容,"这个事情我来处理,你放心好了,没有问题的。"

田原一愣,还想说些什么,丛山的手一把搭在他的肩上,拍了拍,实则把他往门口推去。

"你回去好好休息,去吧!"

打发走田原,丛山无力地一屁股瘫倒在沙发上,目光呆滞。

田原所说的事情,又给了他重重一击。刚才田原在他耳边悄悄告诉他,平台签协议的公司抬头,跟最后用印的公章对不上!这份预购协议,大概率是假的!

电视剧在平台的发行,是丛山瞒着东灿公司所有人自行运作的。发行工作既影响到制作资金的到位,又涉及后期项目的利润,所以一直是前期工作中关键的关键。有了平台的收购协议,就意味着电视剧的投资得到了保障,也意味着在电视剧拍摄前,投资方和制片方就能知道自己收益的大致范围。对《守护》这种投资规模过亿的电视剧,这一纸合同更是项目的生死线。

有能力收购这种投资过亿的大剧的视频平台十分有限,扳着手指头也就这么两只手都数得过来的寥寥几家而已。东灿公司多年没有作品面世,跟没有接续上大平台的资源是有关系的。丛山的朋友当中,也只有小金手这位仁兄在京城还有些路子。

小金手也没让丛山失望,很快就帮丛山跟视频大平台中的两家搭上了关系,最终通过小金手的朋友小方,和其中一家爱优讯签下了协议。拿到协议的时候,丛山的手都颤抖了,三年多像无头苍蝇一样的努力,100多万元的居间费,终于换来了这一纸协议! 当时他丝毫没有怀疑过协议的真伪,因为签字之前,他和黄子骏在小金手和方晶石的引荐下,去了平台在工体附近气派的办公楼,还见了相关条线的负责人。

拿到协议后,小金手曾不止一次关照他,协议能不拿出去尽量别拿出去,这是动了别人的"蛋糕"才拿到的权益,其他团队见了"眼热",说不定又会生出什么枝节来。丛山觉得他讲得很有道理,只扫描了一份电子版放在手机里,跟人谈事时,当面拿出手机给人看一眼就是了,很少外发。川哥问他要协议那会儿,正是剧组急着用钱,黄子骏的投资款又迟迟不到位,情急之下才发给了川哥。没想到这么一次外传,就被人看出了"破绽"。

"协议的抬头和盖在最后的公章虽然只是两字之差,但公章所显示的企业,根本就查不到!"乍一听田原这么说,他是一阵心惊,但很快又强迫自己平静下来。他知道无论这件事有什么蹊跷,他也不能在田原面前露出破绽!

丛山又打开手机,仔细地察看了一遍发行协议。果然如田原所说,签约的抬头是"某某科技有限公司",而最后的公章上,却是"某某互联网科技有限公司",多了"互联网"三个字……三字之差啊,他怎么就没有发现! 抬头和公章对不上,这已经不是三字之差的问题,这已经涉嫌合同欺诈了!

丛山越看越觉得背脊骨发凉,他拿起手机,给小金手发了一条语音。

"金坤,你来一下我房间。"

小金手接过合同,看看抬头,再看看丛山,一脸无辜。

两人对视了一会儿,丛山拿起手机摆到小金手面前。屏幕上的"爱企查"软件,搜索栏键入了"某某互联网科技有限公司"的名字,显示栏却是一片空白。

"根本没有什么'互联网科技有限公司',这个公章不对。"丛山的话语里透着一丝怒意。

小金手低着头默不作声。

"当初是你跟方晶石告诉我,可以搞定平台发行,150万就能跟平台签约,现在拿出这样的东西,怎么解释?"

"哥,方晶石操作的事儿我哪知道,我就是一介绍人,您和黄子骏不都去平台谈了吗?他们领导您不也见了吗?这合同是不是有什么误会?要不……要不我现在拨个电话,让石头自己跟您说!"

小金手拿出手机假意欲打,丛山一时也无言以对。

"要我说,这不是什么大事儿,"小金手随意地将手机还给了丛山,放低声音继续说,"您想想,这合同人家是收了咱们这个才签出来的……"

他的手指特意做了一个数钱的动作。

"人家也怕出事不是?您合同拿出去到处给人看,万一有人捅到他们上头领导那儿,怎么解释?这种预购合同您也看了,说白了条款都是虚的,到时候他们嫌你片子品质不行,不收购也就是一句话的事情,您还能跟他打官司?合同的意义在于,证明平台在关注咱们的片子,特别是条线相关的负责人咱们已经打点了,这不就结了！他收了咱的好处,到时候卖片的时候不得给咱们多说两句好话？"

小金手的一番话,把丛山给说动了,情绪也渐渐平复下来。

"您要是再不放心,我来给平台打个电话,让他们重新再签一份！到时候,这份真的咱就好好收着,谁也不给看,真出什么事儿再拿出来,您看成吗？"小金手说。

对于小金手的方案丛山也没法辩驳,只能点头答应。

"要没什么事儿,我先回去了。"

小金手起身走出了房间,"啪嗒"一声,在身后关上了门。

3. 黄子骏

"丁零零——"一阵手机铃声响起。

躺在医院病床上的黄子骏看了一眼手机,是一个来自上海的陌生电话。

他没有接,这几天,丛山隔三岔五地给他电话,有时候还换着手机打,这次估计又是丛山打来的,他现在没有任何话想对丛山说,尤其是在这要打官司的节骨眼上,多说多错,还是少跟剧组接触为妙。

"叮——"一声,这是手机收到短信息的声音。

黄子骏点开短信,不由一愣——这是一条来自雾岛警方的消息。

"你好,我们这里是雾岛派出所,接到短信后请尽快与我们取得联系。"

剧组这段时间的混乱情况,黄子骏一清二楚,警方介入也是他意料之中的事。不过看到警方发来的短信,他胃里还是泛起一阵翻江倒海的难受。这几个月的经历,是他从商二十多年来从没遇到过的。就是在房地产行业起起伏伏的那几年,他都能保持淡定从容。但是这次投资电视剧,却让他彻底刷新了三观。

前两天一个旅居国外的朋友发给他一则旧闻,说的是当年著名油画家陈逸飞在拍摄电影《理发师》时候的经历。看了之后黄子骏真的百感交集,只恨自己为什么没有在决定做这件事前看到这篇文章!当年陈逸飞的遭遇虽然和自己有些不同,但内心的煎熬黄子骏是感同身受。剧组里没有一个自己人,明知道被骗却拿不出证据!怎么办呢?白纸黑字签下的协议可都是自己的名字、自己的公司!那些没签协议的人,口口声声控诉着已经付出了劳动,没拿到钱不说,连劳动合同都没签!可是这些合同摆在黄子骏面前,他哪里签得下去!

前两天,他还听说了一件令人震惊的事情,工作组在统计酬金的时候发现,有好几个组个人酬金相加,跟组长报上来的合同总价不符,有的组竟然高出了一倍还多!咨询了小方和老雷他才知道,剧组部门内部也存在"抽头"的现象,组长报上来一个组员一天的酬金是600元,那组员到手的钱很可能就是300元甚至200元!而盘剥下来的那部分,往往也不是组长自己侵吞,其中一大部分还要孝敬找他来干活的制片、制片主任!可以说是层层盘剥。

这种情况黄子骏在做房地产时候不能说没遇到过,但大多数情况,包工头们还是遵循着一个行业认同的规矩和比例,像这样"抽头"一半甚至一大半的情况,简直是闻所未闻!黄子骏知道后拍案大骂,但是当他要小方和老雷想办法收集证据时,回答却出奇地一致——无能为力。原因很简单,下面的员工绝大多数都是跟着部门老大混饭吃的,为了一部戏的工资就检举揭发自己老大,那今后谁还会找他干活?行业圈子不大,出卖老大这种行为被看成吃里爬外,传出去就再没人敢用了。

  明知道自己的钱被黑进了小金手等人的口袋却有苦说不出,这么一来,黄子骏又吃了个哑巴亏。更让他恨得咬牙切齿的是,小金手和周丛山这帮人当初跟他兄弟长兄弟短,约定了三人一起把项目从东灿公司拿出来,有钱一起赚。他以为是他们三个人合起来算计东灿公司,却没想到自己才是被算计的那个!这种被欺骗、被侮辱、被背叛的感觉,远比金钱上的损失打击来得大得多!他甚至已经咨询了自己公安局经侦部门的朋友,要搜集到什么样的证据才能起诉?他想把这帮人一查到底!但是律师却劝他,这种情况对他很不利,就是拿到证据,他起诉的结果也是被对方反诉,到最后两败俱伤不说,更是一个漫长折磨人的过程,他有必要去计较这些吗?

  律师的话很有道理,但解不了黄子骏内心的这股怨气。越是想,越是无处宣泄,前两天跟律师谈完事,刚站起来就一阵头重脚轻,脚下一软瘫倒在律师办公室里。幸好身边有人,才被及时送进了医院。医院做了全身检查,得出的结论是突发中风,所幸抢救及时才没有生命危险。医生建议留院观察一周,还特意给他安排了加护病房。

  今天是黄子骏住院的第三天。
  雾岛警方的一个未接来电让他刚刚平复的心情又一阵翻腾。回拨过去吧,免不了一场解释和争论;不回吧,警方总有办法找到他,最后不但逃脱不掉麻烦,说不定还把事态搞得更为复杂。思来想去，黄子骏还是回拨了警方的来电。

出乎意料的，警方倒也很干脆，直言经济纠纷的事，他们管不了，只能双方自己协调。只是在雾岛交通尚未恢复这么一个特殊时间段，他们出于维稳的考虑，才插手协调剧组和资方的问题。毕竟近300号被欠着薪酬的人，放在哪里都有安全隐患。当然警方也没有给黄子骏留下任何周旋的余地，直接通知他，下午四点，由警方主持，召集投资人、总制片、制片和临时党支部线上开会，协调剧组欠薪和剧组滞留期间开销的相关事宜。

挂了电话，黄子骏呆呆愣了半响，评估着线上会议可能的情况，周丛山、田原和他三个人参加那是无疑的了，制片组会是谁？卢冈？孙宝国？还是小金手？不过无论是谁，这个会议他一定是腹背受敌，一定会成为众矢之的。

他歪着脑袋斜觑了一眼床头柜上放着的牛奶、鸡蛋和面包，这是早餐时候家人留下的。他原本没有胃口，什么也没碰，这会儿却拿起鸡蛋剥了起来。要应付下午的会议他必须有充分的体力，还要利用这仅有的几小时，想好可能出现的每一种情况，想好万全的对策，因为哪怕说错一句话，都会成为摄制组的把柄，成为对自己不利的证据。

吃过点东西，黄子骏的精神稍稍恢复了些。他下床走动了几步，反而觉得比先前躺着的时候更有力气。他脱下病号服，特意换上了一身西装，不想让人看出自己住院的狼狈样子。离下午四点还有一刻钟的时间，他已经在桌上找了个稳妥的位置，把手机端端正正地放好，正襟危坐地等着了。

果然，离四点不到五分钟，警官老夏就拉了一个群，黄子骏仔细一看，里面只有五个人，他、周丛山、卢冈、田原和夏警官。没有看见小金手，这让他心里稍稍松了一口气。他最担心的就是看到这家伙，自己会控制不住情绪。

四点整，通话的铃声准时响起，黄子骏接通了手机。五张脸一一出现在微信对话框中。他第一次见到警官老夏，四十出头的年纪，头顶微秃，虽然只拍到个齐肩的位置，也看得出他身材魁梧，不苟言笑。

"子骏啊，听说你生病住院了，没事吧？"先开口的是丛山导演，他堆着一脸笑容语气关切地问。

平平常常的一句问候，却让黄子骏心里一惊，自己生病的事，除了身边几个人知道外，他从没在剧组任何人那里露过口风，甚至还特意关照过不要让剧组知道。没想到丛山上来第一句话，就说破了他的秘密。到底是谁在中间通风报信？

他也来不及细想这些，面上还是不动声色地说："小毛病，已经好了，谢谢关心。"

可能是警官在场的缘故，四个人一阵寒暄，互相嘘寒问暖，不像针锋相对、剑拔弩张的对手，倒像多时未见的老友。

闲话一多，反而是夏警官按捺不住了。

"那个……大家先听我说两句。"

众人这才闭上了嘴。

"我刚和卢冈制片确认了下，目前你们《守护》剧组滞留在我们雾岛的有297人，今天我们再次跟做盒饭的庄老板沟通过了，剧组滞留期间他必须供应盒饭，保证剧组人员的餐食，一切问题都等雾岛交通恢复后再来解决。这件事你们就不用担心了，现在你们需要协商一下工作人员劳动合同和酬金的问题，尽快给出一个解决方案。"

说到实质性问题，大家又变得鸦雀无声了。

"我先来说两句，"黄子骏先开口了，"今天警察同志也在，我在这里先表个态，像剧组餐食这样的基本生活保障，我是一定会负责的。今天我已经在安排助理统计人数和金额，这两天就会把补助发下来。"

可能是没想到黄子骏的态度这么"端正"，丛山等人一时间都不知道该说什么。

"不过啊，我还是要多说两句，出现今天的局面，最主要的原因……还是这次雾岛跨海桥的意外事故，造成人员滞留，剧组停摆。将近300人每天的吃喝拉撒，这是笔不小的开支。这些因素相加，给我们这部戏造成了很大的损失。我想这个损失总不能让我一个人承担吧？东灿公司也是出品方、承制方，对停航封路期间的损失，是不是也应该有所补偿呢？丛山导演，你说是不是？"

"嘿嘿……"屏幕上的丛山笑了一笑，没有作声。

"黄总，您不要转移话题，剧组停机是在停航之前发生的事，出现现在局面的最主要原因，是剧组工作人员没有拿到报酬……"说话的是田原。

"怎么叫没有拿到报酬？"黄子骏打断了田原的话，"给章永兴、萧莫的几百万订金谁付的？租借设备的200多万元谁付的？还有置景搭建的350万元，不都是我拿的钱嘛！我到现在投了将近3 000万元下去，你们谁拿过钱出来了！"

"这本来就是你投资人应该做的……"田原还在争辩。

"你们自己看看你们写的酬金，三个制片主任，每人90万元的酬金！真是闻所未闻！这样的合同你说我能签吗，警察同志！"黄子骏吼着,让自己的声音盖过田原。

屏幕那边田原也不示弱,提高了嗓门:"酬金的事情我们谈过很多次了!有问题的地方你尽管提!这不是你压着近300人劳动报酬的理由……"

"你也没资格说我,你看看你的酬金,一个月开70万元……"

"我就是这个价,不信我拿上部戏的合同给您过目怎么样!"

双方的火药味越来越浓。

"好了好了!"眼见争吵愈演愈烈,警官老夏终于看不下去了,"你们都别说了。听我说两句。"

黄子骏和田原这才闭上了嘴。

"大局面前,维持剧组的稳定是大事,前面黄总已经表态了,滞留期间的餐食费他来负责是吗?"

"对,没错。"黄子骏回答得信誓旦旦。

"那就好,这件事我们警方会监督落实。另外关于劳动合同跟劳动报酬的事情,你们双方再想想,周导和田导也要请示一下你们集团公司吧?请集团公司尽快拿出方案来,双方协商处理。我再强调一次,剧组的稳定是重中之重,你们双方都要把这件事摆在第一位,明白吗?"

黄子骏在屏幕前点点头,同时田原、丛山和卢冈也在频频点头。

"剧组的制片工作是……卢冈老师在负责吧?"老夏又问。

"对,是我。"从刚才到现在一言不发的卢冈终于开口了。

"这两天雾岛的政策有新变化,你统计一下,剧组里有多少人愿意现在离开的,我们警方来安排他们到码头,坐轮渡先走。"老夏说。

"哦……我统计下,不过我估计没什么人会走,酬金没拿到,拿什么钱买票?"卢冈的话明显是说给黄子骏听的。

"先统计吧,如果没什么问题,今天的会就开到这里。会上决定的事请大家抓紧落实。"

挂断手机,黄子骏看了看时间,大概四十分钟。会议似乎得出了一些结果,又似乎什么结果也没有。公司账上大部分的资金已经转移走,还留下十余万。这些钱原本就是打算做滞留期间的开销付给剧组的,现在既然警方要求维稳,那这笔钱就用来支付餐费,反正羊毛出在羊身上,多的也没有了。

这是黄子骏一早做好的打算。现在再多付出去钱也是浪费,接下去已经不是这部戏拍不拍得下去的问题,而是这个烂摊子该如何收拾?律师的建议,反正早晚是一场官司,来回撕扯、旷日持久是免不了的,现在能避免损失就尽量避免。其实黄子骏以前也用过这样的伎俩对付闹事的农民工,可这次不一样,对小金手和周丛山那伙人,他实在咽不下这口恶气。

4. 小金手

视频会议前,周丛山就问过小金手他要不要参加? 小金手考虑了半天,决定还是不参加了。上次黄子骏在群里的一番发言,已经到了公开撕破脸的程度,没必要在警官的眼皮底下再激化矛盾。现在小金手想的早已经不是什么解决问题、继续拍戏……怎么拿钱脱身走人才是正经。关于这件事,他暗示了丛山多次,丛山都没有接茬,还在一个劲儿地叨叨怎么复拍,小金手早有点不耐烦了。

视频会议一结束,丛山就立刻把他和邹津叫到了房间,竹筒倒豆子般把会议内容一股脑地都说了一遍。

"个几乱来——"邹津摸着额头,一脸无奈地用上海话说,"个赤佬就勿管剧组了咯!勿拍了咯!"

"应该哦是……"丛山思忖着说。

"哥,您就别抱幻想了,那人就这德行!这个事儿啊,依我看也就集团能解决。"

丛山看了他一眼,没有发声。

"下面的弟兄可有些压不住了,"见丛山没有态度,小金手继续说,"昨天大半夜的,海婷他们组一个发型师跑到我房间,说是孩子车祸大腿骨折要动手术,问我工资什么时候发?我说投资方把酬金方案发群里了,你们自己看。结果他把我生拉硬拽着不肯放,说那点钱是他工资五分之一都不到,更别说还白白耽误了两个月。他不认识什么投资方,来这里全是冲着我这个制片主任来的。扯了大半天,我没办法,就个人掏腰包拿了1万块钱算是借给他的。"

说着,小金手从口袋里拿出一张纸。

"看看,还给我打了借条。哥,要是他拿不回工资,我这1万块,可就丢水坑里了。"

丛山瞥了一眼借条,没有用手去接。

见丛山不看,小金手把手撤了回来,慢吞吞地把纸折叠起来。

其实来之前,他已经想得明明白白了,黄子骏的态度在他意料之中,对山东人来说,现在的首要目的肯定是及时止损,哪还肯多拿出一分钱来?现在对他来说,最棘手的是自己领来的这帮兄弟,要是他们拿不到酬金,势必像昨晚那个发型师一样,把自己当作讨薪目标。自己收进口袋的钱当然是不会掏出来的,但如果黄子骏真甩手不管,那还能从哪儿弄到钱安抚住这帮人呢?

"哥,现在剧组的情况,是不是跟集团打个报告?"他试探着问。

"金坤,上次萧莫介绍的那个重庆老板,你不是一直联系着吗?最近有什么动静没?"丛山岔开了他的话题,问。

"那个……没动静,要不我回去再给他发个消息?"

"嗯,他要是不回你,最好打个电话,有什么要求都可以谈。"丛山说。

"哎,好的,哥。"

"你去吧,先联系。"见小金手坐着不动,丛山又说。

小金手不情愿地答应了一声,慢吞吞起身往门外走。

一出门,他歪着脑袋轻啐了口唾沫,一边心里骂娘一边悻悻朝自己屋走去。还在想什么"重庆老板",做梦哪!人家没消息就是不打算投资呗。现在的局面谁都看得清,唯独丛山还执迷不悟,满脑子还想着复拍,也不看看现在剧组的情况。复拍的可能性几乎为零,能全身而退已经是谢天谢地了。在小金手的职业生涯里,目前这种情况并不是绝无仅有,除了滞留拍摄地这一特殊情况外,其他事情多少都经历过几次,无一例外,总要有人出来背锅,问题只是这倒霉的金主是谁罢了。目前摆在第一位的工作,就是把东灿影业的上级集团拉下水,这样所有的事情才能有着落。

一进屋,小宏已经烧好了一桌饭菜等着他了,小金手这才注意到现在已经过了晚饭时间。这段时间以来,小金手屋里的炉灶就没有消停过。雾岛停航的消息一出,他就把小宏叫来,塞给他3 000块钱,让他赶快能买什么买什么,尤其是鸡鸭鱼肉,能囤就囤。小宏也是给力,不到两天时间就把小金手楼下的客厅填得满满当当。

100 来斤猪肉、牛肉,两箱红星二锅头,整筐整筐的蔬菜,大把的面条,百来斤大米和各种调味料。一到吃饭时间,由小宏掌勺,他、景海婷、邹津、勇诚几个铁杆,就聚在一起吃饭。这段时间,他小金手反而多长了十来斤肉来。

小宏和勇诚刚把碗碟摆好,邹津也从丛山房间回转过来,一坐上桌就骂骂咧咧起来。

"脑子坏特了,还想着复拍复拍,哪里来钞票啦!伊还做梦山东人会回心转意,去死哦,"他指着小金手,一口沪普说,"还是依讲得有道理,现在快点寻个接盘侠,把下头人的工资结一结,好跑路嘞!"

小金手微笑着举杯,和邹津碰了碰,英雄所见略同,这才叫默契,这才叫兄弟。

邹津和老袁带的美术组,从开机到现在陆陆续续拿了 350 万元,当然置景搭建是花了不少,但以他多年制片主任的经验,就那些景,算上工人工资,也就小 200 万元的活。就这里面他和老袁没少赚钱。已经到口的肉怎么愿意再吐出来,非但不能吐出来,还要咬一口再走。

"哎哎——主任!政策又变了!"一旁的小宏看着手机突然说。

"变什么了?"小金手问。

"从即日起,恢复客运轮渡通航,外地滞留人员只要申请,就可以优先安排离岛,难怪……"

"难怪什么?"

"哦,前面楼道里我听一个 B 组摄影助理在说,他们老大和田导准备回家了。"小宏说。

"回家?"小金手听了,放下酒杯,若有所思。

"你确定?"他问小宏。

"嗯,应该没错。他是在和旅馆董老板说。"小宏确定道。

小金手不假思索迅速拿起手机,飞快地输入一串文字。

"叮、叮、咚、咚……"

随着他输入结束,众人的手机纷纷响起,剧组群里多了一条信息。

制片主任—金坤:
　　田导,您是东灿影业的副总,又是《守护》剧组的党支部书记,善后工作不做好您忍心抛弃我们而去吗?再说您在大门口对大家的承诺都不算数了吗?逃避解决不了问题,也不是逃避的事,直面现实,这么多兄弟都期待您呢!

信息一发,很快有人跟进询问。

什么情况?
导演要走?
去哪儿?
您可是大家的主心骨啊!
……

一连串的问话接踵而至,小金手看着笑笑,立刻又跟了一句。

制片主任—金坤:
　　刚接到园区通知,田导他们今晚要走! 为什么呢? 这么多人东灿公司都不管了吗？集团公司也不管我们了吗？良心何在??

他这句话一发出，剧组群里顿时炸锅了。铺天盖地的信息发进群里。

都别走！
拦住他，不能让人跑了！
欠我们血汗钱还想走！

紧接着，群里突然冒出一连串莫名其妙的符号，上百个符号和表情包瞬间把前面的留言顶得不见了踪影。
"这些乱七八糟的都谁发的？"小金手怒问。
"都是B组摄影组的人。"小宏回答。
"把我的话再转发一遍，别让田原溜了！"
小宏依言，把小金手的信息又原封原样地发了一遍，顿时群里又是一片谩骂，所有的矛头指向田原。众人愤怒的情绪，隔着屏幕都能感受到。
看看气氛差不多了，金坤想了想，又飞快地输入了一条消息。

制片主任——金坤：
田原导演住在5121房间！大家千万要留住他！
田书记，我是一个被免职的主任，但我认为您不能走，剧组需要您，您要有担当！您是东灿公司领导，要为《守护》的所有事情负责！难道您前天当警察面对所有人的承诺都不算数吗？明天您这能解决吗？拍着胸脯您说说您能走吗!？希望您三思！

消息一出，门外的楼道内竟是一阵骚动。奔跑的脚步声甚至让地板也微微震动。跑上楼梯的声音由远及近，伴随着如雷般愤怒的咆哮声和如地震般的震动，一群人从小金手的门口跑过，直冲向田原房间的方向。

小金手得意地举杯，把杯中酒一饮而尽。

"人呢！在哪里!？"

门外走廊里有人吼道，随即传来"嘭嘭嘭"沉重的砸门声，继而"砰"的一声巨响，木门承受不住猛烈的撞击，门锁在巨大的压力下断裂，木屑四溅。门扉与门框剧烈摩擦，发出令人牙酸的声音。

"人跑了！"走廊里有人嚷道。

毫不防备地，小金手"腾"地一下站起身，把邹津、小宏等人都吓了一跳。

"小宏，你出去看看，什么情况。"

"哎。"小宏答应了，放下碗筷出门。

"跑了？动作这么快？"小金手暗自嘟囔着。

听到说田原要走的那一刻，他就已经想好了，其实田原走不走并不会影响剧组的现状，但是借着他要走这件事闹出点动静，却对后面计划有利。田原在众目睽睽之下向剧组承诺了东灿公司会解决问题，一定会被下面不明就里的人当作是事情的主要责任人，今晚把他堵在剧组，甚至再闹出点推搡事件，受点伤挂点彩，东灿公司和上级集团才会更快介入，丛山才会绝了什么复拍的念头。越早介入，他们越有机会早点拿钱走人。再说了，这个田原从筹备阶段就跟自己不对劲,给他点苦头尝尝,一箭三雕,不对,是四雕。他没想到的是田原溜得这么快,没多久工夫,整个雾岛公寓竟见不到他的影子了。

就在他翻来覆去思索的时候,邹津在身后突然招呼他。

"金坤,侬看手机。"

他赶忙拿起手机,是田原在微信里回了条消息。

联合导演—田原
　　请各组代表即刻前往5209,丛山导演房间开会。

微信提示音响起的同时,走廊里突然鸦雀无声了。田原没走,也没在自己房间,而是在5209,跟丛山在一块儿?小金手有些意外,他要亲眼去看看田原到底准备唱一出什么戏!

小金手赶到5209门外的时候,房间内、门口走廊上又挤满了人。远远不止所谓的"各组组长"那些人,他感觉至少有一半的摄制组人员都挤在这条狭长的走道上。要不是小宏一边吆喝一边推搡着开路,小金手根本走不进房间。

拨开人群,他一眼就看见田原端端正正坐在丛山身旁,面带微笑,没有半点畏怯的神色。丛山则扯着嗓子像刚来那天那样训着话,感觉晚上喝得也不比白天少。

"我不是已经说过了吗!5209的门,永远对你们敞开!有什么问题尽管来找我!随时来找我!我丛山说话,说到做到!"

"主任,你来了。"田原看着小金手,皮笑肉不笑地淡淡来了一句。

小金手没有作声,在田原对面坐下,田原的视线始终盯着自己,没有一丝回避。

"是谁跟你说我要走的？传谣言可不好啊，剧组敏感时期，主任这么说，出了事是要负责的。"田原一边说着，始终挂着一脸假笑。

"哼哼——"小金手歪着嘴蹦出两声。

"刚才我正在下面跟助理一起吃饭，看到您说要大家留我，我还以为有什么事呢，饭没吃完就来导演这里等着，现在有什么要说的，请说？"田原把手一摊，请小金手发言。

小金手摘下帽子，在大腿上拍了拍，没有作声。

"该说的话，丛山导演已经跟大家交代过了，你们的事，东灿公司会负责的！只是要你们再耐心等待几天，让我们商量好最妥善的解决方案！黄子骏背信弃义，我们不会！白天导演提醒的话你们都忘记了吗？但凡有什么违法乱纪的事情出现，我们是不负责的，交给警方、交给相关部门处理！像今天晚上这种事情，我不知道是谁造的谣，但是一旦出了事，那个人是要承担后果的！我不妨告诉大家，看到群里的消息，我的助理已经第一时间报警了！警察马上就到，大家可以留在这里，一起协助警察调查情况，把造谣的人找出来，把带头冲上楼砸我门的人找出来！请他们到局里把事情的前因后果说说清楚。那个……门口让条道出来，等警察同志到……"

"好了好了，田原，没事了没事了，就是个误会，用不着搞这么大，哈哈哈——"丛山打断了田原的话，打圆场道，"那个……该说的话也说完了，人也见到了，怎么样？大家散了吧，早点回去休息？"

见没有人动，丛山朝小金手说："金主任，你招呼一下大家，回房去吧，警察马上来了，别让他们看见组里这样子。"

小金手也没说话,起身向身边的人招了招手,小宏还是在前面开路,拨开堵在门口的人群,护着他走了出去。走回自己屋子,小金手并没有关上房门,他的房间在通向楼梯间的必经之路上,不一会儿,他看见门外的人群鱼贯着朝楼梯间走去,不一会儿浩浩荡荡的队伍就没了踪影。

小金手有些失望,原本想挑起一桩大事,没想到就这么轻描淡写地化解了。以他的经验,剧组越乱,解决问题就能越快。从筹备到现在,离开北京快大半年了,他也有些想家了,主要是回龙观新买的房子,到底工程进展怎么样了?楼盘是恒大的项目,最近网上一直在爆雷恒大哪里哪里的项目出事,哪里哪里的项目停工……每看到一次,他都心惊肉跳,所幸提到的项目都在广东、深圳一带,他买的楼盘并不在其列。但是心里毕竟不踏实啊,从《守护》里赚到的钱已经全部付了首付,要是楼盘停工烂尾,不但这大半年白忙活,自己后面在银行贷的款又该怎么办?前几天听景海婷说,她最近也接到楼盘要停工的小道消息,不知是真是假,打电话给开发商,开发商只说因为施工验收问题,房子交付可能会延期。要真的只是施工验收那还好,总有验收完的那天,可万一就是个幌子……

"不会的,一定不会的!"小金手想着,"年初的时候他还请大师看过,说今年自己'禄马交驰',忙碌时忙碌些,但是能挣到钱,怎么可能一年遇到两件倒霉事?"

"哎?"小金手回过神来,发出疑问声的是在他边上站了半晌的小宏。

"怎么了?"他问。

"今天怎么没有看到晃老师,就是那个 B 组摄影,平时像保镖一样一天到晚跟着田原的,今天这么大场面怎么没出现?"小宏疑惑道。

是啊！这话也提醒了小金手，为什么这个冤家没有露面？

他突然想到什么，问："小宏，我们的拍摄素材在哪间屋？"

5. 晁正

这时候的晁正，正坐在货运轮渡上，远处的跨海大桥被一连串的灯光点缀，形成一条长长的灯带，如同夜色中的点点繁星，与波光粼粼的水面交相辉映。远远望去，桥身的轮廓若隐若现，仿佛通向未知的彼岸。事故船只已经不见了踪影，看来要不了多久，大桥也能恢复通车了。

他身边摆着一个四四方方、硕大的黑箱子，里面放着全组一个多月拍摄的所有素材。

中午刚吃了午饭，田原就敲开了他的房门，给他看了一条新闻。"雾岛发布"的公众号上有了新消息，滞留雾岛的外来人员只要提出申请，就能乘货轮离开雾岛。这对晁正和田原来说，无疑是个利好消息。晁正立刻给园区打了电话，申请当晚就走。可能是园区也想摆脱剧组这个烫手山芋，居然当场答应了，没几分钟就把同意书发了过来。晁正问田原要不要一块儿走，田原说他跟丛山导演已经商量过了，走！

但是在走的时候必须做一件事，就是带走所有的拍摄素材！

剧组上到导演制片人、下到现场的司机小工，人人都知道素材的重要性。一部戏花了那么多钱，请来三四百号人，又是搭建又是置景、服装道具、灯光摄影、每天工作14到16个小时……所有的努力，最后都落到这些数字硬盘上。这里面凝聚了剧组所有工作人员的劳动成果，也是最后投资方向外销售成片的基石。别说是所有素材，哪怕里面一个镜头出问题，都要耗费几万甚至几十万的资金和人力物力来弥补。所以素材管理往往是剧组最重要的一项工作，由专门的DIT部门管理和归档所有的素材。除了制片人，连导演都没有迁移素材的权力。

晁正有些吃惊，反复询问田原，这是真的吗？要由他们来带走素材？

田原拿出一张转移素材的单据给晁正看，上面赫然签着总制片人、总导演周丛山的名字。

"我跟周导商量过了，素材放在剧组不安全，要尽快转移出去。他现在人走不了，能带走素材的只有我们俩。"田原说。

仔细一想，田原说得不无道理，他和田原都有过剧组闹事的经历。有一次，是制片方与后期公司产生费用上的纠纷，DIT直接扣下了所有素材，把自己和素材反锁在房间内，任何人无法进出，除非制片方结清款项。当时的制片主任一发急，纠集了制片场务组40来人，把房间团团围住，准备砸门把素材抢出来。事情惊动了剧组上上下下所有的工作人员甚至演员，大家焦虑地关注着事态进展，毕竟是所有人三个多月的努力啊！弄不好就付之一炬了。最后是出品公司来人，妥善解决了财务纠纷，才让一场闹剧没有酿成可怕的后果。

今天《守护》剧组也面临着当时同样的风险。好在最近发生的事情千头万绪，似乎还没有人意识到素材的事情。不过田原的看法不太一样，并不是没人意识到素材的问题，而是这次情况不同，片子拍了不到三分之一,根本还没成片。依现在的情况看,拍摄继续下去的可能又微乎其微,在大家眼里,这些素材只是一堆没用的数字硬盘而已。

"那带走素材有什么意义?"晁正还是不明白。

田原却说,所有人里至少有两个人会非常重视这些素材——周丛山和黄子骏。

按照田原的说法,丛山导演想拍好这部戏的意愿是最迫切的,毕竟他为这部戏投入了四年多时间,还欠下上百万元的债务,压上了自己的财产和名誉,他输不起,一旦输了,打击就是毁灭性的。而黄子骏,试问谁投下了上千万的资金,愿意看到自己钱打水漂的?所以,但凡这部戏还有一丝复拍的希望,这两人都会想拿回素材,那素材还会是一文不值的东西吗?

田原分析得头头是道,晁正听着依然有些将信将疑。他反而觉得,素材在自己手里是一个麻烦,说不定哪天就成了众矢之的。不过既然田原这么说了……就相信他吧!

"老大,你说的这些我也不懂,听你的没问题。就是有一件事……"晁正有些不知道怎么开口。

"什么事你直说。"

"我就是担心自己这帮兄弟,你看他们一分钱工钱没拿到,我在,还能经常给他们做做心理疏导,买点吃的给他们分分,稳定稳定情绪。我不在的话,我还是担心他们闹事……"

田原略略想了想,也不禁点了点头,说:"你有什么想法,说出来讨论讨论。"

"我想,自己拿出3万块钱,给他们分一分,问你也借3万块钱,这样他们每人能拿到6000块,至少心里能踏实点。"晁正小心翼翼地说,这是认识这么多年来,他第一次开口问田原要钱,他也不清楚田原会做何回应。虽然这些年田原只要有戏就会第一个想到他,虽然他也很感激田原,但是从内心深处来说,他依然还是觉得,田原多少要对今天的局面负有责任。他是东灿影业的副总,又是剧组临时党支部书记,自己和自己这班兄弟,也是冲着他来的。

"没问题。"田原的回答很干脆,当即就用微信给晁正转了3万块钱,让他安抚好兄弟们。见田原这么"上路",晁正自然也无话可说。于是,两人悄悄去了DIT房间,清点了一遍素材。除了二十多块硬盘装在两个防震手提箱里,还有一个四四方方的磁盘阵列,又大又沉。大白天拖着出去实在太招摇,田原建议先把设备拉到晁正房间,他们等晚上再走,反正返回市区的轮渡也要等到晚上才起航。想起自己屋里囤了一地的菜,晁正决定最后吃顿好的再走。他招呼来昀哥、乔波、小玲、小虎、老雷几个平时玩在一起的朋友,今天他执意不要乔波出手,要自己给大家展示展示厨艺。

起锅烧油,放入辣椒、切好的葱段、姜末、大蒜、香叶,顿时煸炒出一阵香味。再放入满满一盘切好的牛肉片,满屋子香气四溢,引来田原等人的一阵赞叹。

滞留雾岛的这一个多月,反而逼出了他们这帮人的"隐藏技能"。谁能想到平常在家从来不做饭的晁正,现在为了每天少吃一顿盒饭,竟也研究起了做菜。从看着手机菜谱手忙脚乱到现在熟练地起锅烧油、炝锅炒菜,厨艺的精进到令他自己都觉得有些吃惊。今天是待在剧组的最后一天,回家后恐怕下厨的机会也少了,就把自己学到的本事都用上吧。

一个多钟头的工夫,他就做好了六七道菜,炝炒牛肉、水煮肉片、西芹肉丝、清炒土豆丝、皮蛋拌豆腐、番茄蛋汤再加上一碗隔夜的红烧肉,桌子上铺得满满当当。昀哥、老雷也贡献出自己的啤酒,给所有人的杯子里都满上。

"来来来,大家为晁哥和田导饯行!"举起杯子提酒的是老雷,"不容易啊,你们两个人是有家不能回,跟我们一起过苦日子。"

晁正一口喝干了杯中酒,他注意到平时不喝酒的田原,今天也将杯中酒干了。放下酒杯,大家动起筷子,气氛很快就轻松下来。

"田导,你们接下去有什么项目哦啦?有的话带带我呀。"老雷说。

田原没有吱声,只是淡淡地笑着夹了一块皮蛋送进嘴里。

见田原不说话,老雷又转向晁正,问:"晁老师,你这里有什么项目哦啦?"

"雷总,"晁正尴尬着也不知道怎么回答,"我这里摄影组都是体力活……"

"体力活不要紧呀,你看看我这身板——"

老雷一米八的身高,虽说已经50来岁,身体微微发福,但在你面前一坐还是颇有些气势。

"你过来,每天扛机器、搬脚架、换镜头?给我打下手?"晁正说。

老雷愣了愣,看看自己的身体。

"这些大概做不了,帮你们开开车还是可以的,呵呵呵。"老雷讪笑着。

"老雷,你准备待到什么时候?"晁正问。

"我,待着么好嘞,能待多久待多久,你们俩走了,还有这帮兄弟在呀。"老雷说。

"我们也准备走了!"说话的是角落里的小虎。

"你走？你去哪儿？"老雷问。

"回西安，我都问好了，警察能帮忙送我们到码头，等今晚收拾好行李，明天或后天就走。"小虎一边吃着一边说。

"我也准备走了，我跟虎哥一起打了申请。"小虎身边的乔波也说。

"昀哥，你呢？"老雷问。

"我，等你们走了我也走了呀，我明天就去打听。"昀哥说。

"哦——你们都打算走了啊……"老雷悻悻道，眼神不禁有些黯然。

晁正看着不禁有些心酸，这段时间大家待的时间长了，他对老雷的故事也逐渐有了些了解。以前老雷是风光过一阵的。名校研究生毕业，在国企干到中层，40岁的时候下海创业，利用在国企时积累的人脉关系，打通了跟蒙古国的几条贸易渠道。在外贸好做的那几年，是赚到些钱的。只可惜前几年蒙古国边境出现动物口蹄疫那会儿，他的一批羊毛制品被查出携带病菌，被扣押下来不准入境。这件事导致他资金链断裂，赔光了所有家产。来剧组之前，老雷几乎已经到了山穷水尽的地步，在福建乡下的一所庙里住了三个多月。平日里闲着没事，也帮庙里和尚们做些劳作，庙里的大和尚见他落魄，也就任由他住着。

年头上看到丛山导演新戏开拍的消息，老雷寻思一直住在庙里也不是个办法，尝试着给丛山打了电话。那时候剧组基本已经成形，也没有什么职位空缺，丛山就安排他做了自己的专职司机，许诺每个月给个5000块钱。老雷是这样才来到剧组的。所以他的心态要比所有人都好，在庙里住是住，在剧组住也是住，在这里至少盒饭还能有肉，顿顿都能有酒，还有一帮朋友陪着说话解闷。

日子倒也过得热闹。所以两三个月下来，他面色也好了不少。

现在大家都走，只留下老雷一个，的确有些凄凉。因为是总导演"安插"进来的人，司机班从来就没把他当成过自己人，平时就很疏远他，好不容易交了这一桌朋友，又要一个个离开……剧组解散的日子看看也不远了，在这里三餐还有保障，出去之后又会怎么样呢？

晁正看着老雷，也看出他眼神中掠过了一丝哀愁，恐怕他此时也在思考同一个问题吧。

"哎！你们看手机！"乔波突然叫起来。

大家纷纷拿起手机，剧组群里赫然跳出一条信息。

制片主任——金坤：

　　田导，您是东灿影业的副总，又是《守护》剧组的党支部书记，善后工作不做好您忍心抛弃我们而去吗？再说您大门口对大家的承诺都不算数了吗？逃避解决不了问题，也不是逃避的事，直面现实，这么多兄弟都期待着您呢！

晁正吃了一惊，他抬眼看向田原，田原也看着手机，眉头紧锁。

"老大，他怎么知道你今晚要走？"晁正瞪大了眼睛。

田原没有作答，依然盯着手机屏幕。

砰的一声，田原把手机重重地拍在桌子上。

"来！我们发点东西，把消息压下去！"说话的是小虎。

紧接着，小虎就在微信群里发了一连串表情包，一瞬间把几条消息冲得无影无踪。

"再多发几条就找不到了。"小虎自己发着，还让昀哥和乔波也发。

　　表情包刷了好几十页,可小金手的信息却也在不断跳出来。这时候已经不是他一人在发了,组里其他的成员不断转发。几十条表情包之后,立刻会跟上一两条复制的消息,如此周而复始。

　　"叮——"的一声,又一条小金手的消息弹出。

　　走廊里,又响起错乱的脚步声和人声。晁正不禁往紧闭的房门多看了两眼。

　　"好了小虎,别发了,"田原终于忍不住开口了,"你们都停下,我要发条消息。"

　　大家的手机响了,晁正一看,群里多了一条田原发的信息。

联合导演—田原
　　请各组代表即刻前往5209,丛山导演房间开会。

　　"老大,你要上去?"晁正有些意外。

　　"走是走不掉了,不上去怎么办?"田原一边说着,一边站起身。

　　晁正也跟着站了起来,没想到田原却对他摆了摆手。

　　"你别动,别跟我上去,"田原说着,转而又对小虎说,"你跟我来就行了,用手机录一下。"

　　"老大,那我……?"晁正问。

　　田原一边整理整理衣服,一边走到门口,回头说:"素材要带走的。你还是按原计划,马上回家,昀哥,你帮老晁把把风。"

　　田原开门走出,小虎拿着手机也跟了出去,留下晁正和一屋子的人呆立原地。

　　刚才剧组群里的情形大家都看在眼里,田原上去会是什么样的场面还真不好说,是谁泄露了他们今晚要走的事?但这已经不重要了,要紧的是,今晚田原走不掉,他恐怕后面就很难走掉了。小金手今晚这种卑劣的做法,已经把田原顶到了杠头上,现在在剧组眼里,他成了造成现在局面的第一责任人,晁正的心中开始产生不祥的预感。

"老晁,你东西理好了吗?我送你下去。"昀哥的话打破了大家的沉默。

老雷也站起身,帮着把晁正的行李箱推到门口。

"走吧,趁现在大家注意力都在楼上,晚了不一定走得掉。"老雷说。

晁正知道,老雷说得没错,再晚些,恐怕真的走不掉了。现在大家的注意力被田原吸引到了楼上,楼上会议一结束,恐怕雾岛公寓所有的出入口都会被看管起来,以防像田原这样的"重要人物"再逃跑。

除了几箱素材外,晁正的行李并不多,一个不大不小的箱子装了只够一个月替换的衣服,一个双肩包主要用来放笔记本电脑和充电线。锅碗瓢盆、烧菜的调料、囤积的荤菜蔬菜,他一样也没带走,统统留给了老雷。如果就他一个人留下来,这些菜够吃个把星期了。

远远地,已经看到对岸的码头了。城市依然是灯火璀璨,城市的灯光映照得夜晚的天空微微有些透蓝,与雾岛的黯然显得泾渭分明。这里好像什么也没有发生,因为他们297人在雾岛上遭的罪跟对岸的城市毫无关系,没有他们,城市依然在运转。想到这里,晃正有些愤懑,却又不知该向哪里发泄？三个月没回家,两个孩子还认不认得出自己？白白辛苦一场,没有为家里带回一分钱,老婆会怎么想？后备箱那些棘手的素材又该如何处理？不过晃正现在已经没有心思想这些了,他只想舒舒服服洗个热水澡,躺回到自己软绵绵的床上,好好地睡一觉。

第十章 杂耍蒙太奇

1. 田原

应付完这场声讨"导演出逃"的闹剧,小胖告诉他,田原5121的房门已经被人踹坏了,他已经把田原的行李搬出来,换了一间房间。田原从小胖手里接过新房间的门卡,这才起身回房。

可刚走出丛山房间他就愣住了,不远的角落里,站着两个壮汉,抽着烟,两双眼睛直勾勾地盯着他。田原缓缓转身,朝新房间走去,身后两个壮汉就在他身后不紧不慢地跟着。走到门口,田原用门卡刷开房门,侧身走进去。关门的时候,眼睛用余光瞄了瞄这两人,他们站在拐角处,没有丝毫去意。

关上房门,田原深深呼了一口气,平复一下紧绷的心情。这两个壮汉他认识,是A组现场制片勇诚的手下。开机第一天,田原就见过他们,一直紧紧跟在丛山导演屁股后面,但凡有所吩咐,就屁颠屁颠地给他端茶倒水,丛山走到哪里,两人就出现在哪里,活像两条拴了链子的恶犬,凶神恶煞地看着周围的人,好像丛山导演真是一个了不得的大人物一般。

今天两条"恶犬"盯上了自己,显然是勇诚安排的,他已经成了重点看防对象。走回房间这短短二十几米的走廊,田原第一次感到了被"监视"的滋味。先前住的房间房门被踹坏,更让他没有丝毫的安全感。他知道这群人无非只是想拿到自己的应得劳动报酬,而把矛头指向自己,是一些别有用心的人带节奏的结果。

田原没有心思坐下,十来平方米的空间,来回走了几遍。他给自己倒了一杯茶,反正睡是睡不着了,倒不如冷静下来分析分析形势。现在他要面对一个尴尬的局面,既走不了,又影响不了事态的发展,反而还成了众矢之的,成了那帮本该承担责任的人的挡箭牌!

正应了那句话,不是我方不机智,实在是敌人太狡猾!一次次博弈下来,田原才深感无力,跟这帮老狐狸斗,自己还是稚嫩了点。一步不谨慎,田原已经把自己置于危险的境地,现在晁正走了,B组摄影组的兄弟各个都在规划离组。这次拍摄,自己人一共也就这么几个,他们一个个离开后,自己更加孤立无援。

突然,走廊里传来一阵吼声,继而又是一顿杂乱的脚步。

还没等田原反应过来,房间门就被敲响。

"田导,你在吗?出来一下!"厚重的嗓音一听就是卢冈的声音。

田原把门打开一道缝,卢冈那刀削斧砍般的憔悴脸庞出现在他面前,眼中满是疲惫。

"卢老师,有事?"

"侬来一趟来一趟,帮我一道处理,老袁那里出事体了。"卢冈挥挥手招呼田原出来。

跟着卢冈走下三楼,还没走到道具间门口,就听见老袁那尖脆的嗓音。

"叫你不要看这些你听不懂啊!还看!把他手机收了!"

"啊——!"

老袁的话音未落,随即又传来一阵凄厉的惨叫。

"让我死！我死了你们就没事了——！"

已经走到门口的田原不禁停下脚步，听到这样的疯言疯语，他的步子犹豫了。

"卢老师，我们等等再进，你先说说情况？"田原把卢冈拉到一边，说。

"哎呀，老袁组里一个木工，刚才跳河自杀嘞！要不是路过的人及时发现，就出人性命了！"卢冈说。

田原不由得一惊："哪能回事体？"

卢冈这才说出了前因后果，事情还要从一个多月前雾岛开始流传"丙烯酸毒雾"的谣言说起，这个木工老谭就是组里被送到定点酒店后查出患病的三个人之一。当天，他就接受了全方位的治疗，不久也就痊愈了。医生劝诫他，这不过是普通的支气管炎，跟什么丙烯酸中毒没有半毛钱关系。但他就不知受了什么刺激，整天觉得自己的病又要复发。从定点酒店回来到现在，他一直把自己闷在房间里不出来。今天晚上因为田原的事一闹腾，也不知是因为害怕还是别的什么，趁大家都涌到五楼的工夫，一个人跑出了房间，跑到园区的桥上，翻过栏杆就往河里跳。好在附近的居民路过，才把他及时从河里捞了起来，听说一条腿划开了一长道口子，血淋淋的，惨不忍睹。

道具间的大门被"砰——"的一声推开，老袁怒气冲冲地从里面冲出来。手里拿着一只屏幕已经摔碎的手机。见到门口站着的田原和卢冈，先是一愣，继而摇摆着胖乎乎的脑袋，深深叹了口气。

他晃了晃手里的手机："你看看，现在这种'高科技'，一天到晚给他推送什么丙烯酸中毒后遗症咯、肌肉萎缩咯、神经衰弱咯……搞得人都疯了！"

"送他去过医院了?"卢冈问。

"去了,不但去了,医生都已经下结论了!"老袁说。

"医生怎么说?"田原问。

"确诊了,精神分裂,你说这人不是废了嘛!"老袁的语气里,带着一丝绝望。

老袁告诉田原,老谭是他手下做了十多年的木匠,从16岁开始就跟着他天南地北地混剧组,一晃已经31岁了,去年回了趟老家跟老婆又生了一个儿子,还不到1岁。去年年底,老谭又跟着他进了《守护》剧组。因为是美术组,要比大多数的工作人员提早两个月进组,开始置办材料搭建场景。这样前前后后干了三个多月,又滞留了两个月,还染上了病……近半年的时间没有一分钱的收入,妻子带着孩子在老家已经快揭不开锅了,现在又被诊断成精神分裂,家里的顶梁柱倒了,一个家庭垮下来只是时间问题。

田原和卢冈听了,沉默了。

"老袁,这事你想怎么处理?"田原问。

老袁两手一摊,说:"怎么处理? 我能怎么处理,除了讨债还有什么办法!"

老袁突然转身,走进道具间,不一会儿拿了根棍子出来。他把棍子一抖开,居然是一面横幅。

"我们要工资! 我们要补偿!"横幅上赫然写着。

"你们看,我横幅都已经做好了,一起上集团去讨个公道!"老袁说着,田原已经能听出他言语中的决绝。

"老袁,你这么去有用吗? 别人不知道你还不知道? 这个项目关集团屁事!"卢冈说。

"我不管!"老袁拿着横幅的手臂一挥,又从桌拿起一叠纸,往田原和卢冈的面前一拍,"我游行的申请报告都打好了,明天就送派出所!"

田原接过文件翻了翻,苦笑道:"你这个申请通得过啊?"

"我晓得通不过,就是做给他们看的!"老袁压低了声音说,"不做哪能办啦,介西多双眼睛盯着——"

田原知道老袁的难处,美术、道具、置景加起来100多号人,是剧组里最庞大的一个部门,这里面上到月薪十多万元的美术指导,下到日薪三四百元的临时工,人员复杂,文化程度更是良莠不齐。他们又是在剧组工作时间最长的一个部门,从去年年底一直到今天,最短的也在剧组待了4个月,而他们里面大多数人到现在为止没有拿到一分钱酬金。这些人在剧组的第一线工作,起早贪黑就是干手里那点活。除了认识带他们来的组长外,认识剧组最大的"官"就是老袁了。什么制片人、出品人、制片主任、导演……对他们来说就像外星人一样遥远,但凡出什么状况,他们除了找老袁外,没有第二个选择。田原早就听说了,这段时间老袁的房间就像菜市场一样,每天一睁眼就接待这些络绎不绝的工人,每个人说的话几乎都一样,家里多么多么困难,日子多么多么难过,只有一个要求,早日结到工资回家。可这恰恰又是老袁最办不到的。现在他除了站在自己员工一方,摆出一副誓死讨薪的姿态以外,也是黔驴技穷了。老袁每天疲于应付这些人,所以好长一段时间也没有在五楼出现,跟他和丛山商量事情了。

田原叹了口气,问:"你打算怎么安排老谭?"

"能怎么办,派人24小时守着咯,已经打电话通知他家里人了,过两天他老婆来,把他领回去。还有,他说要见你。"老袁说。

"我!"田原惊讶得眼珠也要掉出来了,"见我做啥?"

"那天你在大门口把那么多人拦下来,现在他们就认识你嘞!"老袁说,"老谭听到身边的人都在说你,就嚷着要见你。"

"我……我能跟他说什么?"田原有点慌。

"你去应付应付,安慰两句就好了。"老袁拍着田原的肩膀,把他往房间里推。

"去,现在去,趁他现在清醒……"

卢冈也跟在后面,顺势把手搭在田原背上把他往前推,田原是连推带搡地被两个人推进了屋子。

房门在身后被重重关上,"砰"地一声让田原不禁一阵心悸。

房间里开了一盏日光灯,不知是什么缘故,灯色昏暗。田原这才想起来,刚住进公寓的时候,他房间的灯也非常昏暗,是在跟制片组投诉了之后,才帮他换上了高瓦数的灯管。习惯了亮堂堂的房间,再走进这里,田原确实有些不习惯。

客厅里空荡荡的,什么生活用品都没有,听卢冈说,老谭本来不住在这间屋子,本来住的地方,就是那种没有窗户的房间,是犯病以后,为了让他改善改善环境,才换了这间有窗户的。老谭佝偻的身躯,腿上裹着厚厚的纱布,一个人蜷缩在窗台边,眼睛直勾勾地看着窗外。窗外一片漆黑,田原知道,这个窗户的方向朝着园区的中央,到了夜晚,所有的厂房全部停工,望出去就是漆黑一片。不像他的房间,他的房间朝向外面的大马路,一条大路从窗前经过,大路旁的路灯会整晚通明,就是大雾期间也偶有车辆经过,多少有些生气。

"老谭,你找我?"田原壮着胆子,先开了口。

老谭的眼珠子缓缓转了过来,盯住了田原。田原被他盯得浑身不自在,挪开眼睛,找了一把椅子故作镇定地坐下。

"是有什么话想跟我说吗?"田原又问。

"……你就是田导……?"老谭的声音异常虚弱,"我好像没见过你……"

的确,像老谭这样的木工平时很少有机会见到导演。他们总是提前加工好场景,摄制组才会进场拍摄,等摄制组进场的时候,置景又在加工下一个场景了……即便有时在同一个场内,田原绝大部分时间也是在导演帐篷里看着监视器。像老谭这样的木工,是绝对没有机会走进帐篷的,甚至走到帐篷门口,都会被场务驱赶走。现在他们这样面对面地坐着,还是为了做一个木工的思想工作,放在平常的剧组,确实可以用魔幻来形容了。但在长时间滞留和欠薪的重重压力下,又显得那么合情合理。

"是的,我们不太有机会碰面的。今天难得,想聊些什么,我陪你聊聊?"田原的语气和态度都十分谦和。

"呵……"老谭有气无力地笑了一声,依旧看着田原,问,"导演孩子多大了?"

"我还没有,你呢?"田原坦诚地回答,又反问。

老谭愣了愣,他显然是没想到,看上去和自己年龄相仿的田原居然还没有孩子。

"我有三个。"他说。

"都是男孩女孩?"田原问。

"两个儿子,一个女儿,"老谭说,"女儿 12 岁,大儿子刚上小学,小儿子……刚满周岁。"

田园点点头,卢冈跟他说过,老谭虽然长相老成,看上去甚至比田原还大,其实才刚 30 出头,比田原足足小了 10 岁。这样算来,他不满 20 岁就有了第一个孩子,现在更是要负担三个孩子的生活费用，压力可想而知。

"你老婆呢？也在打工吗？"田原问。

"在家带孩子，三个娃娃，哪里还能出得去，家里老人都没了……"说到这里，老谭眯紧了双眼，似乎不敢去想。

"家里一年的开销大不大？"田原问。

"大，怎么不大……"老谭的手不停地抠着窗户边沿，抠得吱吱作响，"老大下半年开始上初中，中学在镇上，要把她放到舅舅家住，一年的搭伙费、交通费比小学高好多……老二也开始念书了，小学倒是就在家门口，但是伙食、校服又是一笔开销，老三就更不用说了……我老婆身体又不好，去年查出胆囊炎，一直要治疗，生活费加上医药费，一年十几万，到哪里去挣啊……周围亲戚朋友的钱都借过一遍了……"

田原听了又有些心酸，也不知道该说些什么。

"田导，你是领导，又是书记，应该跟我们村支书差不多意思吧？能不能帮我们想点办法？我的要求也不高，这次过来老袁算我500块一天，一个月就是15 000块，这两个月留在组里的钱我也不要了，帮我先结两个月的钱，我立刻就走，也不帮剧组添麻烦，你觉得可不可以？"老谭近乎哀求地说。

田原欲言又止，他虽然同情老谭，但是他知道自己是不可能答应他任何要求的。倒不是说万把块钱拿不出来，咬咬牙也垫上了。可是不能开这个口子啊，剧组里跟他情况类似的，又何止一个两个？要是知道这样能拿到酬金，他们还不翻江倒海？！

"你的要求我会跟制片组商量的，再忍耐几天，忍几天就能回家了。"田原说。

他能清楚地看到，老谭的眼中噙着泪水。

"我知道……你们导演也不管这种事……我就是想找人说说,心里面……憋得难受……"老谭的声音哽咽了,再也说不下去。

田原默默地退出了房间。

他能够理解老谭的心态,本来在剧组,他所从事的就是一个可以随时被替代的工作,他的一举一动、喜怒哀乐并不会对周边的事物产生任何影响。要是放在平时,拿到一份应得的报酬,够自己养家糊口,那做一个隐形人也心甘情愿。可偏偏就是这次,付出了劳动,却被告知拿不到应有的报酬!家里可是有老婆和三个孩子,一家四口在等着他挣钱回家啊!生活的苦,谁会关心?谁会在乎?他甚至不知该冲着谁去呐喊、谩骂……

田原意识到,这次谈话对老谭来说是重要的。他跟这个剧组最核心的"领导"说上了话,倾诉了心中的苦。至少说明,他还是没有被这个世界遗忘。对话是不是能解决问题其实并不重要,至少他尽力了,找到了他能找到的最核心、最上层的人。他终于被"重视"了。

上楼走回自己房间,田原看到勇诚手下的两个壮汉还站在拐角抽烟、聊天。他关上房门,悄悄把椅子挪到门口,抵住了门把手。又回身把窗户关好,拉上窗帘。确认过没有任何可以闯入的破绽,他这才和衣爬上床,连外套都没有脱下。想想还是不放心,他又在通往卧室的楼梯口放了把椅子,如果有人要往楼上闯,椅子至少可以阻挡他们一下。

这时候田原突然开始理解晁正之前的紧张了,为什么在小金手威胁他和他家人的安全时,晁正的反应那么大!原来有些危险,是真实存在的。精神分裂,说难听点,就是大家常说的"精神病",滞留这两个月,除了出现精神病外,天知道还有多少抑郁症、性格边缘化的人？这些人,都是小金手可以利用的对象,就冲着他在剧组群里挑拨离间的那副嘴脸,谁能保证他不挑起这些人的情绪？这段时间所有人都压抑了许久,需要一个"假想敌"作为宣泄的出口,谁说小金手不会利用这一点来借刀杀人呢？

"剧组已经不是久留之地了。"这是田原唯一的想法,只是到底该怎么离开？他还没有想到办法……

一夜未眠。

田原担心的危险并没有出现。看着东方既白,一颗悬着的心总算慢慢放下。正当他闭上眼准备眯一会时,一阵"咚咚咚"的敲门声却不适时地响起。田原一下子从床上弹起身子,抓起楼梯口的椅子,小心翼翼走下楼梯。

"谁啊!"他故意扯起嗓子大声喊,也是在为自己壮胆。

"田原!"门口传来的是卢冈的声音,"侬来一下,来一下,帮我一道处理,老袁那里出事体了。"

田原松了口气:"侬等等,我马上来!"

他回身走进盥洗室洗了把脸,突然想起卢冈刚才的话,昨晚好像也说过一遍。怎么又是老袁,老袁又出啥事了？

走到三楼美术组的办公室,田原一进屋,里面已经围坐了一圈人。应该说是一圈穿制服的民警,围着一个老袁。

"张处,这位就是剧组的临时党支部书记,田原导演。"做介绍的是警官老夏。

老夏口中的那位"张处"回过头来,是一位 50 出头、斯斯文文的中年人,带着一副金丝边眼镜,与其说他像警官,倒不如说像一个从事文化工作的公职人员。

张处推了推金丝边眼镜盯着田原看了看,笑着站起身跟他握手说:"田导,久仰大名,我是雾岛派出所的张健,您请坐。"

第一次见面,田原对这位彬彬有礼的张健处长倒颇有几分好感,随即搬了把椅子坐下。

"你们剧组的基本情况老夏都跟我介绍过了,我们今天过来就只说一点,游行我们是不会批准的,"张处倒是单刀直入,话说得非常直接,"一般除非是爱国游行,像你们这种维权的情况,还是要走正规的法律渠道解决。还有啊,你们的那些标语、横幅,我们今天要带走的。"

"我知道游行你们肯定不批的,我就是做个动作,让你们知道有这件事,"没想到老袁也十分坦率,显然这种场面他不是第一次遭遇了,"张处长,我们也是没办法,现在的情况只有政府出面才能解决问题!这种事情我不是没经历过,说是说冤有头债有主,我们这近300号人,还真的追到山东去啊?追过去黄子骏也拿不出钱啊!到头来还是要依靠人民政府解决问题⋯⋯"他一眼瞟到田原,指着他说,"还有党组织!"

田原冷冷地看了老袁一眼没有吭声。现在田原的心里很不是滋味。万万没有想到,他会变得如此被动。他原本的想法很简单,不能让小金手这帮只顾捞钱的家伙毁了这部戏,糟践了自己妻子和孤叟老师的心血,为了让他这个"联合导演"也名正言顺地在剧组获得话语权,他才向组织申请成立临时党支部。可掣肘对手的目的没有达成,反而把自己卷进了旋涡。从组织支部会议替工作人员出头讨薪、天台上替B组摄影组主持公道,再到园区门口向大家承诺公司会为大家负责⋯⋯田原是自己一步一步把自己推上了风口浪尖。让田原想不明白的是,他一直站在剧组工作人员的立场上替他们发声、替他们争取利益,到头来,大家却把他看作整件事情的责任人一样,连人身自由都得不到保障。有满腔的委屈,不知道该向谁倾诉。他深深感觉到,很多人并不是不明白这件事的来龙去脉,并不是不清楚谁才该为这堆事情负责,他们只是更愿意眼前的烂摊子有个看得见、摸得着的人能为他们承担罢了。

"看得见……摸得着……"田原沉吟着,突然他好像想到了什么,陷入了深深的沉思。这之后张处长和老袁他们又聊了什么,田原一句也没听进去,总之,好像是不管老袁怎么解释,张处长带着手下的干警们,还是把美术组准备的标语、横幅全数收走,末了还给了老袁一份清单让他签字,表示这些东西会在适当的时候归还给他们,并再三强调,他打的报告没有被批准,一切维权必须走法律程序。

不过田原已经顾不得老袁这头的事了,送走张处长一行,他埋着头就返回自己房间。

走廊角落里那"哼哈二将"依旧抽着烟、聊着天,盯着自己房间。

既然他们要的是看得见摸得着的人,那让他们看不见摸不着,不就万事大吉了吗?思来想去,田原还是下了决定,走,他一定要走!而且刻不容缓!

他一回房间就爬上楼梯,捂在被窝里拿出手机,拨了自己助理乔波的电话。

一个电话打完,田原才稍稍松了口气,翻身仰面躺在床上,看着白茫茫一片的天花板出神。现在是临近中午的时间,实施计划还太早,只有到了下午四五点才不会引起怀疑,这么漫长的白天该怎么度过?他这才想起来自己一夜没睡,干脆趁这会儿睡上一觉。

可越是想着要睡,大脑越是像打了兴奋剂一样怎么也睡不着。

无奈田原只好睁着眼睛翻看手机,一秒一秒地挨着。时间比想象的难熬,他的脑子里已经把计划复盘了一遍又一遍,细节和可能遇到的突发状况也想尽了,时间才将将地过去一个小时。午饭时间,群里在通知到电梯口拿饭,田原一点也没胃口,但是为了别被人看出什么破绽,他还是爬起身出了房门。

楼道口领饭的地方,拿饭的人并不多,很多工作人员早就吃腻了剧组的盒饭,三五成群地自己开起了伙仓。见着菜好的时候,拿几份盒饭算是补充,见菜不好的时候,也就干脆不拿了。看着大半箱的没有动过的盒饭,田原心里说不清的滋味。想到前一阵还为着大家一口盒饭跟供餐的老板你来我往、讨价还价。就是到了今天,关于餐费的问题,还是卢冈每天最头疼要应付的事情,那边三天两头地催讨餐费,这边每天几十份几十份盒饭地浪费……但你要说真停了盒饭,那剧组必定又要造起反来,说工资不发,连口饭也不给吃。当然,剧组不是没有困难的人,只是其中的鱼龙混杂,是非曲直,实在是分辨不清了,更何况分辨这些,根本不是现在大家关心的问题。

那负责"看管"田原的哼哈二将,还站在不远的地方不时偷眼窥向自己。田原稍稍沉吟了一下,又从泡沫箱子里拿起两份盒饭,朝那两人走去。两个人显然没想到田原会朝他们过来,一时有些慌神。

"兄弟们吃了吗?"田原把盒饭抵到他们面前。

"吃、吃过了导演……"见田原不撒手,其中一个赶忙接过盒饭。

田原打开自己的那份,站在两人身边吃了起来。

"导演您、您坐!"另一个从自己坐的消防箱上弹起身,让给他坐,田原说了声谢谢,也不谦让,坐了下来。

"我记得你叫……阿海是吧?"田原记得,开机那天,勇诚招呼过跟在他屁股后面的这位,叫的似乎是这个名字。

"是的导演,你叫我阿海就可以了!"

"那你叫什么?"田原问另一位。

"叫我阿奔就好了,导演。"另一位回答。

田原看得出来,对方有些意外,也有些许紧张。通常情况下,一个场务能被导演叫出名字,说明他的工作已经做得很出色了。现在尽管剧组发生了那么严重的问题,但是这些人似乎还保持着自己的"职位惯性"。

田原浅浅一笑,继续说:"看你们站在这里好久了,辛苦。"

"没,没事……"两个人互相看了一眼,尴尬地回应。

"你们俩……都是跟着勇诚的,和他是老乡?"田原问。

"对,是勇哥带我们出来的,"阿海回答,"导演,我们以前见过。"

"哦?"田原有些意外。

"您肯定不记得了,好多年前在象山的时候,我在您的戏上做过武行。"阿海说。

田原记得那部戏,那是他拍的第一部武侠片,一部投资不大的网络电影。武术指导他叫了自己一个很多年的好哥们来担任,一方面是放心,更重要的是省钱。

"那部戏我知道,三哥帮我做的武术指导,你们那时候跟着他?"田原问。

说到了熟人,阿海眼睛一亮,"对,对!那时候我们和勇哥都在三爷班子里,您肯定是不记得了!"

"记得,怎么不记得,你们演的是……三个金吾卫!"田原说。

"对的,导演!那次我还有一句台词嘞!呵呵呵——"两人竟乐开了。

其实田原哪里记得这些,他只记得当时为了省钱,他让三哥演了金吾卫的首领,三哥一共就带了四个武行兄弟,全都演了他的跟班。如果阿海等人当时在组里,那一定演的就是这些角色。

田原指了指阿海,煞有介事地说:"所以我老看你脸熟,原来是三哥的兄弟,下次我约他喝酒,你们一起来聚聚。"

阿海和阿奔互相看了一眼,不免有些受宠若惊。田原称他们的老大是"哥",辈分上自然比他们高了一头,平常这样的饭局老大不发话,他们是没资格参加的。今天老大的导演朋友居然说"一起来聚聚",那是给足两人面子了。

"导演,您客气了,以后有什么用得着我们兄弟的,您尽管说,您的戏我们一定来!"阿海说。

田原淡淡一笑,知道自己的目的已经达到了。他又草草扒了两口盒饭,盖上了盖子。见田原起身,阿奔连忙接过他手里的饭盒。

"那你们先忙,我回去了。"田原指了指自己房间,跟两人客气了一句,径自进了屋子。

关上门,田原徐徐地舒了一口气,第一步算是铺垫好了。接下去他要做的,还是等待。

手机上的时间终于走到了下午四时许。门外突然传来一阵急促的敲门声。

"谁啊!"田原紧张地问。

"导演,我!开门!"门外传来昀哥的声音。

田原缓缓打开门,只见门外站着五六个人,最前面一个是昀哥,他的身后是小虎、大鹏和一众摄影组的弟兄。

"你们……?"田原疑惑地问。

"导演,跟我们踢球去。"昀哥手里拿着个崭新的足球。

"哪来的球?"田原问。

"超市买的,走呀,下去活动活动。"昀哥说。

"我就算了,多少年没踢了……"

田原还要推迟,却被昀哥一把拉出门去。

"哎呀走吧!又不是要你去踢世界杯,憋了两个月,多运动运动!"昀哥不由分说,架着田原的胳膊就往楼梯间走,一帮摄影组的弟兄也在他们身后簇拥着,丝毫没给田原分辩的机会。

角落里的"哼哈二将"看着眼前的情形,一时也不知道出了什么状况。这帮摄影们一副凶神恶煞的样子,说是拉着田原去踢球,倒不如说像拉着他上刑场。两人埋着头商量了几句,最后还是眼睁睁看着田原被他们拉走,没有跟上去,而是摸出了手机……

所谓的足球场,在园区的一处僻静角落,是一幢未建成的办公楼前的空地。先前田原在园区内散步的时候,曾经走到过这里。由于周围的店面都是关门状态,又处在园区的一处死角,很少有人从这里经过。

昀哥把田原"架到"这儿,才松开手。

田原皱起眉头,揉着隐隐作痛的手腕,看着眼前这群人。

"昀哥,用不着这样吧,轻点不行吗?"田原抱怨说。

"轻了怕不像,呵呵呵——"昀哥憨厚地笑了。

"导演,这边!"田原身后传来乔波的声音,他回头一看,乔波正站在拐角的墙边向他招手,"从这里走!"

田原走到他跟前,这才发现拐角处的围墙并没有砌完,还留着一个40厘米左右的缺口,一个人通过绰绰有余。围墙外面,就是一条通往主干道的小路。

中午打电话的时候,乔波就告诉他,园区有这么一个秘密的"出入口",这是之前无意间发现的。从这里出去,不会有保安或是剧组的人看见,也就是确认了有这么个机会,田原才制订了自己的逃跑计划。

"导演,货拉拉已经到了,就停在路口。我已经帮你付了300块定金,上车你再付1 200块就可以了。到了码头他们会送你上船。"乔波说。

田原感激地点点头,非常时期,还是要靠自己的兄弟才能脱身啊!

"导演快走吧,我们踢会儿球给你打掩护。"昀哥催促着田原赶快离开。

田原也不想久留,最后关照乔波自己所有的行李到晚上再去房间拿,不要在白天引人瞩目,随后就转过墙缝出去了。

一辆货拉拉果然已经等候在路边,田原上了车,微信刷了1 200块钱,这才发现车子后厢没有座位,他只好在一堆货物中间坐了下来。司机踩下油门,货拉拉慢悠悠地行驶在空无一车的主干道上。从雾岛公寓到码头,再从码头乘货船回市区,要是放在以前,车船费加在一块儿,也就是60多块钱。现在这个价格竟然变成了1 500块!但田原已经顾不得这么多了,他只想摆脱这一堆乱糟糟的局面,早点回到家好好洗个热水澡、睡个好觉。罗茜还在家里等着他,从拍戏开始,他们已经有三个多月没见面了。

2. 丛山

一觉醒来,已经是丛山向剧组承诺解决方案的最后截止日期了。他第一件事就是给几个人发消息通知开会,小金手、卢冈、老袁和田原。前面三个人接到消息很快到了他房间。只有田原迟迟没有出现。丛山只好又拨通了田原的手机。

"喂田原,你赶快来一下我房间,咱们开会了。"

手机那头,传来田原吞吞吐吐的声音。

"周导,我已经回家了,昨天脚上痛风犯了,家里人让我赶快回去看医生……"

"啊?你走啦?"丛山有些惊讶。

"是……等我痛风好点了我就过来。"田原说。

"……不用……你就好好养病,这里我来处理好了,不用担心。"尽管一肚子窝火,丛山还是客客气气地挂了电话。

他万万没想到,田原竟然会临阵脱逃,就留下他来面对剧组这颗定时炸弹!丛山这才深刻地理解了别人说的,只有一起共过事,才能知道这人的人品。看来对田原他是看走眼了……

卢冈脸色有些尴尬,小金手跷着二郎腿,抽出一根华子,嘴角挂着轻蔑的微笑。老袁则脸色铁青,一言不发。

"田原痛风犯了,他家里人把他接回去了,"丛山给自己找了个台阶,继续说,"就我们几个商量商量吧……"

"导演,没啥商量头的,下面人已经压不牢了,"老袁打断了丛山的话,面色焦虑,"讲好今朝要给剧组一个方案的,一大早就有人堵在我门口问我方案啥辰光宣布。"

"还有做盒饭的庄总今天也在问，饭钱说好三天一结的，今天又是第三天……"卢冈一副垂头丧气的样子。丛山回来后，让卢冈放下其他所有事情，一门心思维护好剧组的餐食保障，结果就是这么一件事情，还是搞得卢冈手足无措。先前滞留期间还算好，有派出所打了招呼，盒饭问题算是太平了一阵。可现在客轮已经恢复了、跨海桥也要通车了，庄总要债就要上门了。前天卢冈一大早睁开眼，人就守在他房间门口，一聊就是聊一天。也不全聊餐费的事，天南海北什么都聊，反正就是不走，一直要挨到晚上十一二点，好不容易把人送走，卢冈躺下睡一会儿，第二天7点不到，庄总又守在门口了……这样周而复始，弄得卢冈精疲力竭。他想不通他都要被整崩溃了，庄总一个尿毒症患者怎么精神比自己还好？这难道就是意志的胜利？

"哥，公司那边儿向上汇报了没有？我还是那句话，集团要是不出面，问题是解决不了的。"小金手一脸悠闲，有一搭没一搭地说着。

丛山哪里不知道其中的厉害，回剧组当天晚上，他就跟老闵通了个长话，听完情况，老闵的意思很明确，现在剧组的情况不宜通报集团，一旦通报就变成一起生产事故，到时候责任追究下来谁也不好过。现在公司尽全力把事情处理妥当，公司愿意拿出100万元，尽快解散剧组。

"可100万哪里够啊！"丛山心想，剧组上上下下工作了一个月，所有工作人员的薪资几乎是一分钱没发，大部分演员就支付了一笔订金，还有公寓的住宿费、餐费、杂费、置办道具的工本费、场地租赁费……几乎都是各个部门自己在垫钱，他粗粗地算了一笔账,就算演员的费用不算,拖欠的其他费用加起来,也不下 700 万!才 100 万? 能顶什么用? 300 号人一分,每个人也就拿 3 000 多块钱,这跟之前黄子骏提出来的解决方案有什么区别? 要是 3 000 多块钱能够把人打发走,还用得着拖到今天?

"丛山,公司的情况侬是晓得的,现在能拿出来的就是这点,要是当时把共管账户开好放在东灿公司,就不会出这样的事了……好了,现在讲这些也是多余,你还是想想怎么安抚好大家的情绪,不要搞出群体事件来,到时候就难看了。"老闵的语气听上去语重心长,实则句句在推卸责任。丛山知道,老闵对他没把项目账户放在东灿公司一直心存芥蒂,既然当初没想着帮公司赚钱,那么好,现在出了状况,也别想着让公司为你背锅。丛山心里自知理亏,被老闵怼上这一顿,也是哑口无言。

三天的时间转眼就到了,当初承诺剧组在中午 12 点前宣布解决方案,现在除了这个每人 3 000 块的所谓"方案",也再无其他办法。屋子里四个人都默不作声,静静等待时间一分一秒地过去。

"咚咚——"门口传来两声轻轻的敲门声,可在丛山心里,这两声敲门声就像重锤一样敲在他心里,他知道"上刑场"的时候到了。

老袁起身打开门,勇诚探了个脑袋进来,四周环顾了一下,这才看到丛山。

"导演,人都到天台了,等你过去。"

其他人都站起了身,唯独丛山没有反应。

"导演?"勇诚又叫了一声。

半响,丛山才慢慢地站起身子,佝偻着背往门外走去。

走上天台的那一刻,丛山就觉得腿软了。天台上里三层外三层围满了人。留在剧组的全部人几乎都到齐了,所有人围成了一个圈,圈的中间,放了一张桌子,桌子上摆好了纸笔,却没有放置座椅。丛山知道,这是留给他的"审判席"。

"让一让,让一让!"勇诚走在他身前,为他在人群里开出一条道路。

丛山跟在他身后,走到了"审判席"前。他站定的那一刻,阳台上突然变得鸦雀无声,一双双眼睛都盯住了他。丛山看到,这些眼睛中有期盼的、有漠然的、有无奈的、有仇视的、有愤懑的……大家都在等着他开口,丛山张了张嘴,嗓子却像哑了一样,没有发出任何声音。

"导演,给!"身边的勇诚递上了一个高音喇叭。

丛山清了清喉咙,颤巍巍举起喇叭:"兄弟姐妹们!——"

他鼓起力气喊了一声,周围依旧鸦雀无声,没有人给予回应。

"三天前,我回到剧组,答应过大家三天里面给大家一个解决方案,现在是第三天了,我站在这里了!来面对大家了!不像某些不负责任的资方,人影也不见,饭钱也不付,连我们的死活也不管——"丛山叫得声嘶力竭,却丝毫也没有煽动大家的情绪,所有的眼睛依旧盯着他,期盼、漠然、无奈、仇视、愤懑……

煽情没有收到预期的效果,丛山只好切入正题。

"大家都知道,我们这部戏的投资方是山东欣歆公司,你们每个人的工资和酬金,都应该由他们来负责。现在他们逃走了,但是我们不会!我周丛山不会、东灿公司也不会!对你们的事,我们是会负责到底的!今天我站在这里就是证明,我解决不了的,东灿公司会解决,东灿公司解决不了的,集团公司会解决!再解决不了,我们还有……"

"别废话！快说正事！"

人群中不知哪个大嗓门喊了一句，打断了丛山慷慨激昂的陈词。

众人纷纷响应，一时间人群开始有些骚动，站在角落里的民警也举起了步话机。

"好！"丛山对着高音喇叭叫了一声，"我长话短说，把东灿公司的方案告诉大家！"

人群顿时安静了。

丛山伸出一个手指头，说："100万！我们东灿公司决定倾其所有，拿出100万发给大家。当然，我们知道这些钱远远不够，余下的部分我们核定好数额，写下欠条，由我们东灿影业盖章认可！承诺大家在未来一年里付清余款。这样兄弟姐妹们拿到钱就可以安心回家了，这一折腾，前前后后半年时间没有和家人团聚了。回程的车票你们寄回公司，由我们统一报销。大家觉得，这个方案怎么样！"

人群还是一片沉默。

一个人拨开人群，走到了丛山跟前。丛山对他有印象，就是三天前带头要冲出园区的那名壮汉。事后小金手告诉他，这人是司机组的，大家都叫他"老边"。

老边举起颤抖的手指着丛山，说："你们这个样子，跟山东人有什么两样?！100万，分到我们300人手里，还不是一人3000块钱！我们辛辛苦苦干了一个多月，又在这里耽搁了两个月，就这点钱打发我们走啊！"

这话一出，好像顿时警醒了所有人，对啊！100万听起来是个很大的数字，但是细算到300号人头上，每人不就是3000块钱嘛！

这跟山东人给出的解决方案有什么区别？换汤不换药，变了个说法而已！"

人群再次骚动起来。

"导演，我们来这个戏可都是冲着你来的！投资方关我们什么事？我们就认你，还有东灿公司那个、那个上次在门口拦住我的领导……田导，我们就认你们！大家说是不是——！"老边不依不饶，把矛头指向丛山。

"对——"人群中爆发出一阵排山倒海似的呼喊，丛山下意识地用手撑了撑面前的桌子，让自己不至于失去重心。

"你们有良心没有！"人群里又走出一位，50来岁的年纪，头发已经花白，眼里含着泪。丛山不认得他，但是他身后跟出了老袁，丛山猜想对方应该是老袁手下的置景工人。

"你们当领导的想想，我们农村出来打工的，一家老小六七口人，最小的儿子才3岁，全家就我一个劳动力，每个月就指望着那点工资寄回家维持生活，不说多，一个月的生活费也要3 000来块，现在我出来半年了，一分钱都没往家里寄过，你让我家里人怎么活？你们不让我活，我也不让你们好过！"

说着，他就想冲上前拽丛山的衣服。好在身后的老袁把他死死拉住，又拽回了人群。

"导演，一般我不发表意见，但是今天能让我说两句吗？"说话的是A组的摄影师孟凡，他的语气还是斯斯文文的。

"孟凡……你说。"丛山说，在他的印象里，孟凡还是个讲道理的人。

"导演我问你，从雾岛停航开始到现在快两个月，我们摄影A组闹过事吗？"孟凡问。

"没有。"丛山的确不记得孟凡的摄影 A 组在这两个月间闹过事,甚至在微信群里也极少发表言论。

"我一直告诫兄弟们,配合制片组的工作,不要闹事。他们的酬金问题东灿公司是一定会解决的,越闹只会把事情搞得越复杂,反而对自己不利。所以我的兄弟们这么长时间没有一个给剧组添麻烦,大家是出于对我的信任,而我是出于对导演您的信任。但是今天您说的方案太让我失望了,我们苦等两个月,等来的所谓解决方案就是这样?说实话我是接受不了的。"

"孟凡,我知道你是个讲道理的人,也理解你的心情,但是目前要全额支付大家酬金确实有困难……"丛山解释说。

"没问题,导演!"孟凡打断了他,说,"您有困难我们理解,您只要把我手下兄弟的酬金先结了,让他们太太平平回家,我的酬金可以慢点给。我可以陪着您每天唠嗑,您什么时候能结,我什么时候走,没问题的。您放心,我不吵不闹,等您解决困难,怎么样?"

孟凡的话软中带硬,听得丛山很不是滋味,但是当着全组 300 多人的面,他也只能堆起一脸的苦笑。

"对!拿不到钱我们不走!拿不到钱就不走!"人群又开始喊闹起来。

丛山一脸憔悴地看着眼前的众人,脸上写满了失望与无奈。平日里,他喜欢称呼剧组的工作人员不是兄弟就是姐妹,而这些人也同样回报以热情的反应。丛山最津津乐道的故事,就是当年他拍电影的时候,一名厢车司机拿着剧本仔仔细细地读,遇到丛山的时候还讨论自己对剧本的看法。这是丛山最得意的事情,往往这时候都会说,只有在自己人的剧组里,气氛才会这么好,大家都以创作的心态在工作,连司机师傅都不例外。可是今天,这些被他视为兄弟姐妹的人,却纷纷倒戈相向,全然忘记了自己对他们的好。他们完全不记得,是他丛山点头,他们才能在剧组工作。如果这个戏资方不出问题,他们该人人赚得盆满钵满,笑逐颜开。可是现在项目出事了,没有人再认他这个大哥,相反,自己好像要为现在的局面承担所有的责任。什么兄弟、什么姐妹,都他妈是放屁!人和人之间,果然只有利益……

"跳楼啦!有人跳楼啦——!"人群背后突然传来一阵惊慌的喊叫,顿时吸引了所有人的注意,丛山也从思绪中被拉回了现实。

他丢下高音喇叭,疾步朝叫喊的方向走去。

拨开重重围观的人群,丛山这才看清坐在地上痛哭的那位,就是刚才责骂他的那个置景工人。这时候,他正用双手捂着面孔,哭得泣不成声。身边两个置景班的同行一边一个抓着他的胳膊,生怕他再做出过激的行为。在他面前站着老袁,一边跺脚一边指着他痛骂,责骂着要是真有三长两短,他家里六七口人该怎么办?!

"反正早晚活不下去,先死了算了!"

听着那人绝望的话语,丛山心里五味杂陈。这哪里是他愿意看到的场面啊?自己花费了四五年时间好不容易开拍的电视剧,请来的主创十个里面有九个是自己朋友,还不是想在自己事业的晚年再辉煌一把?让自己的朋友们、朋友的兄弟们能够挣上一笔钱,然后自己风风光光、高高兴兴地退休,晚年老兄弟们聚会,也有茶余饭后的谈资。现在这一切愿望都化为泡影了,事情闹到今天这个局面,别说辉煌了,这些老朋友将来愿不愿意见自己都该打上问号了……

丛山还没缓过神来,背后的高音喇叭突然响起来。

"大家听好,我们是雾岛派出所的!现在请大家有序离开天台,你们的问题我们警方会来协调相关单位解决,再说一遍,现在请大家有序离开天台——!"

拿着高音喇叭说话的,是那个张处长,他人虽然矮小,但是身后站着四五个身材高大的警员,一副不容挑衅的气势。

"老袁,你让人扶他先下去。"丛山说。

老袁上前搀起那位置景工,扶着他一瘸一拐地朝楼里走去,聚集的人群也渐渐动了起来,朝着楼里走去。十多分钟的时间,天台走得空落落的,就剩下丛山、卢冈、小金手和一群警员。丛山这才看清了天台上警员的人数,足有20来个。

"丛山导演……"走上前来的是张处长,"本来我们希望听到的是一个可行的解决方案,现在看来你们的方案没有人能接受啊——"

丛山导演明显听出了对方语气中的失望和不满。

"如果是这样的话,那我们只好跟上级主管部门汇报了。你做做准备。"

说完,张处长带着民警离开了。

丛山其实没有听明白张处长话里的意思,让他"做做准备"到底是做什么准备?这样的局面他干了一辈子影视,也是第一次遇见。总之现在他是一筹莫展、黔驴技穷了,有人愿意管总比没人管的好,做准备就做准备吧,反正他是死的心都有了,还怕什么做准备?

"导演,要不要我把账先捋一捋,警方万一要看?"说话的是站在边上的小金手。

"嗯,捋一捋吧。"丛山的脑子一片混乱,随口说道。

"行,我来安排,对了,有一部分账在宝国那边,这两天宝国怎么不见人呢？"小金手问。

"宝国走嘞！"卢冈说，"那天警察说可以送外地人先离开，宝国当天就跟他们报了名，昨天一早走的。"

"他连酬金都不要了？"小金手问。

"这个倒没说，他整理的剧组账目，临走时都交给我了。"卢冈说。

孙宝国不声不响就离开了，这是丛山没有想到的。但是现在的他根本不想多思考这些，他巴不得像孙宝国和田原那样，也能溜之大吉，一撒腿就撒开这诸多烦恼。但是他不行，所有人都可以走，唯独他不行，不论是自愿还是被迫，他都不得不留到最后一刻。

3. 黄子骏

天台上混乱的场面，黄子骏一五一十看在眼里。

今天的"天台事件"不少人都拿着自己的手机在录像和直播，其中当然也少不了黄子骏的眼线。

老雷人高马大，站在人群中间举着手机，像体育节目直播一样，把整个场面、整个过程拍得清清楚楚。

"黄总，警察在赶人了，那我先下去了。"视频里老雷说。

挂断了视频直播，黄子骏放下手机，他比之前要消瘦很多，原本饱满的脸庞像被刀子削过一样，变得骨瘦嶙峋，两鬓的头发似乎一夜之间花白了，眼睛深深陷入眼眶，憔悴、无神。他望向窗外深深叹了口气，窗外的央视大楼被雾霾笼罩，若隐若现。他来北京有好几次了，起初是为抵押房产帮剧组筹集资金，一打听却发现剧组的预算是个无底洞，自己手头的这点钱根本是杯水车薪。后来接到东灿公司发来的公司函,再加上剧组群里一刻不停地辱骂,迫使黄子骏把注意力集中到打官司上,他天真地以为,只要割掉剧组的"毒瘤",一切还能有救。但是今天的情形看来,《守护》这个项目,已经积重难返,甚至都已经不是及时止损的问题,而是要考虑如何从这个烂泥潭里抽身了。

"叮咚——"门口传来一阵门铃声。

他起身打开门,三个人鱼贯而入,走在最前面的是律师许劲,跟在他身后的是方晶石,走在最后一个,是制片孙宝国。

"宝国,什么时候到的?"四个人刚坐定,黄子骏就问。

"今天一早到的,昨天高铁没了,坐动车来的。"孙宝国说。

孙宝国此行是受黄子骏邀请而来,在剧组黄子骏就看出,孙宝国和小金手、卢冈等人都不是一伙。他们商量事情,总把宝国排除在外,宝国也知趣地什么也不问、什么也不打听,反正丛山叫他做什么他做什么,行事异常低调。但他绝不是啥也不懂的人,而是看在眼里,藏在心里罢了。黄子骏太需要剧组里这种可以争取的人了。

会议的议题很简单——后续该怎么办?

"黄总,我问您个问题,这个戏您还想拍吗?"提问的是方晶石。

第一个问题就把黄子骏给问倒了,是啊,这个戏他还想拍吗?当初会产生投资电视剧的想法,首先是因为被女儿拖着看了几部电视剧有了点兴趣,但更重要的原因是觉得项目能挣钱,看着别人一两年时间就几千万、上亿地挣,能不眼红吗?当初丛山导演把这个项目吹得花好稻好,什么用小资金就能撬动大项目,还没开拍就能赚钱……自己这才上了贼船,现在是进退两难,进吧,就必须解决现在的烂摊子;退吧,白白地把1 000多万扔水里,换谁也不愿意吃这个亏啊！"

"当然要拍，我干这项目的初衷，就是要拍部好剧出来，赚不赚钱另当别论。"心里面虽然犹豫着，黄子骏嘴上却依然说得漂亮。

"既然这样，那您第一步要做的就是拿回项目的拍摄权，这样今后不管是复拍还是重拍，您都能掌握主动，前期花出去的钱也不会打水漂。可以在项目重新启动的时候，把这部分折成相应的份额计算进去。"

小方的分析让黄子骏眼前一亮，目前看来这无疑是最好的办法。

"那你说说，具体怎么搞？"黄子骏急切地问。

"我记得您是《守护》的全额投资方，所有工作人员的合同也是跟您签对吗？那您也是事实上的承制方，项目理所当然应该归您吧……"

"不成……"律师许劲打断了小方的分析，"当时黄总和东灿公司的合同不是这么签的，东灿公司强调了他们是该剧的版权方，如果乙方……也就是黄总您的欣歆公司，资金链出现问题，他们有权收回该剧所有的版权并且追究您的违约责任……"

"不是资金的问题，是雾岛跨海桥的意外事故，不可抗力！这个我强调了好多次了，是不可抗力造成剧组停拍，不是资金问题！"不等许劲说完，黄子骏忙不迭地强调，生怕别人误会，"发生这种不可抗力，是我的错吗?! 他们东灿公司也是出品方、他们上级集团公司也是出品方，还是第一出品方！出现这种不可抗力，他们就不应该帮我分担一点吗？就要我一个人来硬扛！"黄子骏越说越激动，猛地感到一阵眩晕，他只好闭上嘴，努力让自己克制。

"这个……在对簿公堂的时候，的确可以作为一个理由来争取一下……"许劲安慰道。

"不成,不能对簿公堂,对簿公堂这项目就完了!"方晶石又说了,"这官司你来我往不得打个两三年?到时候复拍是不可能了,只能重拍,可两三年下来这项目的事情圈子里还不得传得沸沸扬扬?到时候哪个演员、哪个导演还愿意蹚这浑水?我告诉您,一打官司,这项目就完了!"

说到激动处,方晶石两个巴掌一拍,大有一拍两散的意思,顿时整个房间变得悄无声息。

"更何况,要想把运作权拿下来,还得解决现在剧组的问题,棘手啊——"孙宝国摸着后脑勺,慢悠悠地说道。

"宝国老师,你在组里对情况最清楚,解决现在的问题,需要多少费用?"黄子骏问。

"来之前我把账粗粗算了算,起码还要700多万,这还不算剧组滞留期间的补偿……"

房间里顿时又恢复了沉默。

黄子骏又眯上了眼睛,看来拿回项目的控制权是不可能了,别说自己现在没钱,就是有钱,跟东灿公司的项目归属权之争,他也没有丝毫的把握,这点他是领教过老闵的。

既然项目推进无望,那就该想想怎么尽快脱身了。

他睁开眼,看向三人。

"小方、许劲、宝国老师,我们不妨换个思路想想,如果先把项目放一放,等我们的第一出品方把问题解决了,我们再跟他们谈复拍的事,会不会更有利些?"黄子骏问。

三个人面面相觑,似乎也都听明白了黄子骏的意思。

"如果这样的话……我觉得也不失为一个办法,现在项目里利益方太多,不妨暂停一下再做计划。"许劲看着黄子骏的脸色提议。

"许劲啊,如果这么定的话,你看看当下还需要做些什么?"

"如果黄总决定的话,那有几件事行动要快了。第一,是厘清欣歃公司的财务状况,账面的资金需要转移到其他公司,避免后期万一进入法律诉讼会被冻结;第二,您需要另找一个法人,来代替您的位置……不过就算这样,对方可能依然会对您进行连带起诉……"

"那会怎么样?"

"败诉的话……可能会上失信人名单……"许劲小心地说。

黄子骏深深叹了口气。他是万万没想到,自己居然也会有这么一天,失信名单……在他从商的几十年里,曾遇到过不少欠债不还的人,他一个个把他们送上了失信人名单,他怎么也没想到自己居然也会跟这个词语沾上边。

"还有没有其他办法?"黄子骏闭着眼,喃喃问。

"除此之外……我这里是没什么更好的办法了,就看看其他老师有什么主意……"许劲看了眼屋子里另外两人,宝国习惯性地揉着后脑勺,小方则刷着手机貌似在处理什么紧要的事务。

"就这么办吧……"黄子骏疲惫地睁开眼,"需要多久?"

"材料给到我的话,大概两周。"许劲说。

黄子骏皱了皱眉头,三个人看着黄子骏,没人吱声。

"就这么办……"黄子骏又重复了一遍。"那你们张罗去吧……许劲,尽快。"

打发走三人,黄子骏瘫坐在沙发上,依然一动不动。他很清楚,事情演变到今天的地步,已经别无他路可走了。可即便这样,摆在面前的难题还是不少。变更法人最少需要两周时间,剧组现在的状况还能不能坚持两周？要是在变更前对方就诉诸法律，自己会非常被动。从今天天台上混乱的场面来看，这一天已经不远了。

黄子骏想站起身走走，屁股刚离开沙发，就感觉一阵眩晕，他连忙坐下，颤颤巍巍拿出随身的药，抖出两颗塞进嘴里，好一会儿才渐渐平复下来。自从上次住院，医生就嘱咐他平时要注意缓解压力，中风发生过一次，就会发生第二次、第三次……必须时刻留神。所以在出院后的这段时间，他一直没有多想剧组的事，直到这几天明显感觉身体好转了，才召集了今天的会。没想到只三言两语地聊了半个小时不到，又差点旧病复发。黄子骏深深感到，要是不赶快结束这个烂摊子，恐怕自己这条命都要搭进去了。

平复了心情的黄子骏默默揣度着眼下的形势，要想平安脱身，最要紧的是什么？那一定是稳住剧组，现在公安系统、区政府、街道……一双双眼睛都盯着《守护》这297人的动向，要是剧组再出什么意外，司法机关一旦介入，自己作为投资方是万万脱不了干系的。只有让剧组太太平平过上一段时间，等自己做好了万全的准备，才有可能顺利脱身。

"那怎么才能让剧组太平呢？"黄子骏摩挲着沙发扶手，思忖着。

突然，他的手停了下来，食指轻轻敲击了几下，顺势拿起了手机。

打开通讯录，顶头标记着星号的，就是周丛山的电话。自从生病住院，他已经断绝了跟周丛山的联系，虽然这期间丛山几乎天天给他打电话、发消息，但是他一次也没有回复过。从心底里他实在不想再跟这个骗子打交道。不过今天，无论丛山多么让他反胃，他都必须主动打这个电话了。

铃声仅仅响了三下,电话就接通了,手机那头传来丛山熟悉的声音。

"子骏,兄弟啊,你终于来电话啦——"

显然,对面的周丛山等待他的电话已经有一阵了,所以接得是那么迫不及待。这是一个好兆头,说明丛山一直等待与他沟通,这也合情合理,自己远在北京都能感受到剧组带来的巨大压力,更何况周丛山身在其中,又是主要责任人,他要承受的压力那是可想而知的。这时候的周丛山,一定正迫切地需要找到一个突破口以缓解压力,哪怕只是一丝渺茫的希望,他也不惜牢牢抓住。黄子骏知道,他这个电话算是打对了时机。

"丛山,你不要怪我,我才刚刚出院,第一个就想到给你电话。"黄子骏的语气还是一如既往地诚恳。

"怎么样?好点了吧?没事了吧?"对面是丛山故作关切地问候,说实话黄子骏听不出一丝真诚。

"现在生命危险是没了,医生说不能太操劳,后面三个月以休养为主。"黄子骏说。

"哦——那你好好注意身体,身体是革命的本钱,哈哈哈。"丛山说。

"言归正传,"黄子骏说,"丛山啊,我们是最早认识的,最早也是我们两兄弟决定要做这个项目的,现在项目出现这样的情况,我们一定要想办法处理好。"

"说得对!我也是这么想的!"对面周丛山的嗓门响了。

"最近剧组出现的混乱局面,我是不愿意看到的,这样闹对谁都没有好处,尤其是对我们的电视剧,万一闹出点群体性事件,在媒体面前一曝光,弄不好咱们所有努力都白白浪费!"

"对啊!我就是担心这个!"电话对面的周丛山附和着。

"你在第一线,是最辛苦、压力最大的,其实我也好几个晚上睡不着觉了。心里想着就是不能让事态扩大,不能由着个别捣乱分子瞎胡闹!我们要做好大家的思想工作!"

"没错,我也是这么想的!"电话里的周丛山回答得有些兴奋。

"所以作为出品方,我想由你代表我,向广大剧组工作人员郑重承诺!这部戏我们是一定会复拍的!大家的工资酬金是一分钱也不会少的!只不过目前融资有难度,我们的项目要等到下半年再开拍。现在处于一个过渡期,还请大家能够谅解,有足够的耐心等待我们解决问题。"

电话的那头沉默了。

"子骏啊,不是我不承诺,是承诺了没用啊!大家现在见不到钱是不会散的。现在要拿出一点实际的办法,说到底就是你要告诉大家,什么时候能拿到酬金?"

那头的丛山又把皮球踢回给了黄子骏,不过他也早有准备。

"我一出院就在北京谈投资,这两天已经有进展了,不出两个周,我就能带着钱过来。"

丛山那头沉默着,没有回答。

"这样,现在剧组一天的伙食费是多少?"黄子骏问。

"每个人一天50元的伙食标准,297个人,也就是⋯⋯14 850元。"丛山说话了。

"这样,我今天就给剧组打5天的伙食费,5天后我再打,可能要不了两周我就带着钱过来了!"黄子骏说得斩钉截铁。

"⋯⋯可以呀⋯⋯你今天就打?"那头的丛山语气有些将信

将疑。

"我挂了电话就打!"黄子骏说,"不过有一个要求,收到钱以后,你要把我的意思传达给剧组,让他们不要闹了。"

"那当然!包在我身上!只要收到钱,我马上召集组长开会!"丛山答应得很爽快,显然他又一次相信了黄子骏的话。

黄子骏也不废话,达到目的后就匆匆挂了电话,紧接着就拨通了自己助理罗一诺的电话。

"小罗,两件事你马上办。第一,把欣歆公司账上那7万多块钱打给剧组,今天就打。第二,帮我订一张飞多伦多的机票,最早一班什么时候就给我订这班。两件事情,马上去办。"

嘱咐完罗一诺,黄子骏这才松了口气。

天色将晚,金色的阳光洒在高楼大厦上,街道上,车水马龙的景象逐渐变得缓慢而宁静,人们匆匆的脚步似乎也在这一刻放缓下来。街头的路灯依次亮起,与天边的晚霞相互辉映,宛如一幅温暖而宁静的画卷。黄子骏看着窗外,心里想着再多看一眼吧,下次再看到北京的夕阳,已经不知道是几年之后了。

4. 小金手

"集团的工作组要来了!"小金手是几天前从丛山的口中知道这个消息的。

今天是跨海桥正式恢复通车的第一天,也标志着雾岛的交通彻底恢复。所有车辆可以自由往来,所有人员可以自由出入。可剧组却一反常态,滞留期间天天嚷着要回家的人,一个个都不走了,剧组297个人,到现在为止,居然还有264个留了下来。文化传媒集团的工作组将在大桥通车的第一时间赶来剧组。

一大早，小金手就早早候在了会议室里。他为了今天工作组的到来，已经下足了功夫。

那天听说集团工作组要来的时候，丛山一脸沮丧，剧组的情况最终还是没能瞒住。上次"天台事件"之后，雾岛派出所把情况汇报给了市里的政法委，政法委随即向宣传部通报了情况。宣传部一个电话，直接打到了集团的总裁办公室，责令他们"妥善解决《守护》剧组的问题"。听说接到宣传部的电话后，总裁大发雷霆，把两个副总叫到办公室痛骂一顿，让他们立刻成立工作组，下到剧组协助东灿公司解决问题。总裁自己立刻写报告，向宣传部说明情况，《守护》虽然挂着集团第一出品方，其实他们领导班子对这个项目毫不知情，下属东灿影业根本没有跟他做过汇报！

小金手知道，集团出面，就意味着丛山的彻底失败，作为总制片人和总导演的他，毕竟还是没能把控住场面。看着丛山满脸胡茬、忧郁疲惫的神色，小金手的内心却是一阵窃喜，等待许久的机会终于来了。集团所谓的干预，当然是带着钱来的"干预"，这是小金手期盼了许久的局面。现在丛山意志消沉，孙宝国和田原早早离开了剧组，就剩下他这么个制片主任"主持大局"了。他要摸清楚的"关键问题"，就是集团带了多少资金来解决问题，他和他手下的这班兄弟，又能从中分到多少？

一离开丛山的房间，他就召集了邹津、勇诚、小宏几个心腹，当然还有他的情人景海婷一起，开起了"闭门会议"。这种场面在小金手的职业生涯中不是第一次碰到，只是这次他必须计划得更周密一些,免得让煮熟的鸭子再飞走。对他来说,拍了这么多年戏,一部戏拍不拍得完,甚至能不能上映已经完全不重要了,能不能在这个过程中攫取到自己的利益才是他第一考虑的问题。整整用了三个小时,小金手部署了所有的细节,把自己能想到的原原本本交代了一遍,直到他的每个心腹都点头表示理解后,他才结束了会议。

工作组在早上九点准时抵达剧组,头天晚上小金手特意没有喝酒,就是为了在今天的会议上保持绝对的清醒,可想而知这个会议对他多么重要。工作组一共来了五个人,坐在最中间的,是工作组组长、集团总裁助理乔梁,他左手边是集团投资部主任吴林,右手边是法务主管 Paul 张,另外两个,一个是集团财务部的会计小汤、一个是集团的年轻制片小孙。

与他们面对面的,是丛山导演和剧组各部门的部门长或部门代表,总共十来个人。

"丛山导演,请你先介绍一下今天参加会议的人。"坐在中间的乔梁说。

"呃……"可能是前一晚还在喝酒的缘故,丛山说起话来有些迟钝,他指着小金手,"这个是……"

没等丛山说完,小金手抢过了话头。

"各位领导,我是本剧的制片主任金坤,我来给各位介绍一下今天参加会议的部门长……"

小金手利索地把到场的十几个人介绍了一遍,继而又把剧组的基本情况介绍了一遍,什么时候开机、什么时候停拍、中间怎么跟投资方反复沟通、怎么处理剧组的内部问题、维持稳定、现在剧组拖欠的员工酬金、住宿费、餐费、剧组滞留期间的管理……所有问题都条理清晰、一五一十向工作组做了汇报,工作组一一做了记录。乔梁不住地点头,对小金手的工作赞赏有加。

"很庆幸剧组还有这么优秀的制片主任主持大局,集团是要感谢你的。"乔梁说。

"职责所在,这都是应该做的。"小金手客气了一句,心里知道他的目的已经达到一半了。

"现在核算下来,剧组所有拖欠的费用是多少?"投资部主任吴林问。

小金手早有准备,示意身边的小宏拿出一沓打印好的表格,递到看工作组面前。

"已经做了详细的统计,这是截至到昨天为止,总共 9 085 460 元,包含了所有拖欠的费用,这里面工作人员的人工费大概 675 万元,明细都写在上面了。"

"我看单子上没有 B 组导演组和 B 组摄影组的费用,是为什么?"吴林看着单子问。

"B 组导演田原和丛山导演都是东灿公司的人,B 组的摄影团队也是东灿公司指定的,丛山导演的意思,自己人的费用先不算,紧着解决外聘工作人员的问题……"小金手一边说着,一边看着丛山的脸色,丛山对他的话没有任何表示。小金手算准了他不会反驳,因为丛山作为总制片人和总导演,个人酬金就高达 700 万元,几乎比拖欠工作人员的人工费总额还要高,在现在这个节骨眼上,他是不可能主张的。至于田原和 B 组摄影组……谁让他们自己跑了呢。

显然工作组对小金手的说法也没有表示异议。台上的五个人小声交换了一下看法，就由乔梁拿过了话筒。

"这样，在座各位和剧组近300位工作人员，你们这几个月非常辛苦，这个我们非常理解，也感同身受。滞留这段时间大家都不好过，这也是集团把我们派下来尽快处理好大家所面临难题的原因。相信大家都很清楚，这部戏由欣歆公司全额投资，我们集团下属的东灿公司也只是以制作方的身份在参与，集团更是与这个项目没有任何关系。之所以现在由我们处理善后，完全是出于一个国企的社会责任。为了能让大家尽早回家跟家人团聚，我说一下集团给出的最优方案。"

身旁的吴主任递上一叠报告，乔梁翻了翻又还了回去。

"这个……套话我也不多说了，直接说重点。集团的方案是为你们每个工作人员分发5 000元的补助，并且为大家购买回程的火车票。注意这个只是补助，不是大家的工作酬劳。大家应得的酬金，我们会根据刚才金主任提供的清单，由集团法务部门负责起诉欣歆公司，等拿回欠款后，进行足额发放……"

"你骗鬼哪！"

乔梁话还没说完，人群中就有高声打断了他。

"欣歆公司现在都不拿钱，输了官司他还会掏？有钱也转移光了！"

"是啊——"众人一阵附和。

"你们每人给5 000块，那跟欣歆公司有什么两样？变着法在玩弄我们是吧！"

"都是骗子！"

"原来你们集团也是骗子！"

大家七嘴八舌起来,有人已经冲上前台,跟工作组理论起来。

小金手点了根华子,慢悠悠地吸着,一动不动。

坐在他身边的老袁是早已按捺不住了,激动地跟身边的人抱怨着:"临时党支部呢?我们剧组不是还有党支部嘛,这种时候人都跑哪里去了!?"

小金手轻轻拍了拍他。

"老袁您淡定、淡定些,您要这么激动,您手下100来号人可怎么办?要不您还是赶快回去跟他们商量商量……"

这话像是一下子提醒了老袁,他一拍大腿:"对啊!他们怎么办,各个上有老下有小的,每个人5 000块钱,我才不跟他们说呢!要说你们工作组自己去说!"

他操起手机就打了起来:"喂,邹津,你让我们100来个弟兄都上来,工作组有话要跟他们讲!"

坐在台上的乔梁听见这话,惊得连忙起身阻止,手挥得跟拨浪鼓似的:"不要不要,我们今天是闭门会议,跟大家讨论解决方案,又不是说就这么定了,那个……什么老师……"他叫不出老袁的名字,"你让你的人千万别上来,今天区派出所的同志都在,别把事情复杂化!"

正在气头上的老袁哪里听得进这些,还是对着手机吼:"来,侬让伊拉来!听听工作组讲的是不是人话!"

"老袁老袁,别这样别这样——"小金手起身拉住老袁劝,一边又示意工作组,"我去一下,下去劝劝,放心他们上不来。"

小金手退出会议室,身后还跟着勇诚,他顺势带上门,把一屋子的争吵关进屋子。小金手根本没想着去劝老袁那100多个弟兄,只是想自己早脱身罢了。这种情况谁劝谁就成了活靶子,更何况他巴不得事情闹大。每个人5 000元,离他设想的目的相差实在太远,堂堂国有大集团,缺的不是钱,缺的是解决问题的动力,现在这个紧要关头不往火上添把柴,这大火看样子是烧不旺了。

刚走到楼下,就看见邹津领着道具、美术组的一班弟兄浩浩荡荡走了过来。

小金手夹着华子挥了挥手:"三楼,三楼会议室,正等你们呢。"

一帮人潮水般就朝楼上涌去,小金手颇淡定地看着他们的背影消失在楼梯口,又招手对勇诚说:"你上去看着,别让他们真动工作组的人,这几个可是财神爷。"

几十年的制片主任可不是白当的,小金手太知道这里面分寸的把握了,不给工作组一点压力,他们是不会了解事态严重的,集团更不会拿出像样的态度来解决问题。当然事情也不能闹得太过,万一下来的工作组有什么三长两短,那情况又会复杂化。

不过小金手也知道,其实意外发生的概率是极低的,别看今天老袁一副气势汹汹的样子,他知道那是在演戏。老袁都知道拉横幅游行要去公安局报备,他怎么可能让聚众斗殴的暴力事件发生?所有这些不过是演给工作组看的一场戏罢了。今天早上一落座聊了两三句他就知道,所谓的工作组根本没有应付剧组的经验,他们平时是一群坐在办公室里朝九晚五的"上班族",恐怕进剧组都是平生第一次,更别说是应付现在的混乱状况了。

小金手知道,只要老袁的那些手下稍稍施压,用不了多久,他们一定会向集团汇报情况,到了那时候,主动权就会又一次回到自己手里。在离开这潭泥沼的最后时刻,或许还能再好好地捞上一票,为这次为期半年的雾岛之旅画上"圆满的句号"。

想到这里,小金手突然情绪好了许多,哼着小曲迈着悠闲的步子,朝自己的住处走去。

5. 晁正

"咚咚咚咚咚——"一阵急促的敲门声把晁正从睡梦中吵醒。

两坨黑影尖叫着喊着"爸爸"朝他扑了过来,在他床上、肚子上活蹦乱跳起来。

那是晁正的两个儿子。

晁正睡眼惺忪,不耐烦地把两个活宝从自己身上扒拉开去,转身捂上脑袋又想睡,卧室门外却传来妻子的抱怨声。

"都几点了还在睡!"妻子跟着进屋,一把拉开房间的窗帘,"要么三个月不着家,一回家就知道睡觉,家里都什么状况了你心里没点数啊!"

"哎呀——!"晁正一掀被子坐直身子,"拿不到钱能怪我吗!你怎么不去冲着老板发火,有本事你去把钱要回来啊!"

"窝里横是吧!你不在家这三个月知道我们孤儿寡母日子怎么过的?你倒是在组里有人管吃管住,我在干吗?我在丧偶式带娃好嘛!"妻子说到气处,一个枕头扔到晁正脸上。

"好了好了——"晁正也懒得争辩,把两个儿子抱下床,"我去买菜。"

妻子从怀第一个孩子开始就再没有工作过,晁正也曾试着跟妻子商量,每月2万块的固定开销,能不能尽量节约点?没承想妻子拉出一张长长的清单,一项一项地跟晁正掰扯,他们四口之家加上丈母娘五个人一起生活,孩子年纪小,营养要跟上吧?每个月买菜钱就是2 000—3 000块;两孩子长得快,衣服三天两头地换,平均下来每个月也是2 000块；家里电费、水费、物业费、煤气费，夏天开空调冬天开暖气，平均下来一个月也要1 000多块；自己出门见朋友总不能素面朝天，要打扮一下吧？化妆品、护肤品、服装、鞋帽，平均一个月1 000块也不过分吧？给两个孩子报的兴趣班——舞蹈、绘画、钢琴，一个月就要3 000块；他们两人住着丈母娘的房子，每个月给丈母娘3 000块也应该吧？还有家里用车是贷款买的，每月还贷2 000块钱，再加上油费、保险费，平均下来一个月也得1 500多块；每个周末，她和母亲要带孩子出去玩，逛逛公园、水族馆、迪士尼什么的，四个礼拜下来也要2 000多块……这样算算，可不是要2万块一个月？她反问晁正，你看看这里面还有什么可以省的，是省你儿子还是省我？还是省你丈母娘？

晁正无言以对，老婆孩子都省不了，那就只能省自己呗。但是自己又能省多少呢？工作室每月他要分摊3 000块的租金，谈项目的交通费、应酬费这是省不了的，能省的就只剩烟钱、酒钱、饭钱……

从开机到现在，整整三个月颗粒无收，家里的生活费给不出来不说，为了安抚自己的团队还硬生生贴了七八万进去，也难怪回家老婆对没有好脸色。妻子告诉他，这几个月的开销都是丈母娘在贴钱，这可都是老人家的养老金，做女婿的早晚是要给老人家补上的。补上就补上吧，反正债多不压身。这几个月下来，晁正也学会"躺平"了。

中午吃饭时候，妻子喋喋不休的还是酬金的话题。

"剧组欠你的酬劳到底什么时候给？现在雾岛都通航通车了，该有个说法了吧？"妻子问。

"快了吧，听说集团的工作组已经进剧组了，正在商量方案。"

"你人离组了,他们不会把你漏了吧?"

"这怎么可能?活儿我都干了,这跟离不离组有什么关系?"

"不一定,说不定离组的人就不发钱,他们做得出来的,你要盯紧点的!"

"没事,田原昨天还在跟我说一有消息就通知我,再说了,我们手上有'撒手锏'!"

"什么撒手锏?"

晁正笑了笑,没说话。

昨天下午,田原打来电话,约他马上见个面。

两人约在了晁正的工作室碰头。他的工作室坐落在新华路一栋小洋房里,新中国成立前新华路属于法租界,高大的法国梧桐遮蔽了整条路的天空,沿路都是一座座别致的小洋房。晁正的工作室是在六七年前跟合伙人一起,花了7 000块钱租下的,每月的租金大家分摊。工作室面积不大,只有一大一小加起来60平方米两间房,但是屋子后面却有一个200多平方米的公用花园。说是公用,其他的住户平时几乎都不踏足这里,实际上已经成了晁正工作室的专属。花园因为长期没人打理,有些杂草丛生。晁正他们来了以后,打扫出了一个角落,支上遮阳伞,摆上户外桌椅,在一片杂草的包围中,竟多了几分野趣。田原很喜欢他的工作室,只要不是什么正式的商务谈判,他总喜欢来这里接待朋友。

田原到的时候,他已经泡好茶恭候着了。

刚落座,晁正就吃力地把行李箱里大小的磁盘阵列箱从屋子里搬了出来。

"老大,这个给你。"

田原检视了一遍阵列箱:"还有一套备份呢?"

"我放家里了,你一套、我一套,这样安全。"

晃正是有备而来的,他知道这些素材可能是他们讨要薪水唯一的砝码,思来想去,砝码在自己手里,毕竟更安心些。在他说这话的时候,他明显感觉田原的眼中掠过一丝不悦,但很快又恢复了常态。

"这样也好,你保管好就行。"田原只淡淡地回了一句,便没再聊这个话题。

田原告诉他,集团的工作组已经进组了,在了解情况后就会制定解决方案。他的判断是,这次就算结不了全款,打个七八折还是有的。让晃正放心,耐心等他通知。

晃正还想跟田原聊聊接下来的计划,下半年还有没有其他项目,却发现田原的兴致似乎不高,只简单地告诉他,下半年可能会拍一个纪录片,等项目有眉目了再说。然后两人又闲聊了两句,田原就起身告辞了。

妻子把一叠发票丢在晃正面前,他这才回过神来。

"这些开的都是你工作室,给你充成本用的。"

晃正答应了一声,拿起发票随意翻了几张,一张餐饮发票687元,一张儿童服装发票1 426元,一张舞蹈培训发票3 600元,又是一张餐饮发票774元……晃正翻着发票眼睛都直了,越翻越来气。

"你们吃的什么? 顿顿都这么贵!"

"双休日呀,带你儿子去上兴趣班不要吃中饭的啊!"妻子说。

"那么能不能吃点便宜的？"

妻子回过头走上前一把夺过他手里的发票看："喔唷，这点算什么贵啦，你两个儿子、我，还有我妈，人均也就100多200元都不到，四个人么是要这点钱的呀！"

说着她又把发票拍回到晃正面前的桌上。

"两个小家伙才多大？能吃多少？"晃正问。

"就这点钱有什么啦！"

"东一点、西一点加起来不少的……"

"你还有完没完，我和我妈替你带两个孩子，平时吃好点又怎么了？我告诉你，养娃就是要这么多钱！自己在外面被人坑了结不到酬金，只会冲着我发火，有本事冲着田原叫去啊！冲着周丛山去叫啊！去黄子骏那里把钱给要回来啊！就只会'窝里横'，算什么男人！"

一顿数落，把晃正说得哑口无言，像泄了气的皮球一般。

妻子依旧不依不饶："你和你儿子住的房子还是我老妈的，要你付过房租吗？你跟你那帮朋友拍戏拍这么多年，哪次赚到过钱了？"

"好了你少说两句行不行……"

"不行！"

妻子越说越来气，声音已经带着哭腔："这几个月，你知道我们日子是怎么过的？你倒好，一个人在外面逍遥，你老婆孩子饿死你也不管！我跟你说，这次无论如何要把酬金要回来，再拿不回钱来，你就没有老婆孩子了——"

一阵手机的震动，总算打断了妻子的埋怨。晃正如释重负，起身从沙发旁的茶几上拿起正在充电的手机。号码显示是田原的电话。

"喂老大……"

"晁正,你还在家吗?"手机里传来田原的声音,说话声有些低,语气却比平时更急迫。

"是啊,不是你让我等你消息的吗?"

"你还没听说?"

"听说什么?"晁正一脸懵逼。

"电话里说不清,你赶快过来吧,再晚来不及了,工作组已经准备发钱了……"

"啊——"晁正有些惊讶。

"对了,把昀哥一起叫上,必要的时候把你能叫上的兄弟都叫上。"

"啊?哦……"晁正一脸茫然地挂了电话。

"田原怎么说?"一旁的妻子一直在仔细听着电话,这时候赶忙问。

"他叫我过去,现在就过去,说是工作组已经在发钱了,但是……"

"但是什么,你快说呀!"妻子看他犹犹豫豫的神情,催促道。

"但是这批发钱的名单里,没有我们 B 组摄影……"

"那你还不赶快去!"妻子急了,催促着。

"他说这是第一批,我想后面应该会有吧……"晁正站起身,嘟囔着。

妻子把外套塞在他手里:"还等什么第二批第三批啊,后面要是还有,田原会这么火急火燎地叫你马上去?"

晁正回过神一想,妻子的话的确有道理。他披好外套就要往外走,却在门口被妻子叫住。

"你等一下。"妻子说着,也拿起挂在门口的外套穿上。

"你要干吗?"晁正惊讶地问。

"我跟你一起,你两个儿子也一起!"妻子边穿着外套边说道,"一道去看看,今天要是讨不到钱,我们一家老小就睡剧组了! 看他们怎么办!"

说这,妻子不由分说一只手抱上老二,一只手牵上老大,径自出门去了。

第十一章 金　　主

1. 田原

给晁正打完电话的田原,转身闪出宾馆的角落,推开了一旁会议室的大门。

会议室中间放着一张大大的长桌,占据了房间最主要的面积,长桌前十几号人在忙忙碌碌,处理着手头的工作。

靠窗一面最中间的位置,坐着一位中年女性,一头精神的短发,戴着一副金丝边眼镜,样貌十分干练,乔梁、吴主任正一左一右坐在她身边,商量着什么。她就是文化传媒集团的新任副总裁王辉。

田原见过她的次数虽然不多,但对这位女领导的工作能力还是有一定了解的。把她下派剧组,显然是现在的状况乔梁已经处理不了了。

见领导们在商量事情,他没有打扰,而是在老闵身边坐了下来。

今天一大早,他就在睡梦里接到老闵的电话,要他一起下剧组一趟,说是王辉总亲自点名,因为田原比较熟悉剧组的情况,工作组决策的时候需要听取他的意见。回剧组田原是 100 个不情愿,他可是花了1500块钱的路费才"逃"回家的啊,家里舒舒服服的床还没睡几天,就又要回剧组了?他这一趟不是白折腾了吗?但是领导话说到这个份上,推脱是推脱不掉的,他只好硬着头皮开上车往剧组赶。

有了上次的经验,工作组没有直接去到雾岛公寓,而是把办公地点设在了华贸君临酒店的大会议室里。等他和老闵赶到的时候,工作组十几号人已经齐刷刷正襟危坐了。可能是副总裁亲自下场的关系,人数比之前增加了不少。

看到老闵和田原走进来,所有的眼睛都望向他们。尽管没有人说一句话,田原还是能感觉到大家眼神中别样的含义。

"闵老师、田原,你们坐吧,我们正要开始。"王辉总摆了摆手,让他们两人坐下。她的语气中,田原听不出半点责怪的意思,领导还是领导,有水平。

"小孙,你把计划表拿给他们看看。"

坐在老闵右手的小孙答应了一声,递上了一张表格。

"闵老师,田导,这是补偿金发放的计划,你们看看有什么问题没?"小孙说。

田原接过计划表,第一眼就注意到了总体的赔偿金额,500万元。他稍稍松了口气,500万元也许不能让每个人拿到全部酬金,但至少不会让大家空手而回了。

"有一点我跟在座各位再强调一下,"趁着田原、老闵翻计划表的工夫,王辉总说,"记住,我们给剧组员工发放的是'维稳补助款',不是拍摄酬金。拍摄酬金应该由投资方欣歆公司来支付,而不是我们集团。我们集团是出于'维护稳定的社会责任'的目的才过来的,我们的目标也很明确,尽快解散剧组的300人,不要让他们给社会造成恶劣影响。能早一天解散这 300 人,我们就早一天胜利!"

虽然有心理准备,但田原听到这话的时候,心里还是凉了半截。来之前他曾经还抱了一线希望,希望在剧组危难时刻,集团能够出手帮助他们把《守护》拍下去。这毕竟是大家的心血啊!不说别的,妻子罗茜和她的老师就在剧本上花了七八年时间,那可是每晚趴在写字台前一个字一个字写出来的啊!开机以后,自己和 B 组团队 100 来号人,每天 6 点起床、晚上 10 点收工,起早贪黑地干了 1 个月,拍摄的这些素材是大家辛勤劳动的结晶。现在剧组一解散,那一切努力都完了,从业这么多年他太知道了,剧组一旦停下来,几乎是没有复拍可能的。甚至连重拍的可能性也微乎其微。试想还有什么投资人,愿意把上亿元的资金投到一个出过问题的项目里来?剧组一解散,无疑就意味着给《守护》判了死刑。

如果是十年前的田原,这一刻他一定已经拍案而起,指着领导鼻子据理力争了。但是现在的田原早就已经不是当年的热血青年,他已经深谙这个行业的规则。现在的情况,多少人为这个项目付出过多少劳动已经不重要了,这个剧本有多高的艺术造诣更成了没人讨论的问题。现在最重要的是集团的声誉不能蒙受损失,谁叫现在出钱解决问题的是集团呢?既然要集团出面,那一定是集团的利益优先。过去你为项目付出过多少时间和精力,都无关紧要。

"好吧,既然创作保不住,那最起码保住大家一个多月的劳动收入吧。"田原只好这么安慰自己。但是当他拿着计划表细看的时候,却傻眼了。计划表里,偏偏没有 B 组导演组和 B 组摄影组的补偿方案!

愣怔了片刻,田原马上拦住刚准备走出会议室的小孙。

"小孙,这计划表是谁排的?为什么没有B组导演组和摄影组的补偿金额呢?"

"哦,这是金主任给的表格,说是跟周导对过了,你们B组导演组和摄影组都是东灿自己的团队,这次补偿计划里就没放进去。"

"什么!"田原的脑子"嗡"的一声,他努力让自己克制住即将爆发的情绪,缓了口气,"小孙,这当中是不是有什么误会,B组导演组和摄影组,除了我、执行导演、摄影指导三个人以外,其他十多个人都是从外地过来的!补偿计划没他们的份,让他们怎么办?"

小孙一愣,显然完全没有想到这个问题,面露难色道:"哟,这个……我们倒是不了解情况,计划表是金主任和周导定的。"

不用多说,田原已经明白了这里面是谁在捣鬼。小金手和他们有嫌隙这田原可以理解,但是周丛山竟然对小金手的做法不闻不问却是田原没想到的!按照计划表上的数额,500万元的补偿金分发殆尽,甚至还有些捉襟见肘,最后是绝不会给晁正和自己这班兄弟留下任何余地的。对田原来说,这是最坏的一种情况。如果所有人都没有拿到补偿款,那大家还能心理平衡,如果有人人拿到了补偿款而一些人没有,那没拿到补偿款的人怎么能善罢甘休?一旦闹起来田原远不是脸上挂不住这么简单,别人的兄弟都拿到了酬劳,安安心心回家了,就自己带来的兄弟空手而回,以后谁还会跟着他干活?田原知道,再不采取措施,事情就要发展到一发不可收拾了。所以这才借故上厕所,出门给晁正打了电话。

"闵总,刚才上厕所,正好接到晁正的电话,他不知道什么地方听说集团工作组善后的事,说准备过来一趟。"重新坐在老闵身边,田原小声跟老闵说。

"伊来做啥?"

"呃——应该是来谈补偿款的事吧……"

"谈啥补偿款?领导的话刚刚你都听到了,这笔钱是'维稳经费',是为了解决现在剧组 200 多外地人滞留问题的,他一个上海本地人,都已经回家了还来干什么?叫伊不要来,添乱!"

田原这下彻底愣住了,他没想到老闵竟然能把一套歪理讲得那么义正词严、大言不惭。照这么说,真的是"爱哭的孩子有奶吃"咯?跳出来闹腾的,集团要维稳,乖乖回家等待解决方案的人,却可以被牺牲?

又一股无名火从胸中窜出,田原强压着怒火,两手一摊,无奈道:"劝了呀,没用场呀,伊非要来。"

老闵瞥了田原一眼,没有多说什么。但是田原却从他的眼神中读到了不少信息。首先是不信任,他不相信田原刚才说的话,甚至已经猜到晁正得到工作组进驻的消息,就是田原走漏的消息。其次是责怪,责怪田原在这个节骨眼上还添乱,有点不识时务,不懂得为自己分忧。再有,是一种不屑。田原早就听说过,老闵以前做制片主任时,处理剧组矛盾颇有一套,类似今天这种情况恐怕并不是第一次遇到,他的眼神似乎在告诉田原,晁正这帮小子还太嫩了,来就来吧,我照样应付。

但是现在田原已经根本顾不上老闵会对他有什么看法,现在这个节骨眼上,对谁都生死攸关,是该对着这团乱麻来个"快刀斩"了。

"闵总,我觉得还是要跟晁正他们好好谈,处理好他们的事,毕竟……他手里还拿着我们的拍摄素材啊……"

老闵顿了顿,慢悠悠地回头又看了一眼田原,眼神中透着难以捉摸的神情。

田原知道,自己的话多少有一点威胁的意思,但是他也顾不得这么多了,目前这是晁正和自己唯一能够拿捏剧组的地方。田原是下了狠心的,哪怕就这么点优势,他也要为兄弟们争取一把利益!素材这把"撒手锏"是到了该用的时候了,他相信,在这个敏感时期,就算是再大的不情愿,老闵也绝对不可能说扔下素材甩手不管。放弃素材,就意味着放弃之前一个月的拍摄成果,那么花掉的1 000多万元,再加上补偿剧组要花出去的500万元,就真的是打水漂了。他不可能扛下这个骂名,在集团面前,他更要信心满满地发誓承诺,一定要恢复拍摄!就算是装样子、喊口号,也必须这么说!因为只有这样,才混得过眼前这一关。

"你让他们过来吧,大家都是朋友,有什么不好聊的,凡事都有办法解决嘛。"老闵说。

2. 丛山

丛山做了个梦。

梦里,黄子骏打来电话,让他赶快查一查剧组账户,8 000万已经到账了。丛山来不及穿衣服,提着裤子就冲到电脑前。账户上果然多了一大笔钱,"8"字开头,后面跟着多少个"0"在梦里他也数不清。他拍着桌子哈哈大笑,立刻吩咐财务把酬金发下去,不但发了拖欠的酬金,还预支了下一期的工资。

《守护》又开拍了,拍得异常顺利。剧组人人都干劲十足,制片跟他说,原本计划还要拍摄60天的,现在45天就能拍完。

杀青那天,丛山特意换上了一件紫红色的丝光衬衫,配上爱马仕腰带、崭新的菲洛嘉蒙皮鞋,这是他为了杀青特意准备好的行头,终于用上了。杀青宴还是放在举行开机宴的华贸君临酒店,只是场面更大、排场更大。集团领导来了,热情地跟他握手,称赞他为全国人民拍了一部好戏!老闵来了,低下了骄傲的脑袋,为他竖起了大拇指,还悄悄告诉他,自己老了,东灿公司以后就要靠他来打理了。田原、晁正、卢冈、小金手都来了,带着剧组的兄弟们,向他发出山呼海啸般的欢呼。最后,黄子骏也来了,脸庞比以前更丰满,透着红光,笑得比谁都灿烂,他和黄子骏紧紧拥抱在一起,庆祝这来之不易的胜利,两个人都流泪了。那晚丛山喝了很多很多,不是一桌一桌地敬酒,而是一个一个地敬,大到一众领导,小到剧组的普通司机,他跟每个人都干了一杯。百十杯酒下肚,他丝毫没有醉意,只是感觉手隐隐有些发麻……发麻的感觉越来越强烈,拿着酒杯的手开始举不动了。

丛山咬咬牙,用力一挣,却从梦里醒了过来。他不由得有些失望,本来正沉浸在胜利的喜悦里不能自拔,却不得不又一次回到现实,梦里头的一切瞬间烟消云散。他闭上眼睛想再次进入梦乡,一大堆的烦心事却潮水般涌来。他再也合不上眼了,准备爬起身喝口茶,一用力,却发现自己的右手一阵发麻,身子牢牢地贴在床上动弹不得。起先他还怀疑是不是自己没睡醒,一时使不上劲,呼了一口气,再用力时,右手一阵刺痛,身子还是一动也不动。

丛山开始有点紧张了,转头环顾,所幸手机就在左手不远处的床上。他试着动了动手指,尽管依然有麻木感,但好歹手指还能动。他小心翼翼地挪动着左手,手指一点点靠近手机,终于,手机被颤颤巍巍拿到了手里,吃力地输入了手机密码,他点了一下通话按钮,又用最后的力气点开了手机扬声。直接按下通话按钮,手机会自动拨出历史通话的最近一个号码。电话铃一直响着,却没有人接听。他这才想起来,这几天每到夜深人静,他总要给黄子骏拨去几个电话,希望能和他好好聊聊。但是黄子骏从来没有接过,昨晚最后一个电话如果又是拨给他的,那真的要了命了!现在丛山的手指已经完全动弹不得,再要拨其他号码,已经不可能了。想到这里,周丛山眼睛一闭:"认命吧!"说实话,这段时间的煎熬,已经到了他能够承受的极限,从睁开眼睛到深更半夜,一拨一拨的人围着他,不是哭穷卖惨就是言语威胁,杀人、自杀、自残、装疯卖傻……什么样的手段都在他面前使了个遍,说到底每个人都想从他身上多榨出一分钱,可周丛山哪里还有钱啊?自己的积蓄垫了个底朝天不说,母亲的钱、前妻的钱、朋友的钱陆陆续续借了有100多万元,甚至连赵小娥都借给他15 000块,哪还有钱贴给剧组这帮人?这次就算集团工作组解决了问题,自己这一屁股的债该怎么还?恐怕这辈子都要被这笔债压得喘不过气了。

"就这样吧……死了倒也清净……"周丛山这么想着,准备就此听天由命。

"喂——老周啊,侬醒啦——"手机里突然传出了卢冈的声音,一下子又把丛山拉回了现实。

没错,他这才猛然想起来,昨晚拨完黄子骏的电话刚要休息,卢冈又给他打来了电话,老生常谈抱怨做盒饭的庄总又来找他讨要饭钱。听卢冈抱怨了十分钟,他敷衍了两句就挂了。没想到,这通电话却成了自己的救命电话!

"卢冈啊……来,你快来我房间……我不行了……"丛山挣扎着,尽量让自己的声音能大声点。

"啊?侬哪能啦?"

"侬不要问了,我动不了了,侬快过来⋯⋯"

"哦,哦哦——我马上过了!侬电话勿要挂!"电话里,听到卢冈一阵"噔噔噔"的声音。

不一会儿,丛山听到楼下的房门被刷开了。卢冈领着小胖奔上楼梯。

"卢冈,快⋯⋯送我去医院,我手脚麻了动不了⋯⋯"丛山虚弱地说。

卢冈连忙吩咐胖哥扶着丛山,自己拨通了120。没一会儿,丛山已经在救护车上了。从剧组到医院,再到医生诊断治疗,丛山的意识都是模模糊糊的,等他慢慢清醒过来的时候,卢冈告诉他,已经过去大半天了。救护车上,医生已经告知卢冈,他得的是"腔梗",也属于脑中风的一种,俗称"小中风",弄得不好会引起半身不遂或者失语甚至昏迷。这次幸好是抢救及时,他才逃过一劫。

"组里怎么样了?"丛山清醒过来后,第一个就问。

"侬就勿要担心组里了,我已经关照小宏,有人找你就说你住院了,还在抢救,他们不会来的。"

卢冈还告诉他,田原和老冈都已经到工作组参与工作了。工作组已经在着手和各部门商谈善后问题,毕竟有500万元放在那里,问题总会解决的,无非就是早晚的事情。卢冈让他好好休息,暂时不要再想剧组的事。医生说,他刚刚抢救过来,还有再次中风的危险,必须卧床休息。

听这么说,丛山长长舒了口气,没想到他会以这样的方式从这么个烂摊子里解放出来。至少短期内他不用再担心有谁会找上自己的麻烦了。他真希望自己在这个医院能一直住下去,住到所有人对《守护》都已经淡忘,当然这是不可能的。

他动了动手,发现手脚已经不麻木了,便拿起手机给老闵去了电话。一方面表个忠心,自己有多么多么想亲临一线,肩负起自己应该承担的责任。另一方面又强调自己的病情是多么多么危险,稍有不慎就有可能终生瘫痪。他是怀着万分的愧疚向老闵和工作组请假的。老闵在电话里没有多说什么,让他好好休息,把身体养好。不过末了强调了一句,等他身体好了,还要他积极地投入《守护》的复拍工作,给所有人一个交代。

对老闵这种不切实际的幻想,现在当然是先一口答应下来,以后具体怎么做,那还不是看情况再说？在丛山的职业生涯里,见过许许多多情况,但是一部因为资金链断裂中途停拍的电视剧能够复拍,他却是没有见过。拍摄停滞的那天,他就已经预见到今天的情况了,本来指望雾岛的交通问题可以冲淡项目停拍的影响,然而结果却是雪上加霜,局面变得一发不可收拾。丛山知道,项目出了这种事,自己一定是千夫所指,早晚要背下所有的责任。职业生涯就此断送不说,还债台高筑,需要偿还巨额的债务。

自己心里的委屈又该向谁说？没错,也许这件事他的责任最大,但是会走到今天这一步,他也是被逼的啊！自己当初为什么会跟黄子骏商量,把《守护》从东灿公司剥离出来操作？还不是因为老闵的"中饱私囊"？

如果项目没出事,最大的受益者未必是自己。但如果项目出事,他会是所有人中唯一一个背锅侠。可不是吗？这段时间发生的每一件事都在印证着他的猜想。老闵早早就把自己撇了个干净,说《守护》项目早已经不受东灿公司控制,强调他自己是多么无辛，所有的事情他都被蒙在鼓里，直到最后一刻才接到"通知"，才知道剧组出事……而项目的运营、管理、融资、拍摄都由周丛山一手操办。言下之意今天的局面丛山是要负全部责任的，他自己只不过因为挂了东灿公司总经理的名头，才不得不站出来顶这个雷。

其实周丛山心里清楚得很，所谓的蒙在鼓里，都是骗骗外人的。剧组怎么一步步陷入泥潭，老闵其实心知肚明。他只是在等待时机，问题看在眼里却不出手，一方面是对当时丛山把他踢出局的报复，另一方面也是在选择最有利于自己的时机重新入局。而剧组今天的局面，对他来说却是个绝好的机会。

老闵一出现，剧组开始发钱了；老闵一出现，纠结了两个月的滞留问题解决了。人人都该对他感恩戴德，对丛山嗤之以鼻。他不用拉下脸来教训丛山，自有两三百人来教训他。欣歙公司一出事，《守护》的主控权自然而然又回到他手里，接下去他又可以按着他的思路重新运作，反正做成了是他老闵劳苦功高，力挽狂澜；做不成也是他周丛山"拆烂污"，自己回天乏术罢了。

想到这里，丛山不禁自己都冷笑出来。

"侬笑啥？"身边的卢冈不解地问。

"没啥、没啥，捡回条命，谢谢侬。"他说。

丛山这才想起来卢冈还待在边上。

3. 黄子骏

屋外的树影，在床前洒下斑驳的阳光。

黄子骏悠悠地从梦中醒来，看了看墙头的时钟，已经是下午四点多了。

这是他到多伦多的第二天了,时差还是没有倒过来,晚上睡不着,白天醒不了。

他挣扎着爬起身,换下睡衣,换上衬衫下楼走进厨房,打开冰箱,里面除了两盒牛奶、一块吃了一半的三明治,其他什么也没有。三明治还是他下了飞机在便利店买的。这次来得仓促,他是一个人只身过来的,老婆还在山东老家收拾行李和生活必需品,昨晚通了电话,说是还要两天才能到。

他拿出三明治,坐到餐桌前。傍晚的余晖通过窗户透射进屋子,形成一道美丽的丁达尔光线。他的手指不经意地桌面上抹了一把,桌面被抹出一道长长的印子。他搓了搓手指,细密的灰尘在阳光映衬下竟显得有些晶莹。多伦多的这套房子是七八年前买的,一栋两层的别墅,一个中央挑高的大厅,上下加起来有十来个房间,后面还有个200多平方米的院子,是他们两口子为将来养老留着的。前两年,他和妻子过来待了一阵,因为放不下国内的生意,他没待几天就提前回国了。转眼这已经是三年前的事了,房子没人住,就没有了人气,个别电器也出了故障,积灰更是再正常不过。

"等过两天妻子来了,我们两个要好好把房子打扫一遍。"黄子骏这样想着。这次来他没打算很快回国,先住个一年半载再说。听说剧组这两天在解决滞留人员的问题,助理也告诉他,已经收到了东灿公司的律师函,应诉工作已经在准备中。虽然他已经变更了欣歆公司的法人,但他还是被当作第三被告列在了起诉名单上。当然这些都是意料之中的事,听到消息的时候他内心没有一丝波澜。因为前几年的房地产不景气,他才选择了投资电视剧,现在电视剧又捅出这么大一个窟窿,看来是时候考虑退休了。好在他几年前就未雨绸缪,在加拿大置下房产,还转移了一部分存款出来,安安心心养老是没有问题的,国内那些破事,就让他去吧。

半块三明治三两口就被吃完,黄子骏还是觉得胃里没什么感觉。他不懂外语,以前在多伦多每次下餐馆都是妻子点菜。现在他只身一人,不知道怎么跟人交流,三明治和牛奶还是在机场便利店托同行的中国旅客帮他结的账。但是不会外语总见不得饿死吧?昨天结账的时候他认真学习了一下,便利店总算和国内一样,商品都明码标价,到收银员面前也用不着多说什么,自己算好价钱把商品和钱给对方,结完账拿走就行,算术他总还是会的。另外自己既然准备在这儿常住,那多少还是要了解了解周边环境的。想到这里,黄子骏起身穿上外套,打算出门散散步。

黄子骏的房子位于别墅区的中心,出门就是一片湖,湖水在夕阳的映衬下波光粼粼,偶然还有两只白鹭飞过。黄子骏隐约记得离别墅区不远就有一个Costco超市,没有车只能步行过去。

这段路远比他想象的要远得多,大约走了四十分钟,才走出别墅区。等他买好食物出来,太阳已经落山了。

稀稀落落的路灯勉强照亮前方的道路,他一个人走在陌生的街道上,心里不禁一阵落寞。自己是怎么落到今天这一步的?从周丛山走进他办公室那一刻起就注定了,还是自己陪着女儿看国产电视剧的时候?他曾自怨自艾,"总有奸臣想害朕",周丛山在骗他,小金手在骗他,老闵在骗他,田原在骗他,自己最缺资金的时候,偏偏和恒大的项目又出状况,原本谈好的合作投资方,临到开机对方公司却换了领导!戏拍了不到一个月,又遇上雾岛的交通事故……整个剧组在跟他作对!整个世界都在跟他过不去!

到底为什么?黄子骏想不通。自己人生的前半辈子过得顺风顺水,却偏偏在这耳顺之年所有的坏事像约好了一样蜂拥而至。仔细想想,这次的失败真的好像是天注定,说天时,恰逢房地产低谷,资金链断裂;说地利,雾岛偏偏就出现跨海桥事故;说人和,所有人貌合神离。他不止一次在想,如果没有投资这部电视剧,自己会是什么样的处境?但是说句心里话,如果时间可以倒流,如果能回到当时决策的那一刻,恐怕他还是会选择现在的这条路。房地产业已经到了衰退期,相比之下,投资电视剧的利润回报实在太诱人。不得不说,这是当时他能够做出的最优解。

他承认,在整个过程中,他不是没有私心。当丛山告诉他,可以把项目从攥在自己手里的时候,他是心动的。事实也证明,跟老闵的合作,除了被他耍得团团转外,不会有任何好处。时至今日,他都不认为甩开东灿公司和老闵是错误的决定,甚至他觉得这是整个项目里他唯一做对的一件事。但这件事恰恰是在丛山和小金手的一手帮助下完成的,真是成也萧何,败也萧何,最近冷静下来他细细算了一笔账,按着他们1.2亿元的预算,两人从投资款里至少要坑掉4000万元,整整4000万元!让他更意外的是,小金手竟然连周丛山也算计,在用于制作的8000万元里,这些剧组的蛀虫们又会坑掉多少?自己辛辛苦苦筹集的资金,要落入这群人的腰包,他怎么能咽下这口气!这些钱就是砸在水里,他也不会便宜了这帮小人!

想到这里,黄子骏又感到一阵眩晕、心跳加速。他停下脚步,扶着傍边的路灯喘了口气,看到不远处有一把长椅,他蹒跚着走到长椅前一屁股坐下。夜晚的凉风徐徐吹来,空气中带着丝丝青草的芳香,黄子骏这才渐渐缓过神来。又坐了一会儿,眼睛也不像先前那么模糊了,等他仔细看清周围的环境,却傻眼了。虽然路灯暗淡，但是他还是能清楚地发现，这条路已经不是自己来时的路了。他不知道自己置身于哪里，也不知道怎么才能回到自己的社区。道路上鲜有行人路过，说实话就是有，他也不知道该怎么跟对方交流。

无奈，黄子骏只能漫无目的地走着，一块多方向的路牌立在米字形路口，他走上前看时，终于松了一起口气，路牌上出现了一串熟悉的英文——"leslie St"（莱斯利街），妻子曾经专门给他讲过这个，嘱咐他要是迷路了，一定要记住，自己家住在莱斯利街上，莱斯利街72号。

顺着莱斯利街的方向，黄子骏辨认着72号应该走哪个方向。旁边一栋房子的门牌，显示莱斯利街163号。

163……这个数字猛然勾起了黄子骏的回忆。他记得和丛山第一次见面的时候就说起过，丛山儿子也定居多伦多，他的住处跟自己在同一条街上，莱斯利街18……8，对188号，离这里应该没有多远。黄子骏的好奇心一下子被提了起来，今天昏头昏脑地走到这里也许是天意？就是老天爷要让他知道周丛山在多伦多的家究竟在哪个位置。冤有头债有主，说不定哪天他还要找到周丛山去讨个公道，今天不妨去认个门。

想到这里，黄子骏转身朝着自己家相反的方向走去。

比起先前的羊肠小道，莱斯利街要繁华不少，黄子骏现在走的这段，比起自己社区要热闹许多，街道上来往的车辆也多了很多。路边的酒吧和夜店吸引了成群的年轻人前来欢聚，里面传出风格各异的音乐，摇滚、嘻哈、电子舞曲等流行音乐不绝于耳。夜场门口，年轻人排着长长的队伍；咖啡店前、公园长椅上，大家坐在一起喝着咖啡、吃着冰激凌，热情地彼此交谈着。

这些黄子骏都不在意,眼睛只盯着一张张门牌,寻找着。187号的门牌终于出现在眼前,他这才意识到自己走的这边是单号,188号应该就在马路对面。果然,马路对面一座公寓楼兀立在眼前,楼下的门口透着幽暗的灯光,跟五光十色的街道相比,显得有些低调和格格不入。

"是这儿没错了。"黄子骏想着,径自朝那扇门走去,这样的公寓里通常住着十几户人家,丛山儿子的住所是哪一间?他要一家一家按门铃确认吗?如果见到了他儿子,自己要怎么介绍自己?或者还是算了,现在不是打草惊蛇的时候,等待合适的时机突然出现,给他个措手不及?

想到这里,黄子骏停下了脚步,踌躇了一下,转身要走。

一阵刺耳的喇叭声,紧接着汽车轮胎一阵长长的刹车,"砰"的一声巨响。周围的行人都惊恐地瞪大了眼睛,发出一阵惊叫!

黄子骏的身体在空中翻滚了两圈,像断了线的风筝,扑通落在地上。鲜血从头部贴着地面的部分慢慢沁出,染红了一大片。

他依然瞪着眼睛,眼前是人们纷乱的脚步,他似乎并没有感到任何疼痛,只是视线渐渐模糊,一种解脱感和轻松的感觉油然而生,他终于可以不想那些糟心事了,永远。

4. 小金手

华贸君临酒店一楼的餐厅,门口挂出了"暂停营业"的牌子,里面的餐桌已经被剧组坐了个满满当当,每个桌前都有一个集团的工作人员,独自面对三五个剧组成员。有的桌前大家小声讨论着;有的各自拿着笔,奋笔书写着什么;也有的已经吵得不可开交,拍

桌子瞪眼……

　　小金手坐在角落的一张桌子前,抽着根华子,冷冷地看着面前的众生相。就在刚才,他帮景海婷谈好了服化部门的尺寸。40来人拿了60多万元的补偿款,算上开机前黄子骏预付的108万元,总共拿到将近170万元,20来个小助理工资是按月结的,还有几个大助理,每人的月工资也就15 000到20 000元,算上服装租赁和特别定制的成本,景海婷手上还能留下80来万,这三四个月总算没有白费。

　　解决完老婆的问题,他又开始盘算一下自己的收益,先前200万元的设备费至少能留下了120多万元,A组摄影组、场务组的抽成,还有30来万。跟景海婷的收入加起来230多万元,回龙观的新居是稳了,妥妥地能把贷款还上。

　　该拿的拿得差不多,现在首要考虑的,是怎么能尽早脱身了。他早早就吩咐好小宏,把他的行李打包好。事实上,小金手已经买好了他和景海婷回程的机票,就在今晚。怎么去机场他也已经安排妥当,组里的司机部门大部分人已经解决了酬金问题,各个归心似箭,他和景海婷只要搭上车,就能顺利到达机场,过不了半夜十二点,就能回到北京。而且今天早上还有个"利好",就是丛山住院了,少了个每天十来个电话找他商量事情的人,离组变得更轻松。

　　他抬腕看看手表,现在是下午四点,时间也差不多了,他起身准备回房间,一有机会就开溜。可还没走到餐厅门口,就看见晁正和昀哥从门外进来,跟他撞个正着。

　　"哟,金主任,你在啊!"晁正和昀哥两个一米八的个头拦在他面前,让小金手也不由得感到有点压迫感。

　　"这么巧,你们不是回了吗?"小金手故作镇定,一边说着,一边绕开两人要往门外走。两人挪了挪身子,把小金手的去路挡住。

"别走啊主任,我们还有话要问你。"晁正说。

"主任,你们都拿钱了,怎么没有我们B组的?"昀哥问得直截了当,本就声音洪亮的他说这几句的时候,还故意把声音拨高了几度,引得周围人纷纷侧目。

"这个别问我,问你们老大去。"小金手努力保持着镇定。

"你就是老大啊!你是制片主任,我们合同都是给你的,不问你问谁?!"

"现在工作组在管你们的事儿,轮不到我管。"小金手埋着头只想往外走。

两人依旧不依不饶,堵在他面前。

"怎么着你们?"小金手瞪起了眼睛。

"把我们的事说清楚再走!"昀哥怒吼道,眼见着双方就要上手。

"晁正——!"

背后传来田原的声音,大家回头看时,田原陪着老闵正朝他们走过来。看见是田原来了,晁正和昀哥才松开了手。

走到三人跟前,田原看也没看小金手一眼,径自介绍道:"闵总,这位是晁正,这是B组掌机,昀哥。"

"你就是晁正?听田原说起过很多次,还是第一次见。"

"你是闵老师吧,我也一直听田导提起你。"

"来,坐下说,坐。"

老闵好像也无视小金手的存在,拍了拍晁正的肩膀,邀他往餐厅里去。擦肩而过的时候,晁正狠狠瞥了一眼小金手,没有再说什么。小金手暗暗舒口气,要是老闵不在这时候出现,怕是就要动手了。不过此时的他也顾不得想太多,埋着头快步走出宾馆,钻上回雾岛公寓的依维柯。他要尽早离开,不想再节外生枝地碰见什么人了。毕竟这个是非之地,多待一刻就难保不会多出些麻烦。

依维柯在雾岛公寓门口一停,小金手就吩咐了一句"在这儿等,别熄火",说着就跳下车,一溜烟小跑着朝楼上自己房间去。他一心想着叫上景海婷,拿上行李就下楼,走到自己房间门口,才发现房间的大门敞开着。他疑惑地探头朝里面一张望,却不由得愣住了。景海婷正陪着丛山坐在沙发上,丛山有说有笑,丝毫不像一个病人。

看到门口的小金手,丛山热情地招手:"阿坤你回来啦,来来来,坐,正找你有事。"

小金手慢吞吞地站直身子,飞快地瞥了景海婷一眼,景海婷一脸无奈地给他使了个眼色,起身:"导演,你和主任聊,我再去清点一下服装。"

景海婷侧身出了门,顺势把房门带上。

"导演,您不是住院了吗? 怎么这就回来了? 病好了? 不多休息两天?"

屋里只有两个人,丛山脸上的笑容消失了。

"没人知道我回组,"丛山说,"主要就是为了找你。"

"哥,有什么吩咐打个电话就行了,特意回来干吗。"

丛山摇摇头,面色异常憔悴。

"阿坤啊,你要走是不是?"

小金手心里暗暗生气,要走的事八成是景海婷闲聊的时候说的,这娘们经常不知道什么话该说、什么话不该说。

"是,我看工作组进展挺顺利,想这两天回趟北京,毕竟离开四五个月了,积了不少事儿要处理。"既然丛山知道了他要走,小金手也不掩饰。

丛山点点头:"处理完组里的事,是要回一趟了。"

"哥,您有什么事,直说,我走之前帮您去办?"

"金坤啊,这段时间我们都在一起,你也看到了,为了保证拍摄,我贴进去100多万元。这钱是我问前妻的丈母娘,还有几个好朋友东拼西凑借的。现在人情刷完了不说,还欠着一屁股的债……"

听到这里,小金手似乎明白丛山想说什么了,他又慢悠悠转了转身子,避开丛山的目光。

"拍摄的设备费,你收了200多万元,我是看到过单子的,也帮你批了。对了这批设备打算什么时候离开雾岛?"

"已经跟包车师傅讲好了,今晚就整理,明天一早装车。"

丛山又点点头。

"不过我在想,我们一共也就拍了30来天,应该要不了200来万元的哦?"

小金手从话里听出了试探。

"主要是后面滞留了两个月,设备也留了两个月。虽然咱们没怎么用,但人家还是按出库时间算的。我回去跟他们讲讲价,200万元差不多。差一点的话我刷刷脸,也不用剧组补了。"小金手轻描淡写地说。

丛山愣了愣,没接话。

"哥,要是没什么事儿,我先理理行李?"小金手说着,就往楼梯走去。

"你等一下,我还有事跟你说。"丛山的语气比平时生硬,显然是被小金手回怼了两句后,有些生气。

"啥事儿,哥您说。"小金手依然故作淡定。

丛山拿出那份平台合同,在小金手面前晃了晃,"上次你说让平台重新签一份,这事办得怎么样了?"

"说了哥,您吩咐我以后,我第一时间就跟人家沟通了。"小金手还在继续演戏,"人家办不了啊——"小金手装作一脸无辜。

"为什么?"

"哥,咱们剧组这情况,北京圈子里早传遍了,这时候您再叫人家把我们的合同给领导批?哪个领导有胆子拍板!"小金手两手一摊。

"你要是这么说,那我也没办法了。"丛山拿起电话就要拨打。

"哥,您这是干吗?"小金手问。

"哦,跟工作组把情况说一下。"丛山也说得轻描淡写。

"别啊!"小金手连忙阻止,"您这一说麻烦大了!到时候您、我、黄子骏,还有小方,没一个脱得了干系。"

"你也晓得麻烦大?你也晓得这东西传出去是要坐牢监的?"丛山说。

小金手听出了丛山话里的威胁,慢慢坐回到沙发上。

"哥,那您说怎么办,我听您的。"

"现在重要的是把剧组的事情处理好,不要闹大,太太平平散了也就没事了。"

"您说得对,要我做什么?"

"阿坤啊,咱们是'亲'兄弟,我就直说了。你那里的钱,能不能拿一部分出来,帮我纾纾困?"

"您要多少?"

"100万。"

小金手盯着丛山,眼里没有任何反应,他万万没想到丛山会来这么一出。但是现在把柄在别人手里,丛山是死猪不怕开水烫,他可不行。

"没问题,哥,咱俩谁跟谁,您一句话,我照办!"小金手嘴巴里说着漂亮话,其实是一肚子不情愿,已经吃进嘴里的肉,谁愿意吐出来啊?他一边应付着丛山,一边脑子里飞快地编织着拖延的理由,"不过哥,钱已经打到设备公司账上了,我这就给他们去电话,两三天里面,让他们把钱周转出来,您尽管放心!"小金手说着,掏出手机摆出要打电话的架势,起身就要出门。

"你就在这儿打吧!外面乱哄哄的都是人,我让小胖在门口看着。把事情处理掉,你赶快走,还要赶飞机呢。"

小金手背对着丛山没有看他。但是他知道,今天不把钱吐出来,自己恐怕是出不了这个门了。

他默默地举起了手机。

5. 晁正

夕阳西下,黄黄的阳光斜射进餐厅,餐厅里,下午一桌桌的人已经走得稀稀拉拉了,晁正和昀哥还呆呆坐在咖啡桌旁,看着落地窗前绰约的人影,显得别有意境。

晁正忍不住拿出手机拍了张照片。按下拍摄按钮的一瞬间,一个黑影入画,破坏了画面。

"跟老闵谈怎么样了?"坐下来问话的是田原。

"刚跟我们聊两句就被叫走了。"昀哥一边说着,一边摆摆脑袋示意他看。不远处的角落里,老闵正和录音组两个助理手舞足蹈地聊着什么。

晁正看看手表,已经是傍晚六点多了。

"老大,今天还聊得成吗?"晁正试探着问田原。

"聊,必须聊,今天必须出一个结果,"田原说得斩钉截铁,"明天集团副总就撤了,后面的事没人拍板。"

田原给晁正交了底。

听这么一说,晁正有些坐不住了。他起身朝老闵走去,走到他跟前说了几句,老闵这才不情愿地慢吞吞起身,两人坐了回来。

"晁……正是吧?我没叫错吧?"老闵的开场白。

"没错,闵老师。"

"我虽然不了解你,但是知道你和田原合作了很多年,算是自己人。那我也就不讲客套话了,我们直说。"

"对,闵老师,就是要直说。"

"这次集团下来处理剧组的问题呢,主要是针对滞留在雾岛的外地人的,解决他们回乡问题。我听田原说,你和他每个人出了三万块钱,把自己带的人都送回家了,是吧?"

"嗯,没错。"

"对你们的做法,我是很赞赏的!这也是在帮我们东灿公司和集团的忙,我们是记在心里的。你们付出去的钱,全部算在东灿公司身上,等到我们渡过眼前的难关,这些钱全都会还给你们,一分也不会少。你相信我老闵好了,东灿公司我经营了三十几年,没有赖过别人一分钱。好吧——我话也说清楚了,时间也不早了,你们早点回去吧,没必要等在这里……"

说着老闵起身就要走。

晁正赶忙起身拦住:"你等等,闵老师,话还没说完呢!"

他按着老闵的肩膀,让其坐下。

"我们贴钱那是另外一回事,我们想问的是,所有其他组都拿到了补偿款,为什么就我们 B 组没有?"

"我已经说了,那是维稳费,是帮助他们回家的。"

"什么维稳费!当我们傻啊!A 组的摄影助理告诉我,他们都是结了全款走的,聊天记录都在这儿!"昀哥激动地把手机拍在桌面上。

"昀哥,你别激动。"一旁的田原劝道。

"为什么别人拿全款,我们一分没有,还要倒贴钱?"昀哥不依不饶。

"你们都离开剧组了,不需要维稳……"

"离开就可以不管啦!那我们一个多月的劳动算什么?滞留的两个月算什么!你要是这么说,我今天就把兄弟们叫回来,住到组里去!"昀哥激动地站起身,拿起电话要拨,田原连忙出手阻止。

"爱哭的孩子有奶吃是吧!?"众人身后传来一个女人的声音。

晁正抬头一看,自己的妻子不知什么时候站到了他们身后,身边还带着两个孩子。妻子是跟他一起到华贸君临宾馆的。晁正觉得一上来就拖家带口的,有些不妥,所以母子三人一直坐在角落里,没有声张。刚才恐怕是听了老闵几句话,实在忍不住了,才带着孩子冲了上来。

"你是……"老闵疑惑地看着母子三人。

"她是我老婆。"晁正说。

"哦……"老闵瞥了瞥晁正,眼中闪过一丝轻蔑。

"闵老师,你是田导的领导,我很尊重你。但是刚才的话我实在听不下去了,为什么本地人就要跟外地人区别对待?大家都是受害者,你就欺负自己人是吗?我们日子已经过得够苦了,晁正离家半年帮你们拍片子,家里就我跟我妈两个女人带俩孩子,你知道这段时间都过的什么日子?你居然还说我们一分钱也分不到!"

"子子,别说了,"晁正劝,"我们跟闵老师正谈着……"

"你们谈的我都听到了,闵老师,你说我说得有没有道理?不能这么欺负人啊!"

老闵上下打量着晁正的妻子,一身宝蓝色的丝质衬衫,刺绣牛仔迷你半裙,搭配一双粗跟皮革凉鞋,两个孩子也穿得干干净净,一口带着上海腔的普通话,一看就是个土生土长养尊处优的本地女生。

老闵看着她,并没有接话,反而转头望着晁正:"晁正,今天我们谈事情,把老婆孩子带来,我就要说说你了。男子汉大丈夫,有什么问题不能解决,需要老婆孩子出场的?我没记错的话你是山东人吧?堂堂山东男人,这点事情都没办法自己面对?"

晁正被老闵说得有点抬不起头来。

"黄子骏也是山东人,也没见他来剧组解决事情啊。"旁边许久没有发声的田原突然有意无意地插了一句。

大家不由得看向田原,他话里虽然数落着黄子骏,却也帮晁正缓解了些许尴尬。老闵咂了咂嘴,虽然一脸不满,也无话可说。

"闵总、晁正,我是东灿公司副总,又是老晁的朋友,夹在你们当中其实最不舒服的是我。我能说两句吗?"

"你说。"

"其实晁正说得不是没有道理,工作组的补偿计划是小金手给的方案,没有经过我们东灿公司同意,闵总您说是吧?"田原看向老闵,老闵的表情有些尴尬,喉咙里轻轻"嗯"了一声。

"一个被解职的制片主任,搞出来的补偿方案,没经过严格的审阅就执行了!闵总,我认为我们是有一定责任的。"

老闵的脸色有些不好看了。

"当然集团有集团的难处,他们不熟悉剧组的情况,给他们解决问题的时间也很有限,被小人利用也情有可原,我认为我们应该有责任和义务,帮助工作组解决好问题,闵总您说对不对?"

老闵没有说话,脸上露出几分疲惫。

见老闵没有说话,田原继续:"晃正,你还记不记得去年那个项目,《生死掘进》?"

"嗯,记得。"晃正当然记得,那是他跟田原拍摄的一部矿山救援的网络电影,当时为了制片需要,影片的制作费有一部分进了晃正的工作室。只是他不明白田原为什么在这时候说起这件事。

"这部戏这两天过审了,投资方有一笔30万元的尾款会打过来,其中15万元是我片酬,我贴给兄弟们作补偿。"

晃正和昀哥都是一愣,田原继续说:"片子上映后,我这里还有9个点的票房分成,这块收入虽然不知道最后有多少,我也贴给你们吧。"

"老大……"晃正有些不知道该说什么好。

田原没有等他们说话,望着老闵继续说:"闵总,我是为了帮助工作组解决问题,才想出这个方案的,您看工作组这边是不是应该有点表示?"

老闵的脸色有些难看,干咳了两声:"小孙下午算了下,工作组这里……还有17……不对,挤出来11万,本来是留着应付意外情况的,总不能全部贴给你们吧……"

"怎么不行了!"他话还没有说完就引起昀哥反对。

晁正妻子也说:"人家田导拿出自己的导演费贴补我们,工作组就一点责任不负,凭什么呀!"

"你们给 A 组多少钱? 112 万! 我们连个零头都没有啊! 凭什么他们拿全款,我们酬金打三折?"昀哥激动地拍着桌子。

"哇——"两个孩子被吓得哭了起来,晁正妻子连忙安慰。

"子子,把孩子带走!"晁正烦恼地挥了挥手。

"我就不!"晁正妻子一边安慰着孩子,一边却不愿意离开,"我就要听听你们怎么解决问题! 老实人好欺负是嘛!"

大庭广众下妻子不听自己的话,晁正也觉得颇没有面子,憋红了脸喊道:"金坤! 小金手! 你给我出来! 给我滚出来说清楚,为什么欺负我们 B 组,为什么不给我们算钱!"

餐厅里不多的人全都看向他们,看着这场闹剧会怎么收场。

老闵一脸疲惫,两只手支撑着桌子,颤巍巍站起身来。

"好了,晁正……还有你们……都不要吵了,我答应你们,11 万全给你们,再要多我也无能为力了……我身上两个癌症,经不起这样折腾,我给你鞠躬了好吗? 就算是东灿公司对不起你们,就算是我老闵对不起你们,我给你们鞠躬了……"

说着,老闵弯了个 90 度的腰,给他们深深鞠了一躬。

一旁的田原连忙扶起他:"闵总,你用不着这样,别这样……"

老闵依然呢喃着"我给你们道歉、我给你们赔对不起……",继续鞠躬。

"闵总,我们不要你道歉,我们要工资……"

"昀哥!"田原喊了一声,摇头示意他不要再说了。

"昀哥,算了,老同志身体不好。"晁正一脸沮丧,但也只能劝着。

　　田原搀扶着老闵颤颤巍巍地走了,晃正看着他们的背影,他知道这件事远没有结束,老闵的承诺,田原的承诺,能兑现吗？即使兑现,这些钱能让待在剧组三个多月的兄弟们满意吗？他不知道。

　　但是今天谈到这个程度,也许已经是最好的结果了吧……

　　"老晃,我们怎么办？"昀哥在问。

　　晃正不知道该怎么回答……哦对了,还有素材,那些他和田原都视为价值连城的素材！来了大半天,竟然没有一个人提起它。

第十二章 尾　　声

　　田原悠悠地从睡梦中醒来，最近一段时间，他几乎天天都像今天这样睡到自然醒。

　　走到窗口打开窗，一股酒糟的香味扑鼻而来，今天窗外赤水河的水格外清澈，河对岸沿山而建的木质外墙的房屋层层叠叠，犹如童话里的小镇一般。茅台镇已经笼罩在一片车水马龙的热闹和喧嚣中了。

　　《守护》剧组在5月27日正式解散，剧组近300人，大部分都签署了调解协议，或多或少地拿上一份报酬离开了，当然制片组和两个导演组除外。尽管田原据理力争，他可以不拿酬金，作为东灿公司员工的川哥可以不拿酬金，可下面的现场副导演培子、乔波、场记小玲，跟其他部门的成员一样，都是领着一份工资在上海打拼的年轻人，为什么他们就得不到补偿？可到最后的分配方案里，还是没有出现导演组副导演、场记的补偿款。最后田原只好自己又掏了3万块钱，补偿给了他们。给钱的时候乔波执意不要，但田原还是执意要给，钱不多，也弥补不了他们所应得的酬金，但这是他作为部门老大的一点意思、一份心意。

　　在解决完B组导演组和摄影组的事情后，他向老闵请了个长假，一个人飞到茅台镇。

　　在拍摄《守护》之前，他就答应了当地一家影视公司拍摄一部关于贵州酱香酒的纪录片。所以剧组的事情一告段落,他就匆匆赶来茅台镇采风。一方面是想立刻展开新的工作,尽快弥补经济上的损失;更重要的是他想换换脑子,忘却整个上半年的不愉快。

将近两个月的时间,他采访了镇上大大小小的酒厂,收集纪录片素材,筹备拍摄工作。这两个月里,他没有跟老冈、丛山或是任何一个与《守护》有关的人联系。不过今天情况有些不同,张益和川哥要来了。他们作为纪录片的制片人和分组导演,要开始跟田原一起,做拍摄前的筹备工作。

来到茅台后,田原没有选择住在镇上的茅台大酒店或者希尔顿花园,而是选择了紧邻赤水河的一家民宿,他特别喜欢这里的花园露台,到了秋季依然花团锦簇,角落一棵桂花树,让整个露台洋溢着浓郁的桂花芳香,菊花、月季、木芙蓉点缀在四周。民宿老板娘是镇上的调酒师,特别有情调,在露台精心种了不少花草,每个季节总有几个品种绽放。田原经常坐在露台上,喝着咖啡、欣赏赤水河的美景,还有对岸鳞次栉比的房屋,夜里灯火璀璨时,甚至有一点置身《千与千寻》世界里的感觉。

今天吃过早饭,他又照例爬上露台,在自己的摇椅"专座"上坐下。没一会儿,就听见楼梯处传来的呼唤。

"田原,侬好惬意啊!哈哈哈……"

这爽朗的笑声,田原一听就知道是川哥到了。果然,川哥和张益一前一后,走上露台。田原起身和两人来了个大大的拥抱,三人热烈地寒暄了几句,开始聊正事。

"晁正没跟你们一起来?"田原问。

"晁正……说他另外有项目,B站的一个美食纪录片,档期冲了,他让我跟你打声招呼。"

田原"哦"了一声，对此他其实是有心理准备的。两个月前他承诺的补偿款最终还是没有到位，工作组仅仅补偿了晁正团队11万，而田原这里承诺的个人款项，却因为《生死掘进》市场表现不佳，没有卖出好价钱，而少得可怜，这次田原的项目他不来，也算是情有可原吧。

田原当然也很委屈，自己拿出个人的利益补偿朋友，却因为市场没有得到一个好结果，反而适得其反，让兄弟对自己有了意见。他也开始思考，似乎所谓的朋友间深厚的友谊，在利益面前还是不堪一击。晁正和他最后一次联系，是三天前。晁正发微信跟他说，他现在正在找律师，打算以个人名义起诉集团、东灿公司和欣歆公司三家出品方。因为田原还挂着东灿公司副总的职务，他才事先跟他打声招呼。

对他的举动，田原没有表态，也不知道该如何表态，干脆没有回消息。

"哎，你听说了哦？"张益突然问。

"听说什么？"两个月没有跟外界联系，田原确实一脸懵懂。

"黄子骏死了，在加拿大被车撞死了，"张益瞪着田原，神神道道地说，"你晓得他死在啥地方哦？"

"不是加拿大吗？"川哥说。

"不是……我是说加拿大的啥地方！"

"这我们怎么会知道？"田原觉得他问得莫名其妙。

张仪凑到他耳朵边上："就在丛山导演儿子家门口！"

田原也不由得一愣："这么巧！"

"依讲巧哦！"张益说，"我猜啊，他有可能是去老周儿子家'寻吼势'[1] 的!"

田原一声叹息:"我走的时候,还听老冈说要起诉他。"

"起诉有什么用?就算胜诉又怎么样?能够从他那里执行到一分钱吗?我跟你说,就算人活着,你也别想拿到钱,早就转移光了!没看他公司法人都换了嘛!"张益说。

"对了,还有你听说了哦?"这次说话的是川哥。

"听说啥啦,我两个月没离开茅台,知道个啥你直说就好了!"田原不耐烦道。

"卢冈、录音师老顾,还有那个统筹乔布斯你记得吧?这三个人到现在还住在雾岛公寓,你敢想哦!哈哈哈——"

"还住着!"田原也感到不可思议,那么个既压抑又充满了煎熬回忆的地方,这些人居然还住得下去!不用猜,一定是钱没谈拢的结果,在工作组善后期间田原就知道,为了解决滞留人员问题,酬金较高的导演组、制片组是被忽略的,他们中没有任何人拿到工作组的补偿款。而录音组,则是因为最后晁正和昀哥的出现,把本该支付他们的补偿款拿出一半补贴了 B 组摄影,恐怕老顾也是因为知道了这些情况而耿耿于怀吧。

"卢冈跟老冈不是亲戚吗?他这点面子也不给老冈?"田原问。

"早就闹翻了,卢冈当着我的面骂老冈,这种亲戚,就当没有过!你说这事闹的……"

三个人不禁一阵唏嘘。

"还有个好消息,"川哥突然说,"我北京的一个朋友说,恒大在回龙观的楼盘烂尾了!"

---

1 寻吼势:找碴,故意来找别人家岔子。

"这算什么好消息!"张益呛道。

"你不知道?"田原嘴角也露出了笑,"小金手的房子就买在回龙观。"

张益一愣,大家"哈哈哈哈"发出一阵爽朗的笑声。

"老闵和丛山怎么样?"田原问。

川哥摇摇头:"不知道,我也好几个礼拜没去公司了。"

"上个礼拜我倒是去了一次。"张益说。

"见到他们了?"

张益点点头。

"我约了老闵,谈谈我引进的那家投资方的情况,人家投了400万元,现在也不知道怎么办呢。结果正好那天丛山导演也在。"

"他怎么样?"田原问。

"人比在剧组那会儿精神些,就是头发全白了。老闵和他还在说复拍的事,说是找到一家香港的投资方,愿意投7 000万元,谈了一个多月了,说是'只听楼梯响,不见人下来'……"

"什么意思?"

"钱没有到位呗,还有什么意思。"

"丛山怎么说?"田原又问。

"一句话不说,就低着头看手机,半个小时我就听老闵一个人喋喋不休。"

"导演也是,被老闵逼得没办法,要是有机会,恐怕老早就'滑脚'了。"川哥感叹。

"他怎么跑得了?你以为老闵为什么不做项目审计?为什么不追究他的责任?还不是要逼着他把项目再搞起来?你想想,丛山要是进去了,项目怎么办?凭老闵这个年龄,这个种人脉关系,项目还能做得起来？项目要是做不起来，东灿公司还不是关门？"张益说。

"也对……"川哥表示赞同。

"讲到最后，老闵强调说，'当下的主要任务，就是全力准备复拍！'导演这时候倒回了他一句……"

"说什么？"川哥和田原几乎异口同声问。

"现在最重要的是吃饭！"张益说。

说者无心，这句话却戳中了田原的痛点。毕业的时候，他是怀着一腔创作热情选择影视这个行业的，心中有一连串的抱负想要实现，脑海中有无数的画面要通过镜头表达。但是在跌过一连串跟斗、一次又一次的吃亏后，他才意识到，对绝大多数人来说，这还是一份养家糊口的工作。艺术是脆弱的，面对困境的时候，它总是那个被摆在第一位的牺牲对象。《守护》就是这样，剧组每一个人都在争取自己的利益，花费了一个月的劳动没有拿到报酬是多么多么的委屈。却没有人想过，七八年的剧本创作是可以被忽视的，甚至连拿到台面上来讨论的机会都没有；一个月拍摄的素材是可以被忽视的，因为只要项目不能复拍，这些素材就是废物一堆。什么艺术质量，根本没有人关心。艺术可以被忽略，因为它不会挥起拳头来讨薪。孤叟老师早就关照过罗茜和田原，他不打算追究东灿公司的责任，老闵是20多年的朋友，他不想因为这件事撕破脸。至于剧本——

"田原，你采访做得怎么样了？"田原的思绪被张益的问话拉回了现实。

"差不多吧，还有几个人要再深入采访一下。"田原说。

"预算有限啊导演，就那么小几百万的项目，差不多就可以了。

再采访下去,预算就超支了!"

田原看看张益,无奈地笑了笑,没有反驳。

2023 年 5 月 29 日 贵阳　　初稿

2023 年 6 月 20 日 贵阳　　校对

2023 年 11 月 16 日 贵阳 第一次修改

2024 年 4 月 6 日 上海 第二次修改